VERGONHA

Obras de Salman Rushdie publicadas pela Companhia das Letras

O chão que ela pisa
Cruze esta linha
A feiticeira de Florença
Os filhos da meia-noite
Fúria
Haroun e o Mar de Histórias
Luka e o Fogo da Vida
Oriente, Ocidente
Shalimar, o equilibrista
O último suspiro do mouro
Vergonha
Os versos satânicos

SALMAN RUSHDIE

Vergonha
Romance

Tradução
José Rubens Siqueira

COMPANHIA DAS LETRAS

Copyright © 1983 by Salman Rushdie

Grafia atualizada segundo o Acordo Ortográfico da Língua Portuguesa de 1990, que entrou em vigor no Brasil em 2009.

Título original
Shame

Capa
Victor Burton

Imagem da capa
© Historical Picture Archive/ Corbis (DC)/ LatinStock

Preparação
Maria Cecília Caropreso

Revisão
Marise Leal
Daniela Medeiros

Dados Internacionais de Catalogação na Publicação (CIP)
(Câmara Brasileira do Livro, SP, Brasil)

Rushdie, Salman
  Vergonha : romance / Salman Rushdie ; tradução José Rubens Siqueira. — São Paulo : Companhia das Letras, 2010.

  Título original: Shame
  ISBN 978-85-359-1756-7

  1. Romance indiano (Inglês). I. Título.

10-10021   CDD-823

Índice para catálogo sistemático:
1. Romance indiano em inglês   823

[2010]
Todos os direitos desta edição reservados à
EDITORA SCHWARCZ LTDA.
Rua Bandeira Paulista, 702, cj. 32
04532-002 — São Paulo — SP
Telefone: (11) 3707-3500
Fax: (11) 3707-3501
www.companhiadasletras.com.br

Para Samin

Sumário

I. FUGAS DA TERRA MÃE
1. O monta-cargas, 11
2. Um colar de sapatos, 30
3. Gelo derretido, 54

II. OS DUELISTAS
4. Por trás da tela, 73
5. O milagre errado, 90
6. Questões de honra, 116

III. VERGONHA, BOA NOVA E A VIRGEM
7. Enrubescer, 147
8. A Bela e a Fera, 188

IV. NO SÉCULO XV
9. Alexandre, o Grande, 227
10. A mulher de véu, 253

11. Monólogo de um enforcado, 284
12. Estabilidade, 309

V. DIA DO JUÍZO, 341

Agradecimentos, 369

I.
FUGAS DA TERRA MÃE

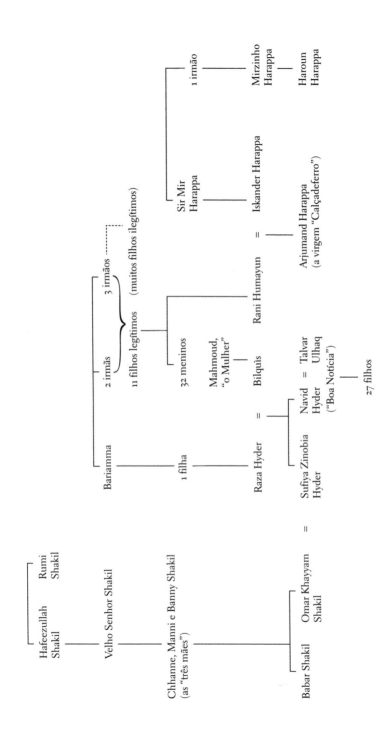

1. O monta-cargas

Na remota cidade fronteiriça de Q., que vista do ar parece bastante um haltere malproporcionado, viveram um dia três amáveis e amorosas irmãs. Seus nomes... mas seus nomes verdadeiros nunca eram usados, como a melhor porcelana doméstica, que ficou trancada depois da noite da tragédia conjunta delas em um armário cuja localização acabou esquecida, de forma que o grande serviço de mil peças de louça Gardner da Rússia czarista se transformou num mito familiar em cuja existência real elas praticamente deixaram de acreditar... as três irmãs, devo revelar sem mais demora, levavam o nome de família Shakil e eram universalmente conhecidas (em ordem decrescente de idade) como Chhanne, Manni e Banny.

E um dia o pai delas morreu.

O velho sr. Shakil, viúvo havia já dezoito anos no momento de sua morte, tinha desenvolvido o hábito de referir-se à cidade em que vivia como "um buraco do inferno". Durante seu último delírio, ele embarcou num incessante e grandemente incompreensível monólogo, em meio a cujas turvas peregrinações os cria-

11

dos da casa conseguiam entender longas passagens de obscenidades, pragas e maldições de uma ferocidade que fazia o ar ferver violentamente em torno de sua cama. Nessa peroração, o velho recluso amargurado ensaiou seu ódio de uma vida inteira pela cidade natal, ora invocando demônios para destruir a confusão de pardos edifícios baixos "guinchando e pechinchando" em torno do bazar, ora aniquilando com suas palavras incrustadas de morte a presunção de sepulcro caiado do distrito do Acantonamento. Estas eram as duas zonas da cidade em forma de haltere: a cidade velha e o Acant, a primeira habitada pela população nativa, colonizada, e a última pelos colonizadores estrangeiros, os angrez, ou britânicos, sahibs. O velho Shakil abominava ambos os mundos e por muito tempo permanecera murado em sua alta e gigantesca residência que parecia uma fortaleza e que se voltava para dentro, para um pátio sem luz parecido com um poço. A casa estava situada ao lado de um maidan aberto e era equidistante do bazar e do Acant. Por uma das poucas janelas que davam para fora do edifício, o sr. Shakil podia ver em seu leito de morte a cúpula de um grande hotel de estilo palladiano, que se erguia nas ruas do intolerável Acantonamento como uma miragem, e dentro do qual se podia encontrar escarradeiras douradas e macacos-aranha domesticados com uniformes de botões dourados e chapéus redondos, além de uma orquestra completa tocando toda noite num salão de baile feito de estuque, em meio a uma enérgica confusão de plantas fantásticas, rosas amarelas, magnólias brancas e palmeiras verde-esmeralda que iam até o teto — o hotel Flashman, em resumo, cuja grande cúpula dourada estava rachada já então, mas brilhava mesmo assim com o tedioso orgulho de sua breve glória condenada; aquela cúpula debaixo da qual os oficiais angrez de farda e botas e civis de gravata branca com damas encaracoladas de olhos famintos podiam se congregar toda noite, reunindo-se ali saídos de seus bangalôs para dançar e repartir a ilusão de serem coloridos — quando de fato eram meramente brancos, ou na verdade cinzentos, devido ao efeito deletério daquele pétreo calor sobre sua frágil pele alimentada a nuvem, e também ao seu hábito de tomar borgonhas escuros na insanidade do sol do meio-dia, com um belo descaso por seus fígados. O velho ouvia a música dos imperialistas que vinha do hotel dourado, pesada com a alegria do desespero, e amaldiçoava o hotel de sonhos com voz forte e clara.

"Feche essa janela", gritava, "para eu não precisar morrer ouvindo essa confusão", e quando a velha criada Hashmat Bibi fechou as venezianas, ele relaxou ligeiramente e, invocando suas últimas reservas de energia, alterou o curso do fluxo de seu delírio fatal.

"Venham depressa", gritou Hashmat Bibi para as filhas do velho, correndo do quarto, "seu paiji está se encomendando ao diabo." O sr. Shakil, tendo desistido do mundo exterior, voltara a raiva de seu monólogo de moribundo contra si mesmo, invocando a danação eterna à sua alma. "Só Deus sabe o que foi que deu nele", Hashmat se desesperou, "mas ele está indo para o lado errado."

O viúvo havia criado as filhas com a ajuda de amas de leite parses, aias cristãs e uma férrea moralidade sobretudo muçulmana, embora Chhanne costumasse dizer que tinha sido endurecida pelo sol. As três moças foram mantidas no interior da labiríntica mansão até o dia da morte dele; praticamente não educadas, eram prisioneiras da ala da zenana, onde se divertiam inventando línguas particulares e fantasiando sobre a aparência que devia ter um homem quando despido, imaginando, durante seus anos pré-púberes, bizarras genitálias tais como buracos no peito nos quais seus próprios mamilos se encaixariam com aconchego, "porque por tudo o que sabíamos naquela época", elas relembrariam umas às outras, perplexas, mais tarde na vida, "devíamos achar que a fertilização acontecia através do seio". O interminável cativeiro delas forjou entre as três irmãs um laço de intimidade que nunca seria inteiramente quebrado. Passavam as noites sentadas à janela por trás do painel de treliça, olhando a cúpula dourada do grande hotel e oscilando ao ritmo da enigmática música de dança... e havia rumores de que elas exploravam indolentemente os corpos umas das outras durante o langoroso torpor das tardes e, à noite, teciam encantamentos ocultos para apressar o momento final de seu pai. Porém as más-línguas não dirão nada, principalmente de mulheres lindas que vivem longe dos olhos desnudadores dos homens. O que quase certamente é verdade é que foi durante esses anos, muito antes do escândalo do bebê, que as três, todas quais desejavam filhos com a paixão abstrata de sua virgindade, celebraram o pacto secreto de permanecer triunas, para sempre ligadas às intimidades de sua juventude, mesmo quando viessem os filhos: quer dizer, resolveram repartir os bebês. Não posso provar nem desmentir a sórdida história de que esse trato foi escrito e assinado com a mistura do sangue menstrual de cada uma da trindade, depois queimado, sendo preservado apenas no claustro da memória delas.

Mas durante vinte anos, elas teriam apenas um filho. O nome dele seria Omar Khayyam.

Tudo isso aconteceu no século XIV. Uso o calendário da Hégira, naturalmente: não imagine que histórias desse tipo sempre ocorrem muitomuito tempo atrás. O tempo não pode ser homogeneizado com a mesma facilidade do leite, e naquela região, até bem recentemente, os anos 1300 ainda estavam em plena atividade.

* * *

Quando Hashmat Bibi contou a elas que o pai havia chegado a seus momentos finais, as irmãs foram visitá-lo, vestidas com as roupas mais coloridas. Encontraram-no presa do asfixiante punho da vergonha, exigindo de Deus, em haustos de imperiosa melancolia, que fosse consignado por toda a eternidade a algum posto deserto de Jahannum, a alguma fronteira do inferno. Depois ele silenciou e Chhanne, a filha mais velha, depressa fez a ele a única pergunta que guardava algum interesse para as três jovens: "Pai, vamos ficar muito ricas agora, não é verdade?".
"Putas", o moribundo amaldiçoou, "não contem com isso."
O mar sem fundo de riqueza em que todo mundo supunha que navegavam as fortunas da família Shakil revelou-se, na manhã seguinte à morte do boca suja, uma árida cratera. O sol feroz de sua incompetência financeira (que ficara escondido com sucesso durante décadas por trás da imponente fachada patriarcal, do humor hediondo e da orgulhosa altivez que era seu mais venenoso legado às filhas) havia secado todos os oceanos de dinheiro, de forma que Chhanne, Manni e Banny passaram todo o período de luto acertando as contas que os credores nunca tinham ousado cobrar do velho enquanto vivo, e para cujo pagamento (mais os juros acumulados) se recusaram absolutamente então a esperar mais um momento que fosse. As moças saíram de seu sequestro de vida inteira com expressões de bem nutrida repulsa por esses abutres que baixavam para se banquetear na carcaça da grande imprevidência de seu pai; e como haviam sido criadas pensando no dinheiro como um dos dois assuntos que era proibido discutir com estranhos, elas dissiparam com assinaturas sua fortuna, sem nem se dar ao trabalho de ler os documentos que os agiotas apresentaram. Ao fim de tudo, as vastas propriedades por toda Q., que compreendiam cerca de oitenta e cinco

por cento dos únicos pomares bons e das terras cultiváveis ricas naquela região grandemente infecunda, haviam sido perdidas em sua totalidade; as três irmãs ficaram sem nada além da infinita mansão ingovernável lotada do chão ao teto de bens e assombrada pelos poucos criados que se recusaram a ir embora, menos por lealdade do que pelo terror do mundo externo que tem todo prisioneiro de uma vida inteira. E, como talvez seja o costume universal de pessoas criadas aristocraticamente, elas reagiram à notícia de sua ruína com a decisão de dar uma festa.

Em anos posteriores, elas contavam umas às outras a história daquela notória noite de gala com uma alegria simplória que lhes restaurava a ilusão de serem jovens. "Mandei imprimir os convites no Acant", Chhanne Shakil começava, sentada ao lado das irmãs numa velha cadeira de balanço de madeira. Rindo feliz com a velha aventura, ela continuava: "E aqueles convites! Em relevo, com letras douradas, em cartões duros como madeira. Eram como cuspidas no olho da fortuna".

"E também nos olhos fechados de nosso falecido pai", Manni acrescentava. "Para ele teria sido um evento completamente desavergonhado, uma abominação, a prova de seu fracasso em nos impor a vontade dele."

"Do mesmo jeito", Banny continuava, "que nossa ruína comprovou o fracasso dele em outra esfera."

De início pareceu-lhes que a mortal vergonha de seu pai havia nascido de seu conhecimento da futura falência. Depois, porém, elas começaram a pensar em possibilidades mais prosaicas. "Talvez", Chhanne teorizava, "ele tenha tido no leito de morte uma visão do futuro."

"Bom", diziam as irmãs, "então a morte dele terá sido tão miserável quanto ele nos fez viver."

A notícia da entrada da irmãs Shakil na sociedade espalhou-se rapidamente pela cidade. E na noite muito esperada, a velha casa foi invadida por um exército de gênios musicais, cujos dumbirs de três cordas, sarandas de sete cordas, flautas de caniço e tambores encheu aquela puritana mansão com música celebratória pela primeira vez em duas décadas; regimentos de padeiros, confeiteiros e quitutes-wallahs entraram marchando com seu arsenal de comidas, esvaziando os balcões das lojas da cidade e enchendo o interior da imensa tenda shamiana multicolorida erguida no conjunto central, a lona espelhada refletindo a glória de seus arranjos. Ficou claro, porém, que o esnobismo que o pai havia inculcado na medula das irmãs afetou de forma decisiva a lista de convidados. A maioria dos cidadãos de Q. já havia ficado mortalmente ofendida ao ver que não fora considerada digna da companhia das três resplandecentes irmãs, cujos convites de borda dourada era o assunto do momento. Então ao crime de omissão somou-se o de comissão, porque foi sabido que as irmãs haviam cometido o extremo da grosseria: convites, desdenhando os capachos dos importantes nativos, tinham chegado ao Acantonamento angrez e ao salão de baile dos sahibs dançarinos. A casa há muito proibida continuou impedida a todos que não uns poucos locais; mas depois do coquetel no Flashman, as irmãs foram visitadas por uma multidão de estrangeiros fardados e de vestidos longos. Os imperialistas! — os sahibs de pele cinzenta e suas begums enluvadas! — vozes roucas e cintilantes de condescendência, eles entraram na tenda espelhada.

"Serviu-se bebida alcoólica." A velha mãe Chhanne, relembrando, batia as mãos deliciada com o horror da lembrança. Mas era nesse ponto que em geral a lembrança cessava e as três damas tornavam-se curiosamente vagas; de forma que não sou capaz de esclarecer as improbabilidades que brotaram em torno dessa festa durante a escura passagem dos anos.

Pode realmente ter sido o caso de que os poucos convidados não brancos — os zamindares locais e suas esposas, cuja riqueza um dia fora considerada irrisória comparada aos milhões Shakil — ficaram juntos num grupo cerrado de raiva, observando envenenados os cabriolantes sahibs? Que todas essas pessoas foram embora simultaneamente depois de poucos momentos, sem ter provado nada, abandonando as irmãs às autoridades coloniais? Até que ponto é provável que as três irmãs, os olhos brilhando de colírio de antimônio e excitação, deslocando-se em grave silêncio de oficial a oficial, como se os estivessem avaliando, como se os bigodes fossem examinados por seu brilho e os maxilares avaliados pelo ângulo de sua projeção!... E foi então (diz a lenda) que as Shakil bateram palmas em uníssono e ordenaram que os músicos começassem a tocar música de dança ocidental, minuetos, valsas, foxtrotes, polcas, gavotas, música que adquiria uma qualidade fatalmente demoníaca quando forçada a sair dos instrumentos ultrajados dos virtuoses?

O baile continuou, dizem, a noite toda. O escândalo de um tal evento colocaria as moças órfãs recentes além do inaceitável de qualquer forma, mas o pior ainda estava por vir. Pouco depois que a festa terminou, depois que os gênios enfurecidos foram embora e as montanhas de comida não consumida foram atiradas aos cachorros da rua — porque as irmãs em sua grandeza não permitiam que comida destinada a seus pares fosse distribuída aos pobres —, começaram a murmurar pelos bazares de Q. que uma das três moças de nariz empinado havia sido encaminhada, naquela noite louca, à vida familiar.

Ó vergonha, vergonha, vergonha de matar!*

Mas se as irmãs Shakil foram tocadas por algum sentimento de desonra, não deram sinal disso. Ao contrário, despacharam

---

* Os versos originais, usados popularmente na Índia como uma censura branca, são:... *O shame, shame, poppy-shame! / All the monkeys know your name* [Oh, vergonha, vergonha, vergonha borbulhante! Todos os macacos sabem seu nome]. (N. T.)

Hashmat Bibi, uma das criadas que se recusara a ir embora, para Q., onde ela contratou os serviços do melhor faz-tudo, um certo Mistri Yakub Balloch, e também comprou o maior cadeado importado que encontrou no Depósito de Ferragens Se-Deus-quiser. Esse cadeado era tão grande e pesado que Hashmat Bibi foi obrigada a levá-lo para casa no lombo de uma mula alugada, cujo dono perguntou à criada: "Para que suas begums querem esse cadeado agora? A invasão já aconteceu". Hashmat respondeu, envesgando os olhos para enfatizar: "Que os seus netos urinem no seu túmulo de mendigo".

O faz-tudo contratado, Mistri Yakub, ficou tão impressionado com a calma feroz da velha antediluviana que trabalhou de boa vontade sob sua supervisão sem ousar fazer um comentário. Ela o fez construir um monta-cargas, grande o bastante para acomodar três adultos, por meio do qual coisas podiam ser içadas por um sistema de roldanas motorizada da rua para os balcões superiores da casa, ou vice-versa. Hashmat Bibi enfatizou a importância de construir o aparelho todo de tal forma que pudesse ser operado sem a necessidade de os habitantes da mansão serem vistos em qualquer janela — nem mesmo um dedinho podia ser percebido. Ela então fez uma lista de itens de segurança fora do comum que queria que ele instalasse no bizarro mecanismo. "Ponha aqui", ela ordenou, "uma trava de mola que possa ser operada de dentro da casa. Quando detonada, deve fazer o fundo do elevador cair de repente. Ponha aí, e aí, e aí, uns painéis secretos que disparem estiletes de quarenta e cinco centímetros, afiados afiados. Minhas senhoras precisam ser defendidas dos invasores."

O monta-cargas continha, então, muitos segredos terríveis. O Mistri completou o serviço sem pousar os olhos em qualquer das três irmãs Shakil, mas quando ele morreu semanas depois, apertando o estômago e rolando numa sarjeta, cuspindo sangue na terra, correu o rumor de que aquelas mulheres sem-vergonha o tinham envenenado para garantir seu silêncio na questão de seu último e mais misterioso trabalho. É justo, porém, informar que as provas médicas do caso desmentem com veemência essa versão dos fatos. Yakub Balloch, que fazia algum tempo vinha sofrendo de dores esporádicas na região do apêndice, ao que tudo indicava morrera de causas naturais, os espasmos mortais causados não por venenos espectrais das irmãs supostamente assassinas, mas pela banalidade da peritonite. Ou algo assim.

Veio o dia em que os três últimos empregados homens das irmãs Shakil foram vistos cerrando as enormes portas da frente de teca maciça e latão. Pouco antes desses portões da solidão se fecharem sobre as irmãs, para ficarem vedados por mais de meio século, uma pequena multidão de moradores curiosos do lado de fora vislumbrou um carrinho em cima do qual brilhava, devidamente, o gigantesco cadeado de seu isolamento. E quando as portas se fecharam, o som daquela trava sendo colocada no lugar, e da chave girando, anunciou o começo do estranho confinamento das damas escandalosas e de seus criados também.

Soube-se que em sua última ida à cidade Hashmat Bibi deixara determinado número de envelopes lacrados contendo instruções detalhadas aos estabelecimentos dos principais fornecedores de bens e serviços da comunidade; de forma que depois, em dias marcados e nas horas especificadas, a lavadeira, o alfaiate, o sapateiro escolhidos, assim como os vendedores selecionados de carnes, frutas, produtos de armarinho e papelaria, flores, revistas, jornais, unguentos, perfumes, antimônio, tiras de casca de eucalipto para limpeza dos dentes, especiarias, goma, sabões, utensílios de cozinha, molduras de quadros, cartas de baralho e cordas para instrumentos musicais, comparecessem ao pé da última construção de Mistri Yaku. Eles dariam assobios combinados, e o monta-cargas desceria, zumbindo, até o nível da rua levando instruções por escrito. Dessa forma, as damas Shakil conseguiram se recolher inteira e permanentemente do mundo, retornando por vontade própria àquela existência anacorética cujo fim tinham podido tão brevemente comemorar depois da morte do pai; e era tal a altivez do arranjo delas que seu retiro parecia um ato não de contrição mas de orgulho.

Surgiram delicadas questões: quem pagava por isso tudo? Com certo embaraço em favor delas e exclusivamente para demonstrar que o autor, que já foi obrigado a deixar muitas perguntas em um estado de ambiguidade não respondida, é capaz de fornecer respostas claras quando absolutamente necessário, revelo que Hashmat Bibi havia entregue o último envelope lacrado na porta do estabelecimento de menos bom gosto da cidade, onde as restrições corânicas nada vigoravam, cujas estantes e armários gemiam sob o peso do entulho acumulado de inúmeras histórias de decadência... desgraça e maldição! Para ser franco — ela foi à loja de penhores. E ele, o penhorista, o sem-idade, magro como um espeto, olhos arregalados de inocência, Chalaak sahib, também deveria se apresentar a partir de então ao monta-cargas (sob a capa de noite, conforme orientação), para avaliar o valor dos objetos ali encontrados e enviar de imediato para o coração da casa silente dinheiros vivos no total de cerca de dezoito e meio por cento do valor de mercado dos tesouros irredimivelmente empenhados. As três mães do iminente Omar Khayyam Shakil usavam o passado, único capital que lhes restava, como meio de adquirir o futuro.

Mas quem estava grávida?

Chhanne, a mais velha, ou Manni, a do meio, ou a "pequena" Banny, o bebê das três? Ninguém jamais descobriu, nem mesmo a criança que nasceu. A fidelidade entre elas era absoluta e levada a efeito com a mais meticulosa atenção aos detalhes. Imagine só: elas fizeram os criados jurar lealdade sobre o Livro.

Os criados juntaram-se a elas no cativeiro autoimposto e só saíam da casa mortos, envoltos em lençóis brancos, e, claro, pela rota construída por Yakub Balloch. Durante todo o período dessa gravidez, nenhum médico foi chamado à casa. E à medida que a gravidez progredia, as irmãs, entendendo que segredos sempre achavam um jeito de escapar, por baixo da porta, pelo buraco da fechadura ou por uma janela aberta, até que todo mundo saiba tudo e ninguém saiba como... as irmãs, repito, demonstraram a mais absoluta e apaixonada solidariedade, que era sua característica mais marcante, ao fingir — no caso de duas delas — toda a gama de sintomas que a terceira era obrigada a exibir.

Embora houvesse uma diferença de uns cinco anos entre Chhanne e Banny, foi nessa época que as irmãs, em virtude de usarem roupas idênticas e através dos efeitos incompreensíveis da vida fora do comum que escolheram, começaram a se parecer tanto umas com as outras que mesmo os criados se enganavam. Eu as descrevi como beldades; mas não eram o tipo de rosto lunar e olhos amendoados amado por poetas naquelas redondezas, e sim mulheres de queixo forte, constituição sólida e passos firmes, de uma força carismática quase opressiva. Então as três começaram, simultaneamente, a engrossar na cintura e nos seios; quando uma ficava enjoada de manhã, as outras duas começavam a vomitar, numa identificação tão perfeitamente sincronizada que era impossível distinguir qual estômago tinha se contraído primeiro. Idênticos, seus úteros incharam em direção à completude da gravidez. Naturalmente é possível que tudo isso tenha sido obtido com a ajuda de artifícios físicos, almofadas e enchimentos, e mesmo vapores que induzem ao desmaio; mas é minha inabalável opinião que essa análise rebaixa de modo grosseiro o amor que existia entre as irmãs. Apesar da improbabilidade biológica, estou disposto a jurar que tão integralmente elas desejavam compartilhar a maternidade da irmã — transformar a vergonha pública da concepção fora do casamento em um triunfo pessoal do desejado bebê grupal — que, em resumo, duas gravidezes psicológicas acompanharam a verdadeira; enquanto a simultaneidade de seu comportamento sugeria a ação de alguma espécie de mente comunal. Elas dormiam no mesmo quarto. Sofriam os mesmos desejos — marzipãs, pétalas de jasmim, amêndoa de carvalho, lama — ao mesmo tempo; suas taxas metabólicas alteravam-se em paralelo. Elas começaram a pesar a mesma coisa, a se sentir exaustas no mesmo momento e a acordar juntas, toda manhã, como se alguém tocasse um sino. Sentiam dores idênticas; em três úteros, um único bebê e suas duas imagens fantasmais chutavam e se mexiam com a precisão de um grupo de dança bem ensaiado... sofrendo da mesma forma, as três — chego a ponto de dizer — conquistaram plenamente o direito de ser consideradas mães conjuntas da criança a caminho. E quando uma — não vou nem tentar adivinhar o nome — chegou à sua hora, ninguém soube qual foi a bolsa que se rompeu; nem qual mão trancou a porta do quarto por dentro. Nenhum olhar externo assistiu ao desenrolar dos três trabalhos de parto, dois fantasmas, um genuíno; nem o momento em que balões vazios se esvaziaram, enquanto por entre um terceiro par de coxas, como se fosse por uma alameda, apareceu a criança ilegítima; ou quando mãos ergueram Omar Khayyam Shakil pelos tornozelos, seguraram-no de cabeça para baixo e bateram-lhe nas costas.

Nosso herói, Omar Khayyam, aspirou seu primeiro alento naquela improvável mansão grande demais para que se pudessem contar seus cômodos; abriu os olhos; e viu, de cabeça para baixo por uma janela aberta, os picos macabros das Montanhas Impossíveis no horizonte. Uma — mas qual? — de suas três mães o levantara pelos tornozelos, batera pelo primeiro alento

23

em seus pulmões... até, ainda olhando os picos invertidos, o bebê começar a chorar.

Quando Hashmat Bibi ouviu a chave girar na porta e entrou timidamente no quarto com comida, bebida, lençóis limpos, esponjas, sabão e toalhas, encontrou as três irmãs sentadas juntas na ampla cama, a mesma cama em que o pai delas tinha morrido, um imenso leito de quatro postes em torno de cujas colunas entalhadas serpentes se enrolavam para cima em direção ao Éden de brocado do dossel. Todas com a expressão afogueada de imensa alegria que é prerrogativa da mãe verdadeira; e o bebê passou de peito em peito, e nenhum do seis estava seco.

O jovem Omar Khayyam foi gradualmente tomando consciência de que certas irregularidades haviam ao mesmo tempo precedido e sucedido seu nascimento. Já tratamos dos pre-; quanto aos suc-:

"Eu me recusei terminantemente", contou-lhe sua mãe mais velha Chhanne no dia de seu sétimo aniversário, "a sussurrar o nome de Deus no seu ouvido."

Em seu oitavo aniversário, Manni, a do meio, confidenciou: "Fora de questão raspar sua cabeça. Um cabelo preto-preto tão bonito que veio com você ninguém ia cortar debaixo do meu nariz, não senhor!".

Exatamente um ano depois, sua mãe mais jovem adotou uma expressão severa. "Sob nenhuma circunstância", Banny anunciou, "eu teria permitido que removessem o prepúcio. Que ideia é essa? Não é igual a uma casca de banana."

Omar Khayyam Shakil entrou na vida sem o benefício da mutilação, do barbeiro e da aprovação divina. Muitos considerariam tal coisa uma limitação.

* * *

Nascido num leito de morte, acima do qual pendia (além de cortinas e mosquiteiro) a imagem-fantasma de um avô que, ao morrer, havia se consignado à periferia do inferno; sua primeira visão o espetáculo de uma cordilheira de cabeça para baixo... Omar Khayyam Shakil era afligido, desde seus primeiros dias, por um senso de inversão, de um mundo de cabeça para baixo. E por algo pior: o medo de estar vivendo na borda do mundo, tão perto que poderia cair para fora a qualquer momento. Com um velho telescópio, das janelas do andar superior da casa, o menino Omar Khayyam examinou a vastidão da paisagem em torno de Q., a qual o convenceu de que devia estar perto da Beirada das Coisas, e que além das Montanhas Impossíveis no horizonte devia haver o grande nada em que, em seus sonhos, ele começara a despencar com monótona regularidade. O aspecto mais alarmante desses sonhos era que a sensação onírica desses mergulhos no vazio era de alguma forma adequada, que ele não merecia outra coisa... acordava debaixo do mosquiteiro, suando abundantemente e até tremendo ao compreender que seus sonhos o estavam informando de sua inutilidade. Ele não gostava da notícia.

Então foi nesses anos de formação que Omar Khayyam tomou a irreversível decisão de reduzir seu tempo de sono, a batalha de uma vida inteira que o levou, no final, quando sua mulher se desmanchou em fumaça — mas não, os finais não podem preceder os começos nem os meios, mesmo que experimentos científicos recentes tenham nos demonstrado que dentro de certos tipos de sistemas fechados, sob pressão intensa, o tempo pode ser levado a correr para trás, de forma que os efeitos precedem as causas. Esse é precisamente o tipo de avanço inútil ao qual contadores de histórias não devem prestar nenhuma atenção; aí mora a loucura! —, a necessitar de apenas quarenta minutos por noite, as famosas quarenta piscadas, para se recompor. Como ele era jovem quando tomou a surpreendentemente adulta resolução de escapar da desagradável realidade dos sonhos para a ilusão ligeiramente mais aceitável de sua vida desperta cotidiana! "Morceguinho", as três mães o chamaram, tolerantes, quando ficaram sabendo de seus passeios pelas inesgotáveis câmaras da casa, com um chadar cinza-escuro voejando dos ombros, a proteger do frio das noites de inverno; mas se ele se transformou em um cruzado com capa ou em um sugador de sangue com manto, em Batman ou Drácula, deixo para o leitor decidir.

(Sua esposa, a filha mais velha do general Raza Hyder, também tinha insônia; mas a insônia de Omar Khayyam não deve ser comparada à dela, porque embora a dele fosse voluntária, ela, a tola Sufiya Zenobia, ficava na cama apertando as pálpebras fechadas com os polegares e indicadores, como se pudesse extrair a consciência através dos cílios, como grãos de poeira ou lágrimas. E ela queimava, fritava, no mesmo quarto do nascimento de seu marido e morte do avô dele, ao lado daquela cama de serpentes do Paraíso... uma peste neste Tempo desobediente! Ordeno que essa cena de morte vá para trás do pano imediatamente: shazam!)

Por volta dos dez anos, o jovem Omar já começara a sentir gratidão pela presença envolvente, protetora, das montanhas a Oeste e Sul do horizonte. As Montanhas Impossíveis: você não encontrará esse nome em seus atlas, por mais completos que sejam. Os geógrafos têm suas limitações; o jovem Omar Khayyam, que se apaixonou por um telescópio de latão miraculosamente brilhante desenterrado da louca abundância de coisas que cumulava em sua casa, sempre teve a consciência de que qualquer criatura de silicone ou monstro de gás, habitantes das estrelas da Via

Láctea que corria no céu toda noite, nunca reconheceria seus lares pelos nomes existentes em suas muito manipuladas cartas celestes. "Tínhamos nossas razões", disse ele ao longo da vida, "para o nome que demos à nossa cadeia de montanhas pessoal." Os tribais de olhos estreitos, duros feito rocha que habitavam aquelas montanhas e que eram vistos às vezes nas ruas de Q. (cujos habitantes mais frágeis atravessavam a rua para evitar o fedor e os ombros invasivos e sem cerimônia dos tribais), também chamavam a montanha de "teto do Paraíso". As montanhas, na verdade toda a região, até mesmo a própria Q., sofriam terremotos periódicos; era uma zona de instabilidade e os tribais acreditavam que os tremores eram causados pela emergência de anjos através das fissuras nas rochas. Muito antes de seu próprio irmão ver um homem alado e brilhando, dourado, a vigiá-lo de um telhado, Omar Khayyam Shakil havia tomado consciência da teoria plausível de que o Paraíso estava localizado não no céu, mas debaixo de seus pés, de forma que os movimentos da terra eram prova do interesse dos anjos em perscrutar os assuntos do mundo. A forma da cadeia de montanhas mudava constantemente sob essa pressão angélica. De suas irregulares encostas cor de ocre erguia-se um número infinito de formações estratificadas como pilares, cujos estratos geológicos eram tão claramente definidos que as titânicas colunas pareciam ter sido erigidas por colossos hábeis em cantaria... esses divinos templos de sonho também se erguiam e caíam quando os anjos iam e vinham.

Céu acima, Paraíso abaixo; demorei-me neste relato da loucura original e instável de Omar Khayyam para sublinhar a proposição de que ele cresceu entre eternidades gêmeas, cuja ordem convencional era, em sua experiência, precisamente invertida; de que estar de ponta-cabeça tem efeitos mais difíceis de medir do que terremotos, pois qual inventor patenteou um sismógrafo da alma?; e de que, para Omar Khayyam, incircunciso, não sussurrado, não raspado, a presença delas enfatizava sua sensação de ser uma pessoa à parte.

Mas estou ao ar livre há já bastante tempo e tenho de tirar do sol a minha narrativa antes que ela seja afetada por miragens ou insolação. Depois, no outro extremo da vida dele (parece que o futuro não pode ser restrito e insiste em se infiltrar de volta no passado), quando ele viu seu nome em todos os jornais devido ao escândalo dos crimes de decapitação, a filha do agente alfandegário Farah Rodrigues abriu os lábios e libertou de sua custódia a história do momento em que o adolescente Omar Khayyam, já então um sujeito gordo com um botão da camisa faltando na altura do umbigo, acompanhou-a até o posto do pai dela na fronteira terrestre mais de cinquenta quilômetros a oeste de Q. Ela sentou em um antro de conhaque ilícito e falou para a sala em geral, no cacarejar de vidro quebrado a que o tempo e o ar do sertão haviam reduzido sua risada antes cristalina: "Incrível, eu juro", relembrou, "na hora que a gente chegou lá no jipe, imediatamente uma nuvem baixou e assentou no chão, acompanhando a fronteira, como se não desse para passar sem um visto, e esse Shakil ficou com tanto medo que apagou, teve uma vertigem e desmaiou, mesmo estando com os dois pés bem firmes no chão".

Mesmo nos dias de sua maior distinção, mesmo quando se casou com a filha de Hyder, mesmo depois que Raza Hyder veio a ser presidente, Omar Khayyam Shakil era às vezes assolado por aquela improvável vertigem, pela sensação de ser uma criatura no limiar: um homem periférico. Uma vez, durante seu tempo de bebedeira e farras com Iskander Harappa, playboy milionário, pensador radical, primeiro-ministro e finalmente cadáver milagroso, Omar Khayyam, embriagado, descreveu a si mesmo para Isky. "Você está vendo na sua frente", confidenciou ele, "um sujeito que não é herói nem da própria vida; um homem nascido e criado na condição de estar fora das coisas. A hereditariedade conta, vocênãoacha?"

"Essa ideia é opressiva", Iskander Harappa respondeu.

Omar Khayyam Shakil foi criado por nada menos que três mães, sem nem um pai solitário à vista, um mistério que foi depois aprofundado pelo nascimento, quando Omar já tinha vinte anos, de um irmão mais novo que foi igualmente reivindicado pelas três mães e cuja concepção parecia ter sido não menos imaculada. Também perturbadora, para o jovem em crescimento, foi sua primeira experiência de se apaixonar, de perseguir com passos incertos e ardente resolução a voluptuosamente inalcançável figura de uma certa Farah, a Parse (nascida Zoroaster), uma ocupação conhecida por todos os rapazes locais, com exceção de seu congenitamente isolado ser, como "flertar com o Desastre".

Tonto, periférico, invertido, apaixonado, insone, observador das estrelas, gordo: que tipo de herói é esse?

2. Um colar de sapatos

Poucas semanas depois que as tropas russas entraram no Afeganistão, eu voltei para casa para visitar meus pais e irmãs e exibir meu filho primogênito. Minha família mora em Defesa, a Sociedade Habitacional Cooperativa dos Oficiais do Serviço de Defesa do Paquistão, embora não seja uma família militar. Defesa é uma parte elegante de Karachi; poucos dos soldados que receberam permissão para comprar terras lá a preços baixos tiveram recursos para construir. Mas também não se permitia que eles vendessem os lotes vazios. Para comprar uma parte de um oficial de Defesa, era preciso elaborar um contrato complexo. Pelos termos desse contrato, a terra continuava propriedade do vendedor, embora você tivesse pago a ele o preço total do mercado e estivesse agora gastando uma pequena fortuna para construir sua casa própria ali, de acordo com suas próprias especificações. Em teoria você estava sendo apenas um bom sujeito, um benfeitor que escolhera dar ao pobre oficial uma casa em troca de sua ilimitada caridade. Mas o contrato obrigava também o vendedor a nomear um terceiro, que teria autoridade plenipotenciária sobre a propriedade uma vez terminada a casa. Esse terceiro era seu delegado e quando os pedreiros voltavam para casa, ele simplesmente entregava a propriedade a você. Assim dois atos distintos de boa vontade eram necessários ao processo. Defesa foi quase toda construída à base do bom sujeito. O espírito de camaradagem, de trabalhar desprendidamente juntos em prol de um bem comum, é digno de nota.

Era um procedimento elegante. O vendedor ficava rico, o intermediário ficava com a percentagem, você ficava com sua casa, e ninguém desobedecia nenhuma lei. Então, claro, ninguém nunca questionou como veio a ocorrer de a zona de desenvolvimento mais altamente desejável da cidade ter sido destinada aos serviços de defesa dessa forma. Essa atitude também continua parte dos alicerces de Defesa: o ar lá é cheio de perguntas não formuladas. Mas seu cheiro é tênue, e as flores nos muitos jardins estabelecidos, as árvores ladeando as avenidas, os perfumes usados pelas belas damas *soignées* do bairro sobrepujam bastante esse outro odor, abstrato demais. Diplomatas, empresários internacionais, filhos de antigos ditadores, estrelas da canção, magnatas têxteis, jogadores de críquete vêm e vão. Há muitos carros Datsun e Toyota. E o nome "Sociedade Defesa", que pode soar a alguns ouvidos como um símbolo (representando a relação mutuamente vantajosa entre o *establishment* do país e suas Forças Armadas), não tem essa ressonância na cidade. É apenas um nome.

Uma noite, logo depois de minha chegada, visitei um velho amigo, um poeta. Estava ansioso por ter uma de nossas longas conversas, por ouvir suas opiniões sobre os acontecimentos recentes no Paquistão, e sobre o Afeganistão, claro. A casa dele estava cheia de visitas como sempre; ninguém parecia interessado em falar sobre nada além do campeonato de críquete entre Paquistão e Índia. Sentei a uma mesa com um amigo e comecei um preguiçoso jogo de xadrez. Mas eu realmente queria informações sobre as coisas e por fim puxei o assunto que tinha na cabeça, começando com uma pergunta a respeito da execução de Zulfikar Ali Bhutto. Mas apenas metade da questão chegou a sair de minha boca; a outra metade foi se juntar às muitas questões não formuladas da área, porque senti um chute extremamente doloroso me atingir as canelas e, sem gritar, mudei no meio da frase para tópicos esportivos. Discutimos também o incipiente *boom* do videocassete.

As pessoas entravam, excitadas, circulavam, riam. Depois de uns quarenta minutos, meu amigo disse: "Tudo bem agora". Perguntei: "Quem era?". Ele me deu o nome do informante que havia se infiltrado naquele grupo particular. Eles o tratavam com civilidade, sem dar nenhum indício de que sabiam por que ele estava ali, senão ele desapareceria e da próxima vez não saberiam quem era o informante. Mais tarde, conheci o espião. Era um bom sujeito, de fala agradável, cara honesta e sem dúvida contente de não estar escutando nada que valesse a pena delatar. Havia se chegado a uma espécie de equilíbrio. Uma vez mais, fiquei tocado pela quantidade de bons sujeitos que existe no Paquistão, pela civilidade que florescia naqueles jardins, perfumando o ar.

Desde minha última visita a Karachi, meu amigo, o poeta, passou muitos meses na cadeia por razões sociais. Quer dizer, ele sabia que alguém que conhecia alguém que era esposa do primo segundo por casamento do tio adotivo de alguém que podia ou não podia ter dividido um apartamento com alguém transportava armas para a guerrilha no Baluquistão. Pode-se ir a qualquer lugar no Paquistão quando se conhecem as pessoas, até mesmo à cadeia. Meu amigo ainda se recusa a falar sobre o que aconteceu com ele durante aqueles meses, mas outras pessoas me contaram que ele ficou em mau estado durante um longo tempo depois que saiu. Disseram ter sido dependurado pelos tornozelos de cabeça para baixo e espancado, como se fosse um bebê recém-nascido cujos pulmões tinham de ser forçados a entrar em ação para poder vagir. Nunca perguntei se ele gritou, ou se havia picos montanhosos de cabeça para baixo para ver pela janela.

Para onde me volto, há sempre alguma coisa de que se envergonhar. Mas a vergonha é como todo o resto; conviva com ela tempo suficiente e ela vira parte da mobília. Em Defesa, pode-se encontrar vergonha em todas as casas, queimando num cinzeiro, emoldurada na parede, cobrindo uma cama. Mas ninguém mais nota. E todo mundo é civilizado.

Talvez meu amigo devesse estar contando essa história, ou talvez outra, a dele; mas ele não escreve mais poesia. Então estou aqui em seu lugar, inventando o que nunca aconteceu comigo, e você vai notar que meu herói já foi pendurado pelos tornozelos e que o nome dele é o nome de um poeta famoso; mas nenhuma quadra jamais saiu ou sairá de sua caneta.

Forasteiro! Invasor! Você não tem nenhum direito sobre esse assunto!... Eu sei: ninguém nunca me prendeu. Nem é provável que o façam. *Grileiro! Pirata! Nós rejeitamos sua autoridade. Conhecemos você, com sua língua estrangeira enrolada em você como uma bandeira: falando de nós com sua língua bífida, o que nos pode contar senão mentiras?* Eu respondo com mais perguntas: a história deve ser considerada propriedade exclusiva dos participantes? Em que tribunais circulam essas alegações, quais comissões de fronteira mapeiam os territórios?

Só os mortos podem falar.

Digo a mim mesmo que este será um romance de despedida, minhas últimas palavras sobre o Oriente do qual, muitos anos atrás, comecei a me desligar. Nem sempre acredito em mim mesmo quando digo isso. É uma parte do mundo à qual, goste eu ou não, ainda estou ligado, mesmo que por elásticos.

Quanto ao Afeganistão: depois de voltar a Londres, conheci um veterano diplomata britânico num jantar, um especialista de carreira em "minha" parte do mundo. Ele disse que era bem adequado, "pós-Afeganistão", o Ocidente apoiar a ditadura do presidente Zia ul-Haq. Eu não devia ter perdido a compostura, mas perdi. Não adiantou nada. Então, quando saímos da mesa, a mulher dele, uma senhora civilizada e quieta que vinha fazendo ruídos pacificadores, me disse: "Me diga, por que o povo do Paquistão não se livra de Zia, sabe, do jeito de sempre?".

Vergonha, caro leitor, não é propriedade exclusiva do Oriente.

O país desta história não é o Paquistão, ou não exatamente. Existem dois países, o real e o ficcional, a ocupar o mesmo espaço, ou quase o mesmo espaço. Minha história, meu país ficcional existe, como eu, numa ligeira tangente da realidade. Achei essa descentralização necessária; mas seu valor está, evidentemente, aberto ao debate. Minha ideia é que não estou escrevendo apenas sobre o Paquistão.

Não dei um nome ao país. E Q. de fato não é absolutamente Quetta. Mas não quero preciosismo nenhum a respeito: quando eu chegar à cidade grande, eu a chamarei de Karachi. E ela conterá uma Defesa.

A posição de Omar Khayyam como poeta é curiosa. Ele nunca foi muito popular em sua Pérsia natal; e existe no Ocidente numa tradução que é, na verdade, uma reelaboração completa de seus versos, em muitos casos bastante diferente do espírito (para não falar do conteúdo) do original. Eu também sou um homem traduzido. Fui *transportado*. Acredita-se em geral que alguma coisa sempre se perde na tradução; apego-me à noção

— e recorro, como prova, ao sucesso de Fitzgerald-Khayyam — que alguma coisa também pode ser ganha.

"A visão de você pelo meu amado telescópio", Shakil escreveu a Farah Zoroaster no dia em que declarou seu amor, "me deu forças para romper o poder de minhas mães." "*Voyeur*", ela replicou, "estou cagando para suas palavras. Suas bolas desceram para o saco muito cedo e você está com tesão, nada mais que isso. Não jogue os problemas da sua família para cima de mim." Ela era dois anos mais velha que ele, mas Omar Khayyam viu-se forçado mesmo assim a reconhecer que sua querida tinha a boca suja...

... Além do nome de um grande poeta, a criança recebeu o nome de família de suas mães. E como para sublinhar o que elas tencionavam ao lhe dar o nome do imortal Khayyam, as três irmãs deram um nome também àquela edificação subiluminada e toda comunicante que era agora todo o país que possuíam: a casa foi chamada de Nishapur. Assim, um segundo Omar cresceu num segundo local com esse nome e de quando em quando, à medida que crescia, ele captava uma estranha expressão nos seis olhos de suas três mães, um olhar que parecia dizer apresse-se, estamos esperando seus poemas. Mas (repito) nenhum rubaiyat jamais saiu de sua pena.

Sua infância havia sido excepcional para qualquer padrão, porque o que se aplicava a mães e criados, nem é preciso dizer, aplicava-se também ao nosso herói periférico. Omar Khayyam passou doze longos anos, os anos mais cruciais de seu desenvolvimento, preso dentro daquela mansão isolada, aquele terceiro mundo que não era nem material nem espiritual, mas uma espécie de concentrada decrepitude formada dos restos em decomposição desses dois tipos mais familiares de cosmos, um mundo com o qual ele se depararia constantemente — assim como a profusão de objetos caindo aos pedaços naftalinados, cheios de teias de aranhas, cobertos contra a poeira —, os miasmas persistentes, evanescentes de ideias descartadas e sonhos esquecidos.

O gesto finamente calculado com que suas três mães tinham se isolado do mundo havia criado uma zona tórrida, entropical onde, apesar de todo o apodrecimento do passado, nada novo parecia capaz de crescer e da qual escapar depressa passou a ser a ambição juvenil mais prezada de Omar Khayyam. Naquele hediondo universo fronteiriço indeterminado, sem saber da curvatura do espaço e do tempo, graças à qual aquele que corre mais longe e mais forte inevitavelmente termina, ofeganterresfolegante, com tendões distendidos gritando, na linha de chegada, ele sonhava com saídas, sentindo que na claustrofobia de Nishapur sua própria vida estava em jogo. Ele era, afinal de contas, algo novo naquele infértil labirinto erodido pelo tempo.

Já ouviu falar daquelas crianças-lobo, amamentadas — devemos supor — nas múltiplas tetas de uma fêmea peluda a uivar para a lua? Resgatadas da matilha, elas mordem perversamente no braço os seus salvadores; presas numa rede e enjauladas, são levadas fedendo a carne crua e matéria fecal para a luz emancipada do mundo, os cérebros muito imperfeitamente formados para serem capazes de adquirir mais do que os rudimentos apenas fundamentais da civilização... Omar Khayyam também se alimentou em muitas glândulas mamárias; e ele vagou uns quatro mil dias na selva infestada de coisas que era Nishapur, sua selva murada, sua terra-mãe; até conseguir que fossem abertas as fronteiras ao fazer um desejo no dia de seu aniversário que não podia ser satisfeito por nada erguido pela máquina de Mistri Balloch.

"Esqueça essa história de filho da selva", Farah caçoou quando Omar experimentou a história com ela, "você não é porra nenhuma de homem-macaco, filho jim." E, educacionalmente falando, ela estava certa; mas ela havia também negado a selvageria, o mal dentro dele; e ele provou no próprio corpo dela que ela estava errada.

Comecemos pelo começo: durante doze anos, ele teve o controle da casa. Pouco (exceto a liberdade) lhe era negado. Um moleque mimado e vulpino; quando ele uivava, suas mães o acariciavam... e depois que os pesadelos começaram e ele passou a desistir de dormir, mergulhou mais e mais nas profundidades aparentemente sem fundo daquele reino decadente. Acredite quando digo que ele cambaleava por corredores há tanto tempo não pisados que seus pés calçados com sandálias afundavam na poeira até os tornozelos; que ele descobriu escadas arruinadas inutilizadas por terremotos muitantigos que as tinham feito se erguer em montanhas afiadas como dentes e também cair e revelar escuros abismos de medo... no silêncio da noite e nos primeiros sons do amanhecer, ele explorou além da história aquilo que parecia positivamente a antiguidade arqueológica de Nishapur, descobrindo em almirahs cujas portas de madeira se desintegravam sob o toque de seus dedos as formas impossíveis de cerâmica neolítica pintada ao estilo kotdiji; ou em cozinhas cuja existência não era nem mais suspeitada ele olhava ignorante utensílios de bronze de idade absolutamente fabulosa; ou em regiões daquele palácio colossal que tinham sido abandonadas havia muito por causa do colapso do encanamento, ele mergulharia nas complexidades do sistema de água de tijolos exposto por terremotos e que estava superado havia séculos.

Em uma ocasião ele se perdeu inteiramente e correu como um louco sem rumo, como um viajante do tempo que perdeu sua cápsula mágica e teme nunca emergir da desintegradora história de sua raça, e chegou a um beco sem saída, olhando com horror para uma sala cuja parede externa havia sido parcialmente demolida por grandes, grossas raízes de árvores em busca de água. Tinha talvez dez anos quando teve seu primeiro vislumbre do mundo externo livre. Bastava apenas que ele atravessasse a parede arruinada, mas o presente tinha surgido diante dele sem aviso suficiente e, tomado de surpresa pela chocante promessa da luz do amanhecer jorrando pelo buraco, ele girou nos calcanhares e fugiu, o terror o levou cegamente de volta a seu quarto confortável e reconfortante. Depois, quando teve tempo de considerar as coisas, tentou refazer seu trajeto, armado com um novelo de fio surrupiado; porém, por muito que tentasse, nunca mais encontrou o caminho para aquele lugar no labirinto de sua juventude onde vivia o minotauro da luz solar proibida.

"Às vezes, eu encontrava esqueletos", ele jurou à incrédula Farah, "tanto humanos como de animais." E mesmo onde ossos estavam ausentes, ocupantes mortos de épocas passadas da casa entravavam seus passos. Não do jeito que você pensa! — Nada de uivos, nem clangor de correntes! — Mas sentimentos desencarnados, os fumos sufocantes de antigas esperanças, temores, amores; e por fim, enlouquecido pelas opressões fantasmagóricas, pesadas de ancestrais desses recessos remotos do prédio em ruínas, Omar Khayyam vingou-se (não muito depois do episódio da parede quebrada) de seu ambiente antinatural. Estremeço ao registrar seu vandalismo: armado com um cabo de vassoura e um machado indevidamente obtido, ele assolou passagens empoeiradas e quartos cheios de vermes, estilhaçou armários de vidro, abateu divãs polvilhados de esquecimento, pulverizou bibliotecas carcomidas; cristais, pinturas, elmos enferrujados, restos finos como papel de inestimáveis tapetes de seda foram destruídos para além de qualquer possibilidade de recuperação. "Tome isto", ele guinchava em meio aos cadáveres de sua inútil história massacrada, "tome isto, velharia!", e então explodiu (derrubando um machado culpado e a vassoura de limpar) em lágrimas ilógicas.

Deve-se informar que mesmo naqueles dias ninguém acreditava nas histórias do menino sobre as ilimitadas infinitudes da casa. "Filho único", Hashmat Bibi chiava, "eles sempre sempre vivem dentro da cabeça deles, coitados." E os três criados homens também riam: "Ouvindo você, baba, a gente pensa que esta casa cresceu tão tão grande que não deve ter espaço em mais nenhum lugar do mundo!". E as três mães, tolerantemente sentadas em seu sofá de balanço favorito, estenderam mãos cheias de tapinhas e encerraram o assunto: "Ao menos ele tem uma imaginação rica", disse Manni-a-do-meio, e Mamãe Banny acrescentou: "Vem do nome poético dele". Preocupada que ele pudesse ser sonâmbulo, Chhanne-mã ordenou que um criado colocasse sua esteira de dormir na frente do quarto de Omar Khayyam; mas então ele já havia deixado as zonas mais fantasiosas de Nishapur inatingíveis para sempre. Depois que se abateu sobre as coortes da história como um lobo (ou filhote de lobo) no meio do rebanho, Omar Khayyam Shakil limitou-se às bem trilhadas, varridas e espanadas regiões utilizadas da casa.

Alguma coisa — provavelmente remorso — levou-o ao estúdio de painéis escuros de seu avô, uma sala forrada de livros em que as três irmãs jamais tinham entrado desde a morte do velho. Ali ele descobriu que os ares de grande conhecimento do sr. Shakil eram um embuste, assim como sua pretensa habilidade nos negócios; porque os livros todos tinham a marca de *ex libris* de um certo coronel Arthur Greenfield, e muitas de suas páginas não tinham sido cortadas. Era uma biblioteca de cavalheiro, comprada *in toto* do desconhecido coronel e que permanecera inutilizada durante toda a sua permanência na casa Shakil. Agora Omar Khayyam caía sobre ela com vontade.

Aqui devo louvar seus dotes autodidatas. Porque no momento em que deixou Nishapur tinha aprendido árabe e persa clássicos; também latim, francês e alemão, tudo com a ajuda dos dicionários encadernados em couro e os textos nunca usados da enganosa vaidade de seu avô. Em que livros o jovem mergulhou! Manuscritos com iluminuras da poesia de Ghalib; volumes de cartas escritas pelos imperadores mughal a seus filhos; a tradução de Burton para *Alf laylah wa laylah*, e as *Viagens*, de Ibn Battuta, e a Qissa ou contos do legendário aventureiro Hatim Tai... sim, sim, vejo que devo retirar (como Farah havia instruído Omar a retirar) a enganosa imagem de Mogli, o filho da selva.

A contínua transferência de objetos dos aposentos da moradia, via monta-cargas, para a casa de penhores a intervalos regulares trazia à luz coisas escondidas. Aqueles quartos imensos lotados até em cima com o legado material de gerações de antepassados com grande apetite aquisitivo foram sendo aos poucos esvaziados, de forma que na época em que Omar Khayyam tinha dez anos e meio havia espaço suficiente para circular sem bater na mobília a cada passo. E um dia as três mães mandaram uma criada ao estúdio para remover de suas vidas um biombo de nogueira finamente entalhado em que era retratada a mítica montanha circular de Qaf, completa, com os trinta pássaros fazendo o papel de Deus em cima. O sumiço da conferência dos pássaros revelou a Omar Khayyam uma pequena estante recheada de volumes sobre a teoria e a prática da hipnose; mantras sânscritos, compêndios da sabedoria dos magos persas, um exemplar em couro da *Kalevala* dos finlandeses, um relato do hipnoexorcismo do padre Gassner de Klosters e um estudo da teoria do "magnetismo animal" do próprio Franz Mesmer; também (e utilíssimos) uma porção de manuais do tipo faça-você-mesmo em edições baratas. Omar Khayyam começou a devorar esses livros vorazmente, únicos na biblioteca que não traziam o nome do literato coronel; esses eram o verdadeiro legado de seu avô, e o levaram a um envolvimento de vida inteira com essa ciência arcana que possui um tão assombroso poder para o bem ou para o mal.

Os criados da casa eram tão subocupados quanto ele; suas mães aos poucos foram ficando relaxadas com coisas como limpeza e cozinha. O trio de criados homens transformou-se então nos primeiros e voluntários pacientes de Omar Khayyam. Praticando com a ajuda de uma brilhante moeda de quatro annas, ele os pôs para dormir, descobrindo com orgulho seu talento para a arte: mantendo sem esforço sua voz num plano uniforme e monótono, ele os induziu a transes e descobriu, entre outras coisas, que os impulsos sexuais que suas mães pareciam ter perdido completamente desde seu nascimento não haviam se aquietado do mesmo modo nesses homens. Em transe, eles confessaram alegremente os segredos de suas carícias mútuas e abençoaram a trindade maternal por ter assim alterado as circunstâncias de suas vidas de modo que seus verdadeiros desejos puderam lhes ser revelados. O satisfeito amor tríplice dos criados homens fornecia um curioso equilíbrio ao amor igual, porém inteiramente platônico, das três irmãs uma pela outra. (Mas Omar Khayyam continuou a se amargurar, apesar de se ver cercado de tantas intimidades e afetos.)

Hashmat Bibi também concordou em "apagar". Omar a fez imaginar que estava flutuando em uma macia nuvem cor-de-rosa. "Você está afundando mais", ele entoou para ela deitada em sua esteira, "e mais na nuvem. É bom estar na nuvem; você quer afundar mais e mais." Esses experimentos tiveram um trágico efeito colateral. Logo depois de seu décimo segundo aniversário, suas mães foram informadas pelos três amorosos criados homens, que olhavam acusadoramente para o jovem amo ao falar, que Hashmat parecia ter procurado voluntariamente a morte; em seu fim, foi ouvida a murmurar: "... mais fundo, mais fundo no coração da nuvem cor-de-rosa". A velha, ao ter relances do não-ser através dos poderes mediadores da voz do jovem hipnotizador, finalmente afrouxara a vontade férrea com que se apegara à vida pelo que dizia ser mais de cento e vinte anos. As três mães pararam de balançar em seus assentos e ordenaram que Omar Khayyam abandonasse o mesmerismo. Mas então o mundo tinha mudado. Tenho de voltar um pouco para descrever a transformação. O que também foi descoberto nas salas que aos poucos se esvaziavam: o telescópio anteriormente mencionado. Com o qual Omar Khayyam espionava das janelas do andar superior (sendo as do andar térreo permanentemente fechadas e travadas): o mundo visto como um disco brilhante, uma lua para seu prazer. Ele assistiu a guerras de pipas entre coloridos *patangs* de rabiola, cujos cordões eram pretos e mergulhados em vidro moído para ficarem cortantes como navalhas; ouvia os gritos dos vencedores — "Boi-oi-oi! Boi-oi!" — vindo até ele na brisa poeirenta; uma vez uma pipa verde e branca, com o cordão cortado, caiu por uma janela aberta. E então, pouco antes de seu décimo segundo aniversário, passeou para dentro de sua lua ocular a figura incompreensivelmente atraente de Farah Zoroastro, na época com não mais que catorze anos, mas já dona de um corpo que se movimentava com a sabedoria física de uma mulher, e então, nesse exato instante, ele sentiu a voz rachar na garganta, enquanto abaixo do cinto outras coisas desciam também, para assumir seu devido lugar, um pouco antes da hora, em um saco até então vazio. Seu desejo pelo exterior foi imediatamente transformado em uma surda dor na virilha, uma fisgada nas entranhas; o que se seguiu foi talvez inevitável.

Ele não era livre. Sua errante liberdade-da-casa era apenas a pseudoliberdade de um animal de zoológico; e suas mães eram guardas amorosas, cuidadosas. Suas três mães: quem mais implantou em seu coração a certeza de ser uma personalidade lateral, um observador das coxias da própria vida? Ele as observou durante uma dúzia de anos e, sim, é preciso dizer, odiava-as pela proximidade delas, pela maneira como se sentavam de braços dados em seu rangente sofá de balanço, pela tendência a se perderem em risos na língua particular de sua mulherice, pela maneira de se abraçarem, de encostarem a cabeça e cochicharem sobre sabe-lá-oquê, de uma terminar a frase da outra. Omar Khayyam, murado em Nishapur, tinha sido excluído da sociedade humana pela estranha resolução de suas mães; e isso, a tríplice unidade de suas mães, redobrava seu senso de exclusão, de estar, em meio a objetos, fora das coisas.

Doze anos cobraram seu preço. De início, o grande orgulho que tinha levado Chhanne, Manni e Banny a rejeitar Deus, a memória de seu pai e seu lugar na sociedade permitira que elas mantivessem os padrões de comportamento que eram praticamente o único bem que o pai lhes legara. Levantavam-se todas as manhãs com segundos de diferença de uma para a outra, escovavam os dentes para cima, para baixo e para os lados cinquenta vezes cada, com bastões de eucalipto e depois, com roupas idênticas, aplicavam óleo no cabelo e penteavam-se uma à outra, prendiam flores brancas nos coques que faziam com seus cachos. Dirigiam-se aos criados e também uma à outra com a forma polida do pronome da segunda pessoa. A rigidez de seu porte e a precisão de suas instruções davam um brilho de legitimidade a todas as suas ações, inclusive (o que sem dúvida era a questão) à produção de um filho ilegítimo. Mas devagar, devagar, elas deslizavam.

No dia da partida de Omar Khayyam para a cidade grande, sua mãe mais velha contou-lhe um segredo que estabeleceu uma data para o começo do declínio delas. "Nós não queríamos nunca parar de amamentar você", ela confessou. "Mas agora você sabe que não é normal um menino de seis anos ainda mamar no peito; só que você mamou em meia dúzia, um para cada ano. No seu sexto aniversário, renunciamos a esse maior dos prazeres e depois disso nada mais foi igual, começamos a esquecer a razão das coisas." Durante os seis anos seguintes, enquanto os seios secavam e encolhiam, as três irmãs perderam a firmeza e o porte do corpo que garantia grande parte da beleza delas. Ficaram flácidas, havia nós em seus cabelos, perderam o interesse na cozinha, os criados faziam o que bem entendiam. Porém as três declinavam no mesmo ritmo e de maneira idêntica; os laços de sua identidade permaneciam intactos.

Lembre-se disto: as irmãs Shakil nunca receberam educação adequada, a não ser de comportamento, enquanto seu filho, no momento em que mudou de voz, já tinha algo de um prodígio autodidata. Ele tentou interessar suas mães em seu aprendizado, mas quando expunha as provas tão elegantes dos teoremas euclidianos ou discorria eloquentemente sobre a imagem platônica da Caverna, elas rejeitavam essas ideias desconhecidas e estranhas. "Língua incompreensível de angrez", dizia Chhanne-mã, e as três mães davam de ombros juntas. "Quem pode entender o cérebro dessa gente maluca?", perguntava Manni-a-do-meio com um tom de encerrar o assunto. "Eles leem livros da esquerda para a direita."

O desinteresse de suas mães por assuntos intelectuais acentuou a sensação de Omar Khayyam, incipiente e semiarticulada, de ser um estrangeiro, tanto por ser uma criança talentosa cujos talentos estavam sendo devolvidos por suas mães, como porque, apesar de todo seu aprendizado, adivinhava que o ponto de vista das mães comprometia seu desenvolvimento. Sofria a sensação de estar perdido dentro de uma nuvem, cujas cortinas se abriam ocasionalmente para oferecer tentadores relances do céu... apesar do que ele havia murmurado a Hashmat Bibi, nebulosidade não era atraente para o menino.

Pois então. Omar Khayyam Shakil tem quase doze anos. Está gordo e seu órgão gerador, recém-potente, possui também uma dobra de pele que deveria ter sido removida. Suas mães estão perdendo de vista as razões de suas vidas; enquanto ele, ao contrário, da noite para o dia tornou-se capaz de níveis de agressividade anteriormente estranhos à sua natureza afável de menino gordo. Proponho (já havia insinuado antes) três causas: primeira, sua visão da Farah de catorze anos na lua da lente de seu telescópio; segunda, seu embaraço quanto à fala alterada, que oscila fora de controle entre grasnidos e coaxos enquanto um feio nó sobe e desce em sua garganta como uma rolha; e não se pode esquecer a terceira, exatamente as mutações honradas (ou desonradas) pelo tempo da bioquímica púbere sobre a personalidade masculina adolescente... Ignorantes dessa conjunção de forças diabólicas sobre seu filho, as três mães cometeram o erro de perguntar a Omar Khayyam o que ele desejava de aniversário.

Ele as surpreendeu ficando emburrado: "Vocês nunca vão me dar, para que pedir?". Horrorizados suspiros maternos. Seis mãos voam para três cabeças e assumem as posições de "não ouço não vejo não falo". Mãe Chhanne (mãos nos ouvidos): "Como ele pode dizer isso? O menino, o que ele está dizendo?". E a intermediária Manni, espiando tragicamente por entre os dedos: "Alguém perturbou nosso anjo, é claro de se ver". E Baby Banny tira as mãos da boca que não fala nada de mau: "Peça! Peça, sim! O que nós podemos recusar? O que é tão grande que não faríamos?".

45

Então explode dele, uivando: "Me deixar sair desta casa horrível", e então, muito mais baixo, no silêncio dolorido que suas palavras geraram: "e me contar o nome de meu pai". "Audácia! Que audácia do moleque!" — isso de Manni, sua mãe do meio; depois suas irmãs a puxam para um abraço voltado para dentro, braços nas cinturas naquela pose de obscena unidade que o garoto acha tão difícil de engolir.
"Não falei?", ele grunhe em falsetes de angústia. "Então por que arrancar isso de mim?"
Mas agora é possível observar uma mudança. Sílabas beligerantes escapam do rolo maternal, porque o pedido do menino dividiu as irmãs pela primeira vez em mais de uma década. Estão discutindo, e a discussão é uma coisa áspera, difícil, uma disputa entre mulheres que tentam lembrar as pessoas que um dia foram.
Quando emergem dos detritos de sua identidade explodida, fazem heroicas tentativas de fingir para Omar, e para si mesmas, que nada sério aconteceu; mas embora as três se apeguem à decisão coletiva que foi tomada, o menino não consegue ver unanimidade numa máscara mantida no lugar com considerável dificuldade.
"São pedidos razoáveis", Baby Banny fala primeiro, "e ao menos um será atendido."
Seu triunfo o aterroriza; a rolha da garganta pula, quase tão longe quanto a língua: "Qualqualqual?", pergunta, temeroso.
Manni assume. "Será pedida uma nova mochila e você vai entrar na máquina de Mistri", ela declara gravemente, "e irá à escola. Não precisa ficar muito contente", acrescenta, "porque quando sair desta casa será atacado com muitos nomes duros, que as pessoas atirarão em você como facas pela rua." Manni, a mais feroz oponente à sua liberdade, teve a língua afiada no aço de sua derrota.

Por fim, a mãe mais velha pronunciou sua parte. "Volte para casa sem bater em ninguém", instruiu, "senão saberemos que eles dobraram seu orgulho e fizeram você sentir a emoção proibida da vergonha."

"Esse seria um efeito completamente aviltante", disse a média-Manni.

Esta palavra: vergonha. Não, tenho de escrevê-la em sua forma original, não nesta língua peculiar tingida de conceitos errados e detritos acumulados pelo passado não arrependido de seus donos, este angrezi em que sou forçado a escrever e que para sempre altera o que está escrito...

Sharam, essa é a palavra. Para a qual essa trêmula *"shame"*, vergonha, é uma tradução inteiramente inadequada. Três letras, *shìn rè mìm* (escritas, claro, da direita para a esquerda); mais acentos *zabar* indicando os sons curtos das vogais. Uma palavra curta, mas que contém enciclopédias de nuances. Não foi só vergonha que suas mães proibiram Omar Khayyam de sentir, mas também embaraço, desconforto, decência, modéstia, timidez, a sensação de ter um lugar determinado no mundo e outros dialetos de emoção para os quais o inglês não tem contrapartidas. Por mais determinadamente que se fuja de um país, a pessoa é obrigada a levar alguma bagagem de mão, e será possível duvidar que Omar Khayyam (para nos concentrarmos nele), tendo sido proibido de sentir vergonha (verbo intransitivo: *sharmàna*) em tenra idade, tenha continuado sob os efeitos dessa notável proibição ao longo de seus anos posteriores, sim, muito depois de escapar da zona de influência de suas mães?

Leitor: não será.

Qual é o oposto de vergonha? O que resta quando a *sharam* é eliminada? Isso é óbvio: a sem-vergonhice.

* * *

Devido ao orgulho de suas mães e às circunstâncias singulares de sua vida, Omar Khayyam Shakil, aos doze anos de idade, era totalmente alheio à emoção que lhe estava sendo proibida. "Como é sentir isso?", ele perguntou, e suas mães, vendo sua perplexidade, ensaiaram explicações. "O rosto fica quente", disse Banny-a-mais-nova, "mas o coração começa a tremer." "Faz a mulher sentir vontade de chorar e morrer", disse Chhanne-mã, "mas os homens, faz eles ficarem loucos." "Exceto algumas vezes", murmurou a mãe do meio com profético desdém, "em que acontece o contrário."

A divisão das três mães em seres separados tornou-se, nos anos seguintes, mais e mais claradesever. Discutiam pelas mais alarmantes bobagens, como quem deveria escrever as mensagens colocadas no monta-cargas, ou se deviam tomar o chá de menta e biscoitos do meio da manhã na saleta ou na varanda. Era como se ao mandar o filho para as arenas ensolaradas da cidade tivessem se exposto à própria coisa que tinham proibido que ele experimentasse; como se no dia em que o mundo pousasse os olhos pela primeira vez em seu Omar Khayyam as três irmãs fossem finalmente penetradas pelas setas proibidas de *sharam*. As querelas terminaram quando ele deu sua segunda escapada; mas nunca mais se reuniram propriamente até decidirem repetir o ato de maternidade...

E há uma questão ainda mais estranha a relatar. É a seguinte: quando elas se dividiram por causa dos desejos de aniversário de Omar Khayyam, eram indistinguíveis havia tempo demais para reter qualquer senso exato de suas identidades anteriores — e, bem, vamos falar claro de uma vez, o resultado foi que se dividiram de um jeito errado, misturaram tudo, de forma que

Banny, a mais nova, começou a apresentar cabelos grisalhos prematuros e a assumir ares de rainha que tinham sido prerrogativa da irmã mais velha; enquanto a grande Chhanne parecia ter se tornado uma alma dilacerada, incerta, uma irmã de metades e vacilações; e Manni desenvolveu uma irritante petulância que é característica tradicional do caçula de qualquer geração e que nunca deixa de ser direito dessa caçula, por mais velha que seja.

No caos de sua regeneração, as cabeças erradas acabaram nos corpos errados; elas se transformaram em centauros, mulheres-peixes, híbridos psicológicos; e é claro que essa confusa separação de personalidades trouxe consigo a consequência de que elas não eram ainda genuinamente diversas, porque só podiam ser compreendidas se fossem tomadas como um todo.

Quem não quereria escapar de tais mães? Em anos posteriores, Omar Khayyam se lembraria de sua infância como um amante que, abandonado, lembra sua amada: sem mudanças, incapaz de envelhecer, uma memória mantida prisioneira em um círculo de fogo do coração. Só que ele lembrava com ódio em vez de amor; não com chamas, mas gélido, gélido. O outro Omar escreveu grandes coisas sobre o amor; a história de nosso herói era mais pobre, sem dúvida porque foi marinada em bile.

E seria fácil afirmar que ele desenvolveu pronunciadas tendências misóginas em terna idade. Que todo o seu subsequente trato com as mulheres foram atos de vingança contra a lembrança de suas mães. Mas eu falo em defesa de Omar Khayyam: durante toda sua vida, tudo o que fez, o que se tornou, ele cumpriu seu dever filial e pagou as contas delas. O penhorista Chalaak sahib parou de fazer visitas ao monta-cargas; o que indica a existência de amor, amor de algum tipo... mas ele ainda não cresceu. Agora mesmo a mochila chegou via máquina de Mistri; está agora pendurada ao ombro do escapista de doze anos; ele agora entra no monta-cargas e a mochila começa a descer de volta à terra. O aniversário de doze anos de Omar Khayyam trouxe-lhe liberdade em vez de bolo; além disso, dentro da mochila, cadernos de pautas azuis, uma lousa, uma prancha de madeira lavável e algumas penas de escrever para praticar a sinuosa escrita de sua língua-mãe, giz, lápis, uma régua de madeira e uma caixa de instrumentos de geometria, transferidor, compasso de pontas fixas e móveis. Mais uma pequena caixa de alumínio para matar sapos com éter. Com as armas do aprendizado penduradas no ombro, Omar Khayyam deixou suas mães, que sem palavras (e ainda em uníssono) acenaram adeus.

Omar Khayyam Shakil nunca esqueceu o momento em que emergiu do monta-cargas para a poeira da terra de ninguém em torno da mansão de sua infância que se erguia como um pária entre o Acantonamento e a cidade; ou sua primeira visão do comitê de recepção, com um de seus membros carregando uma guirlanda do tipo mais inesperado.

Quando a mulher do melhor comerciante de objetos de couro da cidade recebeu a encomenda das irmãs de uma mochila escolar trazida pelo mensageiro que ela mandava ao monta-cargas a cada quinze dias de acordo com as ordens ainda vigentes das Shakil, ela, Zinat Kabuli, imediatamente correu até a casa de sua melhor amiga, a viúva Farida Balloch, que vivia com seu irmão Bilal. Os três, que nunca deixaram de acreditar que a morte de Yakub Balloch na rua era resultado direto de ele ter se envolvido com as irmãs anacoretas, concordaram que o produto em carne e osso do escândalo de tanto tempo atrás devia estar para emergir à luz do dia. Posicionaram-se na frente da casa Shakil para esperar o evento, mas não sem antes Zinat Kabuli ter desenterrado dos fundos de sua loja um saco de estopa cheio de velhos sapatos, sandálias e chinelos apodrecidos, sem nenhum valor concebível para ninguém, calçados aniquilados que estavam à espera da uma ocasião como aquela, e que foram agora amarrados uns aos outros para formar o pior de todos os insultos, ou seja, um colar de sapatos. "A guirlanda de sapatos", jurou a viúva Balloch a Zinat Kabuli, "espere para ver se eu mesma não coloco no pescoço desse menino." A semana inteira de vigília de Farida, Zinat e Bilal inevitavelmente chamou atenção, portanto quando Omar Khayyam saltou do monta-cargas, a eles haviam se juntado diversos tolos e ofensores, moleques esfarrapados e caixeiros desempregados, lavadeiras a caminho dos ghats. Presente também estava o carteiro da cidade, Muhammad Ibadalla, que exibia na testa a *gatta*, ou ferida permanente que revelava que ele era um fanático religioso que comprimia a testa no tapete de oração ao menos cinco vezes *per diem* e, provavelmente, também na sexta vez opcional. Esse Ibadalla tinha conseguido seu emprego através da maligna influência daquela serpente barbada que ficava a seu lado no calor, o santo local, o notório Maulana Dawood, que andava pela cidade em uma motoneta doada pelos sahibs angrez, ameaçando os cidadãos com a danação. Acontece que esse Ibadalla havia se ofendido com a decisão das damas Shakil de não mandarem a sua carta ao diretor da escola do Acant via serviços postais. Em vez disso, a carta tinha sido incluída no envelope enviado pelo monta-cargas à moça das flores, Azra, junto com um pagamento extra. Ibadalla vinha cortejando essa Azra fazia algum tempo, mas ela ria dele. "Não me interessa um tipo que passa tanto tempo com o traseiro mais alto que a cabeça." Então a decisão das irmãs de confiar sua carta aos cuidados dela atingiu o carteiro como um insulto pessoal, uma maneira de minar seu *status* e também uma prova mais do desrespeito delas a Deus, pois não haviam se aliado por meio desse infame ato de correspondência com uma prostituta que fazia piadas sobre a oração?

"Vejam", Ibadalla gritou energicamente quando Omar Khayyam tocou o chão, "lá vem a semente do Diabo."
Ocorreu então um infeliz incidente. Ibadalla, ofendido com a questão de Azra, tinha falado primeiro, provocando assim o desagrado de seu benfeitor, Maulana Dawood, uma perda de apoio divino que arruinava a chance de promoção futura do carteiro e que intensificou seu ódio por todos os Shakils; porque é claro que Maulana pensava que era seu o direito de começar o ataque ao pobre, gordo, prematuramente pubescente símbolo do pecado encarnado. Numa tentativa de retomar a iniciativa, Dawood pôs-se de joelhos na poeira aos pés de Omar; afundou a testa em êxtase na terra junto aos dedos dos pés de Omar e bradou: "Ó Deus! Ó Senhor do flagelo! Traz sobre esta abominação humana Tua ardente fonte de fogo!". *Et cetera*. Essa demonstração grosseira irritou grandemente os três que tinham mantido a vigília original. "De quem foi o marido que morreu por causa de um elevador?", Farida chiou para sua amiga. "Desse velho gritalhão? Então quem deveria estar falando agora?" O irmão dela, Bilal, não parou para falar; cordão de sapatos na mão, avançou, mugindo com aquela voz estentórea que era quase igual à voz fabulosa de seu xará, aquele primeiro, negro Bilal, o muezim do Profeta: "Rapaz! Carne de infâmia! Sorte sua eu não fazer mais do que isto! Acha que eu não conseguiria esmagar você como um mosquito?". E ao fundo, como ecos roucos, moleques de rua lavadeiras caixeiros entoavam: "Semente do Diabo! — Fonte de fogo! — De quem é o marido que morreu? — Como um mosquito!". Estavam todos se fechando sobre ele, Ibadalla e Maulana e três vigilantes vingadores, enquanto Omar ficava parado como um mangusto hipnotizado por uma cobra, mas à volta toda dele as coisas descongelavam, doze anos de preconceitos suspensos da cidade voltavam à vida... e Bilal não conseguiu aguentar mais, correu até o menino no momento em que Dawood se prostrava

pela décima sétima vez; a guirlanda de sapatos foi atirada na direção de Omar; e bem nesse momento Maulana endireitou o corpo para uivar a Deus, interpondo um pescoço esquelético entre os sapatos ofensivos e seu alvo, e ali, o que se viu em seguida foi o fatal colar pendurado por acidente no pescoço do homem santo.

Omar Khayyam começou a rir: tal pode ser o efeito do medo. E moleques riram com ele; até a viúva Balloch teve de batalhar para não rir até que o riso saiu como água de seus olhos. Naquela época, as pessoas não eram tão respeitosas com os servos de Deus como nos dizem que se tornaram hoje... Maulana Dawood ergueu-se com morte na cara. Não sendo tolo, porém, logo desviou o rosto do gigante Bilal e dirigiu suas garras a Omar Khayyam, que foi salvo pela abençoada figura, a abrir caminho pela multidão, do sr. Eduardo Rodrigues, mestre-escola, que chegara conforme o combinado para levar o novo aluno à escola. E junto com Rodrigues estava uma visão de tamanha alegria que o perplexo Khayyam esqueceu de imediato o perigo que chegara tão perto. "Esta é Farah", Rodrigues disse a ele, "ela está duas séries na sua frente." A visão olhou para Omar; depois para o Maulana com o colar de sapatos, que em sua raiva esquecera de tirar a guirlanda; então empinou a cabeça e rugiu.

"Meu Deus, yaar", disse ela a Omar, sua primeira palavra uma blasfêmia casual, "por que você não ficou sentado em casa? Esta cidade já está cheia de idiotas."

3. Gelo derretido

Fria, branca como uma geladeira, ela ficava em meio a gramados ofensivamente verdes: a Escola do Acantonamento. Em seus jardins as árvores também floriam, porque os sahibs angrez haviam desviado grande quantidade do parco suprimento de água da região para as mangueiras com que os jardineiros do Acant circulavam o dia inteiro. Era claro que aqueles curiosos seres cinzentos de um úmido mundo do Norte não conseguiam sobreviver a menos que grama, primaveras, tamarindos e jacas também vicejassem. Quanto aos brotos humanos nutridos na Escola: brancos (cinzentos) assim como marrons, iam da idade de três à idade de dezenove anos. Mas depois da idade de oito anos, o número de crianças angrez diminuía bastante e as crianças nos níveis superiores eram uniformemente marrons. O que acontecia com as crianças de pele clara depois de seu oitavo aniversário? Morte, desaparecimento, um súbito afluxo de produção de melanina em suas peles? Não, não. Para a resposta verdadeira seria preciso conduzir extensa pesquisa nos registros antigos das companhias de vapores e nos diários de damas há muito extintas, naquilo que os colonizadores angrez chamavam de terra-mãe, mas que era de fato uma terra de tias solteironas e outras mulheres, parentes mais distantes, a quem as crianças eram enviadas para salvá-las dos perigos de uma criação oriental... mas essa pesquisa fica além dos recursos do autor, que se vê forçado a desviar os olhos de questões secundárias sem mais demora.

Escola é escola; todo mundo sabe o que acontece lá. Omar Khayyam era um menino gordo, então recebeu o que meninos gordos recebem, insultos, bolotas de tinta na nuca, apelidos, algumas pancadas, nada especial. Quando seus colegas descobriram que ele não tinha nenhuma intenção de protestar contra qualquer zombaria devido a suas origens incomuns, eles simplesmente o deixaram em paz, contentando-se com o ocasional versinho de pátio de colégio. Isso lhe servia muito bem. Sem vergonha nenhuma, acostumado à solidão, ele começou a gostar de sua quase invisibilidade. De sua posição à margem da vida escolar, sentia um prazer indireto nas atividades daqueles à sua volta, comemorando em silêncio a ascensão ou queda deste ou daquele imperador do parquinho, ou o fracasso nas provas de colegas particularmente desagradáveis: os deleites do espectador.

Uma vez, por acaso, ficou parado num canto sombreado do espaço pesadamente arborizado e observou dois dos mais velhos se afagando com vigor atrás de uma bútea. Observar suas carícias encheu-o de uma satisfação calorosa e ele decidiu procurar outras oportunidades de exercer esse novo passatempo. Quando ficou mais velho e deixaram que dormisse mais tarde, tornou-se hábil na atividade de sua escolha; a cidade revelava seus segredos a seus olhos onipresentes. Através de esteiras ineficientes, ele espionou as cópulas do carteiro Ibadalla com a viúva Balloch, e também, em outro lugar, com a melhor amiga dela, Zinat Kabuli, de forma que a notória ocasião em que o carteiro, o comerciante de produtos de couro e Bilal, o boca suja, avançaram uns nos outros com facas numa vala e terminaram mortos, os três, para ele não houve mistério; mas era jovem demais para entender por que Zinat e Farida, que por direito deveriam se odiar como veneno quando tudo veio à tona, em vez disso juntaram os trapos e viveram, depois da tripla mortandade, em inabalável amizade e celibato pelo resto de seus dias.

Para ser franco: o que o telescópio começou a longa distância, Omar Khayyam continuou em *close up*. Não tenhamos medo de mencionar a palavra *"voyeur"*, lembrando que ela já foi mencionada (em contexto telescópico) por Farah Zoroaster. Mas agora que o chamamos de xereta, devemos dizer também que ele nunca foi pego, ao contrário daquele sujeito ousado em Agra que, dizem, olhou por cima de um muro alto para espionar a construção do Taj Mahal. Ele teve os olhos arrancados, ou pelo menos assim diz a história; ao passo que os espiadores de Omar Khayyam se abriram plenamente com seu voyeurismo, que revelou para ele a textura infinitamente rica e críptica da vida humana e também as delícias agridoces de viver através de outros seres humanos.

Ele teve um fracasso total. Nem é preciso dizer que o que as mães esconderam dele durante doze anos os colegas de escola revelaram em doze minutos: isto é, a história da legendária festa em que os oficiais de bigode tinham sido vistos, avaliados e depois... Omar Khayyam Shakil, obedecendo ordens maternas, não se envolvia em brigas quando provocado com essa saga. Ele existia em uma espécie de Éden da moral e descartava os insultos com um encolher de ombros; mas depois disso começou a observar os cavalheiros ingleses em busca de sinais, examinando-os em busca de semelhanças faciais consigo, esperando captar alguma expressão ou gesto casuais ou inadvertidos que pudessem revelar a identidade de seu desconhecido progenitor masculino. Não obteve sucesso. Talvez o pai tivesse ido embora havia muito, e vivesse, se ainda vivo, em algum bangalô à beira-mar, lambido pelas ondas da nostalgia dos horizontes de sua glória passada, acariciando alguns poucos miseráveis artefatos — chifres de caça de marfim, punhais kukri, uma fotografia de si mesmo numa caçada de tigre do marajá — que preservavam, nas prateleiras de seus anos de declínio, os ecos moribundos do passado, como conchas que ressoam de mares distantes... mas essas especulações eram infrutíferas. Incapaz de localizar um pai, o rapaz selecionou um para si entre os disponíveis, atribuindo a honra sem nenhuma reserva ao sr. Eduardo Rodrigues, o mestre-escola, um recém-chegado a Q., que desembarcou perdido de um ônibus um dia, anos antes, vestido de branco, com um chapéu Fedora na cabeça e uma gaiola vazia na mão.

E uma última palavra sobre as espiadoras de Omar Khayyam: como é claro que suas três mães também tinham começado a viver por vias indiretas, não conseguiam evitar e, naqueles dias de enfraquecimento da vontade, o interrogavam avidamente ao voltar do Exterior sobre as modas femininas e todas as minúcias da vida urbana, e se tinha ouvido alguma coisa a respeito *delas*; de vez em quando, cobriam os rostos com os xales, de forma que ficava evidente que não conseguiam mais se fechar à emoção que haviam anatematizado... espionar o mundo através dos olhos não confiáveis de seu filho (e naturalmente ele não contava tudo a elas), seu próprio voyeurismo por procuração produzia o efeito que se sabe que essas coisas classicamente produzem, isto é: enfraquecia a fibra moral delas. Talvez por isso tenham sido capazes de considerar a repetição de seu crime.

O sr. Eduardo Rodrigues era tão esguio e afiado como a sua enorme coleção de lápis, e ninguém sabia sua idade. Segundo o ângulo da luz batendo em seu rosto, ele podia assumir a aparência de um adolescente de olhos brilhantes insolentes ou o ar doloroso de um homem afogado em ontens semigastos. Um sulista inexplicado, ele constituía uma figura misteriosa na cidade, tendo ido, ao chegar, diretamente do terminal de ônibus para a Escola do Acantonamento, onde conseguiu convencer que lhe dessem um posto de professor antes da noite cair. "É preciso ser incomum", foi toda a explicação que conseguiu dar, "quando se quer espalhar a Palavra."

Morava em um quarto austero, como locatário de um dos menos afortunados sahibs angrez. Em suas paredes, pendurou um crucifixo e também colou uma porção de imagens baratas tiradas de calendários, de uma adorável terra costeira em que palmeiras ondulavam contra um pôr do sol impossivelmente laranja e uma catedral barroca se erguia, semiencoberta por trepadeiras, numa ilhota oceânica cheia de barcos dhows de velas vermelhas. Omar Khayyam Shakil e Farah Zoroaster, únicos estudantes que entraram em seu santuário, não viram indícios de nada mais pessoal; parecia que Eduardo estava escondendo seu passado dos ferozes raios do sol do deserto, para impedir que desbotasse. Era tal o cegante vazio das acomodações do professor que Omar Khayyam não notou, até sua terceira visita, a gaiola barata em cima do único armário do quarto, uma gaiola da qual a tinta dourada começara havia muito a descascar e que estava tão vazia como no dia de sua chegada ao terminal de ônibus. "Como se ele tivesse vindo aqui", sussurrou Farah, desdenhosa, "para pegar um passarinho e não conseguiu, o idiota."

Eduardo e Omar, cada um à sua maneira forasteiros em Q., podem ter sido atraídos um para o outro pela percepção semiconsciente de sua semelhança; mas havia também outras forças em ação. Essas forças podem ser mais convenientemente reunidas sob um título único, e essa frase também já foi mencionada antes: é "flertar com o Desastre".

* * *

Não escapou aos mexeriqueiros da cidade que Eduardo chegara, gaiola na mão, Fedora na cabeça, meros dois meses depois que o oficial alfandegário Zoroaster fora enviado àqueles lados, menos esposa, mais filha de oito anos. De forma que não demorou muito para os mula-wallahs, ferragistas e sacerdotes em motonetas concluírem que o posto anterior desse Zoroaster havia sido naquela mesma zona de catedrais com trepadeiras e praias de coqueiros cuja memória se farejava no terno branco e no nome português de Rodrigues. Línguas começaram a funcionar: "Então onde está a mulher do alfândega-wallah? Divorciada, devolvida à mãe, assassinada em um ataque de paixão? Olhem essa Farah, ela não parece com o pai nem um pouquinho!". Mas essas línguas foram forçadas a admitir que Farah Zoroaster não se parecia nem um pouco com o professor também, então essa via teve de ser relutantemente abandonada, e mais ainda quando ficou claro que Rodrigues e Zoroaster se davam em termos extremamente cordiais. "Então por que um funcionário da alfândega se vê posto de lado aqui neste emprego de fim do mundo?" Farah tinha uma resposta simples. "O idiota do meu pai é daquele tipo que continua sonhando depois que acordou. Ele acha que um dia vamos voltar para onde a gente nunca esteve, aquela maldita terra de Ahuramazda, e esta inútil fronteira iraniana é o mais perto que podemos chegar. Já imaginou?", ela uivava, "Ele *se ofereceu voluntariamente.*"

Intriga é como água. Experimenta as superfícies em busca de pontos fracos, até encontrar um ponto onde penetrar; de forma que foi apenas questão de tempo até a boa gente de Q. chegar à explicação mais vergonhosa, mais escandalosa de todas. "Ah, meu Deus, um homem adulto apaixonado por uma criança pequena. Eduardo e Farah — como é que isso não acontece, acontece todo dia, não faz muitos anos teve aquele outro caso —, é, deve ser isso, esses cristãos são uns grandes pervertidos, Deus nos livre, ele vem atrás da putinha dele até aqui, os fundos do universo, e quem sabe o quanto ela provoca, porque uma mulher sabe como dizer para um homem se ele é querido ou não, claro, mesmo com oito anos de idade, essas coisas estão no sangue."

Nem Eduardo nem Farah davam, por seu comportamento, o menor sinal de que esses rumores tivessem fundamento. É verdade que Eduardo não se casou durante os anos de crescimento de Farah até ela ser mulher; mas é também verdade que Farah, conhecida como "Desastre", era também chamada de "bloco de gelo" por seus muitos admiradores, em virtude de sua frieza abaixo de zero, uma frigidez que se estendia também a seu relacionamento com Eduardo Rodrigues. "Mas é claro que eles armam uma fachada, o que você acha?", os mexeriqueiros foram capazes de apontar, triunfantes, e eles no final foram confirmados pelos fatos.

Omar Khayyam Shakil, apesar de todo o seu amor por ver e ouvir, fingiu ser surdo a todas essas histórias; tais são os efeitos do amor. Mas elas penetraram nele mesmo assim, sob a pele e no sangue, e chegaram, como pequenas farpas, até seu coração; até ele também se considerar culpado das alegadas perversões cristãs do mestre-escola Rodrigues. Escolha um pai para si e você escolhe também a sua herança. (Mas Sufiya Zinobia tem de esperar ainda algumas páginas.)

Desperdicei parágrafos demais na companhia de futriqueiros; vamos voltar a terreno sólido: Eduardo Rodrigues, para alimentar as intrigas acompanhado por Farah, encontrando Omar Khayyam para seu primeiro dia de escola, um fato que confirmava a influência residual do nome Shakil na cidade. Nos meses seguintes, Eduardo descobriu a excepcional aptidão de aprendizado do rapaz e escreveu a suas mães oferecendo seus serviços como tutor particular que pudesse ajudar a concretizar o potencial do filho delas. É de se notar que as mães concordaram com a sugestão do mestre-escola; além disso, a única outra aluna particular de Eduardo era Farah Zoroaster, cujo pai estava isento de qualquer pagamento, porque Eduardo era um professor genuinamente dedicado; e em terceiro lugar que, à medida que os anos passavam, o trio Omar, Eduardo e Farah passou a ser visto com frequência na cidade.

Foi Rodrigues, que tinha a capacidade de falar com letras maiúsculas, quem orientou Omar para a carreira médica. "Para Ter Sucesso na Vida", ele disse ao rapaz entre as praias de cartão-postal e a gaiola vazia, "é preciso ser Da Essência. É, sim, fazer-se Essencial, essa é a Questão... e quem é mais Indispensável? Ora, o sujeito que cuida do Dispensário! Quer dizer Conselho, Diagnóstico, Drogas Restritas. Seja um Médico; é isso que eu Vejo em Você."

O que Eduardo viu em Omar (em minha opinião): as possibilidades de sua verdadeira natureza periférica. O que é um médico, afinal? Um *voyeur* legitimizado, um estranho que permitimos que enfie dedos e até mãos em lugares onde não permitiríamos que a maior parte das pessoas inserisse nem mesmo a ponta do dedo, que olha aquilo que temos mais cuidado em esconder; alguém que senta ao lado da cama, alguém de fora admitido em nossos momentos mais íntimos (nascimentomorteetc.), anônimo, um personagem menor, mas também, paradoxalmente, central, acima de tudo nas crises... sim, sim. Eduardo era um professor de visão, sem erro. E Omar Khayyam, que tinha escolhido Rodrigues para pai, nem uma vez pensou em ir contra os desejos do tutor. É assim que se fazem vidas.

Mas não só assim; também por meio de livros cheios de orelhas encontrados acidentalmente em casa e por primeiros amores recolhidos durante muito tempo... quando Omar Khayyam Shakil tinha dezesseis anos, foi lançado em um grande vórtice de assustadora alegria porque Farah, a parse, Desastre Zoroaster, o convidou um dia para sair e conhecer o posto alfandegário de seu pai.

"... e desmaiou, embora estivesse com os dois pés plantados em chão sólido." Já nos foi dito algo do que transpirou na fronteira: como uma nuvem baixou e Omar Khayyam, tomando-a erroneamente por seus pesadelos de infância do vazio no fim da terra, apagou. É possível que esse desmaio tenha lhe dado a ideia para o que fez mais tarde nesse dia.
Detalhes primeiro: qual era o tom do convite de Farah? Sem graça, seco, não me importa se não aceitar. Sua motivação então? De Eduardo, que insistira com ela em particular: "Esse rapaz é solitário, seja boa. Vocês, que são brilhantes, devem ficar juntos". (Omar Khayyam era o mais brilhante da dupla; embora ainda existissem dois anos entre eles, ele alcançara Farah de outras maneiras, e estava agora no mesmo nível que ela.) Com que velocidade Omar Khayyam aceitou? *Ek dum. Fut-a-fut.* De imediato, ou ainda mais depressa.

Nos dias de semana, durante o semestre, Farah ficava hospedada em Q. na casa de um mecânico parse e sua esposa, com quem o pai dela havia cultivado amizade com esse exato propósito. Esse mecânico, um Jamshed sem importância que não merece nem uma descrição, num determinado feriado os levou até a fronteira num jipe que estava reformando. E quando chegaram perto de lá, o espírito de Farah se ergueu enquanto o de Omar caiu...

... Seu medo do Limiar cresceu irracionalmente enquanto rodavam, ele sentado atrás dela no veículo sem capota, o cabelo solto dela chicoteando o ar e piscando na sua frente como fogo negro — enquanto o humor dela ficava mais leve com o passeio em torno de um esporão de montanhas, através de uma passagem em que eram vigiados por olhos invisíveis de desconfiados tribais. O vazio da fronteira agradava a Farah, por mais que torcesse o nariz para o pai por ter aceitado esse trabalho no fim do mundo. Ela até começou a cantar, mostrando que tinha uma voz melodiosa.

Na fronteira: nuvens, desmaio, água borrifada no rosto, redespertar, ondestou. Omar Khayyam volta a si para descobrir que a nuvem se ergueu, de forma que é possível ver que a fronteira é um lugar pouco impressionante: nenhum muro, nenhuma polícia, nenhum arame farpado nem holofote, nenhuma barreira listada de vermelho e branco, nada além de uma fileira de estacas de concreto a intervalos de três metros, estacas fincadas fundo no chão duro e árido. Há uma pequena casa da alfândega e um terminal ferroviário que ficou marrom de ferrugem; nos trilhos existe um único vagão de carga esquecido, também marrom de esquecimento. "Os trens não vêm mais", Farah diz, "a situação internacional não permite."

Um agente alfandegário depende, para ter ganho decente, do tráfico. Os bens passam, ele não sem razão os retém, os donos veem a razão, chegam a um acordo, a família do agente alfandegário ganha roupas novas. Ninguém se importa com esse arranjo; todo mundo sabe como os funcionários públicos são mal pagos. Negociações são conduzidas com honradez de ambas as partes.

Mas muito pouca coisa passível de impostos passa pelo pequeno prédio de tijolos que é o centro de poder do sr. Zoroaster. Sob a capa da noite, tribais circulam para lá e para cá entre os países por entre as estacas e as rochas. Quem sabe o que eles levam e trazem? Essa é a tragédia de Zoroaster; e apesar da escolaridade dela, ele tem dificuldade para financiar a boa educação da filha. Como ele se consola: "Logo, logo, a linha ferroviária vai abrir...". Mas a ferrugem está se acumulando nessa convicção também; ele olha através das estacas a terra ancestral de Zaratustra e tenta se consolar por sua proximidade, mas existe, hoje em dia, um peso em sua expressão... Farah Zoroaster bate as mãos e corre, entrando e saindo entre as estacas intermináveis. "Divertido, hein?", ela grita. "Tip-top!" Para manter o humor afável dela, Omar Khayyam concorda que o lugar é mesmo o máximo. Zoroaster dá de ombros sem amargura e retira-se para seu escritório com o motorista do jipe, alertando os jovens para não ficar muito tempo ao sol.

Talvez tenham ficado demais, e foi isso que deu a Omar Khayyam a coragem para declarar seu amor: "Ver você pelo meu telescópio" etc., mas não é preciso repetir o discurso dele ou a resposta áspera de Farah. Rejeitado, Omar Khayyam dispara perguntas queixosas: "Por quê? Por que não? Porque eu sou gordo?". E Farah responde: "Gordo tudo bem, mas tem uma coisa feia em você, sabia?". "Feia?" "Não me pergunte o quê, eu não sei. Alguma coisa. Deve estar na sua personalidade ou em algum lugar."

Silêncio entre eles até o fim da tarde. Omar acompanhando os meandros de Farah entre as estacas. Ele nota que pedaços de espelho quebrado foram amarrados a muitos postes com pedaços de barbante; quando Farah se aproxima de cada fragmento, ele vê cacos dela refletidos no espelho e ela sorri seu sorriso particular. Omar Khayyam Shakil entende que sua amada é um ser muito contido em si mesmo para sucumbir a qualquer ataque convencional; ela e seus espelhos são gêmeos e não precisam de nenhum forasteiro para fazê-los se sentir completos... e então, no fim da tarde, inspirado por um sol demasiado ou pelo desmaio, ele tem sua ideia. "Você alguma vez", pergunta a Farah Zoroaster, "já foi hipnotizada?" E pela primeira vez na história, ela olha para ele com interesse.

Depois, quando o útero dela começou a inchar; quando um indignado diretor a chamou a sua sala e a expulsou por atrair vergonha para a escola; quando ela foi posta fora de casa pelo pai, que tinha de repente descoberto que sua casa da alfândega vazia estava cheia demais para acomodar uma filha cuja barriga revelava sua escolha de outros costumes, inaceitáveis; quando Eduardo Rodrigues a levou, puxando e lutando contra sua mão firme, inexorável, até o padre do Acant e casou com ela à força; quando Eduardo, tendo assim se declarado a parte culpada para todo mundo ver, foi despedido do emprego por conduta inadequada; quando Farah e Eduardo partiram para a estação de trens em uma charrete tonga notável pela quase total ausência de bagagem (embora uma gaiola, ainda vazia, estivesse presente, e línguas maliciosas dissessem que Eduardo Rodrigues havia finalmente pego dois passarinhos em vez de um); quando eles partiram e a cidade assentou de volta em seu cinzento nada, depois da breve chama do pecaminoso drama que tinha sido encenado nas ruas... então Omar Khayyam tentou, inutilmente, encontrar consolação no fato de que, como todo hipnotizador sabe, uma das primeiras garantias do processo hipnótico, uma fórmula que é repetida muitas vezes, diz assim:

"Você fará qualquer coisa que eu mandar, mas não vou pedir que faça nada que não faria por vontade própria."

"Ela queria", ele dizia a si mesmo. "Então onde está a culpa? Ela devia estar querendo, e todo mundo sabe o risco."

Mas apesar do "nada que não faria por vontade própria"; apesar também das atitudes de Eduardo Rodrigues, que foram de imediato tão resolutas e tão resignadas que Omar Khayyam quase se convencera de que o professor era realmente o pai — por que não, afinal? Uma mulher que quer com um quererá com dois! —, apesar de tudo, digo, Omar Khayyam Shakil foi possuído por um demônio que o fazia tremer no meio do café da manhã e sentir calor de noite e frio de dia, e às vezes a gritar sem nenhuma razão na rua ou enquanto subia no monta-cargas. Seus dedos afastavam-se de sua barriga para agarrar, sem aviso, várias partes internas de si mesmo, de pomo de adão ao intestino grosso (e também delgado), de forma que ele sofreu momentos de quase estrangulamento e passou longas e improdutivas horas no vaso sanitário. Seus membros ficavam misteriosamente pesados de manhã, de forma que ele às vezes era incapaz de levantar da cama. Ficava com a língua seca e os joelhos batiam. Levou seus pés adolescentes a lojas de conhaque barato. Cambaleando bêbado para casa e para a raiva das três mães, era ouvido a dizer para um grupo oscilante de colegas sofredores: "A única coisa nesse negócio é que me fez entender minhas mães afinal. Deve ter sido para evitar isso que elas se trancaram e, baba, quem não se trancaria?". Vomitando o fluido ralo e amarelo de sua vergonha enquanto o monta-cargas descia, ele jurava a seus companheiros, que estavam dormindo na terra: "Eu também, cara. Tenho de escapar disso também".

Na noite em que Omar Khayyam, com dezoito anos e já mais gordo do que cinquenta melões, chegou em casa para informar Chhanne, Mani e Banny que tinha ganho uma bolsa de estudos para a melhor escola de medicina de Karachi, as três irmãs só conseguiram esconder sua grande tristeza pela iminente partida erigindo em torno dela uma grande barreira de objetos, as joias e pinturas mais valiosas da casa, que elas se apressaram a coletar de sala em sala até uma pilha de beleza antiga se erguer na frente de seu velho e favorito sofá de balanço. "Bolsa de estudos está muito bem", disse-lhe sua mãe mais nova, "mas nós também podemos dar dinheiro ao nosso menino quando ele sai para o mundo." "O que esses doutores estão pensando?", Chhanne perguntou numa espécie de fúria. "Que somos pobres demais para pagar seus estudos? Eles que levem essa caridade para o diabo, sua família tem dinheiro em abundância." "Dinheiro antigo", Mani acrescentou. Incapaz de convencê-las de que o prêmio era uma honra que ele não queria recusar, Omar Khayyam viu-se obrigado a partir para a estação de trens com os bolsos cheios das notas do dono da casa de penhores. Em torno do pescoço tinha uma guirlanda cujas cento e uma flores recém-cortadas soltavam um aroma que obliterava bastante bem o fedor lembrado do colar de sapatos que um dia errou por tão pouco seu pescoço. O perfume daquela guirlanda era tão intenso que ele esqueceu de contar a suas mães a última intriga: que Zoroaster, o agente alfandegário, tinha caído doente por causa do encantamento da ausência de propinas do deserto e dera de ficar parado, nu em pelo, em cima das estacas de concreto enquanto os pedaços de espelho rasgavam seus pés. Braços abertos e sem filha, Zoroaster dirigia-se ao Sol, implorando que descesse à Terra e engolfasse o planeta em seu brilhante fogo purificador. Os tribais que levaram essa história ao bazar de Q. eram da opinião de que o fervor do alfândega-wallah era tão grande que ele ia sem dúvida conseguir, de forma que valia a pena ir se preparando para o fim do mundo.

A última pessoa com quem Omar Khayyam falou antes de escapar da cidade da vergonha foi um certo Chand Mohammad, que disse depois: "O cara gordo não parecia estar com tanto calor quando comecei a falar com ele, mas parecia duas vezes mais doente quando eu terminei". Esse Chand Mohammad era um vendedor de gelo. Quando Omar Khayyam, ainda incapaz de se livrar da terrível debilidade que tinha tomado conta dele desde o incidente na fronteira, içou sua obesidade para o vagão de primeira classe, Chand correu e disse: "Dia quente, sahib. Precisa de gelo". De início, Shakil, ofegante e melancólico, lhe disse: "Fora daqui e vá vender sua água congelada para outros bobos". Mas Chand insistiu: "Sahib, de tarde o vento Lu vai soprar, e o senhor não vai ter meu gelo aos seus pés, o calor vai derreter o tutano dos seus ossos".

Persuadido por esse argumento convincente, Omar Khayyam comprou uma longa bacia de gelo, de um metro e vinte de comprimento, quarenta e cinco centímetros de largura, trinta centímetros de profundidade, na qual havia uma sólida placa de gelo, salpicada de serragem e areia para prolongar sua vida. Gemendo ao erguê-la para o vagão, o vendedor de gelo fez uma piada. "Assim é a vida", disse, "um bloco de gelo volta para a cidade e outro parte na direção oposta."

Omar Khayyam desprendeu as sandálias e apoiou os pés descalços no gelo, sentindo o alívio consolador da frieza. Separou rupias demais para Chand Mohammad ao se animar, e perguntou por perguntar: "Que bobagem você está dizendo? Como pode um bloco de gelo voltar sem derreter depois de uma viagem? A bacia vazia ou cheia de água derretida, é isso que você deve estar dizendo".

"Ah, não, sahib, grande senhor", o vendedor de gelo sorriu embolsando o dinheiro, "este é um bloco de gelo que vai para toda parte sem derreter nada."

A cor sumiu das bochechas gordas. Pés roliços saltaram do gelo. Omar Khayyam, olhando em torno, temeroso, como se achasse que ela podia se materializar a qualquer momento, falou em tons tão alterados pela fúria que o vendedor de gelo recuou, assustado. "Ela? Quando? Está tentando me ofender...?" Pegou o vendedor de gelo pela camisa esfarrapada e o pobre coitado não teve opção senão contar tudo, revelar que naquele mesmo trem, poucas horas antes, a sra. Farah Rodrigues (*née* Zoroaster) tinha voltado sem vergonha para a cena de sua infâmia e rumara diretamente para o posto de fronteira de seu pai, "mesmo ele tendo jogado ela na rua como se fosse um balde de água suja, sahib, pense um pouco".

Quando Farah voltou, não trouxe nem marido nem filho. Ninguém nunca descobriu o que aconteceu com Eduardo e o bebê pelo qual ele havia sacrificado tudo, de forma que evidentemente as histórias puderam circular sem medo de desmentidos: perdeu o bebê, um aborto apesar da fé católica de Rodrigues, o bebê dado ao orfanato ou largado na rua, enquanto Farah e Eduardo como loucos amantes copulavam nas praias de cartão-postal ou no corredor da casa do Deus cristão coberta de trepadeiras, até se cansarem um do outro, ela lhe dar um chute, ele (cansado dos flertes lascivos dela) dar-lhe um chute, eles se darem chutes simultâneos, que importa quem foi, ela está de volta, então tranquem seus filhos.

Em seu orgulho, Farah Rodrigues não falou com ninguém em Q. a não ser para pedir comidas e suprimentos nas lojas; até, em sua velhice, ela começar a frequentar discretos pontos de bebidas, onde teceria reminiscências, anos depois, sobre Omar Khayyam, quando o nome dele apareceu nos jornais. Em suas raras visitas ao bazar, fazia compras sem olhar ninguém nos olhos, parando para se olhar em todos os espelhos disponíveis com uma franca afeição que provou à cidade que ela não lamentava nada. Então, mesmo quando circulou que ela havia voltado para cuidar de seu pai louco e para cuidar do posto de alfândega e impedir que ele fosse dispensado pelos patrões angrez, mesmo então a atitude da cidade não se abrandou; quem sabe o que eles aprontam lá, as pessoas diziam, o pai nu e a filha puta, o melhor lugar para eles é lá no deserto, onde ninguém tem de olhar a não ser Deus e o Diabo, e eles já sabem tudo.

E em seu trem, os pés uma vez mais pousados sobre o gelo a derreter, Omar Khayyam Shakil foi de novo transportado para o futuro, convencido de que ele tinha finalmente conseguido escapar, e o fresco prazer dessa ideia e também o gelo trouxeram um sorriso a seus lábios, mesmo quando soprou o vento quente.

Dois anos depois, suas mães escreveram contando que ele tinha um irmão, a quem haviam dado o nome de Babar, em honra do primeiro imperador mughal que marchara pelas Montanhas Impossíveis, conquistando por onde quer que passasse. Depois disso as três irmãs, uma vez mais unidas na maternidade, estavam felizes e indistinguíveis por muitos anos dentro dos muros de Nishapur.

Quando Omar Khayyam leu a carta, sua primeira reação foi dar um assobio baixo com algo como admiração.

"As velhas bruxas", disse em voz alta, "elas conseguiram de novo."

II.
OS DUELISTAS

4. Por trás da tela

Este é um romance sobre Sufiya Zinobia, filha mais velha do general Raza Hyder e sua esposa Bilquìs, sobre o que aconteceu entre o pai dela e o presidente Iskander Harappa, antigo primeiro-ministro, hoje falecido, e sobre o surpreendente casamento dela com um certo Omar Khayyam Shakil, médico, homem gordo, e durante algum tempo camarada íntimo daquele mesmo Isky Harappa, cujo pescoço tinha o miraculoso poder de permanecer incólume, mesmo diante de uma corda de enforcamento. Ou talvez fosse mais preciso, embora também menos brilhante, dizer que Sufiya Zinobia é sobre esse romance.

De qualquer forma, não é possível nem começar a conhecer uma pessoa sem primeiro obter algum conhecimento de seu passado familiar; então assim devo proceder e explicar como foi que essa Bilquìs sentiu medo do quente vento da tarde chamado Lu:

Na última manhã de sua vida, o pai dela, Mahmoud Kemal, conhecido como Mahmoud, o Mulher, vestido como sempre com um lustroso terno azul riscado de brilhantes listas vermelhas, olhou satisfeito para si mesmo no espelho enfeitado que tinha tirado do saguão de seu cinema por conta da irresistível moldura de querubins nus disparando flechas e soprando cornetas douradas, abraçou sua filha de dezoito anos e anunciou: "Como você vê, menina, seu pai se veste bem, como convém a um grande funcionário administrativo de um glorioso Império". E durante o café da manhã, quando ela começou atenciosamente a servir khichri no prato dele, ele rugiu com bondosa fúria: "Por que você levanta a mão, filha? Uma princesa não serve". Bilquìs baixou a cabeça e olhou pelo canto inferior esquerdo dos olhos, enquanto seu pai aplaudia com força. "Ah, ótimo, Billu! Que representação da elite, juro mesmo!"

É fato, estranho mas verdadeiro, que a cidade de idólatras em que essa cena ocorreu — chame-a de Indraprastha, Puranaqila ou mesmo Delhi — sempre foi governada por homens que acreditavam (como Mahmoud) em Al-Lah, o Deus. Seus artefatos enchem a cidade até hoje, antigos observatórios e torres de vitória e, evidentemente, aquela grande fortaleza vermelha, Al-Hambra, a vermelha, que desempenhará um papel importante em nossa história. E, além do mais, muitos desses governantes tementes a Deus tinham vindo da mais humilde origem; qualquer menino de escola sabe sobre os Reis Escravos... mas de qualquer forma, a questão é que todo esse negócio de governar um Império era apenas uma piada de família, porque evidentemente o domínio de Mahmoud era apenas o Império Falado, um cinema pulgueiro no bairro velho da cidade.

"A grandeza de um cinema", Mahmoud gostava de dizer, "pode ser deduzida pelo ruído de seus espectadores. Vá a um desses palácios de luxo da cidade nova, veja os tronos de veludo de suas poltronas e os mosaicos de espelho nos saguões, sinta o ar condicionado e você vai entender por que as plateias sentam quietas como o inferno. Elas são domadas pelo esplendor do ambiente, também pelo preço das poltronas. Mas no Império de Mahmoud os espectadores fazem uma barulheira infernal, a não ser durante os números musicais de sucesso. Não somos monarcas absolutos, filha, mas não esqueça; principalmente nesta época em que a polícia está se voltando contra nós e se recusa a vir e expulsar até os maiores badmashes que assobiam de estourar nossos ouvidos. Não importa. Trata-se de uma questão de liberdade do indivíduo, afinal."

Sim: era um Império de quinta classe. Mas para Mahmoud era muita coisa, território de um Rei Escravo, pois não havia ele começado carreira nas ruas supuradas como um daqueles tipos insignificantes que empurram cartazes de cinema pela cidade em carrinhos de mão, gritando "Em exibição!" e também "Plateias lotadas!", e ele não se sentava agora numa sala de gerente, completa com caixa registradora e chaves. Como vê, até piadas de família correm o risco de ser levadas a sério, e pairava na natureza tanto do pai como da filha um literalismo, uma falta de humor devido à qual Bilquìs cresceu com a fantasia não expressa de realeza a ferver nos cantos de seus olhos baixos. "Vou lhe contar", ela apostrofava ao espelho angélico depois que seu pai saía para o trabalho, "comigo seria controle absoluto ou zero! Esses badmashes não conseguiriam continuar com essa bagunça de assobios se eu cuidasse do assunto!" Assim, Bilquìs inventou um eu secreto muito mais imperioso que seu pai o imperador. E no escuro de seu Império, noite após noite, ela estudava as gigantescas, tremulantes ilusões de princesas que dançavam diante da inquieta plateia debaixo da figura equestre pintada de um cavaleiro medieval de armadura que portava um estandarte no qual estava escrita a palavra sem sentido *Excelsior*. Ilusões alimentaram ilusões, e Bilquìs começou a se comportar com a grandeza adequada a uma imperatriz de sonho, aceitando como cumprimentos as provocações dos moleques de rua das sarjetas em torno de sua casa: "Tarará!", eles saudavam quando ela deslizava por eles, "misericórdia, ó graciosa dama, ó Rani de Khansi!". *Khansi-ki-Rani* a chamavam: rainha das tosses, quer dizer, do ar expelido, da doença e do vento quente.

"Tome cuidado", o pai alertou, "as coisas estão mudando nesta cidade; até os apelidos mais carinhosos estão adquirindo novos e muito escuros significados."

Isso aconteceu no momento imediatamente anterior à famosa partição corroída por traças que retalhou o velho país e entregou a Al-Lah umas fatias dele mordidas por insetos, uns hectares ocidentais poeirentos e pantanosos matagais no Oriente de que os infiéis ficaram felizes de se livrar. (O novo país de Al-Lah: dois nacos de terra com mil e quinhentos quilômetros de separação. Um país tão improvável que podia quase existir.) Mas sejamos serenos e digamos apenas que os sentimentos estavam tão exaltados que até ir ao cinema se tornou um ato político. Os monoteístas iam a esses cinemas e os lavadores de deuses de pedra àqueles; os fãs de cinema já tinham feito sua partição antes da velha terra cansada. Os dos deuses de pedra possuíam uma indústria cinematográfica e, sendo vegetarianos, fizeram um filme muito famoso: *Gai-Wallah*. Talvez você tenha ouvido falar. Uma fantasia fora do comum sobre um herói solitário e mascarado que vasculhava as planícies indo-gangéticas libertando rebanhos de gado vacum de seus mantenedores, salvando do matadouro os animais sagrados, chifrudos e tetudos. A turma da pedra encheu os cinemas onde esse filme foi exibido; os monoteístas reagiram correndo a ver faroestes importados, não vegetarianos, em que as vacas eram massacradas e os mocinhos se banqueteavam com filés. E batalhões de irados fãs de filmes atacaram os cinemas de seus inimigos... Bem, foi uma época de todo tipo de loucura, só isso.

Mahmoud, o Mulher, perdeu seu Império por causa de um único erro, que se originou em sua fatal falha de personalidade, precisamente a tolerância. "É hora de ficar acima de toda essa bobagem da partição", informou a seu espelho certa manhã, e nesse mesmo dia agendou um programa duplo em seu Cinema Falado: Randolph Scott e Gai-Wallah se sucederiam na tela.

No dia da estreia do programa duplo de sua destruição, o sentido de seu apelido se transformou para sempre. Tinha sido chamado de Mulher pelos moleques da rua porque, sendo viúvo, se vira obrigado a agir como mãe de Bilquìs desde a morte de sua esposa, quando a menina mal completara dois anos. Mas então seu título afetivo passou a significar algo mais perigoso, e quando crianças falavam de Mahmoud, o Mulher, queriam dizer Mahmoud, o Fraco, o Vergonhoso, o Bobo. "Mulher", ele suspirava resignado para a filha, "que termo! Não tem fim o fardo que essa palavra é capaz de carregar? Já existiu algum dia uma palavra de costas tão largas e também tão suja?"

Como ficou o programa duplo: ambos os lados, vegetarianos e não vegetarianos, boicotaram o Império. Durante cinco, seis, sete dias os filmes foram projetados para uma plateia vazia na qual o reboco descascado, os lentos ventiladores de teto e os vendedores de grãos dos intervalos olhavam para fileiras de poltronas sem dúvida rangentes e igualmente desocupadas; nas sessões das três e meia, seis e meia e nove e meia era a mesma coisa, nem mesmo a sessão especial do domingo de manhã conseguiu atrair alguém para suas portas giratórias. "Desista", Bilquìs insistiu com o pai. "O que você quer? Está com saudade do seu carrinho de mão ou o quê?"

Mas então a teimosia desconhecida havia penetrado em Mahmoud, o Mulher, e ele anunciou que o programa duplo ficaria por mais uma Segunda Sensacional Semana. Seus próprios meninos de carrinho o abandonaram; ninguém estava disposto a apregoar esses produtos ambíguos pelos megafones elétricos; nenhuma voz ousava anunciar "Plateias agora abertas!" ou "Não espere ou será tarde demais!".

Mahmoud e Bilquìs moravam numa casa alta e estreita atrás do Império, "bem atrás da tela", como ele dizia; e naquela tarde em que o mundo acabou e começou de novo, a filha do imperador, que estava sozinha em casa com a criada, ficou de repente chocada ao constatar que seu pai havia escolhido, com a louca lógica de seu romantismo, insistir naquele louco esquema até que ele o matasse. Apavorada com o som que parecia o bater de asas de um anjo, um som para o qual ela depois não conseguiu encontrar nenhuma boa explicação, mas que vibrou em seus ouvidos até sua cabeça doer, ela saiu correndo de casa, parando apenas para enrolar nos ombros a dupatta verde da modéstia; e foi assim que aconteceu de ela estar parada, recuperando o fôlego, em frente das pesadas portas do cinema atrás das quais seu pai estava sentado melancolicamente entre poltronas vazias assistindo à sessão, quando o quente vento de fogo do apocalipse começou a soprar.

As paredes do Império de seu pai incharam para fora como um puri quente quando o vento, como a tosse de um gigante doente, queimou as sobrancelhas dela (que nunca mais cresceram) e destroçaram a roupa de seu corpo até ela ficar nua como um bebê no meio da rua; mas ela nem notou a nudez, porque o universo estava acabando e na estranheza reverberante do vento mortal seus olhos a queimar viram tudo sair voando, poltronas, talões de ingressos, ventiladores e depois os pedaços do corpo despedaçado de seu pai e os cacos calcinados do futuro. "Suicida!", ela amaldiçoou Mahmoud, o Mulher, no pico de sua voz transformada num guincho pela bomba. "Você escolheu isso!" E ao virar e correr para casa ela viu que a parede dos fundos do cinema tinha explodido e que encravada no andar mais alto de sua casa alta e estreita estava a figura do cavaleiro dourado em cujo estandarte ela não precisava ler a comicamente desconhecida palavra *Excelsior*.

Não pergunte quem plantou a bomba; naquela época havia muitos plantadores, muitos jardineiros da violência. Talvez tenha sido até uma bomba monoteísta, semeada no Império por um dos mais fanáticos membros da mesma religião de Mahmoud, porque parece que o marcador chegou ao zero durante uma cena de amor particularmente sugestiva, e sabemos o que os teístas pensam do amor, ou da ilusão dele, principalmente quando se tem de pagar o dinheiro do ingresso para ver... eles eram Contra. Eles cortaram. Corruptos do amor.

Ó Bilquìs. Nua e sem sobrancelhas debaixo do cavaleiro dourado, envolta no delírio do vento de fogo, ela viu sua juventude passar voando por ela, levada pelas asas da explosão que ainda rebatia em seus ouvidos. Todos os migrantes deixam para trás seu passado, embora alguns tentem embrulhá-lo em trouxas e caixas, mas na viagem alguma coisa vaza do tesouro de lembranças e velhas fotografias, até que mesmo seus donos deixem de reconhecê-las, porque é destino dos migrantes ser despido de história, ficar nu em meio ao desdém de estrangeiros nos quais eles veem a roupa rica, os brocados da continuidade e as sobrancelhas da posse. De qualquer forma, o que quero dizer é que o passado de Bilquìs a deixou mesmo antes de ela deixar a cidade; ela ficou parada na sarjeta, despida pelo suicídio do pai e viu seu passado ir embora. Em anos futuros, ele a visitaria às vezes, do jeito que um parente esquecido vem de visita, mas durante um longo tempo ela desconfiou da história, ela era a esposa de um herói com um grande futuro, então naturalmente ela afastava para longe o passado, como uma pessoa repele aqueles primos pobres quando eles vêm pedir dinheiro emprestado.

Ela deve ter andado, ou corrido, a menos que um milagre tenha acontecido e ela tenha sido erguida por algum poder divino daquele vento de sua desolação. Ao voltar a seu juízo, sentiu a pressão da pedra vermelha contra a pele; era noite e a pedra estava fresca em suas costas no escuro quente e seco. As pessoas passavam correndo por ela em grandes grupos, uma multidão tão grande e urgente que a primeira ideia que ela teve foi que estava sendo impelida por alguma explosão inimaginável: "Outra bomba, meu Deus, toda essa gente explodida por sua força!". Mas não era uma bomba. Ela entendeu que estava encostada contra a muralha sem fim da fortaleza vermelha que dominava a cidade velha, enquanto soldados pastoreavam a multidão pelos portões escancarados; seus pés começaram a se mover, mais rápidos que a cabeça, e a levaram para o meio da multidão. Um instante depois ela estava esmagada pela renascida consciência de sua nudez, e começou a gritar: "Me deem um pano", até ver que ninguém estava ouvindo, ninguém olhava para o corpo da queimada, mas ainda bela e nua moça. Mesmo assim, ela se abraçou de vergonha, agarrando-se a si mesma naquele mar impetuoso como se fosse uma haste de palha; e sentiu em torno do pescoço os restos de um pedaço de musselina. A dupatta da modéstia havia grudado em seu corpo, pregada ali pelo sangue coagulado dos muitos cortes e arranhados de cuja existência ela não tinha consciência. Segurando os restos enegrecidos da veste de sua honra feminil sobre suas partes secretas, entrou na baça vermelhidão do forte e ouviu o estrondo das portas se fechando.

Em Delhi, nos dias anteriores à partição, as autoridades reuniram todos os muçulmanos, para segurança deles próprios, disseram, e os trancaram na fortaleza vermelha, longe da ira dos lavadores de pedras. Famílias inteiras foram isoladas lá dentro, avós, crianças pequenas, tios perversos... inclusive membros de minha própria família. É fácil imaginar que enquanto meus parentes se deslocavam pelo Forte Vermelho no universo paralelo da história, eles podem ter sentido algum indício da presença fictícia de Bilquìs Kemal, a passar cortada e nua por eles como um fantasma... ou vice-versa. Sim. Ou vice-versa.

A maré de seres humanos carregou Bilquìs até o grande, baixo e ornamentado pavilhão que um dia havia sido o salão de audiências públicas do imperador; e naquele *diwan* ressonante, subjugada à humilhação de estar despida, ela desmaiou. Nessa geração, muitas mulheres, damas comuns decentes respeitáveis do tipo a quem nada acontece nunca, a quem nada deve acontecer a não ser casamento filhos morte, tinham esse tipo de história estranha para contar. Era um tempo rico de histórias se você sobrevivia para contar a sua.

Logo depois do casamento escandaloso de sua filha mais nova, Boa Nova Hyder, Bilquìs contou para a moça a história do encontro com seu marido. "Quando eu acordei", disse ela, "era dia e eu estava coberta com um casaco de oficial. Mas de quem você pensa que era, boba; dele, claro, de seu próprio pai, Raza; como eu posso dizer... ele me viu ali caída, com toda a minha mercadoria exposta na vitrine, sabe, e acho que, audacioso como é, ele simplesmente gostou do que havia para ver." Boa Nova fez *haa!* e *tch tch!*, fingindo chocar-se com a malícia da mãe, e Bilquìs disse, tímida: "Encontros assim não eram fora do comum naquela época". Boa Nova replicou devidamente: "Bom, amma, não me surpreende nada ele ter ficado impressionado".

Ao chegar ao salão de audiência pública, Raza postou-se diante de Bilquìs, decentemente encasacada; ele bateu os calcanhares, saudou, riu. "É normal durante a corte", disse à sua futura esposa, "que se usem roupas. É privilégio do marido no fim remover as roupas... mas no nosso caso, o procedimento inverso terá sido verdadeiro. Tenho de vestir você, dos pés à cabeça, como convém a uma tímida noiva" (Boa Nova, cheia de sumos matrimoniais, suspirou ao ouvir isso. "As primeiras palavras dele! Meu Deus, que romântico!")

Que aparência tinha ele para a Bilquìs de farda militar: "Tão alto! Pele tão clara! Tão orgulhoso, como um rei!". Não foi tirada nenhuma fotografia do encontro, mas devem se fazer as concessões ao estado de espírito dela. Raza Hyder media um metro e setenta: nenhum gigante, vocês hão de concordar. E quanto à pele dele — era certamente mais escura do que a adoração nos olhos de Bilquìs estava disposta a conceder. Mas orgulhoso como um rei? Isso é provável. Ele era apenas capitão na época, porém, mesmo assim, é uma descrição plausível.

O que se pode falar com justiça de Raza Hyder: que ele tinha energia suficiente para iluminar uma rua; que suas maneiras eram sempre impecáveis — mesmo quando veio a ser presidente, ele encontrava as pessoas com um tal ar de humildade (que não é inconciliável com o orgulho) que poucos se dispunham a falar mal dele depois, e os que o faziam sentiam, ao falar, estar traindo um amigo; e que ele portava, na testa, a marca leve, mas permanente, que já notamos anteriormente na testa devota de Ibadalla, o carteiro de Q.: a *gatta* marcava Raza como homem religioso.

Um último detalhe. Falou-se que o capitão Hyder ficou sem dormir durante quatrocentas e vinte horas depois que os muçulmanos foram reunidos na fortaleza vermelha, o que explicaria as olheiras escuras debaixo de seus olhos. Essas olheiras foram ficando mais negras e mais pesadas à medida que aumentava seu poder, até ele não precisar mais usar óculos de sol como os outros oficiais de alto escalão, porque já parecia que estava mesmo de óculos escuros o tempo todo, mesmo na cama. O futuro general Hyder? Razzu, Raz-Matazz, o Velho Arrasa Tripas em pessoa! Como Bilquìs poderia resistir a esse aí? Ela foi conquistada mais que depressa.

Durante seus dias no forte, o capitão de olheiras sob os olhos visitou Bilquìs diariamente, sempre levando para ela algum produto de roupa ou de beleza: blusas, sáris, sandálias, lápis de olho com que substituir as sobrancelhas perdidas, sutiãs, batons choviam sobre ela. As técnicas de bombardeamento por saturação têm por finalidade forçar uma pronta rendição... quando o guarda-roupa dela estava grande o bastante para permitir que tirasse o sobretudo militar, ela desfilou para ele no salão. "Pensando bem", Bilquìs disse a Boa Nova, "talvez tenha sido nesse momento que ele fez aquela observação sobre roupas." Porque ela se lembrou então como respondeu: baixando os olhos à maneira da elite representada que seu pai um dia elogiara, ela disse, triste: "Mas que marido eu, sem esperança de dote, poderei um dia encontrar? Decerto não um tão generoso capitão que veste damas desconhecidas como se fossem rainhas".

Raza e Bilquìs ficaram noivos sob o olhar amargurado da multidão desprovida; e depois os presentes continuaram, doces, assim como pulseiras, refrescos e refeições, assim como hena e anéis. Raza instalou sua noiva debaixo de um painel de treliça de pedra e pôs um soldado de infantaria para defender o território dela. Isolada atrás do painel da raiva surda e debilitada da multidão, Bilquìs sonhava com o dia de seu casamento, defendida contra a culpa por aquele velho sonho de realeza que ela inventara anos antes. "Tch, tch", ela censurava os carrancudos refugiados, "mas essa inveja é uma coisa muito terrível."

Farpas eram lançadas através da treliça: "Ohé, madame! Onde a senhora acha que ele consegue as suas roupas lindas-lindas? Do empório de artefatos? Olhe o lodaçal do rio perto da muralha da fortaleza, conte os corpos nus e saqueados que jogam lá toda noite!". Perigosas palavras a penetrar a treliça: carniceira, meretriz, prostituta. Mas Bilquìs empinava o queixo contra essas grosserias e dizia a si mesma: "Como seria mal-educado perguntar a um homem de onde ele trouxe seus presentes! Uma coisa tão vulgar eu nunca vou fazer, não". Esse sentimento, sua resposta à zombaria dos colegas refugiados, realmente nunca atravessaram seus lábios, mas encheram sua boca, fazendo com que se projetasse num bico.

Eu não a julgo. Naquela época, as pessoas sobreviviam do jeito que podiam.

O Exército estava repartido como todo o resto e o capitão Hyder foi para o Oeste, para a nova terra de Deus roída por traças. Houve uma cerimônia de casamento e então Bilquìs Hyder sentou-se ao lado de seu novo marido num transporte de tropas, uma nova mulher, recém-casada, voando para um brilhante novo mundo.

"Que coisas você não haverá de fazer lá, Raz!", ela gritou. "Que grandeza, hein? Que fama!" As orelhas de Raza ficaram vermelhas diante dos olhos (quentes de prazer) de seus companheiros naquele Dakota sacolejante e barulhento; mas ele pareceu satisfeito mesmo assim. E a profecia de Bilquìs mostrou-se verdadeira, afinal. Ela, cuja vida havia sido explodida, esvaziando-a de história e deixando no lugar apenas aquele sonho escuro de majestade, aquela ilusão tão poderosa que exigia a entrada na esfera do que era real — ela, a desenraizada Bilquìs, que agora ansiava por estabilidade, por não mais explosões, tinha discernido em Raza a pétrea solidez sobre a qual construiria sua vida. Ele era um homem solidamente enraizado em um inflexível senso de si mesmo; e isso o tornava invencível, "Um gigante absoluto", ela o elogiava, sussurrando no ouvido dele para não provocar o riso dos outros oficiais na cabine, "que brilha como os atores na tela".

Eu estava pensando em como melhor descrever Bilquìs. Como uma mulher que nunca era despida pela mudança, mas que sempre se vestia de certezas; ou como uma jovem que se tornou rainha, mas perdeu a habilidade que qualquer mendiga possui, ou seja, o poder de gerar filhos homens; ou como aquela dama cujo pai era uma Mulher e cujo filho acabou sendo uma garota também; e cujo homem dos homens, seu Razzu ou Raz-Matazz, foi ele próprio obrigado, no fim, a vestir a humilhante mortalha negra da feminilidade; ou talvez como um ser nas garras secretas do destino — pois o cordão umbilical que sufocou seu filho não encontrava eco em outra corda mais terrível?... Mas sinto que devo, afinal de contas, voltar ao ponto de partida, porque para mim ela é, e sempre será, a Bilquìs que tinha medo do vento.

Serei justo: ninguém gosta do Lu, aquele bafo vespertino que sufoca. Baixamos as persianas, penduramos panos úmidos nas janelas, tentamos dormir. Mas à medida que ela envelhecia o vento despertava estranhos terrores em Bilquìs. Seu marido e filhas notavam como ela ficava nervosa e irritável às tardes; como ela deu de andar para lá e para cá, a bater e trancar portas, até Raza Hyder protestar contra a vida numa casa onde era preciso pedir a chave à mulher para ir ao banheiro. De seu fino pulso pendia, tilintando, o chaveiro de dez toneladas de sua neurose. Ela desenvolveu um horror pelo movimento e embargou o deslocamento até do mais trivial objeto doméstico. Cadeiras, cinzeiros, vasos de flores ganhavam raízes, tornados imóveis pela força de sua assustadora vontade. "O meu Hyder gosta de tudo no lugar", ela dizia, mas a doença da fixidez era dela. E havia dias em que ela precisava ser mantida dentro de casa, praticamente como prisioneira, porque seria uma vergonha e um escândalo se qualquer estranho a visse naquele estado; quando o Lu soprava, ela guinchava como um espectro huch ou um afrit, ou qualquer desses demônios, ela gritava para os criados virem segurar a mobília para o caso de o vento soprá-la como se fosse o conteúdo de um Império há muito perdido e gritava com suas filhas (quando estavam presentes) para que se segurassem em alguma coisa pesada, alguma coisa fixa, para que o vento de fogo não as levasse embora para o céu.

O Lu era um vento mau.

Se este fosse um romance realista sobre o Paquistão, eu não estaria escrevendo sobre Bilquìs e o vento; estaria falando sobre minha irmã mais nova. Que tem vinte e dois anos e estuda engenharia em Karachi; que não consegue mais sentar em cima do cabelo e que (ao contrário de mim) é cidadã paquistanesa. Em meus bons dias eu penso nela como o Paquistão e então sinto muito carinho pelo lugar, acho fácil de perdoar seu amor (dela) por coca-cola e carros importados.

Embora eu conheça o Paquistão há muito tempo, nunca vivi lá por mais de seis meses contínuos. Uma vez, passei apenas duas semanas. Entre esses seismeseses e quinzenas ouve lapsos de variada duração. Descobri o Paquistão em fatias, do mesmo jeito que descobri minha irmã em crescimento. Primeiro a vi com a idade de zero ano (aos catorze, me inclinei sobre ela no berço enquanto ela berrava na minha cara); depois, aos três, quatro, seis, sete, dez, catorze, dezoito e vinte e um anos. Então tive nove irmãs mais novas para conhecer. A cada sucessiva encarnação eu me sentia mais próximo do que na anterior. (Isso vale para o país também.)

Acho que o que estou confessando é que, embora eu escolha escrever sobre lá, sou forçado a refletir esse mundo em fragmentos de espelhos quebrados, do jeito que Farah Zoroaster viu seu rosto na fronteira estaqueada. Tenho de me reconciliar com a inevitabilidade dos pedaços que faltam.

* * *

Mas suponhamos que este fosse um romance realista! Imagine só o que mais eu teria de aguentar. O negócio, por exemplo, da instalação ilegal, pelos habitantes mais ricos da Defesa, de bombas-d'água subterrâneas, acobertadas, que roubam água das nascentes dos vizinhos — de forma que sempre dá para saber quem são as pessoas com mais força de sucção pelo verdor de seus gramados (essas pistas não se limitam ao Acantonamento de Q.). E eu teria também de descrever o Clube Sind de Karachi, onde ainda existe uma placa em que se lê "Proibida a Entrada de Mulheres e Cães Além Deste Ponto"? Ou analisar a lógica sutil de um programa industrial que constrói reatores nucleares, mas não consegue desenvolver um refrigerador? Ai, ai... e os livros escolares que dizem: "A Inglaterra não é um país agrícola" e o professor que uma vez descontou dois pontos do trabalho de geografia de minha irmã mais nova porque em dois trechos era diferente do palavreado exato desse mesmo livro escolar... que estranho isso tudo poderia se revelar, caro leitor.

Quanto material da vida real deveria se tornar compulsório! A história, por exemplo, do Deputado Interlocutor de muito tempo atrás morto na Assembleia Nacional quando representantes eleitos jogaram móveis em cima dele; ou a história do censor cinematográfico que tocou o lápis vermelho em cada fotograma da cena do filme *A noite dos generais* na qual o general Peter O'Toole visita uma galeria de arte e riscou todas as mulheres nuas penduradas nas paredes, de forma que o público ficava tonto com o espetáculo surrealista do general Peter passeando por uma galeria de manchas vermelhas dançantes; ou a história do chefe de televisão que uma vez me disse solenemente que porco era um palavrão; ou a história do número da revista *Time* (ou era a *Newsweek*?) que nunca chegou ao país porque tinha um artigo sobre a possível conta do presidente Ayub Khan em um banco suíço; ou a história dos bandidos das rodovias que são condenados por fazerem como empreendimento privado o que o governo faz como política pública; ou a história do genocídio no Baluquistão; ou a história dos recentes prêmios preferenciais de bolsas de estudos estatais para financiar estudos pós-graduados no exterior a membros do partido fanático Jamaat; ou a história da tentativa de declarar o sári uma vestimenta obscena; ou a história dos outros enforcamentos — os primeiros em vinte anos — que foram ordenados exclusivamente para legitimar a execução do sr. Zulfikar Ali Bhutto; ou a história de por que o carrasco de Bhutto desapareceu em pleno ar, como tantos meninos de rua que são roubados todos os dias em plena luz do dia; ou a história do antissemitismo, um fenômeno interessante, sob cuja influência pessoas que nunca viram um judeu aviltam todos os judeus a fim de prestar solidariedade aos estados árabes que oferecem a trabalhadores paquistaneses, hoje em dia, emprego e o muito necessário dinheiro estrangeiro; ou as histórias de contrabando, do *boom* das exportações de heroína, dos ditadores militares, dos civis venais, dos funcionários públicos corruptos, dos juízes comprados, dos jornais de cujas histórias a única coisa confiável que se pode dizer é que são mentiras; ou a história da distribuição do orçamento nacional, com referência especial às percentagens separadas para a defesa (imensas) e para a educação (não imensas). Imagine as minhas dificuldades!

Por ora, se eu estivesse escrevendo um livro dessa natureza, não me adiantaria nada protestar que estava escrevendo universalmente e não apenas sobre o Paquistão. O livro teria sido banido, jogado na lata do lixo, queimado. Todo esse esforço por nada! O realismo pode partir o coração de um escritor.

Felizmente, porém, só estou contando uma espécie de conto de fadas moderno, então tudo bem; ninguém precisa ficar chateado, ou levar muito a sério nada do que eu digo. Não é preciso tomar nenhuma atitude drástica também.

Que alívio!

E agora preciso parar de falar sobre o que eu não estou escrevendo, porque não há nisso nada de especial; toda história que se escolhe contar é uma espécie de censura que impede que se contem outras histórias... Devo voltar ao meu conto de fadas, porque andaram acontecendo coisas enquanto eu falava tanto.

No caminho de volta para a história, passo por Omar Khayyam Shakil, meu herói excluído, que está esperando pacientemente que eu volte ao ponto em que sua futura esposa, a pobre Sufiya Zinobia, pode entrar na narrativa, de cabeça pelo canal de nascimento. Ele não terá de esperar muito; ela está quase a caminho.

Devo fazer uma pausa apenas para observar (porque não é inadequado mencionar isto aqui) que durante sua vida de casado Omar Khayyam foi forçado a aceitar sem discussão o gosto infantil que Sufiya Zinobia tinha por mudar a mobília de lugar. Intensamente excitada por esses atos proibidos, ela arrumava de outro jeito mesas, cadeiras, abajures, sempre que não havia ninguém olhando, como num jogo secreto favorito, que ela jogava com uma teimosa e assustadora gravidade. Omar Khayyam sentia protestos a lhe subir aos lábios, mas engolia-os de volta, sabendo que dizer alguma coisa teria sido inútil: "Sinceramente, mulher", ele queria exclamar, "Deus sabe o que você vai mudar com todo esse arrasta-arrasta".

5. O milagre errado

Bilquìs estava deitada acordada no escuro de um quarto cavernoso, as mãos cruzadas sobre os seios. Quando ela dorme sozinha, suas mãos habitualmente se põem nessa posição, embora seus parentes não aprovem. Ela não pode evitar, esse abraçar a si mesma para si mesma, como se tivesse medo de perder alguma coisa.

A toda a volta dela, no escuro, existem silhuetas escuras de outras camas, catres velhos com colchões finos, nos quais outras mulheres estão deitadas debaixo de lençóis brancos simples; um total de quarenta mulheres reunidas em torno da majestosamente minúscula figura da matriarca Bariamma, que ronca gostosamente. Bilquìs já conhece esse quarto o suficiente para ter certeza de que a maioria das formas que se mexem vagamente no escuro não estão mais adormecidas do que ela. Mesmo os roncos de Bariamma podem ser enganosos. As mulheres estão esperando os homens virem.

A maçaneta da porta matraqueia como um tambor. De imediato ocorre uma mudança na qualidade da noite. Uma deliciosa perversidade toma conta do ar. Uma brisa fresca se agita, como se a entrada do primeiro homem conseguisse dispersar um pouco do intenso e pegajoso calor da estação quente, permitindo que os ventiladores de teto se movam com um pouco mais de eficiência na densa atmosfera. Quarenta mulheres, uma delas Bilquìs, se mexem úmidas debaixo dos lençóis... entram mais homens. Seguem em pontas de pés pela meia noite de avenidas do dormitório e as mulheres ficam muito quietas, à exceção de Bariamma. A matriarca está roncando mais energicamente que nunca. Seus roncos são sirenes anunciando que o caminho está livre e dando a necessária coragem aos homens.

A moça na cama ao lado de Bilquìs, Rani Humayun, que não é casada e portanto não espera visita essa noite, sussurra na escuridão: "Os quarenta ladrões estão chegando".

E ocorrem então pequenos ruídos no escuro: as cordas da armação dos catres rangem cedendo um pouco ao peso extra de um segundo corpo, roupas se roçam, as exalações mais pesadas dos maridos invasores. Pouco a pouco o escuro adquire uma espécie de ritmo que se acelera, atinge um pico, cede. Depois múltiplas passadas até a porta, várias vezes o tamborilar da fechadura girando e por fim o silêncio, porque Bariamma, agora que é polido fazê-lo, cessou inteiramente de roncar.

Rani Humayun, que conquistou um dos melhores partidos da estação de casamentos e logo deixará esse dormitório para desposar o jovem milionário Iskander Harappa, de pele clara, educado no estrangeiro e de grossos lábios sensuais e que tem, como Bilquìs, dezoito anos, ficou amiga da nova noiva de seu primo Raza. Bilquìs gosta (embora finja se escandalizar) das maliciosas ruminações de Rani sobre o tema os arranjos de dormir da casa. "Imagine, nesse escuro", Rani ri, enquanto as duas moem as especiarias do dia, "quem há de saber se foi o seu marido mesmo que veio? E quem pode reclamar? Te digo uma coisa, Billu, esses homens casados e essas mulheres estão se divertindo bastante com esse acordo em comum de família. Juro mesmo, quem sabe tios com sobrinhas, irmãos com as esposas dos irmãos, quem há de saber quem é o papai das crianças de verdade!" Bilquìs ficava graciosamente vermelha e cobria a boca de Rani com a mão perfumada de coentro. "Pare, querida, que mente sujimunda!"

Rani, porém, era inexorável. "Não, Bilquìs, estou te dizendo, você é nova aqui, mas eu cresci neste lugar e, pelos cabelos da nossa Bariamma, juro que esse arranjo que dizem ser feito em favor da decência *et cetera* é só uma desculpa para a maior orgia da Terra."

Bilquìs não comenta (que grosseria teria sido fazê-lo) que a minúscula, quase anã Bariamma não só não tem nenhum dente e é cega como não tem mais nenhum fio de cabelo na velha cabeça. A matriarca usa uma peruca.

Onde estamos, e quando? Numa grande casa familiar no bairro velho de uma cidade costeira que, não tendo opção, devo chamar de Karachi. Raza Hyder, órfão como sua esposa, a trouxe (imediatamente depois de descer do Dakota de seu voo ao Ocidente) para o seio de seus parentes maternos; Bariamma é sua avó pelo lado de sua falecida mãe. "Você deve ficar aqui", ele disse a Bilquìs, "até as coisas assentarem e podermos ver o que é o quê e o que não é." Então, nesses dias Hyder está em acomodações temporárias na base aérea, enquanto sua noiva dorme entre parentes que fingem dormir, sabendo que nenhum homem virá visitá-la à noite. E, sim, percebo que trouxe minha história para uma segunda mansão infinita, que o leitor provavelmente já terá comparado com a distante casa da cidade fronteiriça de Q.; mas que contraste completo há entre elas! Porque esta não é um reduto trancado; esta explode, positivamente explode com membros da família e funcionários próximos.

"Eles ainda vivem no velho estilo de aldeia", Raza alertou Bilquìs antes de depositá-la naquela casa em que se acreditava que o mero fato de ser casada não absolvia uma mulher da vergonha e da desonra que resultam de se saber que ela dorme regularmente com um homem; razão por que Bariamma havia arquitetado, sem consultar ninguém a respeito, a ideia dos quarenta ladrões. E claro que todas as mulheres negavam que alguma coisa "dessa natureza" ocorresse, de forma que quando acontecia uma gravidez, era por mágica, como se todas as concepções fossem imaculadas e todos os nascimentos virginais. A ideia de partenogênese fora aceita nessa casa a fim de evitar certas outras ideias físicas desagradáveis.

Bilquìs, a moça com sonho de realeza, pensava mas não dizia: "Ah, Deus. Ignorantes vindos de algum lugar. Tipos retrógrados, idiotas de aldeia, completamente toscos e eu presa com eles". Em voz alta, dizia a Raza com um jeito tímido: "Tudo por causa das velhas tradições". Raza balançava a cabeça numa simples concordância; o coração dela pesava ainda mais.

No império de Bariamma, Bilquìs, a mais recente a chegar, a participante júnior, é claro que não era tratada como rainha.

"Veja lá se não tivermos filhos homens", Raza disse a Bilquìs, "na família de minha mãe meninos crescem em árvores."

Perdida na floresta de parentes novos, vagando pela selva sanguínea da casa matriarcal, Bilquìs consultou o Alcorão da família em busca dessas árvores genealógicas e encontrou-as lá, em seu lugar tradicional, pomares de genealogia inscritos nas costas do livro sagrado. Descobriu que desde a geração de Bariamma, que tinha duas irmãs, tias-avós maternas de Raza, ambas viúvas, além de três irmãos — um proprietário de terras, um vagabundo e um débil mental —, desde essa geração sexualmente equilibrada, apenas duas meninas tinham nascido na família inteira. Uma delas era a falecida mãe de Raza; a outra, Rani Humayun, que mal podia esperar para escapar daquela casa que nunca era deixada por seus filhos, que importavam suas mulheres para viver e procriar em condições de cativeiro como galinhas poedeiras. Do lado de sua mãe, Raza tinha um total de onze tios legítimos e, acreditava-se, pelo menos nove ilegítimos, crias do tio-avô vagabundo e namorador. Além de Rani, ele podia contabilizar o grandioso total de trinta e dois primos homens nascidos de casamentos. (Os filhos putativos dos tios bastardos não mereciam menção no Alcorão.) Dessa enorme linhagem de parentes, uma percentagem considerável residia à sombra pequena mas onipotente de Bariamma; o vagabundo e o débil mental não eram casados, porém, quando o proprietário veio para ficar, sua mulher ocupou uma das camas na ala da zenana de Bariamma. Na época de que estou falando, proprietário e esposa estavam presentes; também oito dos onze tios ilegítimos, mais suas esposas; e (Bilquìs tinha dificuldade para manter a conta) cerca de vinte e nove primos homens, e Rani Humayun. Vinte e seis esposas de primos abarrotavam o quarto pecaminoso e a própria Bilquìs perfazia quarenta, uma vez que três irmãs da geração mais velha estavam incluídas.

A cabeça de Bilquìs Hyder girava. Encurralada em uma língua que continha um nome bastante específico para cada parente concebível, de forma que a confusa recém-chegada era incapaz de se esconder por trás de apelações genéricas como "tio", "primo", "tia", mas era continuamente colhida em toda a sua insultuosa ignorância, a língua de Bilquìs foi silenciada pela multidão de parentes. Ela quase nunca falava, a não ser quando estava a sós com Rani ou Raza; e assim adquiria a tripla reputação de doce criança inocente, capacho e tola. Porque Raza muitas vezes passava dias fora, privando-a da proteção e do elogio que outras mulheres recebiam de seus maridos diariamente, ela obteve também o status de coitadinha, que a ausência de sobrancelhas (a qual nenhuma arte com o lápis conseguia disfarçar) nada fazia para diminuir. Graças a isso recebia ligeiramente mais do que sua justa medida de tarefas domésticas e também ligeiramente mais do que sua justa medida de aspereza da língua de Bariamma. Mas era também admirada, relutantemente, porque a família tinha Raza em alto apreço, as mulheres reconheciam que ele era um bom homem que não batia na mulher. Essa definição de bondade alarmou Bilquìs, a quem nunca havia ocorrido que pudesse apanhar, e ela puxou o assunto com Rani. "Ah, claro", respondeu sua cunhada-prima, "eles sempre batem! Taráp! Taráp! Às vezes faz bem ao coração assistir. Mas é preciso também tomar cuidado. Um homem bom pode estragar, igual a carne, se a gente não conserva fresco."

Como coitadinha oficial, Bilquìs também era obrigada a sentar aos pés de Bariamma toda noite, quando a velha dama contava as histórias familiares. Havia casos lúgubres, com divórcios, falências, secas, amigos desleais, mortalidade infantil, doenças do peito, homens mortos na juventude, esperanças frustradas, beleza perdida, mulheres que ficavam obscenamente gordas, acordos de contrabando, poetas viciados em ópio, virgens desejosas, maldições, tifo, bandidos, homossexualidade, esterilidade, frigidez, estupro, o preço alto da comida, jogadores, bêbados, assassinatos, suicídios e Deus. A ligeira monotonia com que Bariamma recitava o catálogo de horrores familiares tinha o efeito de desarmá-los, de certa maneira, de torná-los seguros, embalsamados no fluido mumificante da própria respeitabilidade incontrovertida dela. A narrativa das histórias comprovava a habilidade de a família sobreviver a elas, retendo, apesar de tudo, o seu domínio da honra e de seu inabalável código moral. "Para ser da família", Bariamma disse a Bilquìs, "você precisa conhecer nossas coisas e nos contar as suas." Então Bilquìs era forçada, toda noite (Raza estava presente mas não fazia nenhuma tentativa para protegê-la), a contar o fim de Mahmoud, o Mulher, e sobre sua nudez nas ruas de Delhi. "Não importa", Bariamma proclamou, aprovando, quando Bilquìs tremeu de vergonha de suas revelações, "ao menos você conseguiu ficar com a sua dupatta."

Depois disso, Bilquìs ouviu muitas vezes sua história ser contada de novo, sempre que um ou dois da família se reuniam, nos cantos lagarteantes do pátio ou nos tetos estrelados das noites de verão, nas creches para assustar as crianças ou mesmo no boudoir da Rani cheia de joias e pinturas de hena na manhã de seu casamento; porque histórias, essas histórias eram a cola que mantinha o clã ligado, juntando as gerações em teias de segredos sussurrados. Sua história alterada, de início, ao ser recontada, mas finalmente assentada e depois disso ninguém, nem contador nem ouvinte, toleraria qualquer variação do texto consagrado, santificado. Foi assim que Bilquìs ficou sabendo que se tornara membro da família; na consagração de sua história estava a iniciação leiga, o parentesco, o sangue. "Contar histórias", Raza disse a sua mulher, "é para nós um rito do sangue."

Mas nem Raza nem Bilquìs podiam saber que a história deles mal tinha começado, que ela seria a mais saborosa e a mais sangrenta das sagas sangrentorosas e que, em tempos futuros, começaria sempre com a seguinte frase (que, na opinião da família, continha todas as ressonâncias corretas para a abertura de tal narrativa):

"Era o dia em que o filho único do futuro presidente Raza Hyder ia reencarnar."

"Sim, sim", a plateia saudava, "conte essa, é a melhor de todas."

Nessa estação quente, as duas nações recentemente partidas anunciaram o começo de hostilidades na fronteira caxemira. Nada bate uma guerra do Norte numa estação quente; oficiais, soldados de infantaria, cozinheiros, todos se alegraram ao rumar para o frescor das montanhas. "*Yara*, isso é que é sorte, hein?" "Merda, puta que pariu, pelo menos este ano não vou morrer nesse calor desgraçado." Ó camaradagem de tapas nas costas dos afortunados pela meteorologia! Os jawans iam para a guerra com o abandono displicente de turistas. Havia inevitáveis mortes, mas os organizadores da guerra cuidavam disso também. Os que caíam em combate eram despachados diretamente por via aérea, de primeira classe, para os jardins perfumados do Paraíso, para serem atendidos pela eternidade por quatro gloriosas huris, intocadas por homem ou djinn. "A qual das bênçãos de nosso Senhor", pergunta o Alcorão, "você renunciaria?"

O moral do Exército estava alto; mas Rani Humayun ficou passada, porque teria sido antipatriótico realizar uma recepção de casamento em tempo de guerra. A função fora adiada e ela batera o pé. Raza Hyder, porém, embarcou contente no jipe camuflado em sua fuga da tórrida insanidade do verão urbano, e nesse mesmo momento sua esposa sussurrou em seu ouvido que estava esperando outro tipo de feliz acontecimento. (Arrancando uma página do livro de Bariamma, eu fecho os olhos e ronco alto quando Raza Hyder visitou o dormitório das quarenta mulheres e possibilitou esse milagre.)

Raza deixou escapar um grito tão inchado de triunfo que Bariamma, sentada em seu takht dentro de casa, ficou convencida, na confusão de sua suada cegueira, que seu neto havia já recebido notícia de alguma famosa vitória, de forma que quando essa notícia realmente chegou, semanas depois, ela comentou apenas: "Só agora descobriram? Fazia um mês que eu já sabia". (Foi na época em que as pessoas aprenderam que seu lado quase sempre perdia, de forma que os líderes nacionais, brilhantemente à altura do desafio, aperfeiçoaram não menos que mil e uma maneiras de não sujar a honra com uma derrota.)

"Ele está a caminho!" Raza ensurdeceu sua mulher, fez caírem os potes de cima da cabeça das criadas e assustou os gansos. "Não falei, minha senhora?" Ele ajeitou o quepe de um jeito mais vistoso na cabeça, deu um tapa forte demais na barriga da esposa, juntou as palmas das mãos e fez gesto de mergulhar. "Uush!", gritou. "Hum, mulher! Ele está a caminho!" E rumou rugindo para o Norte, prometendo uma grande vitória para homenagear seu futuro filho, deixando para trás uma Bilquìs que, banhada pela primeira vez nos fluidos solipsistas da maternidade, nem notara as lágrimas nos olhos do marido, lágrimas que transformaram as bolsas negras dos olhos dele em bolsas de veludo, lágrimas que estavam entre os primeiros indicadores de que o futuro homem forte da nação era do tipo que chorava com muita facilidade... Em particular com a frustrada Rani Humayun, Bilquìs cacarejou orgulhosa: "Não importa essa bobagem da guerra; a notícia importante é que eu estou fazendo um menino para casar com a sua filha ainda não nascida".

Um resumo da saga familiar de Raza e Bilquìs, dado nas palavras da fórmula que seria um rústico sacrilégio alterar:

"Quando ouvimos dizer que nosso Razzu tinha levado a cabo um ataque tão audacioso que não havia opção senão chamar de triunfo, no começo nos recusamos a dar crédito a nossos ouvidos — pois já naqueles dias até mesmo os ouvidos mais agudos tinham desenvolvido o defeito de se tornarem inteiramente não confiáveis quando sintonizados nos boletins noticiosos do rádio — em tais ocasiões todo mundo ouvia coisas que não era possível que tivessem acontecido. Mas então balançávamos a cabeça, compreendíamos que um homem cuja esposa está para lhe dar um filho é capaz de qualquer coisa. Sim, o menino não nascido é que era responsável por isso, a única vitória na história de nossas Forças Armadas — que formavam a base da reputação de invencibilidade de Raza, uma reputação que logo se tornou invencível em si —, de forma que nem mesmo os longos anos humilhantes de seu declínio se mostraram capazes de destruí-la. Ele voltou como herói, tendo conquistado para nossa nova terra santa um vale montanhoso tão alto e inacessível que até cabritos tinham dificuldade de respirar lá; tão intrépido era ele, tão extraordinário, que todos os verdadeiros patriotas tinham de se admirar — e você não deve acreditar na propaganda que diz que o inimigo não se deu ao trabalho de defender o lugar. O combate foi feroz como gelo, e com apenas vinte homens ele tomou o vale! Esse pequeno bando de gigantes, esse grupo audacioso, e o Velho Arrasa Tripas à frente deles — quem poderia renegá-los? Quem poderia se pôr em seu caminho?

"Para toda gente existem lugares que significam muito. 'Aansu!', chorávamos de orgulho; com nosso verdadeiro patriotismo soluçávamos: 'Imagine só: ele tomou Aansu-ki-Wadi!'. É verdade: a captura desse fabuloso 'vale de lágrimas' nos fez a todos chorar tão incontrolavelmente quanto seu conquistador, que em anos mais recentes ficou famoso por chorar. Mas depois de certo tempo estava claro que ninguém sabia o que fazer com aquele lugar onde a saliva congelava antes de chegar ao chão; a não ser Iskander Harappa, claro, que, de olhos secos, como sempre, foi ao Departamento de Agências Tribais e comprou mais ou menos o lote todo, baratíssimo, de graça, com dinheiro vivo na lata

— e poucos anos depois havia lá em cima chalés de esqui e voos com horários fixos e um movimento noturno europeu que fazia as tribos locais desmaiarem de vergonha. Mas será que Raz, nosso grande herói, viu alguma coisa desse dinheiro estrangeiro? (Aqui a narradora invariavelmente bate na testa com a palma da mão.) 'Não, como poderia, aquele grande idiota militar? Isky sempre chegava primeiro. Mas' (e então a narradora adota o tom mais misterioso e ameaçador de que é capaz), 'estar lá por último é que conta.'"

Nesse ponto, temos de interromper a lenda. O duelo entre Raza Hyder (promovido a major por seu feito em Aansu) e Iskander Harappa, que começou, mas decerto não terminou, em Aansu, terá de esperar ainda um pouco; porque agora que o Velho Arrasa Tripas está de volta à cidade, e é de novo tempo de paz, está para ser celebrado o casamento que fará dos mortais adversários primos perante a lei: *familiares*.

Rani Humauyan, olhos baixos, observa num anel de espelho seu noivo aproximando-se dela; levantado à altura do ombro por um cortejo de amigos, ele vem sentado numa bandeja dourada. Mais tarde, depois de ter desmaiado sob o peso das joias; sido reanimada pela grávida Bilquìs, que em seguida desmaiou por sua vez; recebido dinheiro atirado em seu colo por todos os membros da família um a um; observado por trás do véu seu velhíssimo tio sem-vergonha beliscar o traseiro de todas as parentas de seu novo marido, sabendo que os cabelos brancos as impediriam de reclamar; e por fim levantado o véu a seu lado enquanto uma mão levantava a sua e olhando firme e prolongadamente o rosto de Iskander Harappa, cujo poderoso apelo sexual muito devia à maciez sem rugas de suas faces de vinte e cinco anos — em torno das quais o cabelo comprido e ondulado que já era, estranhamente, da cor de prata pura, e mais ralo no alto a revelar o domo dourado de seu crânio — e em meio ao qual, também encrespados, ela descobriu lábios cuja aristocrática crueldade era aliviada pela carnosa sensualidade, os lábios, ela pensou, de um negro *hubshi*, ideia que a fez sentir um frisson de prazer peculiarmente pecaminoso... mais tarde, depois que ela fora com ele para um quarto com uma opulência de velhas espadas, tapeçarias francesas importadas e romances russos, depois de ela ter descido cheia de terror de um garanhão branco cujo sexo estava bem patentemente ereto em atenção, depois de ter ouvido as portas de seu casamento se fecharem sobre ela naquela velha casa cuja grandeza fazia a casa de Bariamma parecer uma choupana de aldeia — então, untada e nua numa cama diante da qual o homem que acabara de fazer dela uma mulher adulta estava parado indolentemente olhando a sua beleza, ela, Rani Harappa, fez sua primeira genuína observação de esposa.

"Quem era aquele sujeito", perguntou, "aquele gordo, cujo cavalo arriou com o peso dele quando seu cortejo chegou? Acho que deve ser aquele sujeito mau, aquele médico, ou algo assim, que todo mundo na cidade diz que é uma péssima influência para você."

Iskander Harappa virou as costas para ela e acendeu um charuto. "Que uma coisa fique bem clara", ela o ouviu dizer, "você não seleciona nem escolhe meus amigos."

Mas Rani, tomada por incontrolável risada sob a influência da lembrança do orgulhoso cavalo que desistiu e cedeu, as pernas estendidas nos quatro pontos cardeais, sob o peso colossal de Omar Khayyam Shakil — e também amolecida pelo suave calor do amor que tinham acabado de fazer —, emitiu sons abrandadores: "Eu só queria comentar, Isky, que tipo sem-vergonha ele deve ser andando por aí com toda aquela barriga e tudo".

* * *

Omar Khayyam aos trinta anos: cinco anos mais velho que Iskander Harappa e mais de uma década mais velho que a noiva de Isky, entra de volta em nossa pequena história, como um personagem com alta fama como médico e baixa fama como ser humano, um degenerado de quem quase sempre se diz que parece ser inteiramente sem-vergonha, "um sujeito que não sabe o sentido da palavra", como se alguma parte essencial de sua educação tivesse sido negligenciada; ou talvez ele tenha deliberadamente escolhido expurgar essa palavra de seu vocabulário, para que sua explosiva presença entre as lembranças de suas ações passadas e presentes não o abalem como a um pote velho. Rani Harappa identificou corretamente seu inimigo e agora se lembra, com um tremor, e pela centésima primeira vez desde que aconteceu, o momento durante sua cerimônia de casamento em que um portador levou a Iskander Harappa uma mensagem telefônica informando-o que o primeiro-ministro tinha sido assassinado. Quando Iskander Harappa se levantou, pediu silêncio e transmitiu a mensagem aos convidados horrorizados, um estranhado silêncio persistiu durante trinta segundos completos, e então a voz de Omar Khayyam Shakil, na qual todos podiam ouvir uma poça de álcool, gritou: "Aquele filho da puta! Morreu, morreu. Por que tem de vir aqui estragar a festa?".

Naquela época, tudo era menor do que é hoje; até Raza Hyder era apenas major. Mas ele era como a própria cidade, se espalhava, crescia depressa, porém de um jeito absurdo, de forma que quanto maiores ambos ficavam, mais feios se tornavam. Devo revelar como eram as coisas naqueles dias remotos antes da partição: os velhos habitantes da cidade, que tinham se acostumado a viver numa terra mais antiga que o tempo e estavam, portanto, sendo lentamente erodidos pelas implacáveis marés recorrentes do passado, tinham sofrido um choque com a independência, com a ordem que receberam de considerarem a si mesmos e ao país como novos.

Bem, a imaginação deles simplesmente não estava à altura da tarefa, você entende isso; então foram os realmente novos, os primos distantes, os meio-conhecidos e os estranhos totais que manavam do Leste para se instalar na Terra de Deus, que assumiram as coisas e fizeram com que elas andassem. A novidade dessa época dava uma sensação de grande instabilidade; era uma coisa deslocada, desenraizada. Por toda a cidade (que era, claro, a capital na época), construtores enganavam no cimento dos alicerces das casas novas, pessoas — e não apenas primeiros-ministros — eram assassinadas de quando em quando, gargantas eram cortadas nas sarjetas, bandidos se tornavam bilionários, mas tudo isso era esperado. A história era velha e enferrujada, uma máquina que ninguém desligara durante milhares de anos, e ali agora, de repente, se exigia dela máximo rendimento. Ninguém se surpreendia que houvesse acidentes... bem, havia umas poucas vozes dizendo: se este é o país que dedicamos a nosso Deus, que tipo de Deus é esse que permite... Mas essas vozes foram silenciadas antes de poderem terminar suas perguntas, com chutes nas canelas por baixo das mesas, para seu próprio bem, porque há coisas que não podem ser ditas. Não, é mais que isso: há coisas que não se pode permitir que sejam verdadeiras.

De qualquer forma: Raza Hyder já tinha demonstrado, ao tomar Aansu, as vantagens da fonte de energia que era o influxo de imigrantes, de seres novos; mas com energia ou sem energia, ele não foi capaz de impedir que seu primogênito fosse morto por estrangulamento no útero.

* * *

Uma vez mais (na opinião da avó materna) ele chorou com muita facilidade. Bem quando mais devia mostrar que era durão, ele começou a berrar até os olhos saltarem das órbitas, mesmo em público. Viam-se lágrimas escorrendo pela cera de seu bulboso bigode, as olheiras negras brilhavam uma vez mais como pequenas poças de óleo. Sua esposa Bilquìs, porém, não derramou uma única lágrima.

"Ô, Raz", ela consolava o marido com palavras caramelizadas com a quebradiça certeza de seu desespero. "Razzu, levante a cabeça. A gente consegue da próxima vez."

"Velho Arrasa Tripas uma pinoia", Bariamma escarnecia para tudo e todos. "Você sabe que ele mesmo inventou esse nome para si e ordenou, forçou as tropas a usarem o título? Velho Reservatório Vazando seria mais certo."

Um cordão umbilical se enrolou no pescoço de um bebê e se transformou em um laço de enforcado (em que outras forcas estavam prefiguradas), se transformou no garrote sedoso do lenço rumal de um bandido thug; e um bebê veio ao mundo comprometido pelo irremediável infortúnio de ter morrido antes de nascer. "Quem sabe por que Deus há de fazer essas coisas?" Bariamma impiedosamente falou a seu neto. "Mas nós nos submetemos, temos de nos submeter. E não derramar lágrimas de bebê na frente das mulheres."

Porém: estar morto de pedra foi um comprometimento que o menino conseguiu superar com louvável bravura. Em questão de meses, ou foram apenas semanas, o bebê tragicamente cadavérico chegara aos primeiros lugares na escola e na faculdade, lutara com bravura na guerra, casara com uma rica beldade da cidade e atingira uma alta posição no governo. Era brilhante, popular, bonito e o fato de ser um cadáver agora parecia não ter maiores consequências do que um ligeiro manquejar ou um pequeno impedimento na fala.

Claro que sei muito bem que o menino na realidade pereceu antes mesmo de ter tido chance de receber um nome. Seus feitos subsequentes foram realizados inteiramente dentro das perturbadas imaginações de Raza e Bilquìs, onde adquiriam um ar de tão sólida realidade que os dois começaram a insistir que eram dotados de um ser humano vivo real que realizaria essas coisas e as tornaria reais. Possuídos pelos triunfos fictícios de seu filho natimorto, Raza e Bilquìs partiram um para o outro com vontade, ofegando silenciosamente no dormitório que nada via das esposas da família, convencidos de que uma segunda gravidez seria um ato de substituição, que Deus (pois Raza era, como sabemos, devoto) havia consentido lhes mandar um substituto gratuito para a mercadoria com defeito que tinham recebido na primeira entrega, como se Ele fosse o gerente de uma conceituada empresa de vendas pelo correio. Bariamma, que descobriu tudo, estalou ruidosamente a língua para essa bobagem de reencarnação, ciente de que era alguma coisa que eles tinham importado, como um germe, daquela terra de idólatras de onde tinham vindo; mas curiosamente nunca foi áspera com eles, compreendendo que a mente pode encontrar estranhos modos de lidar com a dor. Então ela devia suportar sua dose de responsabilidade pelo que se seguiu, não devia negligenciar seu dever só porque era doloroso, devia ter desmentido aquela ideia de renascimento enquanto podia, mas ela se enraizou muito depressa, e então era tarde demais, e não mais um assunto para se discutir.

Muitos anos depois, quando Iskander Harappa estava no banco dos réus no tribunal onde foi julgado por sua vida, o rosto cinzento como o terno importado que vestia, feito sob medida quando pesava o dobro, ele provocou Raza com a lembrança de sua obsessão pela reencarnação. "Esse líder que reza seis vezes por dia e em cadeia nacional de televisão!" Isky disse com uma voz cuja melodia de sereia havia desafinado na prisão. "Eu me lembro quando tive de alertar Raza que a ideia de avatares era uma heresia. Claro que ele nunca deu ouvidos, mas depois Raza Hyder acostumou-se a não dar mais ouvidos a conselhos amigos." E fora do tribunal, ouviram-se os membros mais ousados da entourage de Harappa em desintegração murmurarem que o general Hyder fora criado em um estado inimigo do outro lado da fronteira, afinal, e havia a comprovação de uma bisavó hindu do lado paterno, de forma que essas filosofias heréticas tinham infectado seu sangue havia muito tempo.

E é verdade que Iskander e Rani, ambos, tentaram argumentar com os Hyder, mas os lábios de Bilquìs permaneceram esticados como a pele de um tambor em sua obstinação. Naquela época Rani Harappa estava esperando, ela havia conseguido num relâmpago, e Bilquìs já estava transformando em questão de princípio não fazer o que sua antiga companheira de dormitório aconselhava, e uma das razões para isso pode ter sido que ela, Bilquìs, apesar de todos os acontecimentos noturnos, estava encontrando dificuldade em conceber.

Quando Rani deu à luz uma filha, seu fracasso em produzir um filho homem serviu de pequeno consolo a Bilquìs, mas não suficiente, porque outro sonho caíra por terra: a fantasia do casamento de seus filhos primogênitos. Agora, claro, a recém-nascida srta. Arjumand Harappa era mais velha que qualquer futuro Hyder homem poderia ser, de forma que o casamento estava fora de questão. Rani havia, de fato, realizado a sua parte do acordo; sua eficiência aprofundou o que era muito parecido com melancolia em Bilquìs.

E sob o teto de Bariamma pequenos risos de escárnio e comentários começaram a ser dirigidos àquela mulher antinatural, que nada conseguia produzir além de bebês mortos; a família tinha orgulho de sua fecundidade. Uma noite, depois que Bilquìs se retirara para o leito, tendo lavado do rosto as sobrancelhas e retomado o aspecto de coelho assustado, ela olhava invejosa a cama vazia que um dia fora ocupada por Rani Harappa, quando, do outro lado, uma prima particularmente perversa chamada Duniyazad begum ciciou insultos negros como a noite: "A desgraça de sua esterilidade, madame, não é sua só. Não sabe que essa vergonha é coletiva? A vergonha de qualquer uma de nós pesa sobre todas nós e nos curva as costas. Veja o que está fazendo com a família do seu marido, como retribui aqueles que recolheram a senhora quando chegou fugitiva e sem vintém daquele país sem Deus lá".

Bariamma tinha apagado as luzes — o interruptor-mestre pendurado num fio acima de sua cama — e seu ronco dominava a escuridão do quarto da zenana. Mas Bilquìs não ficou quieta em sua cama; ela se levantou e partiu para cima de Duniyazad begum, que esperava ansiosamente por ela, e as duas, mãos enroladas em cabelos, joelhos atingindo zonas de carne mole, rolaram maciamente para o chão. A luta foi conduzida sem som, tal era o poder da matriarca sobre a noite; mas a notícia se espalhou pelo quarto em ondas de escuridão, e as mulheres sentaram-se em suas camas e assistiram. Quando os homens chegaram, eles também se transformaram em mudos espectadores desse mortal combate, durante o qual Duniyazad perdeu diversos punhados de cabelos de suas luxuriantes axilas e Bilquìs quebrou um dente nos dedos em garra de sua adversária — até Raza Hyder entrar no dormitório e apartá-las. Foi nesse momento que Bariamma parou de roncar e acendeu a luz, liberando no ar iluminado todo ruído, todos os vivas e gritos, que tinham sido contidos pela escuridão. As mulheres correram a acomodar a matriarca cega e careca com almofadas gaotakia, Bilquìs, tremendo nos braços do marido, recusou-se a viver sob aquele teto da caluniadora. "Marido, você sabe", ela espalhou em torno de si os farrapos de sua infância de rainha, "fui criada de maneira mais elevada que isto; e se meus filhos não vierem, é porque não posso fazer filhos aqui, neste zoológico, como elas todas fazem, como animais ou sei lá."

"É, é, nós sabemos o quanto você se acha boa demais para nós." Bariamma, despencando nas gaotakias com um chiado, como um balão que se esvazia, teve a última palavra. "Então leve ela embora, Raza, meu filho", disse ela no ganir zumbido de sua voz. "Você, Billu begum, vá embora. Quando deixar esta casa, sua vergonha vai com você e a nossa querida Duniya, que você atacou por falar a verdade, vai dormir melhor. Vamos, *mohajir*! Imigrante! Faça suas malas o mais depressa que puder e vá se embora para a sarjeta que escolher."

Eu também sei um pouco dessa história de imigrante. Sou imigrante de um país (a Índia) e recém-chegado a dois (a Inglaterra, onde moro, e o Paquistão, para onde minha família se mudou contra a minha vontade). E tenho uma teoria de que os ressentimentos que nós, *mohajirs*, engendramos têm algo a ver com nossa conquista da força da gravidade. Nós realizamos o ato com o qual todos os homens da antiguidade sonharam, a coisa que invejavam dos pássaros; quer dizer, nós voamos.

Estou comparando a gravidade com vínculo. Ambos os fenômenos são observáveis e existem: meus pés ficam no chão e nunca senti tanta raiva como no dia em que meu pai falou que tinha vendido a casa de minha infância em Bombaim. Mas nenhum dos dois fenômenos é compreendido. Conhecemos a força da gravidade, porém não a sua origem; e para explicar por que nos ligamos ao nosso local de nascimento fingimos que somos árvores e falamos de raízes. Olhe para os seus pés. Você não vai ver nenhuma projeção nodosa saindo das solas. Raízes, penso às vezes, são um mito conservador, destinado a nos manter em nossos lugares.

Os antimitos de gravidade e vínculo têm o mesmo nome: voo. *Migração, s., mudar-se, por exemplo, em voo, de um lugar para outro.* Voar e fugir: ambos são maneiras de buscar a liberdade... por acaso, uma coisa estranha com a gravidade é que, embora ela permaneça incompreendida, todo mundo parece achar fácil de entender a ideia de sua contraforça teórica: a antigravidade. Mas o antivínculo não é aceito pela ciência moderna... Suponhamos que a ICI ou a Ciba-Geigy, a Pfizer ou a Roche, ou mesmo, talvez, a Nasa lançasse uma pílula antigravidade. As companhias áreas do mundo iriam à falência da noite para o dia, claro. Quem tomasse a pílula se desprenderia do chão e flutuaria para o alto até mergulhar nas nuvens. Seria necessário desenvolver roupas de voos especiais impermeáveis. E quando o efeito da pílula acabasse, a pessoa simplesmente desceria com toda a suavidade à terra outra vez, mas num local diferente, por causa dos ventos dominantes e da rotação planetária. A viagem internacional personalizada seria possível com a manufatura de pílulas de diferentes potências para diferentes distâncias de viagem. Seria preciso construir algum tipo de engenho propulsor direcional, talvez na forma de uma mochila. A produção em massa poderia levar isso ao alcance de qualquer família. Dá para perceber a ligação entre a gravidade e "raízes": a pílula faria de todos nós migrantes. Flutuaríamos para o alto, usaríamos nossos direcionadores para nos colocarmos na altitude correta e deixaríamos que a rotação do planeta fizesse o resto.

Quando indivíduos se desprendem de sua terra natal, são chamados de migrantes. Quando nações fazem a mesma coisa (Bangladesh), o ato é chamado secessão. Qual a melhor coisa sobre migrantes e nações secessionadas? Acho que é a sua esperança. Olhe nos olhos dessa gente em fotografias antigas. A esperança brilha intocada debaixo dos tons sépia desbotados. E qual a pior coisa? É o vazio da bagagem da pessoa. Estou falando das malas invisíveis, não das físicas, talvez de papelão, variedade que contém uns poucos mementos encharcados de sentido: nós nos desligamos de mais que terra. Flutuamos nos desligando de história, de memória, do tempo.

Posso ser eu essa pessoa. Pode ser o Paquistão esse país.

É bem sabido que o termo "Paquistão", um acrônimo, foi pensado originalmente na Inglaterra por um grupo de intelectuais muçulmanos. P de punjabis, A de afegãos, K de kaxemires, S de sind e "tão", dizem eles, de Baluquistão. (Nenhuma menção à parte oriental, como podem notar; Bangladesh nunca teve seu nome no título, então ela entendeu a insinuação e se secessionou dos secessionados. Imagine o efeito dessa dupla secessão sobre as pessoas!) Portanto, foi uma palavra nascida no exílio que depois foi para o Oriente, foi tras-ladada ou tra-duzida e se impôs à história; uma migrante retornado, assentando-se na terra da partição, formando um palimpsesto no passado. Um palimpsesto encobre o que existe por baixo. Para construir o Paquistão foi preciso encobrir a história indiana, negar que séculos indianos jazem por baixo da superfície do Tempo Padrão Paquistani. O passado foi reescrito; não havia mais nada a fazer.

Quem comandou o trabalho de reescrever a história? Os imigrantes, os *mohajirs*. Em que língua? Urdu e inglês, ambas línguas importadas, embora uma tenha viajado menor distância que a outra. É possível ver a história subsequente do Paquistão como um duelo entre duas camadas de tempo, o mundo encoberto forçando sua volta através do que foi imposto. O verdadeiro desejo de todo artista é impor sua visão do mundo; e o Paquistão, a casca, o palimpsesto fragmentário, cada vez mais em guerra consigo mesmo, pode ser descrito como um fracasso da mente sonhadora. Talvez os pigmentos usados fossem os pigmentos errados, impermanentes, como os de Leonardo; ou talvez o lugar fosse apenas *insuficientemente imaginado*, um quadro cheio de elementos inconciliáveis, a barriga à mostra dos sáris imigrantes contra as discretas shalwar-kurtas nativas sindhi, urdu versus punjabi, agora versus antes: um milagre que deu errado.

Quanto a mim: eu também, como todos os migrantes, sou um fantasista. Construo países imaginários e tento impô-los aos que existem. Eu também encaro o problema da história: o que guardar, o que jogar fora, como me apegar àquilo a que a memória insiste em renunciar, como lidar com a mudança. E voltando à ideia de "raízes", devo dizer que não consegui me libertar inteiramente. Às vezes, me vejo, sim, até como uma árvore, bem grandiosa como o freixo Yggdrasil, a mítica árvore-mundo da lenda nórdica. O freixo Yggdrasil tem três raízes. Uma desce ao poço do conhecimento no Valhalla, onde Odin vai beber. Uma segunda está sendo lentamente consumida pelo fogo imorredouro de Muspellheim, reino do deus das chamas Surtur. A terceira está sendo pouco a pouco roída pela assustadora fera chamada Nidhögg. E quando fogo e monstro tiverem destruído duas dessas três coisas, o freixo tombará e a escuridão baixará. As trevas dos deuses: o sonho de morte da árvore.

O país palimpsesto de minha história não tem, repito, um nome próprio. O escritor checo exilado Kundera escreveu uma vez: "Um nome significa continuidade com o passado, e pessoas sem passado são pessoas sem nome". Mas eu estou lidando com um passado que se recusa a ser suprimido, que combate todos os dias com o presente; então talvez seja indevidamente rude de minha parte negar um nome à minha terra das fadas.

Conta uma história apócrifa que Napier, depois de uma campanha bem-sucedida no que é agora o Sul do Paquistão, mandou de volta à Inglaterra uma mensagem culpada de apenas uma palavra: "Peccavi". *Eu pequei*.* Fico tentado a dar ao meu espelho Paquistão um nome que homenageia esse trocadilho bilíngue (e fictício porque nunca enunciado). Que seja *Peccavistão*.

Era o dia em que o filho único do futuro general Raza Hyder ia reencarnar.

Bilquìs tinha se mudado da presença contraceptiva de Bariamma para uma residência simples para oficiais casados e esposas no complexo da base do Exército; e não muito depois de sua escapada ela concebeu, conforme profetizado. "Não falei?", ela triunfou, "Raz, ele está de volta, o anjinho, espere só para ver." Bilquìs atribuiu sua recém-descoberta fertilidade ao fato de que finalmente podia fazer algum ruído durante o amor, "de forma que o anjinho, à espera de nascer, pode ouvir o que está acontecendo e reagir de acordo", ela disse ao marido, carinhosa, e a felicidade da observação o impediu de responder que não eram só os anjos que estavam ao alcance do ouvido de seus apaixonados gemidos e ulular amorosos, mas também todos os outros oficiais casados da base, inclusive seu superior imediato e também os camaradas mais novos, de forma que ele foi obrigado a aguentar uma boa dose de gozação na caserna.

Bilquìs entrou em trabalho de parto — o renascimento era iminente —, Raza Hyder esperou, sentado, duro, na antessala da ala da maternidade do hospital militar. E depois de oito horas de uivos, arquejos, vasos sanguíneos rompidos nas faces e uso de linguagem sórdida só permitido a damas durante o parto, final-

---

* Em latim, *peccavi*; em inglês, *I have sinned*. Num trocadilho intraduzível, o autor troca *sinned* do original por *sind*, que tem o mesmo som e é o nome de uma das línguas indo-arianas que entram na constituição do acrônimo Paquistão. (N. T.)

mente, pop!, ela o conseguiu, o milagre da vida. A filha de Raza Hyder nasceu às duas e quinze da tarde, e nasceu, além do mais, tão animadamente viva e agitada quanto seu irmão mais velho nascera morto.

Quando a criança enfaixada foi entregue a Bilquìs, essa dama não conseguiu evitar de gritar debilmente: "É só isso, meu Deus? Tanto bufar e resfolegar para botar para fora só esse ratinho?".

A heroína de nossa história, o milagre errado, Sufiya Zinobia, era o menor bebê que jamais se vira. (Ela continuou pequena quando cresceu, puxando à sua quase anã bisavó materna, cujo nome, Bariamma, Mãe Grande, tinha sido sempre uma espécie de piada familiar.)

Um pacote surpreendentemente pequeno foi devolvido por Bilquìs à parteira, que o entregou ao pai ansioso. "Uma filha, major sahib, e tão bonita como o dia, osenhornãoacha?" Na sala de parto, o silêncio inundou os poros da mãe exausta; na antessala, Raza estava quieto também. Silêncio: a antiga linguagem da derrota.

Derrota? Mas aquele era o Velho Arrasa Tripas em pessoa, conquistador de geleiras, vencedor dos prados congelados e dos carneiros montanheses de pele nevada! O futuro homem forte da nação era tão facilmente esmagado? Nem um pouco. A bomba da parteira levou a uma rendição incondicional? Decerto que não. Raza começou a discutir; e as palavras vinham em ondas, inexoráveis como tanques. As paredes do hospital tremeram e recuaram; cavalos empinaram, derrubando cavaleiros, nos campos de polo próximos.

"Erros sempre acontecem!", Raza gritou. "Asneiras terríveis não são desconhecidas! Ora, meu próprio primo em quinto grau por casamento quando nasceu...! Mas não me venha com mas, mulher, exijo ver o superior do hospital!"

E ainda mais alto: "Bebês não nascem limpos neste mundo!".
E voando de sua boca como balas de canhão: "Genitália! Pode! Ficar! Escondida!".

Raza Hyder raivoso rugindo. A parteira ficou dura, bateu continência; era um hospital militar, não esqueça, e Raza era seu superior, então ela admitiu que sim, o que o major sahib estava dizendo era possível decerto. E fugiu. A esperança subiu aos olhos úmidos do pai, também às pupilas dilatadas de Bilquìs, que tinha ouvido o barulho, claro. E agora era o bebê, com sua própria essência em dúvida, que silenciava e começava a cismar.

O supervisor (um brigadeiro) entrou no quarto estremecido em que o futuro presidente tentava alterar a biologia com um ato sobre-humano da vontade. Suas palavras, pesadas, finais, de grau superior ao de Raza, mataram a esperança. O filho natimorto morreu de novo, até mesmo seu fantasma deu o último suspiro com o discurso fatal do médico: "Nenhuma possibilidade de erro. Favor notar que a criança foi lavada. Antes do procedimento de enfaixar. A questão do sexo é indiscutível. Permita-me oferecer minhas congratulações". Mas qual pai permitiria que seu filho, duplamente concebido, fosse executado assim, sem luta? Raza rasgou o pano da faixa; tendo penetrado até o bebê ali dentro, atacou suas partes: "Aí! Pergunto, meu senhor, o que é isso?" — "O que vemos aqui é a configuração esperada, também o nada incomum inchaço pós-natal do órgão feminino..." — "Um calombo!", Raza guinchou desamparado. "Não se trata, doutor, de um absoluto e inquestionável *calombo*?"

Mas o brigadeiro tinha deixado a sala.

"E nesse ponto" — cito novamente a lenda familiar — "quando seus pais tiveram de admitir a imutabilidade de seu gênero, de se submeter, como exige a fé, a Deus; nesse mesmo instante o ser extremamente novo e sonolento nos braços de Raza começou — é verdade! — a corar!"

Ó rubescente Sufiya Zinobia!

É possível que o incidente acima tenha sido um pouco melhorado durante suas muitas narrativas e renarrativas; mas não serei eu a questionar a veracidade da tradição oral. Dizem que o bebê corou ao nascer.

Que já então ela se envergonhava com muita facilidade.

6. Questões de honra

Diz o ditado que o sapo que coaxa na fossa de um poço se assustará com o coaxar trovejante do sapo gigante que a ele responde.

Quando se descobriram grandes campos de gás no vale Needle no distrito de Q., o comportamento antipatriótico dos destemperados tribais nativos tornou-se preocupação nacional. Depois que a equipe de engenheiros, pesquisadores e cientistas do gás, enviada a Needle para planejar a construção das minas de butano, foi atacada pelos tribais, que estupraram cada membro da equipe em média dezoito vírgula meia meia vezes (sendo que treze vírgula noventa e sete ataques foram por trás e apenas quatro vírgula sessenta e nove na boca), antes de cortarem a garganta de cem por cento dos peritos, o ministro chefe de Estado Aladdin Gichki solicitou ajuda militar. O comandante das forças destinadas à proteção dos inestimáveis recursos de gás não foi outro senão Raza Hyder, herói da expedição Aansu-ki-Wadi e já um pleno coronel. Foi uma indicação bem recebida. "Quem pode ser melhor para defender nosso precioso vale montanhoso", perguntou retoricamente o *War*, principal diário da nação, "do que o conquistador de outra joia semelhante?" O Velho Arrasa Tripas em pessoa fez a seguinte observação a um repórter do mesmo jornal, na escada do trem postal recém dotado de ar-condicionado a caminho do Ocidente: "Esses brigões são os sapos no poço, meu senhor, e, se Deus quiser, minha intenção é ser o gigante que deixa todos morrendo de medo".

Nessa época, sua filha Sufiya Zinobia tinha quinze meses. Ela e sua esposa Bilquìs acompanharam o coronel Hyder em sua viagem para as Montanhas Impossíveis. E nem bem o trem deles partiu da estação, ruídos de "ímpia confusão" (palavras de Raza) começaram a se infiltrar em seu compartimento. Raza pediu ao guarda que identificasse seus vizinhos. "Gente muito importante, sir", foi a resposta, "certos executivos e também as damas estrelas de uma famosa companhia de bioscópio." Raza Hyder deu de ombros. "Então vamos ter de aguentar o barulho, porque eu não vou me rebaixar a disputar com gentinha do cinema." Quando ouviu isso, Bilquìs esticou os lábios num sorriso rígido e sem sangue, e os olhos brilharam ferozes através do espelho na parede que a separava dos impérios de seu passado.

O vagão era um novo modelo com um corredor que passava diante das portas dos compartimentos, e poucas horas depois Bilquìs voltava do banheiro quando um jovem de lábios tão grossos quanto os de Iskander Harappa inclinou-se para fora do compartimento do pessoal do cinema e fez ruídos de beijos para ela, sussurrando gracejos banhados em uísque: "Juro mesmo, yaar, pode ficar com o produto estrangeiro, o nacional é o melhor, nem se discute". Bilquìs sentiu os olhos dele apertarem seus seios, mas por alguma insondável razão não mencionou esse insulto à sua honra ao retornar para o lado do marido.

A honra de Raza Hyder também recebeu um golpe insultuoso nessa viagem, ou, para ser preciso, na conclusão dessa viagem, porque, quando chegaram à estação Acant em Q., encontraram uma multidão de proporções de nuvem de gafanhotos à espera deles na estação, cantando músicas de sucesso, atirando flores, abanando cartazes e bandeiras de boas-vindas, e embora Bilquìs visse Raza retorcendo os bigodes, seus lábios sorridentes não se abriram para alertá-lo da verdade óbvia de que as boas-vindas não eram para o coronel, mas para a gentinha do compartimento vizinho. Hyder desceu do trem com os braços muito abertos e um discurso pronto nos lábios, garantindo a segurança dos cruciais veios de gás e foi quase derrubado pela corrida de caçadores de autógrafos e lambe-botas para cima das discretas atrizes. (Abalado, ele não chegou a perceber o rapaz de lábios grossos acenando os dedos em adeus na direção de Bilquìs.) A injúria suportada ali por seu orgulho explica muito do que veio a seguir; à maneira ilógica dos humilhados, ele começou a descontar na esposa, que tinha em comum com seus adversários um passado bioscópico — diante do que sua raiva pela frustrada reencarnação de seu filho único tornou a despertar e cruzou a recém-estabelecida ponte entre sua mulher e os fãs do cinema, até que Raza começou, inconscientemente, a projetar suas dificuldades progenitoras sobre os rasos espectadores de cinema de Q.

Problemas num casamento são como água de monção se acumulando num teto plano. Você não se dá conta de que ela está ali, mas vai ficando mais e mais pesada, até que um dia, com grande estrépito, o teto todo cai em cima de sua cabeça... deixando para trás Sindbad Mengal, o rapaz de lábios de beijo, filho mais novo do presidente da corporação bioscópica e que chegara para assumir a atividade cinematográfica daquela região, com promessas de troca semanal de programação, novos palácios do cinema e aparições pessoais regulares de grandes estrelas e cantores de playback, os Hyder engoliram suas próprias afirmações de triunfo e abriram caminho para fora da estação em meio à alegre multidão.

No Flashman's Hotel, foram levados à suíte nupcial, que tinha um cheiro opressivo de naftalina, por um enfraquecido carregador acompanhado pelo último dos macacos treinados com uniforme de mensageiro e que não conseguiu, no fundo de seu desespero, resistir à tentação de tocar o braço de Raza Hyder e perguntar: "Por favor, grande sir, o senhor sabe quando os sahibs angrez vão voltar?".

E Rani Harappa?

Para onde quer que ela olhe, vê caras espiando; onde quer que escute, vozes, usando um vocabulário de obscenidade tão multicolorida que tinge seus ouvidos com cores de arco-íris. Ela acorda uma manhã logo depois da chegada a sua nova casa e encontra meninas camponesas revirando suas gavetas de roupas, tirando e erguendo lingerie de renda importada, examinando batons de rubi. "O que acham que estão fazendo?" As duas meninas, sem nenhuma vergonha, viram-se para olhar, ainda segurando roupas, cosméticos, pentes. "Ah, esposa de Isky, não se preocupe, a aia de Isky disse para olhar." — "A gente limpou o piso, então ela deixou." — "Ohé, esposa de Isky, cuidado com o piso que a gente encerou! Escorrega mais que traseiro de macaco, juro mesmo." Rani apoia os cotovelos na cama; sua voz luta com o sono. "Saiam! Não têm vergonha de entrar aqui? Vamos, fora antes que eu..." As meninas se abanam como se houvesse um fogo aceso dentro do quarto. "Ah, meu Deus, muito esquentada!" — "Ô, esposa de Isky, molhe a língua com água!" Ela grita: "Não sejam insol...", mas elas interrompem. "Não ligue não, dona, nesta casa ainda é do jeito que manda a aia de Isky." E as duas vão, sacudindo quadris provocantes, na direção da porta. E param antes de sair para uma despedida: "Merda, mas Isky dá roupa boa para a esposa, do melhor que tem, nem se discute". "É verdade. Só que pavão que dança na selva não tem ninguém para ver sua cauda."

"E digam para ela... digam para a aia que eu quero ver minha filha", ela grita, porém as meninas fecharam a porta e uma delas berra do outro lado. "Pra que tanta pose? A criança vem quando estiver pronta."

Rani Harappa não chora mais, não diz mais para seu espelho *Isto não pode estar acontecendo*, nem suspira com inadequada nostalgia pelo dormitório dos quarenta ladrões. Mais filha, menos marido, ela está perdida nesse quintal do universo: Mohenjo, a propriedade campestre dos Harappa em Sind, que vai de horizonte a horizonte, afligida por uma crônica falta de água, povoada por monstros risonhos e desdenhosos, "verdadeiros Frankensteins". Ela não acha mais que Iskander não sabe como é tratada ali. "Ele sabe", ela diz para o espelho. Seu amado marido, seu noivo na bandeja dourada. "Uma mulher fica mais solta depois de ter filhos", ela confidencia ao espelho, "e meu Isky, ele gosta das coisas apertadas." Então cobre a boca com as mãos e corre para portas e janelas a fim de se certificar de que ninguém ouviu.

Mais tarde, senta-se de shalwar e kurta de *crêpe de chine* italiana na varanda mais fresca, a bordar um xale, olhando uma pequena nuvem de poeira no horizonte. Não, como pode ser Isky, ele está na cidade com seu amigo do peito Shakil; eu vi o problema, vi na hora que olhei para ele, aquela banheira de banha de porco. Talvez só um daqueles redemoinhos que correm pelo mato.

A terra de Mohenjo é obstinada. Cozinha as pessoas até ficarem duras como pedra no calor. Os cavalos nos estábulos são feitos de ferro, o gado tem ossos de diamante. Os pássaros aqui bicam torrões de terra, cospem, constroem seus ninhos com lama; há poucas árvores, exceto na floresta assombrada, de onde até os cavalos de aço fogem em disparada... uma coruja, enquanto Rani borda, dorme num buraco no chão. Só se vê uma ponta da asa.

"Se me matassem aqui, a notícia nunca sairia da propriedade." Rani não tem certeza se falou ou não em voz alta. Seus pensamentos, soltos pela solidão, muitas vezes explodem agora por entre seus lábios inconscientes; e muitas vezes se contradizem, porque a ideia seguinte a se formar em sua cabeça sentada ali naquela varanda de beirais pesados é: "Adoro esta casa".

Varandas percorrem as quatro paredes; um comprido corredor com tela anti-insetos liga a casa ao bangalô da cozinha. Um dos milagres ali é que as chapatis não esfriam ao percorrer essa avenida de piso de madeira até a sala de jantar; nem o suflê nunca afunda. E pinturas a óleo, candelabros, tetos altos e um telhado plano revestido de asfalto, sobre o qual, uma vez, antes que ele a abandonasse ali, ela se ajoelhou rindo ao sol da manhã para seu marido ainda na cama. A casa de família de Iskander Harappa. "Pelo menos tenho esse pedaço dele, esta terra, seu primeiro lugar. Bilquìs, que pessoa sem-vergonha eu devo ser, me contentar com uma parte tão pequena do meu homem." E Bilquìs, ao telefone em Q.: "Talvez esteja bom para você, querida, mas eu nunca aguentaria isso, não, senhora, de qualquer forma o meu Raza está longe, no gás, mas me poupe da sua pena, querida, quando ele voltar para casa, pode estar morto de cansado, mas nunca cansado demais, se você entende o que eu digo".

A nuvem de poeira chegou à aldeia Mir agora, então é uma visita e não um redemoinho. Ela tenta controlar a excitação. A aldeia tem o nome do pai de Iskander, sir Mir Harappa, já falecido, um dia orgulhosamente enobrecido pelas autoridades angrez por serviços prestados. A titica de passarinho é lavada de sua estátua equestre todos os dias. O sir Mir de pedra olha com equânime altivez pelo hospital da aldeia e pelo bordel, epítome do zamindar esclarecido... "Uma visita." Ela bate as mãos, toca um sino. Nada. Até que por fim a aia de Isky, uma mulher de ossos pesados com mãos macias e sem calos, lhe traz uma jarra de suco de romã. "Não precisa fazer tanto barulho, esposa de Isky, os criados do seu marido sabem como se comportar." Por trás da aia está o velho Gulbaba, surdo, meio cego, e atrás dele uma trilha de pistaches que levam até o prato semivazio em suas mãos. "Ah, meu Deus, os seus criados, querida", Bilquìs dá sua opinião interurbana, "essa velharia que sobrou de quinhentos anos atrás. Juro que você devia levar todos a um médico para aplicar injeções indolores. O que você aguenta! Seu nome quer dizer rainha; tem de ser tratada como rainha."

Ela balança na cadeira da varanda, a agulha sem pressa, e sente a juventude e a alegria sendo esmagadas nela, gota a gota, pela pressão dos momentos que passam, e então os cavaleiros entram no pátio e ela reconhece o primo de Iskander, Mirzinho Harappa, da fazenda Daro, que começa logo adiante do horizonte norte. Nesses lados, os horizontes servem como cercas de limite.

"Rani begum", Mirzinho grita de cima do cavalo, "não adianta pôr a culpa em mim por causa disso. Culpe o seu marido, a senhora devia manter a rédea dele mais curta. Desculpe, mas o sujeito é um verdadeiro filho da puta, me deixou todo nervoso."

Uma dúzia de cavaleiros armados desmonta e começa a saquear a casa, enquanto Mir gira, faz empinar a montaria e bombardeia a esposa de seu primo com justificativas, nas garras de um frenesi tonto, relinchante que liberta sua língua de qualquer limite. "O que a senhora sabe daquele cu de touro, madame? Posso me foder até pela boca, mas eu sei. Aquela piroca de porco homossexual. Pergunte para o pessoal da aldeia como o avô dele trancava a mulher em casa e passava toda noite no bordel, como uma puta desapareceu quando não dava para dizer que era de comida que o barrigão dela estava cheio, e logo em seguida a senhora Harappa estava com um bebê no colo, mesmo todo mundo sabendo que ninguém trepava com ela fazia dez anos. Tal pai, tal filho, na minha honesta opinião, desculpe se a senhora não gosta. Filho da puta nascido de abutres que comem carniça. Ele acha que pode me insultar em público e se safar com isso? Quem é o mais velho, eu ou aquele comedor de bosta do reto de burros doentes? Quem é o maior dono de terras, eu ou ele com seus dez centímetros de terra onde nem piolho engorda? Conte para ele quem é o rei destas partes. Conte para ele quem pode fazer o que quiser por aqui e que ele devia vir rastejando beijar meus pés como o assassino estuprador da avó que ele é e me pedir perdão. Esse mamador do peito esquerdo de um corvo. O dia de hoje é para mostrar para ele quem é que manda."

Os saqueadores recortam das molduras douradas pinturas da escola de Rubens; cadeiras Sheraton têm as pernas amputadas. Prataria antiga é colocada em velhas sacolas de sela. Garrafas de vidro lapidado se estilhaçam em cima de tapetes de mil nós. Ela, Rani, continua com seu bordado em meio ao ataque punitivo. As velhas criadas, a aia, Gulbaba, as meninas enceradeiras, cavalariços, aldeões da aldeia Mir param e olham, se agacham e escutam. Mirzinho, uma orgulhosa figura equestre, um alto avatar falconiforme da estátua na aldeia, não silencia até seus homens voltarem a seus cavalos. "A honra de um homem está em suas mulheres", ele grita. "Então quando ele tirou aquela puta de mim, ele tirou a minha honra, diga isso a ele, esse novo-rico bebedor de mijo. Fale para ele do sapo no poço e do que o sapo gigante respondeu. Fale para ele ter medo e saber que tem sorte de eu ser um homem de boas maneiras. Eu podia recuperar minha honra tirando a honra dele. Madame, eu podia fazer qualquer coisa, qualquer coisa, quem teria coragem de dizer não? Aqui é a minha lei, a lei de Mir, que vige. *Salaam aleikum*." A poeira dos cavaleiros indo embora pousa na superfície do suco de romã intocado, depois afunda e forma um grosso sedimento no fundo da jarra. "Simplesmente ainda não consigo contar a ele", Rani fala para Bilquìs ao telefone. "Me deixa muito envergonhada."

"Ah, Rani, você tem seus problemas, querida", Bilquìs apoia a amiga pela linha telefônica do Exército. "Como você pode dizer que não sabe? Eu estou aqui, isolada igualzinho a você e mesmo neste zero de cidade eu sei o que toda Karachi está dizendo. Querida, quem é que não viu o seu Isky e aquele médico gordo rodando por aí, shows de dança do ventre, piscinas de hotéis internacionais onde vão mulheres brancas nuas, por que você acha que ele pôs você onde você está? Álcool, jogo, ópio, quem sabe o quê mais. Essas mulheres com suas folhas de figueira à prova d'água. Me desculpe, querida, mas alguém tem de contar para você. Brigas de galo, brigas de urso, brigas de cobra com mangusto, esse Shakil arruma tudo como um cafetão, sei lá. E quantas mulheres? Ah baba. Debaixo das mesas de banquete ele agarra as coxas delas. Dizem que os dois vão para o bairro da luz vermelha com câmeras de cinema. Claro, é evidente o que esse Shakil está querendo, esse joão-ninguém de lugar nenhum está vivendo a boa vida de bandeja, talvez algumas dessas mulheres estejam dispostas a ser passadas adiante, migalhas da mesa do homem rico, você entende o que eu quero dizer. De qualquer forma, a questão, querida, é que o seu Isky pescou a mais gostosa vagabundinha francesa do seu primo bem debaixo do nariz dele, em algum grande evento cultural, me desculpe dizer, mas a notícia correu por toda a cidade, tão engraçado ver o Mir parado lá enquanto Isky saía com a vagabunda, ah, meu Deus, não sei por que você simplesmente não chora e grita. Ora, não tem por que ficar nervosa, sinceramente, acho que você devia saber quem é seu amigo e quem anda envenenando seu nome pelas suas costas. Devia me ver no telefone, querida, como eu defendo você como um tigre, você não faz ideia, meu bem, sentada aí, reinando sobre essa antiguidade desses Gulbabas e tudo."

Ela encontra a aia cacarejando em meio aos destroços da sala de jantar. "Foi longe demais", diz a aia. "Meu Isky, moleque tão levado. Sempre sempre fazendo primo zangar. Foi longe demais. O malandrinho."

Para onde quer que ela olhe, há rostos espiando; onde quer que ela escute, vozes. Ela é observada, corando com a humilhação daquilo, telefona a Iskander para dar a notícia. (Levou cinco dias para reunir coragem.) Iskander Harappa pronuncia apenas quatro palavras.

"A vida é longa."

Raza Hyder conduziu seus soldados do gás para o vale Needle depois de uma semana em que suas atividades tanto alarmaram a cidade que o ministro chefe de Estado Gichki ordenou a Raza que avançasse a dupla velocidade antes que o estoque de virgens disponível para os solteiros de Q. minguasse a ponto de a estabilidade moral da região ficar comprometida. Acompanhando os soldados, iam numerosos arquitetos, engenheiros e operários de construção, todos em estado de calças molhadas de pânico, porque por razões de segurança nenhum deles foi informado do destino do grupo de avanço até chegarem a Q., onde receberam de imediato versões magnificamente elaboradas da história da parte dos paan-wallah que vendiam a cada esquina. O pessoal de construção chorava dentro de peruas trancadas; soldados, em guarda, vociferavam: "Covardes! Bebês! Mulheres!". Raza, em seu jipe embandeirado, não ouviu nada disso. Não conseguia tirar da cabeça os acontecimentos do dia anterior, quando recebera em seu hotel a visista de um obsequioso gnomo cuja roupa tinha um forte cheiro de fumaça de motoneta: Maulana Dawood, o velho santo, em torno de cujo pescoço de frango um dia se dependurara um colar de sapatos.

"Sir, grande sir, olho a sua face de herói e me inspiro." A *gatta*, a marca devocional na testa de Raza, não passava despercebida.

"Não, ó mui sábio, eu é que fico ao mesmo tempo humilhado e enaltecido com sua visita." Raza Hyder estaria preparado para continuar nessa linha por pelo menos onze minutos e ficou um pouco decepcionado quando o santo homem acenou com a cabeça e disse depressa: "Então, aos negócios. O senhor conhece esse Gichki evidentemente. Não é de confiança".

"Não?"

"De modo algum. Indivíduo muito corrupto. Mas sua ficha há de mostrar isso."

"Brinde-me com o conhecimento do homem em questão..."

"Como todos os nossos políticos hoje em dia. Nenhum temor a Deus e grandes extorsões com contrabando. Isso é tedioso para o senhor; o Exército está bem informado sobre essas questões."

"Por favor, prossiga."

"Velhacarias estrangeiras, sir. Nada menos. Coisas demoníacas do estrangeiro."

O que Gichki era acusado de trazer ilicitamente para a terra pura de Deus: geladeiras, máquinas de costura com pedal, música popular norte-americana gravada a 78 rotações por minuto, livros de imagens com histórias de amor que inflamavam as paixões das virgens locais, aparelhos de ar-condicionado doméstico, cafeteiras, porcelana chinesa, saias, óculos de sol alemães, concentrados de noz de cola, brinquedos plásticos, cigarros franceses, dispositivos anticoncepcionais, automóveis sem impostos, bielas, tapetes Axminster, rifles de repetição, fragrâncias pecaminosas, sutiãs, calças de raiom, maquinaria agrícola, livros, lápis com borrachinha e pneus de bicicleta sem câmara. O funcionário de alfândega no posto de fronteira era louco e sua filha sem-vergonha estava disposta a fechar os olhos em troca de brindes regulares. O resultado era que todos esses produtos do inferno podiam chegar em plena luz do dia, pela estrada pública, e achar caminho para os mercados ciganos, mesmo na própria capital. "O Exército", Dawood disse numa voz que baixou a um sussurro, "não deve parar de eliminar os selvagens tribais. Em nome de Deus, sir."

"Sir, coloque a sua questão."

"Sir, é a seguinte. A oração é a espada da fé. Da mesma forma, a espada fiel, manuseada por Deus, não é uma forma de oração sagrada?"

Os olhos do coronel Hyder ficaram opacos. Ele se virou para olhar pela janela uma enorme casa silenciosa. De uma janela alta da casa, um menino espiava o hotel com binóculos. Raza virou-se para Maulana. "Gichki, o senhor fala."

"Aqui é Gichki. Mas em toda parte as coisas são iguais. Ministros!"

"É", Hyder disse, alheio, "são ministros, é verdade."

"Então eu disse o que tinha de dizer e me retiro, curvando-me diante do senhor pelo privilégio do encontro. Deus é grande."

"Esteja nas mãos de Deus."

Raza foi para os ameaçados campos de gás com a conversa acima gravada nos ouvidos; e gravada nos olhos a imagem do menino com binóculos, sozinho na janela de cima. Um menino que era filho de alguém: uma gota apareceu na face do Velho Arrasa Tripas e foi soprada pelo vento.

"Longe durante três meses pelo menos", Bilquìs suspirou ao telefone. "O que fazer? Eu sou jovem, não posso ficar o dia inteiro sentada como um búfalo na lama. Graças a Deus posso ir ao cinema." Toda noite, deixando a filha aos cuidados de uma aia local contratada, Bilquìs sentava-se no cinema novinho chamado Mengal Mahal. Mas Q. era uma cidade pequena; olhos viam coisas, mesmo no escuro... porém devo voltar a este tema mais adiante, porque não posso mais evitar a história de minha pobre heroína.

Dois meses depois da partida de Raza para o sertão a fim de combater os bandidos dacoits do campo de gás, sua única filha Sufiya Zinobia contraiu um tipo de encefalite que a transformou numa idiota. Bilquìs, arrancando cabelo e sári com igual paixão, foi ouvida a pronunciar uma frase misteriosa: "É uma condenação", ela gritou aos pés da cama da filha. Decepcionada com médicos militares e civis, voltou-se para um hakim da região que preparou um caro líquido destilado de raiz de cacto, pó de marfim e penas de papagaio, que salvou a vida da menina, mas que (conforme alertou o curandeiro) tinha o efeito de torná-la mais lenta pelo resto de seus dias por causa do infeliz efeito colateral de uma poção tão cheia de elementos de longevidade para retardar o progresso do tempo no interior do corpo de qualquer pessoa a quem fosse dada. Quando Raza voltou de licença, Sufiya Zinobia havia se livrado da febre, mas Bilquìs estava convencida de que já conseguia discernir em sua filha que ainda não tinha dois anos os efeitos daquela desaceleração interna que nunca poderia ser revertida. "E se há esse efeito", ela temia, "quem sabe o que mais pode haver? Quem pode dizer?"

Nas garras de uma culpa tão extrema que até a aflição por sua única filha parecia insuficiente para explicá-la, uma culpa na qual, fosse eu dono de uma língua escandalosamente intrigante, diria que algo mengaliano, algo relacionado a visitas ao cinema e jovens de lábios grossos, estava também presente, Bilquìs Hyder passara a noite da véspera à volta de Raza andando sem dormir pela suíte nupcial do Flashman's Hotel, e talvez se deva observar que uma de suas mãos, agindo, ao que parece, por vontade própria, acariciava continuamente a região em torno de seu umbigo. Às quatro da manhã, conseguiu uma ligação interurbana para Rani Harappa em Mohenjo e fez a seguinte observação imprudente:

"Rani, uma condenação, o que mais? Ele queria um filho herói; e em vez disso eu dei a ele uma filha idiota. Essa é a verdade, me desculpe, não posso fazer nada. Rani, uma simplória, uma tonta! Nada aqui em cima. Palha em vez de repolho entre as orelhas. Cachola vazia. O que se pode fazer? Mas, querida, não tem nada. Esse cérebro de passarinho, esse rato!, eu tenho de aceitar: ela é a minha vergonha."

Quando Raza Hyder voltou para Q., o menino estava parado à janela da grande casa solitária outra vez. Um dos guias locais, em resposta à pergunta do coronel, contou a Raza que a casa pertencia a três bruxas loucas e pecaminosas que nunca saíam, mas que conseguiam produzir filhos mesmo assim. O menino na janela era o segundo filho delas: à moda bruxa, diziam que era filho das três. "Mas a história, sir, é que naquela casa existe mais riqueza que no tesouro de Alexandre, o Grande." Hyder replicou com o que soou parecido com desprezo. "Sei. Mas se um pavão dança na selva, quem vai ver sua cauda?" Porém seus olhos não saíam de cima do menino na janela até o jipe chegar ao hotel, onde encontrou sua esposa esperando por ele com o cabelo solto e o rosto lavado sem sobrancelhas, de forma que era a própria encarnação da tragédia, e ele ouviu o que ela tivera vergonha de mandar contar. A doença de sua filha e a visão do menino com binóculos se fundiram no espírito de Hyder com a amargura de seus noventa dias no deserto e o lançaram atormentado para fora da suíte nupcial, explodindo numa raiva tão terrível que para sua segurança pessoal foi necessário encontrar para ela um alívio o mais breve possível. Ele ordenou que o carro oficial o levasse à residência do ministro-chefe Gichki no Acantonamento e, sem esperar o cerimonial, informou ao ministro que, embora a construção em Needle estivesse bem adiantada, a ameaça dos tribais não podia ser eliminada a menos que ele, Hyder, fosse investido de poder para tomar medidas punitivas draconianas. "Com a ajuda de Deus estamos defendendo o local, mas agora tenho de pôr um fim a esses melindres. Sir, o senhor precisa colocar a lei em minhas mãos. *Carte blanche*. Há certos momentos em que a lei civil tem de se dobrar à necessidade militar. Violência é a linguagem desses selvagens; mas a lei obriga a falar na desacreditada e efeminada língua da força mínima. Inútil, sir. Não posso garantir resultados." E quando Gichki respondeu que em hipótese alguma as leis do Estado seriam afrontadas pelas Forças Armadas — "Não teremos nenhuma barbaridade naquelas montanhas, sir! Nada de torturas, nada de pendurar pelos dedos dos pés, não enquanto eu for o ministro-chefe aqui!" —, então Raza, em altos brados descorteses que ultrapassaram as portas e janelas da sala de Gichki e aterrorizaram os peões lá fora, porque tinham sido emitidos pelos lábios de alguém habitualmente tão polido, deu ao ministro-chefe um alerta: "O Exército está vigilante hoje em dia, Gichki sahib. Por todo o país os olhos de soldados honestos enxergam o que enxergam e não estão contentes, não, senhor. O povo se agita, sir. E se desviarem os olhos dos políticos, para onde se voltarão em busca de pureza?".

Raza Hyder em sua ira deixou Gichki — pequeno, cabelo raspado rente, cara chata chinesa — formulando sua resposta jamais pronunciada; e encontrou Maulana Dawood esperando por ele junto ao carro oficial. Soldado e santo sentaram-se no banco de trás, suas palavras protegidas do motorista por uma lâmina de vidro. Mas parece provável que por trás desse painel um nome tenha passado da boca do santo para a orelha marcial: um nome, a carregar com ele sugestões de escândalo. Maulana Dawood contou a Hyder dos encontros de Bilquìs com seu Sindbad? Digo apenas que parece provável. Inocente até prova em contrário é uma regra excelente.

Nessa noite, o executivo do cinema Sindbad Mengal deixou seu escritório no Mengal Mahal por uma porta dos fundos como sempre e saiu para a viela escura atrás da tela do cinema. Assobiava uma triste canção, a melodia de um homem que não pode encontrar sua amada mesmo estando cheia a lua. Apesar da solidão da canção, ele estava vestido a capricho, como de hábito: sua brilhante elegância europeia, camisa esporte e calça de lona, radiante na viela, e a melancolia do luar rebatia no óleo de seu cabelo. É provável que ele nem tenha notado que as sombras da viela começaram a se fechar sobre ele; a faca, que a luz teria iluminado, foi evidentemente mantida embainhada até o último instante. Sabemos disso porque Sindbad Mengal não parou de assobiar até a faca penetrar suas entranhas, quando então alguém mais começou a assobiar a mesma melodia, para o caso de estar passando alguém e ficar curioso. Uma mão cobriu a boca de Sindbad quando a faca fez o serviço. Nos dias seguintes, a ausência de Mengal em sua sala inevitavelmente despertou atenção, mas não foi senão quando diversos espectadores reclamaram da deterioração da qualidade do som estereofônico do cinema que um engenheiro, examinando os alto-falantes atrás da tela, descobriu fragmentos da camisa branca e da calça de lona de Sindbad Mengal escondidos dentro deles, assim como os sapatos Oxford pretos. Os tecidos cortados a faca ainda continham os devidos pedaços do corpo do gerente do cinema. Os genitais tinham sido cortados e inseridos no reto. A cabeça nunca foi encontrada, nem o assassino apresentado à justiça.

A vida nem sempre é longa.

Nessa noite, Raza fez amor com Bilquìs com uma aspereza que ela estava disposta a atribuir a seus meses no sertão. O nome de Mengal nunca foi mencionado entre eles, nem mesmo quando a cidade começou a zunir com a história do assassinato, e logo depois Raza voltou para o vale Needle. Bilquìs parou de ir ao cinema e embora nesse período ela conservasse sua compostura de rainha, parecia que estava parada sobre uma projeção a esfarelar-se sobre um abismo, porque passou a ser dada a crises de tontura. Uma vez, quando carregou a filha avariada para a brincadeira tradicional de aguadeira, com Sufiya Zinobia atravessada nas costas fingindo ser uma bolsa de água, ela caiu no chão debaixo da criança deliciada antes de terminar de despejá-la. Logo depois, telefonou para Rani Harappa para anunciar que estava grávida. Quando transmitia essa informação, a pálpebra de seu olho esquerdo começou, inexplicavelmente, a pestanejar.

Coceira na palma da mão significa entrada de dinheiro. Sapatos atravessados no chão significam uma viagem; sapatos virados de sola para cima são alerta de tragédia. Tesoura cortando o vazio do ar significa briga em família. E um olho esquerdo piscando significa que logo virão más notícias.

"Em minha próxima saída", Raza escreveu a Bilquìs, "devo ir a Karachi. Obrigações familiares, e também o marechal Aurangzeb vai dar uma recepção. Não se recusa o convite de seu comandante em chefe. No seu estado, porém, seria melhor você descansar. Seria imprudência minha pedir que me acompanhe numa viagem não obrigatória e extenuante."

A polidez pode ser uma armadilha e Bilquìs viu-se presa na teia da cortesia de seu marido. "Como quiser", ela escreveu de volta, e o que a fez escrever isso não foi inteiramente a culpa, mas também algo mais intraduzível, uma lei que a obrigava a fingir que as palavras de Raza significavam nada mais do que diziam. Essa lei é chamada de *takallouf*. Para desvendar uma sociedade, olhe suas palavras intraduzíveis. *Takallouf* é um membro dessa nebulosa seita mundial de conceitos que se recusam a atravessar fronteiras linguísticas: refere-se a um tipo de formalidade que cala, uma restrição social tão extrema que chega a impossibilitar a vítima de expressar o que ele ou ela realmente quer dizer, uma espécie de ironia compulsória que insiste, em prol do bom costume, em ser tomada literalmente. Quando *takallouf* se interpõe entre marido e mulher, cuidado.

Raza viajou sozinho para a capital... e agora que uma palavra intraduzível levou Hyder e Harappa, desimpedidos de esposas, muito perto de se encontrar outra vez, é hora de fazer um levantamento da situação, porque nossos dois duelistas irão brevemente se ver em combate. Nesse exato momento, a causa da primeira altercação entre eles está permitindo que uma criada passe óleo e trance seu cabelo. Ela, Atiyah Aurangzeb, conhecida pelos íntimos como "Pinkie", está contemplando, calmamente, a *soirée* que ela decidiu organizar em nome de seu marido quase senil, o decadente marechal Aurangzeb, chefe-adjunto de pessoal. Pinkie Aurangzeb está com seus trinta e cinco anos, vários anos mais velha que Raza e Iskander, mas isso não diminui seu fascínio; mulheres maduras têm encantos próprios, como é bem sabido. Encurralada em um casamento com um velho babão, Pinkie encontra seus prazeres onde pode.

Enquanto isso, duas esposas são abandonadas em seus respectivos exílios, cada uma com uma filha que devia ter sido um filho (é preciso dizer mais acerca da jovem Arjumand Harappa, certamente mais será escrito sobre a pobre idiota Sufiya Zinobia). Duas diferentes abordagens à questão de vingança precisam ser traçadas. E enquanto Iskander Harappa se associa a uma banheira gorda de banha de porco chamada Omar Khayyam Shakil com propósito de deboche etc., Raza Hyder parecerá cair sob a influência de uma eminência parda, que sussurra austeros segredos no banco de trás de limusines do Exército. Cinemas, filhos da puta, marcas na testa, sapos, pavões, todos trabalham para criar uma atmosfera em que o fedor da honra é absoluto.

Sim, está mais que na hora de os combatentes tomarem o campo.

O fato é que Raza Hyder levou de Pinkie Aurangzeb um golpe no meio dos olhos. Ele a desejou com tanta intensidade que fez a marca em sua testa doer, mas perdeu-a para Iskander Harappa, na recepção mesmo do marechal, enquanto o velho soldado dormia numa poltrona, relegado a um canto da multidão cintilante, porém mesmo nesse estado de corno caduco e sonolento nunca derramou uma gota do copo de uísque soda cheio até a boca que segurava na mão adormecida.

Nessa fatídica ocasião, começou um duelo que iria continuar pelo menos até ambos os protagonistas estarem mortos, senão ainda mais. O prêmio inicial era o corpo da esposa do marechal, mas depois disso transferiu-se para coisas mais elevadas. Comecemos pelo começo, porém: e o corpo de Pinkie, excitantemente exposto, num sári verde usado perigosamente baixo nos quadris, à moda das mulheres da ala oriental; com brincos de prata e brilhante na forma de meia lua e estrela brilhando pendurados dos lóbulos furados; e usando sobre ombros irresistivelmente vulneráveis um xale leve cujo trabalho milagroso podia ser obra das fabulosas bordadeiras de Aansu, porque entre seus minúsculos arabescos mil e uma histórias tinham sido retratadas em fios de ouro, tão vivas que parecia que os minúsculos cavaleiros estavam realmente galopando ao longo de sua clavícula, enquanto minúsculos pássaros pareciam voar, realmente voar, pelo gracioso meridiano de sua coluna... nesse corpo vale a pena demorar.

E demorando nele, quando Raza conseguiu abrir caminho entre os redemoinhos e correntes de jovens janotas e mulheres invejosas a cercar Pinkie Aurangzeb, estava o semibêbado Iskander Harappa, playboy urbano número um, para o qual a visão adorável estava sorrindo com um calor que congelou a farta transpiração de sua excitação no bigode encerado de Raza, enquanto aquele notório degenerado, com sua língua imunda que envergonhava até seu primo Mir, contava piadas sujas à deusa.

Raza Hyder, tenso, em uma constrangida postura de atenção, as vestes de sua luxúria tornadas rígidas pela goma de *takallouf*... mas Isky soluçou: "Olhe quem está aqui! Nosso bendito herói, o tilyar!". Pinkie deu um risinho nervoso enquanto Iskander assumia uma pose professoral, ajustava óculos invisíveis: "O tilyar, madame, como a senhora provavelmente já sabe, é um passarinho magro, migrante, que não faz nada além de percorrer o céu". Ondas de riso se espalharam pelo turbilhão de machinhos. Pinkie, aniquilando Raza com um olhar, murmurou: "Prazer em conhecer", e Raza se viu respondendo com uma desastrosa, desajeitada e bombástica formalidade: "É uma honra, madame, e permita que eu diga que em minha opinião e com a graça de Deus o sangue novo vai construir a nossa grande e nova nação", mas Pinkie Aurangzeb fingia conter o riso. "Vá se foder, tilyar", Iskander Harappa gritou, alegre, "isto aqui é uma festa, yaar, nada dessas porras de discursos, pelo amor de Deus." A raiva enterrada debaixo das boas maneiras de Hyder estava entrando em ebulição, mas foi impotente contra essa sofisticação que permitia a obscenidade e a blasfêmia e era capaz de matar o desejo de um homem e o seu orgulho com risadas inteligentes. "Primo", ele tentou catastroficamente, "eu sou apenas um simples soldado", mas agora a anfitriã parou de fingir que não ria dele, ajustou o xale em torno dos ombros, pôs a mão no braço de Iskander Harappa e disse: "Me leve para o jardim, Isky. O ar condicionado está muito frio aqui e lá fora está quente e gostoso".

"Então, para o calor já!", Harappa exclamou galantemente, e enfiou seu copo na mão de Raza para que o segurasse. "Por você, Pinkie, eu entraria nas fornalhas do inferno, se você precisasse de proteção quando chegasse lá. Meu abstêmio parente Raza não é menos valente", acrescentou ao sair, olhando para trás, "só que ele vai até o inferno não por damas, mas por gás."

À margem, observando Iskander Harappa conduzir seu prêmio para a penumbra fechada e almiscarada do jardim, estava a himalaica e balofa figura de nosso herói periférico, o dr. Omar Khayyam Shakil.

Não forme uma opinião muito baixa de Atiyah Aurangzeb. Ela permaneceu fiel a Iskander Harappa mesmo depois que ele se tornou sério, dispensou seus serviços e retirou-se sem uma palavra de queixa para a estoica tragédia de sua vida privada, até o dia de sua morte, quando depois de atear fogo a um velho xale bordado, ela arrancou o próprio coração com uma faca de cozinha de vinte e dois centímetros. E Isky também foi fiel a ela à sua maneira. Desde o momento em que ela se tornou sua amante, ele parou de dormir com sua esposa Rani, garantindo assim que ela não teria mais filhos, e que ele seria o último de sua linhagem, uma ideia que, disse ele a Omar Khayyam Shakil, não deixava de ter certa atração.

(Aqui devo explicar a questão das filhas que deveriam ser filhos. Sufiya Zinobia foi o "milagre errado" porque seu pai queria um menino; mas esse não era o problema de Arjumand Harappa. Arjumand, a famosa "virgem Calçadeferro", lamentava seu sexo feminino por razões inteiramente não paternas. "Este corpo de mulher", ela disse a seu pai no dia em que se tornou uma mulher adulta, "propicia à pessoa nada mais que bebês, beliscões e vergonha.")

Iskander voltou do jardim quando Raza se preparava para ir embora, e tentou fazer as pazes. Com um formalismo igual ao de Raza, disse: "Caro amigo, antes que volte para Needle tem de ir a Mohenjo; Rani ficaria tão contente. Coitada, gostaria que ela usufruísse a vida da cidade... e insisto que leve também sua Billu. Deixe as damas conversarem um pouco enquanto nós dois vamos caçar tilyares o dia inteiro. O que me diz?".

E *takallouf* obrigou Raza Hyder a responder: "Obrigado, aceito".

Na véspera de pronunciarem sua sentença de morte, Iskander Harappa teve permissão para telefonar a sua filha por um minuto exato. As últimas palavras que dirigiu a ela em particular foram pungentes, com a desesperançada nostalgia daqueles tempos idos: "Arjumand, meu amor, eu devia ter combatido esse fodido desse búfalo Hyder quando ele se fincou no chão. Deixei essa história inacabada; foi o meu maior erro".

Mesmo em sua fase de playboy, Iskander de vez em quando se sentia mal por sua esposa sequestrada. Nesses momentos, juntava alguns amigos, enfiava-os em peruas e levava um comboio de alegria urbana a sua propriedade rural. Era evidente a ausência de Pinkie Aurangzeb; e Rani era rainha por um dia.

Quando Raza Hyder aceitou o convite de Isky para ir a Mohenjo, os dois foram juntos, seguidos por outros cinco veículos contendo um amplo suprimento de uísque, starlets do cinema, filhos de magnatas têxteis, diplomatas europeus, sifões de soda e esposas. Bilquìs, Sufiya Zinobia e a aia foram recebidas na estação ferroviária particular que sir Mir Harappa havia construído na linha principal da capital até Q. E durante um dia nada de mau aconteceu.

Depois da morte de Isky Harappa, Rani e Arjumand Harappa foram mantidas trancadas em Mohenjo durante vários anos, e para preencher os silêncios a mãe contava à filha sobre a história do xale. "Eu comecei a bordar o xale antes de saber que estava repartindo meu marido com a mulher de Mirzinho, mas acabou sendo uma premonição de outra mulher inteiramente diferente." Nessa época, Arjumand Harappa já havia chegado ao estágio de se recusar a ouvir qualquer coisa negativa sobre seu pai. Ela retrucou de imediato: "Alá, mãe, você só fala mal do presidente. Se ele não te amava, você deve ter feito alguma coisa para merecer isso". Rani Harappa deu de ombros. "O presidente Iskander Harappa, seu pai, que eu sempre amei", ela replicou, "era o campeão mundial da sem-vergonhice; era um patife internacional e filho da mãe número um. Veja, filha, eu me lembro daqueles dias, me lembro de Raza Hyder quando ele não era um diabo com chifre e rabo, e também de Isky, antes de ele virar um santo."

A coisa ruim que aconteceu em Mohenjo quando os Hyder lá estiveram foi iniciada por um homem gordo que havia bebido demais. Aconteceu na segunda noite dessa visita, na própria varanda em que Rani Harappa tinha ficado com seu bordado enquanto os homens de Mirzinho saqueavam a casa — uma incursão cujos efeitos ainda podiam ser vistos nas molduras vazias com fragmentos de tela pendurados dos cantos, nos sofás com o estofamento saindo pelo couro rasgado, nos talheres descombinados à mesa de jantar e nas frases obscenas no hall, que ainda se podia enxergar debaixo das camadas de cal. A destruição parcial da casa Mohenjo deu aos convidados a sensação de estar comemorando em meio a um desastre e fez com que esperassem mais confusão, de forma que a risada brilhante da starlet cinematográfica Zehra adquiria um traço de histeria e todos os homens beberam depressa demais. E o tempo inteiro Rani Harappa ficou sentada em sua cadeira de balanço, a bordar seu xale, deixando a organização de Mohenjo à aia que abanava Iskander como se ele tivesse três anos, ou fosse uma divindade, ou ambas as coisas. E por fim a confusão efetivamente começou, e como era o destino de Omar Khayyam Shakil influenciar, de sua posição periférica, os grandes acontecimentos cujas figuras centrais eram outras pessoas, mas que coletivamente constituíam sua própria vida, foi ele quem disse com uma língua solta pela bebedeira neurótica da noite que a sra. Hyder era uma mulher de sorte, que Iskander tinha lhe feito um favor de fisgar Pinkie Aurangzeb debaixo do nariz de Raza. "Se Isky não estivesse lá, talvez a begum de nosso herói tivesse de se consolar com filhos, porque não haveria homem para ocupar sua cama." Shakil falara alto demais, para atrair a atenção da starlet Zehra, que estava mais interessada nos olhares mais que brilhantes que recebia de um certo Akbar Junejo, bem conhecido jogador e produtor de filmes; quando Zehra se afastou sem se dar ao trabalho de inventar nenhuma desculpa, Shakil viu-se diante do espetáculo de uma Bilquìs de olhos arregalados, que tinha acabado de sair para a varanda depois de colocar a filha na cama e cuja gravidez aparecia cedo demais... então quem sabe se foi essa a razão de Bilquìs parar, como se estivesse tentando transferir a própria culpa para os ombros de um marido cuja probidade também era agora alvo de rumores? De qualquer forma, o que aconteceu foi o seguinte: quando ficou claro aos convidados que as palavras de Omar Khayyam tinham sido ouvidas e entendidas pela mulher que fumegava na varanda do anoitecer, baixou um silêncio, e uma imobilidade que reduziu a festa a um quadro de medo, e nessa imobilidade Bilquìs Hyder guinchou o nome de seu marido.

Não se deve esquecer que ela era uma mulher em quem a dupatta da honra feminina permanecera colada mesmo quando todo o resto da roupa havia sido arrancado de seu corpo; não uma mulher a se fingir de surda a insultos públicos. Raza Hyder e Iskander Harappa olharam um para o outro sem dizer palavra, enquanto Bilquìs apontava um indicador de unha comprida para o coração de Omar Khayyam Shakil.

"Ouviu esse homem, marido? Ouça a vergonha que ele está me fazendo passar."

Ah, o silêncio, a mudez, como uma nuvem que escurece o horizonte! Até mesmo as corujas evitaram piar.

Raza Hyder se pôs em posição de atenção, porque uma vez despertado de seu sono o gênio afrit da honra, ele não vai embora enquanto não for satisfeito. "Iskander", disse Raza, "eu não vou brigar dentro de sua casa." Então ele fez uma coisa estranha e louca. Marchou para fora da varanda, entrou no estábulo, voltou com uma estaca de madeira, um malho e um bom pedaço de corda forte. A estaca foi fincada no solo duro como rocha; então o coronel Hyder, futuro presidente, amarrou-se pelo tornozelo e jogou longe o malho.

"Aqui fico eu", gritou, "que aquele que mancha minha honra saia e venha ao meu encontro." E ali, a noite inteira, ele permaneceu; porque Omar Khayyam Shakil correu para dentro, fraco de álcool e susto.

Hyder andava em círculos como um touro, a corda esticada como um raio do tornozelo à estaca. A noite escureceu; os convidados, embaraçados, foram indo para a cama. Mas Isky Harappa ficou na varanda, sabendo que embora a loucura tivesse sido do gordo, a verdadeira questão era entre o coronel e ele próprio. A starlet Zehra, a caminho de uma cama que seria imperdoavelmente intrigante de minha parte sugerir que já estava ocupada — então nada direi a respeito —, ofereceu um conselho ao anfitrião. "Não vá ter nenhuma ideia idiota, Isky querido, está ouvindo? Não ouse sair lá fora. Ele é um soldado, olhe só, igual a um tanque, vai matar você com certeza. Deixe ele esfriar, ok?" Mas Rani Harappa não deu nenhum conselho a seu marido. ("Está vendo, Arjumand", ela disse à filha anos mais tarde, "eu me lembro de seu pai quando ele era covarde demais para tomar remédio como homem.")

Como terminou: mal, como tinha de ser. Antes da alvorada. Dá para entender: Raza passara acordado a noite inteira, marchando no círculo de seu orgulho, os olhos vermelhos de raiva e fadiga. Olhos vermelhos não veem com clareza — e havia pouca luz —, e quem vê criados chegando, afinal? O que estou tentando dizer é que o velho Gulbaba acordou cedo e atravessou o pátio com um jarro lotah de latão, a caminho das abluções antes de fazer suas preces; e vendo o coronel Hyder amarrado a uma estaca, chegou por trás dele para perguntar, sir, o que está fazendo, não seria melhor o senhor ir...? Criados velhos tomam liberdades. É o privilégio dos anos. Mas Raza, meio ensurdecido, ouviu apenas passos, uma voz; sentiu um toque no ombro; girou e, com um único golpe terrível, derrubou Gulbaba como um graveto. A violência liberou alguma coisa dentro do velho; chamemos de vida, porque em um mês o velho Gul estaria morto, com uma confusa expressão no rosto, como um homem que perdeu um objeto importante e não consegue lembrar o que é.

Em seguida ao soco assassino, Bilquìs cedeu, emergiu da sombra da casa para convencer Raza a se soltar da estaca. "A pobre menina, Raza, não deixe ela ver uma coisa dessas." E quando Raza voltou à varanda, Iskander Harappa, ele próprio sem dormir e sem se barbear, ofereceu um abraço e Raza, com considerável elegância, abraçou Isky, ombro contra ombro, permitindo que as faces se tocassem, como diz o ditado.

Quando Rani Harappa saiu de seu *boudoir* no dia seguinte para se despedir do marido, Iskander ficou pálido diante do xale que ela havia enrolado nos ombros, um xale terminado com trabalho tão delicado como qualquer coisa feita pelas artesãs de Aansu, uma obra-prima entre cujos minúsculos arabescos mil e uma histórias haviam sido retratadas, com tanta arte que parecia que os cavaleiros galopavam por sua clavícula, enquanto pássaros minúsculos voavam pelo macio meridiano de sua coluna. "Até logo, Iskander", ela disse a ele, "e não esqueça que o amor de algumas mulheres não é cego."

Bem, bem, amizade é uma péssima palavra para a coisa que havia entre Raza e Iskander, mas durante um longo tempo depois do incidente da estaca era a palavra que ambos usavam. Às vezes não se encontram boas palavras.

Ela sempre quis ser uma rainha, mas agora que Raza Hyder é, afinal, uma espécie de príncipe, a ambição azedou em seus lábios. Um segundo bebê nasceu, seis semanas antes da hora, porém Raza não pronunciou uma palavra de suspeita. Outra filha, mas ele não reclamou disso também, dizendo apenas que estava muito certo o primeiro ser um menino e a segunda uma menina, de forma que não se podia culpar a recém-chegada pelo erro da irmã mais velha. A menina chamou-se Navid, que quer dizer Boa Nova, e foi um bebê-modelo. Mas sua mãe se prejudicou com esse nascimento. Alguma coisa interna se rompeu e a opinião médica era que ela não devia ter mais filhos. Raza Hyder jamais teria um filho. Ele falou, uma vez apenas, do menino com binóculo na janela da casa das bruxas, mas esse assunto também estava encerrado. Ele está se afastando dela pelos corredores de sua mente, fechando portas ao passar. Sindbad Mengal, Mohenjo, amor: todas essas portas são fechadas. Ela dorme sozinha, de forma que seus velhos medos agora a têm à mercê e é nessa época que ela começa a sentir medo do vento quente da tarde que sopra tão ferozmente de seu passado.

Foi declarada a lei marcial. Raza prendeu o ministro-chefe Gichki e foi nomeado administrador da região. Mudou-se para a residência ministerial com sua esposa e filhas, abandonando a suas memórias aquele velho hotel em que os últimos macacos treinados passaram a vagar inquietos entre as palmeiras moribundas da sala de jantar, enquanto velhos músicos arranham seus violinos apodrecidos para uma plateia de mesas vazias. Agora ela não vê Raza muitas vezes. Ele precisa trabalhar. O duto de gás está progredindo bem e agora que Gichki está fora do caminho inaugurou-se um programa que usa tribais presos como exemplos. Ela teme que os corpos dos enforcados façam que os cidadãos de Q. se virem contra seu marido, mas não diz isso a ele. Ele está assumindo uma linha dura, e Maulana Dawood lhe dá todo o conselho de que precisa.

A última vez que visitei o Paquistão, me contaram esta piada. Deus desceu ao Paquistão para ver como iam as coisas. Perguntou ao general Ayub Khan por que o lugar estava naquela confusão. Ayub respondeu: "São esses inúteis civis corruptos, sir. Livre-se deles e deixe o resto comigo". Então Deus eliminou os políticos. Depois de algum tempo, Ele voltou; as coisas estavam ainda piores do que antes. Dessa vez, Ele pediu uma explicação a Yahya Khan. Yahya pôs a culpa da confusão em Ayub, seus filhos e agregados. "Faça o que é preciso", Yahya implorou, "e eu limpo este lugar como se deve." Então os raios de Deus eliminaram Ayub. Em Sua terceira visita, Ele encontrou uma catástrofe, então concordou com Zulfikar Ali Bhutto que a democracia devia voltar. Transformou Yahya numa barata e varreu-o para baixo de um tapete; mas alguns anos depois notou que a situação ainda estava muito ruim. Foi até o general Zia e ofereceu a ele o poder supremo, com uma condição. "Qualquer coisa, Deus", o general replicou, "é só dizer." Então Deus disse: "Me responda uma pergunta e eu esmago Bhutto como se fosse um chapati". Zia disse: "Manda". Então Deus cochichou no ouvido dele: "Olhe, eu faço todas essas coisas por este país, mas tem uma coisa que eu não entendo: por que as pessoas não me amam mais?".

Parece claro que o presidente do Paquistão conseguiu dar uma resposta satisfatória a Deus. Imagino qual tenha sido.

III.
VERGONHA, BOA NOVA E A VIRGEM

7. Enrubescer

Não muito tempo atrás, no East End de Londres, um pai paquistanês matou sua única filha porque, ao fazer amor com um rapaz branco, ela atraíra tamanha desonra para sua família que só o seu sangue poderia lavar a mancha. A tragédia foi intensificada pelo enorme e evidente amor pela filha abatida e pela cerrada relutância de seus amigos e parentes (todos "asiáticos" para usar o termo confuso destes dias difíceis) em condenar sua ação. Entristecidos, eles disseram aos microfones das rádios e às câmeras de televisão que compreendiam o ponto de vista do homem e continuaram a apoiá-lo mesmo quando se soube que a garota não tinha "ido até o fim" com seu namorado. A história me horrorizou quando a ouvi, horrorizou-me de um jeito bastante óbvio. Eu recentemente havia me tornado pai e portanto acabara de ser capaz de avaliar quão colossal tem de ser a força necessária para fazer um homem voltar uma faca contra sua própria carne e sangue. Mas ainda mais horrorizado fiquei ao me dar conta de que, como aqueles amigos entrevistados etc., eu também me descobri entendendo o assassino. A notícia não me pareceu alheia. Nós que crescemos em uma dieta de honra e vergonha ainda somos capazes de captar o que deve parecer impensável para pessoas que vivem pós-morte de Deus e da tragédia: que homens sacrifiquem seu mais querido amor no implacável altar de seu orgulho. (E não só homens. Depois ouvi falar de um caso em que uma mulher cometeu crime idêntico por idênticas razões.) Entre a vergonha e a falta de vergonha há um eixo em torno do qual giramos; as condições meteorológicas nesses dois polos são do tipo mais extremo e feroz. Falta de vergonha, vergonha: as raízes da violência.

Minha Sufiya Zinobia nasceu do cadáver dessa garota assassinada, embora ela não venha a ser (não temam) assassinada por Raza Hyder. Ao desejar escrever sobre vergonha, de início fui assombrado pelo espectro imaginário desse corpo morto, a garganta cortada como uma galinha halal, caído na noite londrina sobre as faixas de um cruzamento, estendido sobre o preto e o branco, o preto e o branco, enquanto acima dele um semáforo pisca amarelo, não amarelo, amarelo. Pensei no crime como se cometido ali mesmo, publicamente, ritualmente, enquanto nas janelas olhos, e nenhuma boca, se abriam em protesto. E quando a polícia batia em portas, que esperança de ajuda tinha? Inescrutabilidade do rosto "asiático" debaixo dos olhos do inimigo. Parece mesmo que insones em suas janelas fecharam os olhos e nada viram. E o pai partiu com o nome lavado a sangue e dor.

Cheguei a ponto de dar um nome à moça morta: Anahita Muhammad, conhecida como Anna. Em minha imaginação ela falava com o sotaque do Leste de Londres, mas usava jeans azul marrom rosa, por alguma relutância atávica em mostrar as pernas. Ela decerto entenderia a língua que seus pais falavam em casa, mas se recusaria obstinadamente a pronunciar uma única palavra nela. Anna Muhammad: vivaz, sem dúvida atraente, um pouco perigosamente demais para dezesseis anos. Meca para ela significava salas de danças, bolas de espelho rotativas, luz estroboscópica, juventude. Ela dançava no fundo dos meus olhos, sua natureza mudando cada vez que eu a via de relance: ora inocente, ora puta, depois uma terceira e uma quarta coisa. Mas por fim ela me escapou, virou um fantasma e eu entendi que para escrever sobre ela, sobre vergonha, eu teria de voltar ao Oriente, de deixar minha ideia respirar seu ar favorito. Anna, deportada, repatriada para um país que ela nunca tinha visto, contraiu encefalite e se transformou numa espécie de idiota.

Por que fiz isso com ela? — Ou talvez a encefalite fosse uma mentira, uma invenção da imaginação de Bilquìs Hyder, com a intenção de acobertar o dano produzido por repetidos golpes na cabeça: ódio pode transformar um milagre que deu errado em um caso perdido. E aquela poção hakimi parece bem convincente. Como é difícil identificar a verdade, principalmente quando a pessoa é obrigada a ver o mundo em fatias; instantâneos escondem tanto quanto revelam.

Todas as histórias são assombradas por fantasmas das histórias que poderiam ter sido. Anna Muhammad assombra este livro; eu nunca escreverei sobre ela agora. E outros fantasmas estão aqui também, imagens anteriores e agora ectoplasmáticas ligando vergonha e violência. Esses fantasmas, como Anna, habitam um país que é inteiramente não fantasmal: não o espectral "Peccavistão", mas a Grande Londres. Vou mencionar dois: uma garota atacada num trem de metrô tarde da noite por um grupo de adolescentes é o primeiro. A garota "asiática" uma vez mais, os rapazes previsivelmente brancos. Mais tarde, ao lembrar de seu espancamento, ela sente não raiva, mas vergonha. Ela não quer falar sobre o que aconteceu, não faz nenhuma queixa oficial, espera que a história não venha a público: é uma reação típica e a garota não é uma garota, mas muitas. Olhando as cidades enfumaçadas na tela da minha televisão, vejo grupos de jovens correndo pelas ruas, a vergonha queimando em seus rostos e ateando fogo a lojas, escudos de polícia, carros. Lembram-me de minha garota anônima. Humilhe as pessoas por algum tempo e a loucura explode delas. Depois, examinando as ruínas de sua raiva, elas parecem confusas, desentendidas, jovens. Nós fizemos essas coisas? Nós? Mas nós somos apenas meninos comuns, gente boa, não sabíamos que éramos capazes... então, devagar, o orgulho baixa sobre eles, orgulho de seu poder, por ter aprendido a revidar. E imagino o que teria acontecido se essa fúria pudesse ter sido liberada naquela garota no trem de metrô — como ela teria espancado os rapazes brancos até um milímetro de perderem a vida, quebrando braços pernas narizes sacos, sem saber de onde vinha a violência, sem ver como ela, tão frágil de corpo, conseguia demonstrar tão assombrosa força. E eles, o que eles teriam feito? Como contar à polícia que foram espancados por uma mera garota, apenas uma moça frágil contra todo o grupo deles? Como encarar seus camaradas? Sinto alegria diante dessa ideia: é uma coisa sedutora, sedosa, essa violência; é, sim.

Nunca dei um nome a essa segunda moça. Mas ela também está dentro de Sufiya Zinobia agora, e vocês vão reconhecê-la quando ela aparecer.

O último fantasma dentro da minha heroína é homem, um rapaz de um recorte de jornal. Vocês podem ter lido a respeito dele, ou pelo menos de seu protótipo: foi encontrado queimando em um estacionamento, a pele em chamas. Queimou até a morte e os peritos que examinaram o corpo e a cena da ocorrência foram forçados a aceitar o que parecia impossível: em outras palavras, que o rapaz tinha simplesmente entrado em ignição por conta própria, sem se encharcar de gasolina nem aplicar qualquer chama externa. Somos energia; somos fogo; somos luz. Ao encontrar a chave, ao penetrar nessa verdade, o rapaz começou a queimar.

Basta. Dez anos deslizaram em minha história enquanto fiquei vendo fantasmas. Mas uma última palavra sobre o assunto: a primeira vez que sentei para pensar sobre Anahita Muhammad, me lembrei da última frase de O *processo*, de Franz Kafka, a frase em que Joseph K. é morto a punhaladas. Minha Anna, assim como Joseph de Kafka, morreu por uma faca. Não Sufiya Zinobia Hyder; mas esta frase, fantasma de uma epígrafe, ainda paira sobre a história dela:

"'*Como um cão!', ele disse: era como se ele dissesse que a vergonha daquilo viveria depois dele.*"

No ano em que os Hyder voltaram de Q., a capital havia crescido, Karachi tinha ficado gorda, de forma que as pessoas que lá estavam desde o começo não conseguiam mais reconhecer a esbelta cidade menina de sua juventude naquela obesa megera de metrópole. As grandes dobras carnosas de sua infindável expansão tinham engolido os primevos pântanos de sal e ao longo de toda a faixa de areia irromperam, como bolhas, as vistosas casas de praia dos ricos. As ruas estavam cheias de rostos escuros de rapazes atraídos para a dama pintada por seus exagerados encantos, só para descobrir que o preço dela era alto demais para eles pagarem; alguma coisa puritana e violenta pousava na testa deles, e era assustador caminhar por entre suas desilusões no calor. A noite escondia contrabandistas que rodavam pela costa em riquixás motorizados; e o Exército, é claro, estava no poder.

Raza Hyder desceu do trem que vinha do Ocidente envolto em rumores. Foi o período imediatamente posterior ao desaparecimento do antigo ministro-chefe Aladdin Gichki, que por fim fora libertado do cativeiro por falta de provas sólidas contra ele; levou uma vida tranquila com a esposa e o cachorro durante várias semanas até o dia em que saiu para caminhar com o alsaciano e nunca mais voltou, embora suas últimas palavras para a begum Gichki tenham sido: "Fale para a cozinheira fazer uma dúzia de almôndegas a mais para o jantar, eu hoje estou morrendo de fome". As almôndegas, de uma a doze, ficaram esperando, fumegantes, no prato, mas alguma coisa deve ter tirado o apetite de Gichki, porque ele não as comeu. Talvez não tenha resistido o aperto da fome e tenha devorado o alsaciano, porque não encontraram o cachorro também, nem mesmo um pelo de seu rabo. O mistério Gichki continuou alimentando conversas, e o nome de Hyder muitas vezes surgia nesses papos, talvez porque o ódio mútuo entre Gichki e o santo Maulana Dawood era bem conhecido, e a intimidade de Dawood com Hyder também não era segredo. Estranhas histórias se infiltraram de Q. para Karachi e ficaram pairando no ar condicionado urbano.

A versão oficial do período de poder de Hyder no Ocidente era de um absoluto sucesso e sua carreira continuava no caminho ascendente. O dacoitismo tinha sido eliminado, as mesquitas estavam cheias, as entidades do Estado haviam sido expurgadas do gichkismo, da doença da corrupção, e o separatismo estava morto. O Velho Arrasa Tripas era agora brigadeiro... mas, como Iskander Harappa gostava de dizer a Omar Khayyam Shakil quando os dois estavam bêbados: "Que me fodam na boca, yaar, todo mundo sabe que aqueles tribais estão ficando loucos lá porque Hyder ficava pendurando gente inocente pelo saco". Havia também rumores de problemas matrimoniais na família Hyder. Até mesmo Rani Harappa no exílio ouviu rumores de discórdia, da filha idiota que a mãe chamava de "Vergonha" e tratava como lama, do distúrbio interno que impossibilitava filhos e que estava levando Bilquìs por escuros corredores em direção à loucura; mas ela, Rani, não sabia como falar com Bilquìs acerca dessas coisas e o telefone permanecia intocado no gancho.

Algumas coisas não eram faladas. Ninguém mencionava o rapaz de lábios grossos Sindbad Mengal, nem especulava sobre a paternidade da menina Hyder mais nova... O brigadeiro Raza Hyder foi levado diretamente da estação para o santuário interno do presidente, o marechal de campo Mohammad A., onde, segundo alguns relatos, foi abraçado afetuosamente e teve as faces beliscadas em amizade, enquanto outros insinuavam que a explosão de ar raivoso que emanou pelas fechaduras daquela sala foi tão intensamente quente que Raza Hyder, em posição de atenção diante de seu irado presidente, deve ter sido seriamente chamuscado. O certo é que ele saiu da presença presidencial como ministro nacional da Educação, Informação e Turismo, enquanto alguma outra pessoa tomava o trem para o Ocidente para assumir o governo de Q. E as sobrancelhas de Raza Hyder permaneceram intactas.

Também intacta: a aliança entre Raza e Maulana Dawood, que acompanhara os Hyder a Karachi e que, uma vez instalado na residência oficial do novo ministro, imediatamente se distinguiu por lançar uma vociferante campanha pública contra o consumo de camarões e caranguejos de barriga azul, que, sendo comedores de carniça, eram tão impuros quanto qualquer porco e que, embora compreensivelmente indisponíveis na distante Q., eram ambos abundantes e populares na capital junto ao mar. O Maulana ficou profundamente ofendido de encontrar esses monstros de carapaça das profundezas vendidos livremente nos mercados de peixe e conseguiu angariar o apoio dos religiosos urbanos que não sabiam como objetar. Os pescadores da cidade descobriram que as vendas de crustáceos começaram a cair de forma alarmante e, portanto, foram obrigados a contar mais do que nunca com o ganho que obtinham no contrabando de produtos. Bebidas e cigarros ilícitos substituíram os caranguejos azuis nos porões de muitos barcos. Porém, nenhum cigarro ou bebida entravam na residência dos Hyder. Dawood fazia excursões-surpresa às acomodações dos criados para se certificar de que Deus estava no comando. "Até mesmo uma cidade de mortal monstruosidade", garantia Raza Hyder, "pode ser purificada com a força do Todo-Poderoso."

Três anos depois da volta de Raza Hyder a Q., ficou claro que sua estrela estava secretamente em declínio, porque os rumores de Q. (Mengal, Gichki, tribais pendurados pelo saco) nunca morreram inteiramente; de forma que quando a capital mudou de Karachi e foi levada para o ar limpo das montanhas do Norte, instalada em hediondos edifícios novos construídos especialmente com esse propósito, Raza Hyder permaneceu no litoral. O ministério da Educação, Informação e Turismo foi para o Norte junto com o resto da administração; mas Raza Hyder (para falar claro) foi despedido. Voltou ao dever militar e recebeu um emprego sem futuro comandando a Academia de Treinamento Militar. Permitiram que conservasse sua casa, mas Maulana Dawood lhe disse: "E daí que você ainda tem as paredes de mármore? Transformaram você num caranguejo nessa casca de mármore. *Na-pak*: impuro".

Saltamos muito à frente: é hora de concluir nossas observações sobre os rumores e os crustáceos. Sufiya Zinobia, a idiota, está enrubescendo.

Fiz isso com ela, acho, para fazê-la pura. Não conseguia pensar em nenhum outro jeito de criar pureza naquela que é considerada a Terra da Pureza... e idiotas são, por definição, inocentes. Uso romântico demais a se fazer da incapacidade mental? Talvez: mas é tarde demais para essas dúvidas. Sufiya Zinobia cresceu, a mente mais devagar do que o corpo, e devido a essa lentidão ela permanece, para mim, de alguma forma limpa (*pak*) em meio a um mundo sujo. Veja como, crescendo, ela acaricia um seixo na mão, incapaz de dizer por que a bondade parece morar dentro da superfície lisa da pedra; como ela se ilumina de prazer quando escuta palavras amorosas, mesmo sendo quase sempre dirigidas a outra pessoa... Bilquìs despejou toda sua afeição na filha mais nova, Navid. "Boa Nova" — o apelido pegou, como uma careta congelada pelo vento — foi encharcada nisso, numa monção de amor, enquanto Sufiya Zinobia, a cruz de seus pais, a vergonha de sua mãe, permanecia seca como o deserto. Gemidos, insultos, até mesmo golpes brutos de exasperação era o que caía em cima dela; mas essa chuva não traz umidade. Com o espírito rachando por falta de afeto, ela assim mesmo conseguia, quando o amor estava próximo, brilhar de felicidade só por estar perto da coisa preciosa.

    Ela também enrubescia. Lembra-se que enrubesceu ao nascer. Dez anos depois, seus pais ainda ficavam perplexos com esses rubores, essas vermelhidões como incêndio de petróleo. A temerosa incandescência de Sufiya Zinobia havia sido, ao que parece, intensificada nos anos de deserto em Q. Quando os Hyder fizeram a visita de cortesia obrigatória a Bariamma e sua tribo, a anciã senhora curvou-se para beijar as meninas e ficou alarmada de seus lábios ficarem ligeiramente queimados com uma súbita onda de calor na face de Sufiya Zinobia; a queimadura foi intensa o suficiente para exigir duas aplicações diárias de bálsamo labial durante uma semana. Esse mau comportamento do mecanismo termostático da criança despertou em sua mãe o que parecia uma raiva bem praticada: "Essa imbecil", Bilquìs gritou sob o olhar divertido de Duniyad begum e das outras, "nem olhem para ela agora! O que é isso? Basta alguém botar os olhos nela ou dizer duas palavras e ela fica vermelha, vermelha como um pimentão! Juro mesmo. Alguma criança normal fica como uma beterraba quente a ponto de as roupas chegarem a cheirar a queimado? Mas o que se pode fazer, ela saiu errado e pronto, temos só de sorrir e suportar". A decepção dos Hyder com sua filha mais velha tinha também endurecido aos raios do sol do meio-dia do sertão até se transformar numa coisa tão impiedosa quanto o sol que frita sombras.

A aflição era bem real. A srta. Shahbanou, a aia parse que Bilquìs empregou ao voltar a Karachi, reclamou no primeiro dia que, quando dava banho em Sufiya Zinobia, a água escaldou suas mãos, chegando quase a ferver por causa do fogo vermelho de vergonha que se espalhou da raiz dos cabelos da menina injuriada até a ponta dos dedos curvos dos pés.

Para falar simplesmente: Sufiya Zinobia enrubescia de maneira incontrolável toda vez que sua presença no mundo era notada por outros. Mas ela também, acredito, enrubescia pelo mundo.

Deixe-me formular minha suspeita: a encefalite que tornou Sufiya Zinobia sobrenaturalmente receptiva a toda sorte de coisas que flutua no éter permitiu-lhe absorver, como uma esponja, uma porção de sentimentos não sentidos.

Para onde você imagina que eles vão? Falo de emoções que deviam ter sido sentidas, mas não foram — como remorso por uma palavra dura, culpa por um crime, embaraço, decoro, vergonha? Imagine a vergonha como um líquido, digamos uma bebida doce gasosa que provoca cáries, armazenada numa máquina de venda automática. Aperte o botão direito e um copo cai debaixo de uma mijada de fluido. Como apertar o botão? Nenhum problema. Contar uma mentira, dormir com um rapaz branco, nascer com o sexo errado. Para fora flui a borbulhante emoção e você bebe a sua cota... mas quantos seres humanos se recusam a seguir essas simples instruções! Coisas vergonhosas são praticadas, mentiras, vida dissipada, desrespeito com os mais velhos, deixar de amar sua bandeira nacional, votar incorretamente nas eleições, comer demais, sexo extraconjugal, romances autobiográficos, roubar no jogo de cartas, maltratar mulheres, fracassar nos exames, contrabandear, desistir de seu objetivo no momento crucial de um jogo de campeonato; e essas coisas são feitas *sem vergonha*. Então o que acontece a toda essa vergonha não sentida? O que acontece com os copos não bebidos de refrigerante? Pense de novo na máquina de vendas. O botão é apertado; mas então aparece uma mão sem vergonha e sacode o copo! Quem apertou o botão não bebe o que foi pedido; e o fluido da vergonha se derrama, se espalha num lago espumoso pelo chão.

Mas estamos discutindo em abstrato, uma máquina de vendas inteiramente etérea; então para o éter vai a vergonha não sentida do mundo. Daí, eu proponho, ela é sifonada por uns poucos infelizes, zeladores do invisível, suas almas os baldes para os quais esguicha o que foi derramado. Guardamos esses baldes em prateleiras especiais. Nem damos muita importância a eles, embora limpem nossas águas sujas.

Bem, então: Sufiya a idiota corou. Sua mãe disse aos parentes reunidos: "Ela faz isso para chamar atenção. Ah, vocês não sabem como é, a confusão, a angústia, e por quê? Por nenhuma razão. Por nada. Agradeço a Deus por Boa Nova". Mas pateta ou não pateta, Sufiya Zinobia — ao corar furiosamente cada vez que sua mãe olhava de lado para seu pai — revelava a olhos observadores da família que alguma coisa estava crescendo entre aqueles dois. Sim. Idiotas são capazes de sentir essas coisas, só isso.

Enrubescer é queimar devagar. Mas é também outra coisa: é um *acontecimento psicossomático*. Cito: "Súbito fechamento das anastomoses arteriovenosas do rosto inundam os capilares com o sangue que produz a característica acentuação da cor. Pessoas que não acreditam em acontecimentos psicossomáticos e não acreditam que a mente pode influenciar o corpo por caminhos nervosos diretos deviam refletir sobre o enrubescimento, o que em pessoas de alta sensibilidade pode ser produzido até mesmo pela lembrança de um embaraço a que tenham sido sujeitas — não se pode fornecer exemplo mais claro do predomínio da mente sobre a matéria".

Assim como os autores das palavras acima, nosso herói, Omar Khayyam Shakil, é um praticante da medicina. É, além disso, pessoa interessada na ação da mente sobre a matéria: em comportamento sob hipnose, por exemplo; nas automutilações cometidas sob transe daqueles fanáticos shias que Iskander Harappa depreciativamente chama de "percevejos"; no enrubescimento. Então não demorará muito para Sufiya Zinobia e Omar Khayyam, paciente e médico, futuros marido e mulher, se aproximarem. É preciso que se aproximem, porque o que eu tenho para contar é — e não pode ser descrito de nenhuma outra forma — uma história de amor.

Um relato do que aconteceu nesse ano, o quadragésimo ano da vida de Isky Harappa e também de Raza Hyder, provavelmente deva começar com o momento em que Iskander ouviu dizer que seu primo Mirzinho havia caído nas graças do presidente A. e estava para ser promovido a um alto cargo. Ele deu um pulo da cama quando ouviu a notícia, mas Pinkie Aurangzeb, a dona da cama e fonte da informação, não se mexeu, mesmo sabendo que uma crise havia eclodido por causa dela, e que seu corpo de quarenta e três anos que Iskander revelara ao pular da cama sem soltar o lençol não mais irradiava o tipo de luz capaz de desviar a mente dos homens do que quer que os estivesse incomodando. "Que cagada no túmulo da minha mãe", Iskander Harappa gritou, "primeiro Hyder vira ministro, agora ele. A vida fica séria quando um homem chega aos quarenta."

"As coisas estão começando a se apagar", Pinkie Aurangzeb pensou fumando deitada onze cigarros consecutivos enquanto Iskander passeava pelo quarto enrolado no lençol. Ela acendeu o décimo segundo cigarro quando Isky, distraído, deixou cair o lençol. Ela então o viu na nudez de seu auge enquanto ele rompia em silêncio suas ligações com o presente e se voltava para o futuro. Pinkie agora era viúva; o marechal Aurangzeb tinha batido as botas afinal e suas *soirées* não eram mais acontecimentos tão essenciais e as intrigas da cidade começaram a chegar tarde até ela. "Os antigos gregos", Iskander disse, do nada, fazendo Pinkie derrubar a cinza da ponta do cigarro, "nos jogos olímpicos, não mantinham nenhum registro dos corredores." Ele então se vestiu depressa, mas com a meticulosidade de um dândi que ela sempre adorara, e deixou-a para sempre: aquela frase foi a única explicação que ela recebeu. Mas nos anos de seu isolamento ela resolveu aquilo, ela entendeu que a História vinha esperando que Iskander Harappa a notasse, e um homem que capta o olhar da História está definitivamente preso a uma amante da qual nunca escapará. A História é seleção natural. Versões mutantes do passado lutam por predominância; novas espécies de fatos surgem e as velhas verdades sáurias vão para o paredão, de olhos vendados, a fumar seus últimos cigarros. Só as mutações dos fortes sobrevivem. Os fracos, os anônimos, os derrotados deixam poucas marcas: desenhos no campo, cabeças de machado, histórias folclóricas, jarros quebrados, montículos funerários, a memória fugidia de sua jovem beleza. A História ama apenas aqueles que a dominam: é um relacionamento de mútua escravidão. Não há nela espaço para Pinkies; ou, na visão de Isky, para gente como Omar Khayyam Shakil.

Alexandres renascidos, pretensos campeões olímpicos devem se habituar à mais exigente rotina de treinos. Então depois de deixar Pinkie Aurangzeb, Isky Harappa jurou também evitar tudo mais que pudesse desgastar seu espírito. Sua filha Arjumand se lembraria para sempre que foi então que ele desistiu do pôquer aberto, do *chemin de fer*, das noites de roleta privadas, das apostas nas corridas de cavalos, da comida francesa, do ópio e dos comprimidos para dormir; quando ele rompeu com o hábito de procurar pelos tornozelos excitados e joelhos complacentes de beldades da sociedade debaixo de mesas de banquete com prataria pesada, e quando parou de visitar as prostitutas que gostava de fotografar com uma câmera cinematográfica Paillard Bolex de oito milímetros enquanto elas comemoravam, sozinhas ou em trios, sobre sua própria pessoa ou a de Omar Khayyam, seus lânguidos rituais almiscarados. Foi o começo dessa legendária carreira política que iria culminar em sua vitória sobre a própria morte. Esses primeiros triunfos, sendo tão só vitórias sobre si mesmo, eram necessariamente menores. Ele expurgou de seu vocabulário público, urbano, seu repertório enciclopédico de sórdidos xingamentos de aldeia, imprecações capazes de soltar copos de cristal lapidado cheios até a borda das mãos dos homens e estilhaçá-los antes que chegassem ao chão. (Mas quando em campanha nas aldeias, ele permitia que o ar ficasse verde de obscenidade outra vez, compreendendo bem o poder da imundície na conquista de votos.) Ele abafou para sempre o riso agudo de seu eu playboy não confiável e o substituiu por uma gargalhada rica, de garganta, de estadista. Desistiu de brincar com as criadas de sua casa na cidade.

Algum homem sacrificou mais por seu povo? Ele desistiu das brigas de galo, dos duelos de cobra e mangusto; também de dançar nas discotecas e de suas noitadas mensais na casa do chefe da censura cinematográfica, onde assistia a compilações especiais das partes mais picantes retiradas dos filmes estrangeiros que chegavam.

Resolveu também desistir de Omar Khayyam Shakil. "Quando esse degenerado aparecer", Iskander instruiu seu porteiro, "simplesmente atire no babaca em cima da bunda gorda dele e veja ele sair pulando." Retirou-se então para o quarto rococó branco e dourado no fresco coração de sua mansão na Defesa, um edifício de concreto reforçado e revestido de pedras que parecia uma radiovitrola Telefunken de pisos irregulares, e afundou em meditação.

Mas durante um longo tempo, surpreendentemente, Omar Khayyam nem visitou nem telefonou para seu velho amigo. Quarenta dias se passaram antes que o médico se desse conta da mudança em seu mundo descompromissado, sem vergonha...

Quem senta aos pés de seu pai enquanto, em algum outro lugar, Pinkie Aurangzeb envelhece numa casa vazia? Arjumand Harappa: aos treze anos e com uma expressão de imensa satisfação, ela se senta de pernas cruzadas no piso de caco de mármore de um quarto rococó, observando Isky completar o processo de se refazer; Arjumand, que ainda não adquiriu o notório apelido (a "virgem Calçadeferro") que ficará pregado nela por quase toda sua vida. Ela sempre soube, na precocidade de seus anos, que havia um segundo homem dentro de seu pai, crescendo, esperando e agora por fim explodindo, enquanto o velho Iskander desliza, sussurrante e descartado para o chão, uma pele de cobra murcha num duro losango de sol. Então que prazer ela tem na transformação dele, em finalmente adquirir o pai que ela merece! "Eu fiz isso", ela diz a Iskander. "Eu querer tanto finalmente fez o senhor enxergar." Harappa sorri para a filha, alisa seu cabelo. "Isso acontece às vezes." "E nada mais de tio Omar", Arjumand acrescenta. "É bom se livrar de lixo ruim."

Arjumand Harappa, a virgem Calçadeferro, será sempre governada por extremos. Já aos treze anos, ela tem um dom para a aversão; também para a adulação. A quem ela é avessa: a Shakil, o macaco gordo que vivia montado nos ombros de seu pai, mantendo-o na lama; e também a sua mãe, Rani, em sua Mohenjo de corujas entocadas, a epítome da derrota. Arjumand persuadiu o pai a deixá-la viver e ir à escola na cidade; e por esse pai ela sente uma reverência que beira a idolatria. Agora que sua adoração está por fim conquistando um objeto digno dela, Arjumand não consegue reprimir a alegria. "Que coisas o senhor não vai fazer!", ela grita. "Espere só e veja!" A massa ausente de Omar Khayyam leva com ela as sombras do passado.

Iskander, deitado de costas na cama branca e dourada e mergulhado em frenética divagação, declara com súbita clareza: "É um mundo masculino, Arjumand. Erga-se acima do seu sexo ao crescer. Isto aqui não é lugar para uma mulher". A pesarosa nostalgia dessas frases marca os últimos estertores do amor de Iskander por Pinkie Aurangzeb, mas sua filha toma suas palavras ao pé da letra e quando seus seios começarem a crescer ela os amarrará fortemente com bandagens de linho, com tamanha fúria que enrubesce de dor. Ela virá a gostar da guerra contra seu corpo, a lenta vitória provisória sobre a carne macia, desprezada... mas vamos deixá-los aí, pai e filha, ela já construindo em seu coração aquele Harappa que é um deus-mítico alexandrino ao qual só poderá dar plenas rédeas depois de sua morte, ele maquinando nos conselhos de sua nova limpeza as estratégias de seu futuro triunfo, de seu namoro com a época.

Onde está Omar Khayyam Shakil? O que aconteceu com nosso herói periférico? Ele também envelheceu; como Pinkie, está com seus quarenta e cinco anos agora. A idade foi gentil com ele, prateando seu cabelo e cavanhaque. Lembremo-nos que ele foi um estudante brilhante em sua época e que esse brilhantismo acadêmico permanece intocado; farrista e libertino ele pode ser, mas é também o homem mais importante no principal hospital da cidade e um imunologista de renome internacional nada pequeno. Desde a época em que o vimos bem pela última vez, ele viajou para seminários americanos, publicou artigos sobre a possibilidade de acontecimentos psicossomáticos terem lugar dentro do sistema imunológico do corpo, tornou-se um sujeito importante. Ainda é gordo e feio, mas se veste agora com alguma distinção; um pouco da elegância moderna de Isky passou para ele. Omar Khayyam veste cinzas: ternos, chapéus, gravatas, sapatos de camurça cinzentos, cueca de seda cinza, como se esperasse com a discrição das cores abrandar o efeito berrante de seu aspecto. Ele leva um presente de seu amigo Iskander: uma bengalespada com castão de prata do vale Aansu, trinta centímetros de aço polido escondidos em nogueira de intrincado entalhe.

Nesse momento, ele mal dorme duas horas e meia por noite, mas o sonho de que está caindo pela borda do mundo ainda o incomoda de tempos em tempos. Às vezes, lhe vem quando está acordado, porque as pessoas que dormem muito pouco descobrem que as fronteiras entre os mundos do sono e da vigília ficam difíceis de policiar. As coisas se esgueiram pelas estacas desprotegidas, evitando o posto alfandegário... nesses momentos, ele é assaltado por uma terrível vertigem, como se estivesse no alto de uma montanha a desmoronar, e então se apoia pesadamente na bengala que esconde a espada para se impedir de cair. Deve-se dizer que seu sucesso profissional e sua amizade com Iskander Harappa tiveram o efeito de reduzir a frequência desses ataques de tontura, mantendo os pés de nosso herói um pouco mais firmes no chão. Mesmo assim a tontura vem, de vez em quando, para lembrá-lo do quanto está próximo, sempre estará, da borda.

Mas aonde ele foi parar? Por que não telefona, não visita, não leva um chute no traseiro? Eu o descubro em Q., na residência-fortaleza de suas três mães, e imediatamente sei que um desastre ocorreu, porque nada mais poderia ter atraído Omar Khayyam para sua terra-mãe outra vez. Ele não visita Nishapur desde o dia em que a deixou com os pés sobre um bloco de gelo refrescante; ordens bancárias foram enviadas em seu nome. Seu dinheiro pagou sua ausência... mas há outros preços também. E nenhuma escapada é definitiva. Sua voluntária separação do passado mistura-se com a insônia escolhida de suas noites: o efeito conjunto dessas duas coisas é vidrar seu senso moral, transformá-lo numa espécie de zumbi ético, de forma que seu próprio ato de distanciamento o ajuda a obedecer a injunção de suas mães: o sujeito não sente nenhuma vergonha.

Ele ainda tem seus olhos mesmerizadores, sua voz uniforme de hipnotizador. Há muitos anos já Iskander Harappa acompanha esses olhos, essa voz, ao Intercontinental Hotel e permite que eles trabalhem em seu lugar. A feiúra gigantesca de Omar Khayyam, combinada com olhos e voz, o torna atraente a mulheres brancas de um certo tipo. Elas sucumbem a suas sedutoras ofertas de hipnose, a suas promessas não ditas de mistérios do Oriente; ele as leva a uma suíte de hotel alugada e as hipnotiza. Liberadas de inibições admitidamente escassas, elas provêm Isky e Omar com sexo de alta voltagem. Shakil defende seu comportamento: "Impossível convencer um indivíduo a fazer qualquer coisa que ele não queira fazer". Iskander Harappa, porém, nunca se deu ao trabalho de inventar desculpas... esse também é um papel que Isky — sem o conhecimento de Omar Khayyam — abandonou. Em prol da História.

Omar Khayyam está em Nishapur porque seu irmão, Babar, morreu. O irmão que ele nunca vira, morto antes dos vinte e dois anos, e tudo o que restou dele foi uma pilha de cadernos sujos, que Omar Khayyam leva consigo quando volta a Karachi depois dos quarenta dias de luto. Um irmão reduzido a farrapos de palavras escritas. Babar levou um tiro e a ordem de fogo foi dada por... mas não, os cadernos primeiro:

Quando trouxeram seu corpo das Montanhas Impossíveis, cheirando a decomposição e cabras, os cadernos que descobriram em seus bolsos foram devolvidos à família com muitas páginas faltando. Com os rasgados restos desses volumes brutalizados, foi possível decifrar uma série de poemas de amor dirigidos a uma famosa cantora de fundos musicais que ele, Babar Shakil, não poderia ter conhecido. E entremeado com as expressões de métrica irregular desse amor abstrato, no qual os hinos à espiritualidade da voz dela misturavam-se, inquietantes, com versos livres de uma sensualidade nitidamente pornográfica, encontrava-se um relato de sua estada em um inferno anterior, um registro do tormento de ter sido irmão mais novo de Omar Khayyam.

A sombra de seu irmão mais velho pairava em cada canto de "Nishapur". As três mães deles, que agora subsistiam das remessas do médico e não tinham mais negócios com o dono da casa de penhores, haviam conspirado em sua gratidão para tornar a infância de Babar uma jornada imóvel através de um imutável santuário cujas paredes estavam impregnadas do aplauso ao glorioso filho mais velho que fora embora. E como Omar Khayyam era tão mais velho que ele e havia muito tinha deixado aquela poeira provincial em cujas ruas, hoje, bêbados operários do campo de gás armavam brigas por nada com mineiros de carvão, bauxita, ônix, cobre e cromo em dia de folga, e sobre cujos tetos a cúpula rachada do Flashman's Hotel pairava cada vez mais lamentavelmente, o filho mais novo, Babar, tinha a sensação de ter sido ao mesmo tempo oprimido e abandonado por um segundo pai, e naquela família de mulheres, atrofiada por ontens, ele comemorara seus vinte anos levando os diplomas, medalhas de ouro, recortes de jornal, velhos cadernos escolares, arquivos de carta, bastões de críquete e, em resumo, todos os suvenires de seu ilustre irmão para a sombreada penumbra do conjunto central e ateado fogo a tudo antes que suas mães pudessem impedir. Ao virar as costas ao inglório espetáculo das velhas a ciscar entre as cinzas quentes em busca de cantos chamuscados de instantâneos e medalhões que o fogo transmutara de ouro em chumbo, Babar rumou, via monta-cargas, para as ruas de Q., suas ideias de aniversário retardadas pelas incertezas sobre o futuro. Vagava sem rumo, cismando sobre a estreiteza de suas possibilidades, quando começou o terremoto.

De início, ele tomou aquilo erroneamente por um tremor dentro de seu corpo, mas um golpe no rosto, infligido por um minúsculo caco em um mergulho agudo, clareou a névoa de autoabsorção dos olhos do futuro poeta. "Está chovendo vidro", pensou, surpreso, piscando depressa pelas vielas do bazar dos ladrões aonde seus pés o tinham levado sem saber, vielas de pequenas barracas entre as quais o que tomara por um tremor interno estava provocando uma bela confusão: melões explodiam a seus pés, chinelos de bico fino caíam de prateleiras que tremiam, pedras preciosas, brocados, cerâmica e pentes rolavam misturados nas vielas empoeiradas de vidro. Ele ficou parado como um bobo naquele aguaceiro vítreo, sem conseguir evitar a sensação de que tinha imposto seu torvelinho interior ao mundo à sua volta, resistindo à insana compulsão de pegar alguém, qualquer um, na multidão agitada, em pânico, de batedores de carteiras, vendedores e lojistas, para se desculpar pelos problemas que causara.

"Esse terremoto", Babar Shakil escreveu em seu caderno, "abalou e liberou alguma coisa dentro de mim. Um tremor menor, mas talvez tenha sacudido alguma coisa para seu lugar também."

Quando o mundo se imobilizou outra vez, ele foi para um botequim barato, pisando com cuidado entre os fragmentos de vidro e passando pelos igualmente cortantes gritos do proprietário; e quando entrou (dizem os cadernos) viu de relance pelo canto do olho esquerdo um homem alado e dourado reluzindo, que olhava para ele de cima de um telhado; mas quando levantou a cabeça, o anjo não estava mais visível. Depois, já nas montanhas com as guerrilhas tribais separatistas, ele contou a história do anjo, do terremoto e do Paraíso subterrâneo; a crença delas de que anjos dourados estavam a seu lado deu às guerrilhas uma inabalável certeza da justiça de sua causa e tornava fácil morrer por ela. "O separatismo", Babar escreveu, "é a crença de que você é tão bom que pode escapar das garras do inferno."

Babar Shakil passou seu aniversário se embebedando naquele antro de garrafas quebradas, tirando, mais de uma vez, longos cacos de vidro de dentro da boca, de forma que ao anoitecer seu queixo estava riscado de sangue; mas a bebida que espirrava desinfetou os cortes e minimizou o risco de tétano. No botequim: tribais, uma prostituta vesga, cômicos itinerantes com tambores e cornetas. Os cômicos ficaram mais ruidosos com o correr da noite, e a mistura de humor e bebida foi um coquetel que deu a Babar uma ressaca de proporções tão colossais que ele nunca mais se recuperou.

Que piadas! Indecências do tipo "hi, hi, o que você está dizendo, meu velho, alguém pode ouvir": — Escute, yaar, você sabe que quando as crianças são circuncidadas o circuncisador fala palavras sagradas? — Sei, velho, eu sei. — Então o que ele disse quando cortou o Velho Arrasa Tripas? — Não sei, o que foi? — Uma palavra só, yaar, uma palavra, e foi jogado para fora da casa! — Nossa, deve ter sido um palavrão, velho, conte, conte logo. — Foi a seguinte: "Opa!".

Babar Shakil num perigoso véu de conhaque. A comédia entra em seu sangue, efetua uma mutação permanente. — Ei, doutor, sabe isso que falam de nós, tribais, que nós temos pouco patriotismo e muito tesão, bom, é tudo verdade, quer saber por quê? — Quero. — Então veja o patriotismo. Número um, o governo pega o nosso arroz para as tropas do Exército, a gente devia ficar orgulhoso, *na*, mas a gente só reclama porque não tem nada para nós. Número dois, o governo minera nossos minerais e a economia cresce, mas a gente só reclama que ninguém aqui vê a grana. Número três, o gás de Needle agora fornece sessenta por cento das necessidades nacionais, mas nós ainda não estamos contentes, resmungando o tempo todo que não tem gás em domicílio por aqui. Agora, como dá para ser menos patriótico, o senhor há de concordar. Mas felizmente o nosso governo ainda ama a gente, tanto que fez do nosso tesão a prioridade nacional. — Como assim? — Mas é óbvio: esse governo fica contente de foder com a gente até o fim do mundo.

— Ah, muito boa, yaar, muito boa.

No dia seguinte, Babar saiu de casa antes do amanhecer para se juntar às guerrilhas, e sua família nunca mais o viu com vida. Dos baús sem fundo de Nishapur, ele tirou um velho rifle e as caixas de munição que acompanhavam, alguns livros e um dos medalhões acadêmicos de Omar Khayyam que tinha sido transformado em metal comum por um incêndio; sem dúvida para lembrar a si mesmo das causas de seu próprio ato de separatismo, das origens de um ódio que tinha sido poderoso o bastante para provocar um terremoto. Em seu esconderijo nas

Montanhas Impossíveis, Babar deixou crescer a barba, estudou a complexa estrutura dos clãs das montanhas, escreveu poesia, descansou entre ataques a postos avançados militares, linhas ferroviárias e reservatórios de água, e, por fim, graças às exigências dessa existência deslocada, foi capaz de discutir em seus cadernos os méritos relativos da copulação com carneiros e cabras. Havia guerrilheiros que preferiam a passividade dos carneiros; para outros, era impossível resistir à vivacidade das cabras. Muitos dos companheiros de Babar chegavam a se apaixonar por amantes de quatro patas e, embora fossem todos homens procurados, arriscavam a vida nos bazares de Q. para comprar presentes para suas amadas: adquiriam pentes para peles, também fitas e guizos para suas queridas babás, que nunca se dignavam a expressar gratidão. O espírito de Babar (se não seu corpo) punha-se acima dessas coisas; ele despejava seu reservatório de paixão não usada sobre a imagem mental da uma cantora popular cujos traços ignorou até o dia de sua morte, porque só a tinha ouvido cantar em um chiante rádio transistor.

    Os guerrilheiros deram a Babar um apelido do qual ele ficou excepcionalmente orgulhoso: chamaram-no de "imperador", em memória àquele outro Babar cujo trono foi usurpado, que partiu para as montanhas com um exército esfarrapado e que por fim fundou aquela renomada dinastia de monarcas cujo nome familiar ainda é usado como título honorífico atribuído a magnatas do cinema. Babar, o *mogul* das Montanhas Impossíveis... dois dias antes de Raza Hyder partir de Q., uma investida liderada pela última vez pelo grande comandante em pessoa foi responsável pelo tiro que derrubou Babar.

    Mas isso não importou, porque ele havia passado tempo demais com os anjos; lá no alto das montanhas cambiantes, traiçoeiras, ele os tinha observado, peitos de ouro e asas douradas. Arcanjos batiam as asas sobre sua cabeça quando ele ficava de sentinela num perigoso rochedo. Sim, talvez o próprio Jibreel tenha pairado benignamente sobre ele como um helicóptero de ouro enquanto ele violava ovelhas. E pouco antes de sua morte, os guerrilheiros notaram que a pele de seu camarada barbudo começara a emitir uma luz amarela; os brotos de asas novas eram visíveis em seus ombros. Era uma transformação conhecida dos ocupantes das Montanhas Impossíveis. "Não vai ficar por aqui muito tempo mais", disseram a Babar com um traço de inveja nas vozes. "Imperador, você está de partida; nada mais de fodas com lã para você." A anjelização de Babar devia estar quase completa no momento de sua morte, quando sua unidade guerrilheira atacou um trem de carga aparentemente quebrado e assim caiu na armadilha de Raza Hyder, porque embora dezoito balas tivessem perfurado seu corpo, tornado alvo fácil por brilhar amarelo através da roupa na noite, foi fácil para ele sair de dentro da pele e elevar-se, luzente e alado, para a eternidade das montanhas, onde uma grande nuvem de serafins se elevou enquanto o mundo sacudia e rugia, e onde, com a música das flautas de caniço celestes e as celestiais sarandas de sete cordas e dumbirs de três cordas, ele foi recebido no seio elísio da terra. Seu corpo, quando o trouxeram para baixo, diziam ser tão insubstancial e leve como uma pele de cobra abandonada, como as que as cobras e os playboys deixam para trás na muda; e ele se foi, se foi para sempre, o tolo.

Claro que sua morte não estava descrita em nenhum caderno; ela foi composta dentro da imaginações enlutadas de suas três mães, porque, como disseram a Omar quando contaram a história da transformação de seu filho em anjo: "Nós temos o direito de dar de presente a ele uma boa morte, uma morte com que os vivos possam viver". Sob o impacto da tragédia, Chhanne, Manni e Banny começaram a desmoronar por dentro, transformando-se em meras fachadas, seres tão insubstanciais como o cadáver descartado de seu filho. (Mas elas acabaram se recuperando.)

O corpo foi devolvido a elas algumas semanas depois que as dezoito balas o penetraram. Elas receberam também uma carta em papel timbrado. "Só a memória do antigo prestígio de seu nome de família as protege das consequências da grande infâmia de seu filho. É nossa opinião que as famílias desses gângsteres tenham muito a esclarecer." A carta havia sido assinada, antes de sua partida, pelo ex-governador Raza Hyder em pessoa; que devia portanto saber que havia arquitetado a morte do rapaz que vira, anos antes, a observá-lo com binóculos da janela superior da mansão selada entre o Acant e o bazar.

Por pena de Omar Khayyam Shakil — para evitar, digamos, seu enrubescimento —, não descreverei a cena no portão da casa de cidade de Harappa, que teve lugar quando o médico finalmente apareceu num táxi com os cadernos do irmão na mão. Ele já rolou bastante no pó para o momento; basta dizer que sob o frio peso da rejeição de Iskander, Omar Khayyam sofreu um ataque de vertigem tão severo que vomitou no banco de trás do táxi. (Sobre isso também estenderei um delicado véu.) Uma vez mais, outros tinham agido e ao fazê-lo moldaram a história de sua vida: a fuga de Babar, as balas de Hyder, a exaltação de Mir Harappa e a resultante alteração de Iskander se somaram, representando para nosso herói um chute pessoal na boca. Mais tarde em sua casa (ainda não visitamos a residência Shakil: um apartamento sem encantos em uma das zonas residenciais mais antigas da cidade, quatro quartos notáveis pela completa ausência de tudo a não ser os itens mais essenciais de mobília, como se Shakil na vida adulta estivesse se rebelando contra o fantástico acúmulo da casa de suas mães, escolhendo, em vez disso, o ascetismo de paredes nuas de seu pai por opção, o desaparecido, engaiolado, mestre-escola Eduardo Rodrigues. Um pai é ao mesmo tempo um alerta e um engodo), à qual chegou fedendo e a pé, obrigado a isso por um indignado motorista de táxi, ele se retirou para a cama, esgotado de calor, a cabeça ainda girando; pôs o pacote de cadernos amassados na mesa de cabeceira e disse, ao deslizar para o sono: "Babar, a vida é longa".

No dia seguinte, voltou ao trabalho; e no outro dia começou a se apaixonar.

Era uma vez um terreno. Ele estava atraentemente situado no coração da Primeira Fase da Sociedade Habitacional Cooperativa dos Funcionários dos Serviços de Defesa; à sua direita ficava a residência oficial do ministro nacional de Educação, Informação e Turismo, uma construção imponente cujas paredes eram revestidas de mármore ônix verde riscado de vermelho, e à esquerda ficava a casa da viúva do falecido chefe-adjunto de pessoal, marechal Aurangzeb. Apesar da localização e dos vizinhos, o terreno permanecia vazio; nenhum alicerce foi cavado ali, nenhum andaime levantado para construir paredes de concreto reforçado. O terreno jazia, tragicamente para o seu proprietário, numa pequena depressão, de forma que quando chegavam os dois dias de chuva torrencial que a cidade recebia todo ano, as águas inundavam o lote vazio e formavam um lago de lama. Esse fenômeno fora do comum de um lago que existia durante dois dias por ano e que era então fervido pelo sol até sumir deixando para trás uma fina papa de lixo e fezes transportados pela água era o que bastava para desencorajar possíveis construtores, embora o lote fosse, como se disse acima, excepcionalmente bem situado: o Aga Khan era dono do chalé no alto do morro próximo e o filho mais velho do presidente, o marechal de campo Mohammad A., também vivia por ali. Foi nesse infeliz terreno que Pinkie Aurangzeb resolveu criar perus.

Abandonada por um amante vivo assim como por um marido morto, a viúva do marechal resolveu se arriscar nos negócios. Muito animada com o sucesso do novo esquema de galinhas poedeiras que a linha aérea nacional tinha começado a criar em cativeiro na periferia do aeroporto, Pinkie decidiu partir para pássaros maiores. Os funcionários da sociedade imobiliária foram incapazes de resistir ao fascínio da sra. Aurangzeb (podia estar se apagando, mas ainda era demais para escriturários) e fecharam os olhos para as nuvens de aves gorgolejantes que ela soltou na propriedade vazia, murada. A chegada dos perus foi recebida pela sra. Bilquìs Hyder como um insulto pessoal. Dama muito nervosa, de quem se dizia que problemas no casamento estavam colocando sua cabeça sob crescente estresse, ela passou a se debruçar das janelas e a xingar as ruidosas aves. "Xô! Calem a boca, seus malucos! Perus fazendo uma barulheira dos infernos bem vizinho à casa de um ministro! Vão ver como eu corto o pescoço de vocês!"

Quando Bilquìs apelou ao marido para que fizesse alguma coisa quanto às aves permanentemente gorgolejando, a destruir o que restava de sua paz de espírito, Raza Hyder respondeu calmo: "Ela é a viúva de nosso grande marechal, esposa. É preciso ser tolerante". O ministro da Educação, Informação e Turismo estava cansado ao fim de um dia duro em que tinha aprovado medidas que legalizariam a pirataria de livros científicos por parte do governo, supervisionara pessoalmente o empastelamento de uma das pequenas prensas portáteis em que se imprimia de forma ilícita propaganda contra o Estado e que havia sido descoberta no porão de um sujeito formado em artes, vindo da Inglaterra e que fora corrompido por ideias estrangeiras, e discutido com os principais comerciantes de arte da cidade o problema cada vez mais grave de roubo de antiguidades dos sítios arqueológicos da cidade — discutido cada item, acrescente-se, com tamanha sensibilidade que os comerciantes se viram levados a lhe oferecer, em reconhecimento por sua atitude, uma pequena cabeça de pedra de Taxila, que datava da época da expedição de Alexandre, o Grande, ao Norte. Em resumo, Raza Hyder não estava com paciência para perus.

Bilquìs não esquecera o que um gordo havia insinuado sobre seu marido e a sra. Aurangzeb na varanda de Mohenjo anos antes; ela se lembrava da época em que seu marido tinha se disposto a prender-se a uma estaca no chão por sua causa; e ela estava também, em seu trigésimo segundo ano, se tornando cada vez mais gritadeira. Esse foi o ano em que o Lu soprou mais ferozmente do que nunca, e casos de febre e loucura aumentaram quatrocentos e vinte por cento... Bilquìs pôs as mãos na cintura e gritou para Raza na presença de ambas as filhas: "Ah, que belo dia para mim! Agora você me humilha com aves". A filha mais velha, a retardada mental, começou a ficar vermelha, porque era evidente que os perus gorgolejantes representavam efetivamente mais uma vitória para Pinkie Aurangzeb sobre as esposas de outros homens, a última dessas vitórias, da qual a vitoriosa não tinha a menor noção.

E era uma vez uma filha retardada que durante doze anos ouvira dizer que encarnava a vergonha de sua mãe. Sim, agora devo chegar a você, Sufiya Zinobia, em seu berço desproporcional com forro impermeável, nessa residência ministerial de paredes de mármore, num quarto do andar de cima através de cujas janelas perus gorgolejam para você, enquanto numa penteadeira de mármore ônix sua irmã gritava para que a aia puxasse o cabelo dela.

Sufiya Zinobia aos doze anos desenvolvera o pouco atraente hábito de desfiar o cabelo. Quando seus cachos castanho-escuros eram lavados por Shahbanou, a aia parse, ela chutava e gritava continuamente; a aia era sempre forçada a desistir antes de ter enxaguado todo o xampu. A presença constante de detergente com perfume de sândalo provocou em Sufiya Zinobia um assustador caso de pontas duplas, e ela se sentava no imenso berço que seus pais tinham mandado construir para ela (e que trouxeram de Q., completo com os forros de borracha impermeáveis e acolchoados de bebê tamanho grande) e abria cada fio danificado em dois, até a raiz. Isso ela fazia com seriedade, sistematicamente, como se infligisse a si mesma danos rituais como um dos percevejos de Iskander Harappa, os dervixes shia nas procissões do dia 10 do mês muharram. Seus olhos, quando ela trabalhava, adquiriam um brilho baço, um cintilar de gelo ou fogo distante muito lá no fundo de sua superfície normalmente opaca; e a nuvem de cabelo desfiado ficava arrepiada em torno de seu rosto e formava ao sol uma espécie de halo de destruição.

Foi no dia seguinte à explosão dos perus de Bilquìs Hyder. Sufiya Zinobia desfiava o cabelo em seu berço; mas Boa Nova, inexpressiva como uma chapati, estava decidida a provar que suas fartas melenas tinham crescido tanto que conseguia sentar em cima delas. Curvando a cabeça para trás, ela gritava à pálida Shahbanou: "Puxe para baixo! Com toda a força! O que está esperando, idiota? *Puxe!*" — e a aia, de olhos fundos, frágil, tentava enfiar as pontas do cabelo debaixo do traseiro magro de Boa Nova. Lágrimas de dor enchiam os olhos determinados da menina: "A beleza de uma mulher", Boa Nova ofegava, "cresce da sua cabeça. É bem sabido que os homens ficam loucos com cabelo brilhante que você consegue pôr debaixo do bumbum". Em tom inexpressivo Shahbanou declarava: "Não adianta, bibi, não vai". Boa Nova socava a aia e voltava o ódio contra a irmã: "Você. Coisa. Olhe só. Quem vai casar com você com esse cabelo, mesmo que você tivesse cabeça? Nabo. Beterraba. Rabanete *angrez*.

Veja o problema que você me apronta desfiando o cabelo desse jeito. A irmã mais velha tem de casar primeiro, mas quem vai querer essa aí, aia? Juro mesmo, que tragédia, sei lá. Agora venha, puxe de novo, dessa vez não finja que não chega — não, não ligue para essa tonta agora, deixe ela ficar vermelha e mijada. Ela não entende, não consegue entender um zero". E Shahbanou, encolhendo os ombros, imune aos golpes de Navid Hyder: "Você não devia falar tão mal da sua irmã, bibi, um dia sua língua vai ficar preta e cair fora".

Duas irmãs em um quarto enquanto lá fora o vento quente começa a soprar. Fecham janelas contra a ferocidade das rajadas e por cima do muro do jardim perus entram em pânico nas garras febris da ventania. Enquanto aumenta a fúria do Lu, a casa se assenta no sono. Shahbanou numa esteira no chão ao lado do catre de Sufiya Zinobia; Boa Nova exausta com a puxação de cabelo, estendida em sua cama de menina de dez anos.

Duas irmãs adormecidas: em repouso o rosto da menina mais nova revelava o quanto é comum, despido da determinação de ser atraente de quando está acordada; enquanto a simplória perdia no sono a insípida vacuidade da expressão e o severo classicismo de seus traços teria agradado um olhar atento. Que contraste entre essas duas meninas! Sufiya Zinobia, embaraçosamente pequena (não, devemos evitar, a qualquer custo, compará-la com uma miniatura oriental), e Boa Nova alta, alongada. Sufiya e Navid, vergonha e boa notícia: uma lenta e silenciosa, a outra rápida com seu barulho. Boa Nova encarava audaciosamente os mais velhos; Sufiya desviava os olhos. Mas Navid Hyder era o anjinho da mamãe, conseguia tudo o que queria. "Imagine", Omar Khayyam iria pensar anos depois, "se aquele escândalo matrimonial tivesse acontecido com Sufiya Zinobia! Teriam arrancado a pele dela e mandado para a lavadeira dhobi."

Escute: dava para pegar a quantidade total de amor fraterno dentro de Boa Nova Hyder, fechar num envelope e mandar para qualquer lugar do mundo por uma rupia, via aérea, esse era o tanto que pesava... Onde eu estava? Ah, sim, o vento quente soprou, seu uivo era um saco de som que engolia todos os outros ruídos, aquele sopro seco levando doença e loucura em suas asas duras de areia, o pior Lu de que se tinha notícia, soltando demônios no mundo, forçando sua passagem pelas venezianas para atormentar Bilquìs com os insuportáveis fantasmas do passado, de tal forma que mesmo com a cabeça enfiada embaixo de um travesseiro ela ainda via diante dos olhos uma figura equestre dourada portando uma bandeira na qual flamejava a palavra aterrorizadoramente críptica *Excelsior*. Nem mesmo o gorgolejar dos perus se ouvia acima do vento, enquanto o mundo se protegia; então os dedos abrasadores do vento penetraram no quarto em que as duas irmãs dormiam e uma delas começou a se mexer.

É fácil culpar o vento por problemas. Talvez aquele sopro pestilento tivesse realmente algo a ver com isso — talvez, quando tocou Sufiya Zinobia, ela tenha enrubescido debaixo de sua mão horrenda, queimado, e talvez por isso se levantado, olhos vazios, leitosos, e saído do quarto —, mas prefiro acreditar que o vento não foi mais que uma coincidência, uma desculpa; que o que aconteceu aconteceu porque doze anos de humilhação sem amor cobraram seu preço, mesmo sobre uma idiota, e existe sempre um ponto em que alguma coisa se rompe, mesmo que a gota d'água não possa ser identificada com nenhuma certeza: seriam as preocupações matrimoniais de Boa Nova? Ou a calma de Raza em face da guinchante Bilquìs? Impossível dizer.

Ela deve ter tido um momento de sonambulismo, porque quando a encontraram, parecia descansada, como se tivesse tido um bom sono profundo. Quando o vento morreu e a família acordou de sua turbulenta soneca vespertina, Shahbanou imediatamente notou o berço vazio e deu o alarme. Depois, ninguém conseguia entender como a menina havia escapado, como ela conseguira atravessar dormindo uma casa inteira cheia de mobília e sentinelas do governo. Shahbanou diria sempre que devia ter sido um vento e tanto, que pôs os soldados para dormir no portão e criou um milagre sonambúlico de tal força que a passagem de Sufiya Zinobia pela casa, para o jardim e por cima do muro adquiriu o poder de contaminar qualquer um por quem passava, que devia ter caído instantaneamente num transe de vento. Mas minha opinião é que a fonte da força, quem operou o milagre, foi a própria Sufiya Zinobia; haveria outras ocasiões assim em que não se poderia pôr a culpa no vento...

Encontraram-na, depois do Lu, sentada em sono profundo sob a ferocidade do sol, no pátio de perus da viúva Aurangzeb, uma figurinha encolhida a roncar suavemente em meio aos cadáveres das aves. Sim, estavam todos mortos, cada um dos duzentos e dezoito perus da solidão de Pinkie, e as pessoas ficaram tão chocadas que se esqueceram de remover os corpos durante um dia inteiro, deixando as aves mortas a apodrecer no calor e na penumbra crepuscular do fim do dia, debaixo das estrelas quentes de gelo, duzentos e dezoito que nunca encontrariam seu rumo ao forno ou às mesas de jantar. Sufiya Zinobia tinha arrancado suas cabeças e depois puxado as vísceras de dentro dos corpos pelos pescoços com suas mãos minúsculas e desarmadas. Shahbanou, primeira a encontrá-la, não ousou se aproximar dela; depois Raza e Bilquìs chegaram, e logo todo mundo, irmã, criadas, vizinhos, parados olhando de boca aberta o espetáculo da menina ensanguentada e das criaturas decapitadas com os intestinos no lugar das cabeças. Pinkie Aurangzeb olhou de olhos vazios a carnificina, e ficou chocada com o ódio sem sentido nos olhos de Bilquìs; as duas mulheres permaneceram em silêncio, cada uma tomada por um horror diferente, de forma que foi Raza Hyder, seus olhos aquosos contornados de negro cravados no rosto de sua filha com os lábios ensanguentados, quem falou primeiro com uma voz que ecoava admiração ao mesmo tempo que repulsa: "Com as mãos nuas", o novo ministro do governo estremeceu, "o que deu tamanha força a essa menina?".

Agora que os arcos de silêncio tinham sido rompidos, a aia Shahbanou começou a guinchar no pico da voz: "Ollo-ollo-ollo!", um lamento desarcitulado tão agudo que arrancou Sufiya Zinobia de seu sono letal; ela abriu aqueles olhos de leite aguado e ao ver a devastação à sua volta desmaiou, repetindo sua mãe naquele dia distante em que Bilquìs se viu nua na multidão e apagou, gelada de vergonha.

Que forças moveram aquela mente de três anos de idade em seu corpo de doze a comandar um assalto total a emplumados perus machos e fêmeas? Só se pode especular: Sufiya Zinobia estava tentando, como uma boa filha, livrar sua mãe da praga gorgolejante? Ou foi a raiva, o orgulhoso ultraje que Raza Hyder deve ter sentido, mas recusado, preferindo fazer concessões a Pinkie, que encontrou vazão na filha em seu lugar? O que parece certo é que Sufiya Zinobia, durante tanto tempo sobrecarregada com o fato de ser um milagre que deu errado, a vergonha da família encarnada, descobrira nos labirintos de seu eu inconsciente o caminho oculto que liga *sharam* à violência; e que, ao acordar, ficou tão surpresa quanto todo mundo com a força do que havia sido liberado.

A fera dentro da bela. Elementos opostos de um conto de fadas combinados em um único personagem... Bilquìs não desmaiou nessa ocasião. O embaraço pelo feito da filha, o gelo dessa última vergonha emprestou uma fria rigidez a seu porte. "Fique quieta", ela ordenou à aia ululante, "vá e traga uma tesoura." Enquanto a aia não cumpriu sua enigmática tarefa, Bilquìs não deixou ninguém tocar na menina; andou em torno dela de um jeito tão proibitivo que nem mesmo Raza Hyder ousou se aproximar. Enquanto Shahbanou corria em busca da tesoura, Bilquìs falou macio, baixo, de forma que só algumas palavras flutuavam até seu marido atento, até a viúva, até a filha mais nova, até os criados, até os transeuntes anônimos... "Desfiar o cabelo... direito de nascimento... orgulho de mulher... toda arrepiada como um *hubshee* fêmea... vagabunda... solta... louca", e então chegou a tesoura, e ninguém ousou interferir enquanto Bilquìs agarrava grandes punhados das mechas selvagens da filha e cortava, cortava, cortava. Por fim ela endireitou o corpo, sem fôlego, e abrindo e fechando a tesoura distraída com os dedos, afastou-se. A cabeça de Sufiya Zinobia parecia um campo de trigo depois de um incêndio; triste, negro restolho, uma catastrófica desolação levada a cabo pela raiva materna. Raza Hyder carregou a filha com uma delicadeza nascida de sua infinita perplexidade e levou-a para dentro, para longe da tesoura que ainda tilintava no ar na mão incontrolável de Bilquìs.

Tesoura cortando o ar significa problema na família.

"Ah, mamãe!" Boa Nova riu de medo. "O que você fez? Ela ficou parecendo..."

"Nós sempre quisemos um menino", Bilquìs replicou, "mas Deus sabe mais."

Apesar de sacudida timidamente por Shahbanou e mais brutalmente por Boa Nova, Sufiya Zinobia não despertou de seu desmaio. Na noite seguinte a febre dela tinha subido, uma onda quente que se espalhava do couro cabeludo à sola dos pés. A aia parse de aspecto frágil, cujos olhos fundos faziam aparentar quarenta e três anos, mas que na verdade tinha apenas dezenove, não saiu do lado do grande berço gradeado a não ser para buscar novas compressas frias para a testa de Sufiya. "Vocês, parses", disse Boa Nova a Shahbanou, "vocês têm um fraco por malucos, é o que me parece. Deve ser toda a sua experiência." Bilquìs não demonstrou interesse na aplicação das compressas. Ficou sentada em seu quarto com a tesoura que parecia ter grudado em seus dedos, cortando o vazio do ar. Shahbanou chamou de "febre de vento" a afecção sem nome da menina aos seus cuidados, que fazia aquela cabeça pelada queimar; mas na segunda noite ela refrescou, abriu os olhos, era como se tivesse se recuperado. Na manhã seguinte, porém, Shahbanou notou que alguma coisa terrível começara a acontecer no corpinho da menina. Tinha começado a produzir imensas bolhas vermelhas e roxas com pequenas espinhas no centro; formaram-se bolhas entre os dedos dos pés, e as costas dela borbulhavam com incríveis caroços vermelhos. Sufiya Zinobia estava salivando em excesso; grandes jatos de saliva voavam por entre seus lábios. Formaram-se horrendas ínguas negras nas axilas. Era como se a escura violência que se engendrara dentro daquele pequeno corpo tivesse se voltado para dentro, tivesse abandonado os perus e se voltado para a menina; como se, do mesmo modo que seu avô Mahmoud, o Mulher, que sentava num cinema vazio e esperava para pagar por seu programa duplo, ou como um soldado caindo sobre sua espada, Sufiya Zinobia tivesse escolhido a forma de seu próprio fim. A peste da vergonha — na qual insisto em incluir a vergonha não sentida daqueles à sua volta, por exemplo, a que não tinha sido sentida por Raza Hyder quando ele abateu a tiros Babar Shakil — assim como a incessante vergonha da própria existência dela, e de seu cabelo tosado — a peste, digo, espalhou-se rapidamente por aquele trágico ser cuja principal característica definidora era sua excessiva sensibilidade aos bacilos da humilhação. Ela foi levada ao hospital com pus explodindo de suas feridas, babando, incontinente, com a brutal, ceifadora prova do horror de sua mãe em sua cabeça.

* * *

O que é um santo? Um santo é uma pessoa que sofre em nosso lugar.

Na noite em que tudo isso aconteceu, Omar Khayyam Shakil foi assaltado, durante seu breve sono, por vívidos sonhos do passado, em todos os quais a figura vestida de branco do desgraçado professor Eduardo Rodrigues desempenhava um papel principal. Nos sonhos, Omar Khayyam era menino de novo. Ficava tentando acompanhar Eduardo a toda parte, ao banheiro, à cama, convencido de que se conseguisse ao menos alcançar o mestre, seria capaz de pular para dentro dele e ser feliz afinal; mas Eduardo o enxotava para longe com seu chapéu Fedora branco, dava-lhe tapas e o empurrava para que fosse embora, sumisse, se mandasse. Isso intrigou o médico até muitos dias depois, quando se deu conta de que os sonhos tinham sido avisos pressagos contra os perigos de se apaixonar por mulheres menores de idade e depois ir atrás delas até o fim do mundo, onde elas inevitavelmente deixam você de lado, o impacto da rejeição delas pega você e atira para dentro do grande nada estrelado para além da gravidade e do sentido. Ele se lembrava do fim do sonho, em que Eduardo, a roupa branca agora enegrecida, esfarrapada, queimada, parecia estar voando para longe dele, flutuando acima de uma nuvem que explodia em fogo, com uma mão erguida acima da cabeça, como num adeus... um pai é um alerta; mas é também um engodo, um precedente impossível de resistir, e então no momento em que Omar Khayyam decifrou o sonho já era tarde demais para aceitar seu conselho, porque ele tinha se apaixonado por seu destino, Sufiya Zinobia Hyder, uma menina de doze anos com a mente de três, filha do homem que assassinara seu irmão.

* * *

    Você pode imaginar o quanto fico deprimido com o comportamento de Omar Khayyam Shakil. Pergunto pela segunda vez: que tipo de herói é esse? Visto pela última vez deslizando para a inconsciência, fedendo a vômito e jurando vingança; e, agora, enlouquecendo pela filha de Hyder. Como justificar um personagem desses? É pedir consistência demais? Eu acuso esse pretenso herói de me dar uma tremenda dor de cabeça.
    Com certeza (vamos devagar com isto; nada de movimentos súbitos, por favor) ele estava num estado mental perturbado. Um irmão morto, rejeitado pelo melhor amigo. São circunstâncias atenuantes. Temos de levá-las em consideração. É também justo presumir que a vertigem que o atingiu no táxi voltou, ao longo dos dias seguintes, para deixá-lo ainda mais desequilibrado. Então existe um tênue caso para a defesa.
    Passo a passo agora. Ele acorda, submerso no vazio de sua vida, sozinho na insônia do amanhecer. Toma banho, se veste, vai trabalhar; e descobre que se enterrando em seus deveres ele consegue seguir em frente; até mesmo os ataques de vertigem ficam controlados.
    Qual a sua área de especialização? Isso nós sabemos: ele é imunologista. Então não pode ser culpado pela chegada da filha de Hyder a seu hospital; vítima de uma crise imunológica, Sufiya Zinobia é levada ao maior perito da área no país.
    Cuidado agora. Evite ruídos altos. Para um imunologista em busca da calma que vem de trabalho desafiador e absorvente, Sufiya Zinobia parece um presente do céu. Delegando todas as responsabilidades possíveis de delegar, Omar Khayyam se dedica em tempo mais ou menos integral ao caso da garota simplória cujos mecanismos de defesa corporais declararam guerra contra a própria vida que deveriam estar protegendo. A devoção dele é

perfeitamente genuína (a defesa se recusa a encerrar): nas semanas seguintes, ele se informa plenamente do histórico médico dela e depois registrará em seu tratado O *caso da senhorita H.* as importantes provas novas que desencavou do poder da mente para afetar, "via caminhos nervosos diretos", o funcionamento do corpo. O caso se torna famoso nos círculos médicos; médico e paciente ficam para sempre ligados na história da ciência. Isso cria outros laços, mais pessoais, mais palatáveis? Eu evito o julgamento. Avante um passo:

Ele se convence de que Sufiya Zinobia está se prejudicando voluntariamente. Esse é o significado do caso dela: ele demonstra que mesmo uma mente comprometida é capaz de controlar macrófagos e polimorfos; mesmo uma inteligência retardada é capaz de realizar uma revolução palaciana, uma rebelião suicida de janíssaros do corpo humano contra o castelo em si.

"Colapso total do sistema imunológico", ele anota depois de seu primeiro exame da paciente, "a rebelião mais terrível que eu já vi."

Agora vamos colocar isto aqui da forma mais delicada possível para o momento. (Eu tenho mais acusações, mas elas vão esperar.) Depois, por mais furiosamente que ele se concentre, tentando recolher dos poços envenenados da memória todos os mínimos detalhes daqueles dias, ele é incapaz de discernir o momento em que a excitação profissional se transformou em amor trágico. Ele não afirma que Sufiya Zinobia tenha lhe dado o mínimo encorajamento; isso seria, em outras circunstâncias, patentemente absurdo. Mas em algum ponto, talvez durante suas vigílias de noite inteira, passadas a monitorar os efeitos do curso prescrito de drogas imunodepressivas, vigílias nas quais ele tem a companhia da aia Shahbanou, que concorda em usar touca, jaleco, luvas e máscara estéreis, mas que se recusa absolutamente a deixar a menina sozinha com um médico homem — sim, talvez durante essas noites ridiculamente acompanhadas, ou possivelmente mais tarde, quando está claro que ele triunfou, que sua revolta pretoriana foi dominada, o motim suprimido pelos mercenários farmacêuticos, de forma que os horrendos produtos da moléstia desaparecem do corpo de Sufiya Zinobia e a cor retorna a suas faces — em algum lugar ao longo desse processo, a coisa acontece. Omar Khayyam fica estúpida e irrecuperavelmente apaixonado.

"Não é racional", ele censura a si mesmo, mas suas emoções, anticientificamente, o ignoram. Ele se vê comportando-se de maneira estranha na presença dela e em seus sonhos ele a persegue até os confins da terra, enquanto os lamentosos restos de Eduardo Rodrigues olham do céu com pena dessa obsessão. Ele também pensa em circunstâncias atenuantes, diz a si mesmo que em seu perturbado estado psicológico tornou-se vítima de uma desordem mental, mas tem vergonha de sequer pensar em buscar conselho... não, droga! Dor de cabeça ou não dor de cabeça, não vou deixar que ele escape assim tão fácil. Eu o acuso de ser feio tanto por dentro como por fora, uma Fera, como Farah Zoroaster adivinhara todos aqueles anos atrás. Eu o acuso de brincar de Deus ou pelo menos de Pigmalião, de sentir que tem direitos de posse sobre a inocente cuja vida ele salvou. Eu acuso essa gorda banheira de banha de porco de maquinar que a única chance que tinha de conseguir uma esposa bonita era casar com uma parva, sacrificar um cérebro de esposa à beleza da carne.

Omar Khayyam alega que sua obsessão por Sufiya Zinobia curou sua vertigem. Conversa fiada! Absurdo! Eu acuso o vilão de tentar um lance sem vergonha de alpinismo social (ele nunca ficou tonto fazendo isso!) — desprezado por uma grande figura do momento, Omar Khayyam procura apegar-se a outra estrela.

Tão inescrupuloso ele é, tão sem vergonha, que irá cortejar uma idiota para seduzir o pai dela. Mesmo um pai que deu a ordem que meteu dezoito balas dentro do corpo de Babar Shakil.

Mas nós o ouvimos murmurar: "Babar, a vida é longa". Ah, eu não me deixo enganar por isso. Você pensa num plano de vingança? Omar Khayyam, ao se casar com uma menina não casadoura, passa a poder ficar próximo de Hyder durante anos — antes, durante e depois da presidência —, esperando o momento, porque a vingança é paciente, ela aguarda seu momento perfeito? Bobagem! Tolice! Aquelas palavras doentes (e sem dúvida encharcadas de uísque) de uma baleia a desmaiar eram nada mais que um eco tênue, vazio, da ameaça favorita do sr. Iskander Harappa, antigo protetor de nosso herói, camarada e parceiro de deboches. Claro que ele nunca falou aquilo a sério; ele não é do tipo vingador. Ele sentiu alguma coisa que seja pelo irmão morto que nunca conheceu? Duvido; suas três mães, como veremos, duvidavam. Não é uma possibilidade que se possa levar a sério. Vingança? Ora! Ha! Fuu! Se Omar Khayyam pensava sobre a morte de seu irmão, é mais provável que pensasse assim: "Tolo, terrorista, bandoleiro. O que ele esperava?".

Tenho uma última acusação, absolutamente danosa. Homens que negam seu passado se tornam incapazes de pensar que são reais. Absorto na grande cidade prostituta, tendo deixado a fronteira do universo de Q. lá para trás uma vez mais, a cidade natal de Omar Khayyam Shakil lhe parece agora uma espécie de pesadelo, uma fantasia, um fantasma. A cidade e a fronteira são mundos incompatíveis; escolhendo Karachi, Shakil rejeita a outra. Ela se torna para ele uma coisa insubstancial, leve, uma pele descartada. Ele não é mais afetado pelo que acontece lá, por sua lógica e exigências. Ele está desabrigado: quer dizer, é um metropolitano absoluto. Uma cidade é um campo de refugiados.

Maldito seja ele! Estou amarrado nele; e em seu amor repulsivo.

Muito bem; vamos seguir em frente. Perdi mais sete anos de minha história enquanto a dor de cabeça batia e latejava. Sete anos, e agora há casamentos a assistir. Como voa o tempo!

Não gosto de casamentos arranjados. Há certos erros pelos quais não devia ser possível culpar os nossos pobres pais.

8. A Bela e a Fera

"Imagine só estar com um peixe nos fundos de você, uma enguia que cospe lá por dentro", disse Bilquìs, "e não vai precisar que eu diga o que acontece com uma mulher na noite de núpcias." Sua filha Boa Nova submeteu-se a essa provocação e às cócegas do desenho com hena na sola dos pés com a severa obstinação de alguém que guarda um terrível segredo. Tinha dezessete anos e era a noite de seu casamento. As mulheres da família Bariamma haviam se reunido para prepará-la; enquanto Bilquìs aplicava a hena, mãe e filha estavam cercadas por ansiosas parentas que traziam óleos para a pele, escovas de cabelo, kohl, polidor de prata, ferro de passar. A figura mumificada de Bariamma em pessoa supervisionava tudo cegamente do seu ponto privilegiado de um takht sobre o qual um tapete de Shiraz havia sido estendido em sua honra; almofadas gaotakia impediam que ela caísse ao chão quando gargalhava com as descrições horrivelmente desanimadoras da vida de casada com que as matronas perseguiam Boa Nova. "Pense no espetinho *shish kebab* pingando gordura quente", sugeriu Duniyazad begum, velhas rixas brilhando nos olhos. Mas as virgens propunham imagens mais otimistas. "É como sentar num foguete que manda a gente para a lua", conjeturou uma donzela, ganhando uma reprimenda de Bariamma por sua blasfêmia, porque a fé determinava claramente que expedições lunares eram impossíveis. As mulheres cantavam canções insultando o noivo de Boa Nova, o jovem Haroun, filho mais velho de Mirzinho Harappa: "Cara de batata! Pele de tomate! Anda feito um elefante! Bananinha pequena dentro da calça". Mas quando Boa Nova falou pela primeira e última vez nesse entardecer, ninguém conseguiu pensar numa palavra para responder.

"Mamãe querida", Navid disse com firmeza no silêncio escandalizado, "não vou casar com essa batata idiota, você vai ver só."

Haroun Harappa tinha vinte e seis anos e já estava acostumado à notoriedade, porque durante o ano que passara numa universidade angrez havia publicado um artigo no jornal de estudantes no qual descrevia as masmorras particulares da vasta propriedade Daro em que seu pai atirava pessoas durante anos a fio. Tinha escrito também sobre as expedições punitivas que Mir Harappa um dia liderara contra a família de seu primo Iskander e sobre a conta bancária no estrangeiro (ele forneceu o número da conta) para a qual seu pai estava transferindo grandes somas de dinheiro público. O artigo foi reeditado na *Newsweek*, de forma que as autoridades de sua terra tiveram de interceptar toda a remessa desse número subversivo e arrancar as páginas ofensivas de cada exemplar; mesmo assim, o conteúdo passou a ser de conhecimento geral. Quando Haroun Harappa foi expulso da faculdade no final desse ano, com base no fato de, depois de três semestres estudando economia, não conseguir apreender os conceitos de oferta e procura, concluiu-se que ele escrevera o artigo por uma genuína e inocente burrice, esperando, sem dúvida, impressionar os estrangeiros com a acuidade e o poder de sua família. Era sabido que passara sua carreira universitária quase exclusivamente nos clubes de jogo e prostíbulos de Londres e corria a história de que quando entrara na sala de exame naquele verão, tinha olhado a folha de questões sem se sentar, dado de ombros e anunciado alegremente: "Não, não, nada para mim aqui", e saído para o seu cupê Mercedes-Benz sem mais aquela. "O rapaz é um bobo, eu acredito", disse Mirzinho ao presidente A., "não creio que seja preciso tomar nenhuma medida contra ele. Vai voltar para casa e assentar."

Mirzinho fez uma tentativa de convencer a faculdade de Haroun a conservá-lo. Uma grande cigarreira de filigrana de prata foi presenteada à Sala Comum Sênior. Os pares do colegiado recusaram-se, porém, a acreditar que um homem tão distinto como Mir Harappa tentasse suborná-los, de forma que aceitaram o presente e despacharam o rapaz. Haroun Harappa voltou para casa com numerosas raquetes de squash, endereços de príncipes árabes, garrafas de uísque, ternos sob medida, camisas de seda e fotografias eróticas, mas sem um diploma estrangeiro.

O sedicioso artigo na *Newsweek*, porém, não havia sido produto da burrice de Haroun. Nascera de um profundo e imorredouro ódio que o filho sentia pelo pai, um ódio que sobreviveria até a morte terrível de Mir Harappa. Mirzinho fora um pai severamente autoritário, mas isso em si não era raro e podia até ter engendrado amor e respeito se não fosse pela questão do cachorro. No aniversário de dez anos de Haroun, em Daro, seu pai o presenteou com um grande pacote, embrulhado com fita verde, de dentro do qual se ouvia claramente um latido abafado. Haroun era um filho único e introvertido que crescera gostando da solidão; ele não queria de fato o filhote de collie de pelo longo que saiu de dentro do pacote e agradeceu ao pai com uma indiferença mal-humorada que irritou intensamente Mirzinho. Nos dias seguintes, ficou óbvio que Haroun tencionava deixar o cachorro aos cuidados de criados; diante disso, Mir, com a teimosa imprudência de sua irritação, deu ordens para que ninguém encostasse um dedo no animal. "O maldito cachorro é seu", Mir disse ao menino, "então você cuida dele." Mas Haroun era tão obstinado quanto o pai e não chegou nem a dar um nome ao filhote, de forma que no intenso calor do sol de Daro o cachorrinho tinha de encontrar sua própria comida e bebida, contraiu sarna, cinomose e estranhas pintas verdes na língua, enlouqueceu com seu pelo comprido e finalmente morreu na frente da porta principal da casa, emitindo lastimáveis ganidos e vazando um grosso mingau amarelo pelo traseiro. "Enterre o animal", Mir disse a Haroun, mas o rapaz empinou o queixo e afastou-se, e a lenta decomposição do cadáver do cachorrinho espelhava o crescimento da aversão do menino pelo pai, que ficou para sempre associado em sua cabeça ao fedor do cachorro apodrecendo.

Depois disso, Mir Harappa entendeu seu erro e fez de tudo para recuperar o afeto do filho. Ele era viúvo (a mãe de Haroun morrera no parto) e o menino era genuinamente importante para ele. Haroun foi incrivelmente mimado, porque, embora se recusasse a pedir ao pai um colete novo que fosse, Mir estava sempre tentando adivinhar o que havia no coração do menino, de forma que Haroun era coberto de presentes, inclusive um conjunto completo de equipamento de críquete que compreendia seis estacas, quatro travessas, doze pares de perneiras, vinte e dois conjuntos de camisas e calças brancas de flanela, onze bastões de diversos pesos e bolas vermelhas suficientes para uma vida inteira. Havia até paletós brancos de árbitro e livros de registro, mas Haroun não se interessava por críquete e o luxuoso presente ficou largado, sem uso, num canto esquecido de Daro, junto com o equipamento de polo, as *tent pegs*, os toca-discos importados, a câmera de cinema doméstica, projetor e tela. Quando tinha doze anos, o menino aprendeu a andar a cavalo e depois disso gostava de olhar sonhadoramente o horizonte além do qual ficava a fazenda Mohenjo de seu tio Iskander. Sempre que ouvia dizer que Isky estava visitando seu lar ancestral, Haroun cavalgava até lá sem parar, para sentar ao pés do homem que devia por direito, ele acreditava, ter sido seu pai. Mir Harappa não protestou quando Haroun expressou o desejo de se mudar para Karachi; e ao crescer naquela cidade vicejante, a obsessão de Haroun por seu tio também vicejou, de forma que ele começou a imitar o mesmo estilo dândi, a linguagem chula e a admiração pela cultura europeia, marcas registradas de Isky antes de sua grande conversão. Por isso, o rapaz insistiu em ser mandado a estudar no estrangeiro, e porque havia passado seu tempo em Londres envolvido em jogo e prostituição. Depois de sua volta, continuou do mesmo jeito; tinha se tornado um hábito então, e ele não conseguia parar com aquilo, mesmo quando seu idolatrado tio renunciou a essas atividades indignas de um estadista, de forma que os rumores da cidade diziam que um pequeno Isky havia assumido o lugar que o grande deixara. Mir Harappa continuou cobrindo todas as despesas do comportamento ultrajante de seu filho, esperando ainda reconquistar o amor de sua única cria; de nada adiantou. Haroun, em seu estado normalmente embriagado, começou a falar demais e em companhia boquirrota. Ele despejava, bêbado, as ideias políticas revolucionárias que tinham sido correntes entre estudantes europeus durante seu ano no estrangeiro. Criticava o domínio do Exército e o poder das oligarquias com toda a entusiástica loquacidade de alguém que despreza cada palavra que está dizendo, mas espera que ela vá ferir seu ainda mais detestado pai. Quando chegou a ponto de mencionar a possibilidade da produção em massa de coquetéis Molotov, nenhum de seus amigos o levou a sério, porque ele disse isso numa festa de praia montado no casco de uma chorosa tartaruga de Galápago que se arrastava pela areia para botar seus ovos inférteis; mas o informante do Estado em meio ao grupo fez seu relato e o presidente A., cuja administração andava um tanto abalada, teve um acesso de raiva tão terrível que Mirzinho precisou se prostrar no chão e implorar misericórdia por seu filho transviado. Esse incidente teria forçado Mir a um confronto com Haroun, que ele muito temia, mas foi poupado do incômodo por seu primo Iskander, que também tinha ouvido falar da última afronta de Haroun. Haroun, convocado à casa radiovitrola de pisos irregulares, mudava o peso de um pé para o outro diante dos olhos brilhantemente desdenhosos de Arjumand Harappa enquanto o pai dela falava em tons gentis e implacáveis. Iskander Harappa passara a se vestir com ternos verdes assinados por Pierre Cardin que pareciam os uniformes da Guarda Vermelha chinesa, porque como ministro do Exterior do governo do presidente A. ele ficara famoso como arquiteto de um tratado de amizade com o presidente Mao. Havia uma fotografia de Isky abraçado ao grande Zedong pendurada na parede da sala onde o tio informou ao sobrinho: "Suas atividades estão se tornando embaraçosas para mim. É hora de você tomar jeito. Arrume uma esposa". Arjumand Harappa olhou furiosa para Haroun e obrigou-o a fazer o que Iskander mandava. "Mas quem?", perguntou, submisso, e Isky abanou uma mão displicente. "Qualquer moça decente", disse, "tem muitas para escolher."

Percebendo que a entrevista havia terminado, ele virou-se para ir embora. Iskander Harappa falou: "E se estiver interessado em política, melhor parar de montar em tartarugas marinhas e começar a trabalhar para mim".

A transformação de Iskander Harappa na nova força mais poderosa do cenário político estava completa por essa época. Ele havia começado a construir sua ascensão com o mesmo calculista brilhantismo de que Arjumand sempre soubera que ele era capaz. Concentrando-se no mundo *high-profile* dos negócios internacionais, ele escrevera uma série de artigos analisando as exigências de seu país às grandes potências, ao mundo islâmico e ao restante da Ásia, acompanhados de um árduo programa de discursos cujos argumentos mostraram-se impossíveis de resistir. Quando sua ideia de um "socialismo islâmico" e a de uma aliança próxima com a China obtiveram tamanho apoio público que ele estava efetivamente conduzindo a política externa da nação sem nem mesmo ser membro do gabinete, o presidente A. não teve opção senão convidá-lo para o governo. Seu enorme charme pessoal, sua maneira de fazer as esposas sem graça e de peitos de travesseiro dos líderes mundiais em visita se sentirem como Greta Garbo, e seu gênio oratório fizeram dele um sucesso instantâneo. "A coisa que mais me dá satisfação", ele disse à filha, "é que agora que demos o pontapé inicial na estrada Karakoram para a China, podemos nos divertir chutando o ministro de Obras Públicas." O ministro de obras era Mirzinho Harappa, e sua velha amizade com o presidente não conseguia superar o apelo popular de Iskander. "Esse filho da puta", Iskander disse a Arjumand, cheio de alegria, "está finalmente na minha mão."

Quando o regime de A. começou a perder popularidade, Iskander Harappa renunciou e formou a Frente Popular, o partido político que ele custeou com sua riqueza sem fundo e do qual se tornou primeiro presidente. "Para um ex-ministro do Exterior", Mirzinho disse com um tom de amargura ao presidente, "seu *protégé* parece estar se concentrando bem pesadamente no fronte interno." O presidente deu de ombros. "Ele sabe o que está fazendo", disse o marechal de campo A., "infelizmente."

Rumores de corrupção no governo forneciam o combustível, mas, de qualquer maneira, a campanha de Isky pelo retorno à democracia seria talvez impossível de deter. Ele viajava por aldeias e prometia a cada camponês um acre de terra e um poço novo. Foi posto na cadeia; imensas demonstrações garantiram sua libertação. Ele gritou em dialetos regionais que gatos gordos e tilyares estavam estuprando o país, e era tal o poder de sua voz, ou talvez os talentos estilísticos de *monsieur* Cardin, que ninguém parecia se lembrar do *status* do próprio Isky, proprietário de um pedaço claramente obeso de Sind... Iskander Harappa ofereceu trabalho político a Haroun em seu distrito natal. "Você tem credenciais anticorrupção", ele disse ao rapaz. "Conte a eles sobre o artigo na *Newsweek*." Haroun Harappa, diante da oportunidade dourada de derrubar seu pai em terreno doméstico, aceitou o trabalho de imediato.

"Bom, abba", ele pensou, feliz, "a vida é longa."

Dois dias depois de Haroun fazer um discurso sobre revolução para uma tartaruga desovando, Rani Harappa em Mohenjo recebeu o telefonema de uma voz masculina tão abafada, tão aleijada de desculpas e vergonha que levou alguns minutos para reconhecer que pertencia a Mirzinho, com quem ela não tinha contato desde o saque de sua casa, embora o filho dele, Haroun, fosse uma visita constante. "Que droga, Rani", Mirzinho finalmente admitiu por entre as nuvens pesadas de cuspe de sua humilhação, "preciso de um favor."

Rani Harappa aos quarenta anos tinha derrotado a formidável aia de Iskander com o simples método de sobreviver a ela. Os dias de irreverentes meninas de aldeia rindo e revirando sua roupa de baixo tinham ficado muito para trás; ela se tornara a verdadeira senhora de Mohenjo, por força da impassível calma com que bordava xale após xale na varanda da casa, persuadindo os aldeões de que estava compondo a tapeçaria do destino deles, e que se ela quisesse podia estragar a vida de todos escolhendo bordar um mau futuro nos xales mágicos. Tendo conquistado respeito, Rani vivia estranhamente satisfeita com sua vida e mantinha relações cordiais com o marido apesar de suas longas ausências ao lado dela e de sua permanente ausência de sua cama. Ela sabia tudo sobre o fim do caso com Pinkie e sabia nas câmaras secretas de seu coração que um homem que embarca numa carreira política terá, mais cedo ou mais tarde, de pedir à mulher que fique ao lado dele no palanque; segura de um futuro que traria de volta seu Isky sem que ela precisasse fazer nada, Rani descobriu sem surpresa que seu amor por ele se recusara a morrer, mas se transformara, por outro lado, numa coisa de quietude e força. Essa a grande diferença entre ela e Bilquìs Hyder: ambas tinham maridos que se retiraram delas para os palácios enigmáticos de seus destinos, mas enquanto Bilquìs afundava em excentricidade, para não dizer loucura, Rani tinha recuado para uma sanidade que a tornara um poderoso e, mais tarde, um perigoso ser humano.

Quando Mirzinho telefonou, Rani estava olhando a aldeia onde as concubinas brancas jogavam badminton ao entardecer. Nessa época, muitos cidadãos tinham ido para o Ocidente trabalhar algum tempo e os que voltavam haviam trazido com eles mulheres brancas cuja perspectiva de vida em uma aldeia como esposa número dois parecia conter uma inexaurível atração erótica. As esposas número um tratavam essas moças brancas como bonecas ou bichos de estimação e os maridos que não traziam para casa uma guddi, uma boneca branca, eram seriamente repreendidos por suas esposas. A aldeia das bonecas brancas tinha se tornado famosa na região. Os aldeões vinham de quilômetros em volta para olhar as moças de roupas brancas rindo e gritando quando pulavam a jogar peteca e mostrar as calcinhas de babados. As esposas número um davam vivas às esposas número dois, orgulhando-se de suas vitórias como se orgulhavam do sucesso dos filhos, e oferecendo-lhes consolação na derrota. Rani Harappa sentia um prazer tão suave ao observar as bonecas jogando que esqueceu de escutar o que Mir estava dizendo. "Que me foda na boca, Rani", ele gritou afinal com a fúria de seu orgulho suprimido, "esqueça nossas diferenças. Essa história é importante demais. Preciso de uma esposa, com toda urgência."

"Sei."

"Ya Alá. Rani, não se faça de difícil, pelo amor de Deus. Não é para mim. O que você acha? Que eu ia pedir? É para Haroun. É o único jeito."

O desespero com que Mirzinho balbuciou a necessidade de uma boa mulher para estabilizar seu filho transviado superou toda a relutância inicial que Rani podia ter sentido e ela disse de imediato: "Boa Nova". "Novidade já?", Mirzinho perguntou, entendendo errado. "Vocês mulheres não perdem tempo!"

Como se faz um casamento: Rani sugeriu Navid Hyder, pensando que um casamento na família faria bem a Bilquìs. Nesse momento a ligação telefônica entre as duas mulheres não era mais um meio pelo qual Rani descobria o que estava acontecendo na cidade, não mais uma desculpa para Bilquìs fofocar e condescender, enquanto Rani humildemente recolhia da conversa da amiga as migalhas de vida que oferecia. Agora era Rani que estava forte, e Bilquìs, seus velhos sonhos de realeza em ruína desde que Raza fora despedido do governo, era quem precisava de apoio e quem encontrava na imutável solidez de Rani Harappa a força para sustentá-la através de seus dias cada vez mais desconcertantes. "Exatamente o que ela precisa", Rani pensou com satisfação, "enxoval, barracas, doces, muita coisa para pensar. E aquela filha dela mal pode esperar para se amarrar."

Mirzinho consultou o presidente antes de concordar com a união. A família Hyder se tornara propensa a acidentes ultimamente: os velhos rumores de Q. ainda circulavam e não tinha sido fácil manter o incidente dos perus mortos longe dos jornais. Mas agora, no frescor montanhês da nova capital do Norte, o presidente havia começado a sentir os ventos gelados da impopularidade e concordou com o casamento porque, concluiu, estava na hora de atrair o herói de Aansu para perto dele outra vez, como um cobertor quente ou um xale. "Sem problemas", A. disse a Mirzinho, "minhas congratulações ao feliz casal."

Mir Harappa visitou Rani em Mohenjo para discutir os detalhes. Ele chegou duro de vergonha e se comportou com mal-humorada humildade o tempo todo. "O que um pai não faz por um filho!", explodiu enquanto Rani ficava sentada na varanda trabalhando no interminável xale de sua solidão. "Quando meu menino for pai também, vai saber como um pai se sente. Espero que essa sua Boa Nova seja uma moça fértil!"

"Bem arada, a colheita é garantida", Rani replicou serenamente. "Por favor, tome o chá."

Raza Hyder não se opôs ao noivado. Nesses anos em que sua única responsabilidade era supervisionar a convocação e o treinamento de recrutas crus, quando o seu declínio o olhava de frente todos os dias, multiplicado, replicado pelas figuras desajeitadas dos jovens que não sabiam qual lado da baioneta servia para alguma coisa, ele observara a ascensão de Iskander Harappa com mal disfarçada inveja. "Vai chegar a hora", profetizou a si mesmo, "em que eu terei de implorar uma promoção a esse sujeito." No clima turbulento da instabilidade do governo, Raza Hyder se perguntava para que lado pular, se apoiava a exigência de eleição feita pela Frente Popular ou se colocava o que restava de sua reputação a serviço do governo, na esperança de uma promoção. A oferta de Haroun Harappa como genro lhe deu uma chance de obter ambas as coisas. O casamento agradaria ao presidente: isso tinha ficado claro. Mas Raza também sabia do ódio de Haroun pelo pai, o que havia colocado o rapaz direto no bolso de Isky Harappa. "Um pé em cada canoa", Raza pensou, "é esse o lance."

E é possível que Raza tenha ficado satisfeito de se livrar de Boa Nova, porque ela havia desenvolvido, ao crescer, algo da despreocupação de lábios grossos do falecido Sindbad Mengal. A boca de Haroun também era grossa e larga, uma parte de sua herança familiar. "Dois tipos de lábios grossos", Raza Hyder disse a sua esposa em tons mais animados do que ele normalmente usava ao se dirigir a ela, "feitos um para o outro, *na*? Os filhos vão parecer peixes." Bilquìs respondeu: "Não tem importância".

Como se faz um casamento: vejo que de alguma forma deixei de mencionar as opiniões dos jovens envolvidos. Trocaram-se fotografias. Haroun Harappa levou seu envelope pardo à casa do tio e abriu na presença de Iskander e Arjumand: há momentos em que os rapazes se voltam a suas famílias em busca de apoio. A fotografia monocromática havia sido artisticamente retocada para dar a Boa Nova pele tão rosada quanto papel mata-borrão e olhos verdes como tinta.

"Dá para ver como deixaram o rabo de cavalo dela mais comprido", Arjumand apontou.

"Deixe o menino resolver por si mesmo", Iskander censurou, mas Arjumand aos vinte anos tinha desenvolvido um estranho desprazer pela fotografia. "Sem sal nem açúcar", ela anunciou, "e a pele não é tão clara assim."

"Tem de ser alguém", Haroun declarou, "e não tem nada de errado com ela." Arjumand gritou: "Como pode dizer isso? Tem olhos na cara ou duas bolas de pingue-pongue?". Nesse ponto, Iskander disse para a filha ficar quieta e mandou a criada trazer doces e copos de suco de limão para comemorar. Haroun continuou olhando aquela fotografia de Navid Hyder, e como nada, nem mesmo as tintas de um fotógrafo caprichoso, conseguia mascarar a insaciável determinação de Boa Nova de ser bonita, seu noivo foi logo dominado pela férrea vontade de seus olhos de celuloide e começou a achar que ela era a noiva mais adorável da terra. Essa ilusão, inteiramente produto da imaginação de Boa Nova, sobreviveria a tudo, até mesmo ao escândalo do casamento; mas não sobreviveria à morte de Iskander Harappa.

"Que garota", Haroun Harappa disse, fazendo Arjumand sair enojada da sala.

Quanto a Boa Nova: "Não preciso olhar nenhuma fotografia idiota", ela disse a Bilquìs, "ele é famoso, é rico, é um marido, vamos pegar esse depressa". "Tem má reputação", lembrou Bilquìs em seu papel de mãe, oferecendo à filha a chance de desistir, "e é mau com o pai dele."

"Eu dou um jeito nele", Boa Nova replicou.

Mais tarde, sozinha com Shahbanou enquanto a aia escovava seu cabelo, Boa Nova refletiu sobre mais algumas coisas. "Ei, você com olhos mais fundos que um poço", disse, "sabe o que significa o casamento para uma mulher?"

"Eu sou virgem", Shahbanou replicou.

"Casamento é poder", Navid Hyder disse. "É liberdade. Você deixa de ser a filha de alguém e se transforma em mãe de alguém, *ek dum, fut-a-fut*, pronto. Aí quem pode dizer o que você tem de fazer?... O que você quis dizer?" Uma ideia terrível lhe ocorreu. "Acha que eu também não sou virgem? Você feche a sua boca sujimunda, com uma palavra eu posso botar você na rua."

"O que você está dizendo, bibi, eu só falei."

"Nem me diga, que ótimo ir embora desta casa. Haroun Harappa, juro mesmo. Bom demais, yaar. Bom demais."

"Nós somos gente moderna", Bilquìs disse a sua filha. "Agora que você aceitou tem de conhecer o rapaz. Vai ser um encontro de amor."

* * *

A srta. Arjumand Harappa, a "virgem Calçadeferro", tinha rejeitado tantos pretendentes que, apesar de mal ter completado vinte anos, os casamenteiros da cidade já começavam a pensar nela como encalhada. A onda de propostas não era inteiramente, ou nem mesmo primordialmente, resultado de sua extrema elegibilidade como filha única do presidente Iskander Harappa; tinha sua verdadeira fonte naquela beleza excepcional, desafiadora com que, ou pelo menos a ela parecia, seu corpo insultava sua mente. Devo confessar que de todas as mulheres bonitas daquele país cheio de improváveis beldades, não havia dúvida de quem levava o prêmio. Apesar dos seios amarrados e ainda do tamanho de maçãs, Arjumand levava a taça.

Abominando seu sexo, Arjumand fazia de tudo para disfarçar sua aparência. Cortava o cabelo curto, não usava cosméticos nem perfume, vestia as camisas velhas do pai e as calças mais largas que conseguia encontrar, desenvolveu uma corcunda e um passo arrastado. Mas por mais que tentasse, por mais que insistisse, seu corpo florescente superava os disfarces. O cabelo curto era luminoso, o rosto sem enfeites aprendia expressões de infinita sensualidade que ela nada podia fazer para controlar, e quanto mais se curvava, mais alta e mais desejável se tornava. Aos dezesseis anos, tinha sido obrigada a se especializar nas artes de autodefesa. Iskander Harappa nunca tentara mantê-la longe de homens. Ela o acompanhava em suas viagens diplomáticas, e em muitas recepções de embaixadas velhos embaixadores se viram segurando as virilhas e vomitando na privada depois de suas mãos bobas terem recebido como resposta uma joelhada no lugar certo. Em seu décimo oitavo aniversário, a multidão dos solteiros mais cobiçados da cidade diante do portão da casa Harappa tinha se tornado tão grande a ponto de constituir um impedimento ao trânsito, e a seu próprio pedido ela foi mandada a Lahore, para um colégio interno cristão para moças, cujas regras anti-homens eram tão severas que até mesmo seu pai só podia vê-la com hora marcada, num jardim despedaçado de rosas mortas e gramados carecas. Mas ela não encontrou alívio nessa prisão povoada exclusivamente por mulheres, todas as quais ela desprezava por seu sexo; as garotas se apaixonavam por ela tanto quanto os homens, e as estudantes do último ano agarravam seu traseiro quando ela passava. Uma apaixonada de dezenove anos, desesperada para atrair o olhar de Calçadeferro, fingiu ser sonâmbula para cair na piscina vazia e foi levada ao hospital com múltiplas fraturas no crânio. Outra, enlouquecida de amor, escalou o muro do conjunto do colégio e foi sentar num café no famoso bairro da luz vermelha de Hiramandi, tendo decidido se tornar prostituta se não podia ter o coração de Arjumand. Essa garota perturbada foi sequestrada no café por cafetões locais, que forçaram seu pai, um magnata da indústria têxtil, a pagar um resgate de milhares de rupias para que ela fosse devolvida em segurança. A garota nunca se casou porque, embora os cafetões insistissem que eles também tinham sua honra, ninguém acreditava que ela não havia sido tocada, e depois de um exame médico a diretora devotamente católica do colégio se recusou a admitir que a infeliz pudesse ter sido deflorada em suas antissépticas instalações. Arjumand Harappa escreveu a seu pai e pediu que ele a tirasse do colégio. "Não é nenhum alívio", dizia a carta. "Eu devia saber que mulheres seriam piores que rapazes."

Ao voltar de Londres, Haroun Harappa fez eclodir uma guerra civil dentro da virgem Calçadeferro. A notável semelhança dele com fotografias do pai dela aos vinte e seis anos desnorteou Arjumand, e o gosto dele por prostitutas, jogos e outras formas de deboche a convenceu de que reencarnação não era simplesmente uma ideia maluca importada pelos Hyder do país dos idólatras. Ela tentou suprimir a ideia de que por baixo do exterior dissoluto de Haroun havia escondido um segundo grande homem, quase igual a seu pai, e que, com sua ajuda, ele poderia descobrir sua verdadeira natureza, assim como o presidente descobrira... recusando-se até mesmo a sussurrar essas coisas a si mesma na privacidade de seu quarto, ela cultivava em presença de Haroun aquela atitude de desdenhosa condescendência que logo o convenceu de que não havia por que ele tentar onde tantos outros tinham fracassado. Ele não era insensível a sua fatal beleza, mas a reputação da virgem Calçadeferro, quando combinada àquele terrível e ininterrupto olhar de aversão, bastava para mandá-lo a outros lugares; e então a fotografia de Navid Hyder o enfeitiçou, e era tarde demais para Arjumand mudar sua abordagem. Haroun Harappa foi o único homem, além de seu pai, que Arjumand amou, e sua raiva nos dias seguintes ao noivado dele foi horrível de se ver. Mas Iskander estava preocupado nesses dias e não prestou nenhuma atenção à guerra interna de sua filha.

"Maldição", Arjumand disse ao seu espelho, inconscientemente refletindo o antigo hábito de sua mãe sozinha em Mohenjo, "a vida é uma merda."

Uma vez me foi explicado por um dos maiores poetas vivos do mundo — nós, meros escrevinhadores de prosa, devemos nos voltar aos poetas em busca de sabedoria, razão por que este livro está cheio deles; havia meu amigo que foi pendurado de cabeça para baixo e a poesia sacudida de dentro dele, e Babar Shakil, que queria ser poeta, e suponho que Omar Khayyam, que tinha o nome de um, mas nunca foi — que a história clássica *A Bela e a Fera* é simplesmente a história de um casamento arranjado.

"Um comerciante tem uma má sorte e então promete sua filha a um rico mas recluso proprietário de terra, Fera sahib, recebendo um luxuriante dote em troca — uma grande arca, acredito, cheia de peças de ouro. Bela Bibi se casa devidamente com o zamindar, restaurando assim a fortuna do pai, e naturalmente de início seu marido, um estranho total, lhe parece horrível, monstruoso até. Mas sob a benigna influência de seu amor submisso, ele acaba se tornando um príncipe."

"Está dizendo", arrisquei, "que ele herda um título?" O grande poeta vivo pareceu tolerante e jogou para trás os cabelos prateados que lhe desciam até os ombros.

"Essa é uma observação burguesa", ralhou comigo. "Não, claro que a transformação não ocorreria nem em seu *status* social nem em sua identidade real, corpórea, mas na percepção que ela tem dele. Imagine os dois se aproximando um do outro, enquanto ao longo dos anos vão caminhando para dentro a partir dos polos opostos da beleza e da ferocidade, e se transformam afinal, felizes, em simples senhor Marido e senhora Esposa."

O grande poeta vivo era bem conhecido por suas ideias radicais e pela caótica complexidade de sua vida amorosa extraconjugal, então pensei que ia agradá-lo ao comentar maliciosamente: "Por que será que os contos de fadas sempre tratam o casamento como um fim? E sempre como um final perfeitamente feliz?".

Mas em vez da piscada de homem para homem ou da gargalhada que eu estava esperando (eu era muito jovem), o grande poeta vivo adotou uma expressão grave. "Essa é uma pergunta masculina", replicou, "nenhuma mulher ficaria intrigada com isso. A proposição da história é clara. A mulher tem de fazer o melhor do seu destino; porque se ela não ama o Homem, então ele morre, a Fera perece e a Mulher fica viúva, e isso significa ser menos que uma filha, menos que uma esposa, ser inútil." Delicadamente, ele bebeu um gole de uísque.

"E se, e se", gaguejei, "quer dizer, tio, e se a moça não suporta de verdade o marido escolhido para ela?" O poeta, que tinha começado a cantarolar versos persas baixinho, franziu a testa pensativo, decepcionado.

"Você ficou muito ocidentalizado", disse. "Devia passar algum tempo, talvez uns sete anos, não tempo demais, com o povo da nossa aldeia. Então iria entender que essa história é inteiramente oriental e parar com essa bobagem de 'e se'."

O grande poeta infelizmente não está mais vivo, de forma que não posso perguntar a ele e se a história de Boa Nova Hyder fosse verdadeira; nem posso esperar pelo benefício de seu conselho numa questão ainda mais melindrosa: e se, e se um Feraji de alguma forma vivesse *dentro* da Bela Bibi? E se a bela fosse ela própria a fera? Mas acho que ele teria dito que eu estava confundindo as coisas: "Como demonstrou o senhor Stevenson em seu *O médico e o monstro*, essas conjunções de santo e monstro são concebíveis no caso de homens; ai! essa é a nossa natureza. Mas toda a essência da Mulher nega tal possibilidade".

O leitor deve talvez ter adivinhado pelos meus últimos "e se" que tenho dois casamentos a descrever; e o segundo, esperando na periferia do primeiro, é, evidentemente, o já anunciado nikah de Sufiya Zinobia Hyder com Omar Khayyam Shakil.

Omar Khayyam finalmente conseguiu coragem suficiente para pedir a mão de Sufiya Zinobia quando ficou sabendo do noivado da irmã mais nova dela. Quando ele chegou, um respeitável grisalho cinquentão, à casa de mármore dela e fez seu pedido extraordinário, o impossivelmente velho e decrépito santo Maulana Dawood deixou escapar um grito que fez Raza Hyder procurar demônios a sua volta. "Cria de megeras obscenas", Dawood dirigiu-se a Shakil, "desde o dia em que você desceu à terra na máquina da iniquidade de suas mães eu sabia quem você era. Fazer essas imundas sugestões nesta casa de adoradores de Deus! Que o seu tempo no inferno seja maior que mil vidas!" A raiva de Maulana Dawood criou em Bilquìs um estado de perversa obstinação. Nessa época, ela ainda tendia a trancar portas furiosamente, para se defender das incursões do vento da tarde; a luz em seus olhos estava um pouco brilhante demais. Mas o noivado de Boa Nova tinha lhe dado um novo propósito, bem como Rani esperava; então foi bastante próxima de sua antiga arrogância que ela falou para Omar Khayyam: "Nós compreendemos que o senhor tenha sido obrigado a apresentar sua própria proposta em virtude da ausência dos membros de sua família na cidade. A irregularidade está perdoada, mas agora temos de ponderar em particular. Nossa decisão lhe será comunicada no devido tempo". Raza Hyder, mudo de surpresa com esse reaparecimento da velha Bilquìs, foi incapaz de discordar até Shakil sair; Omar Khayyam levantou-se, chapéu cinzento em cima de cabelo cinzento, traído por um súbito enrubescimento por baixo da palidez de sua pele. "Ficou vermelho", Maulana Dawood guinchou estendendo um dedo de unha pontuda, "é só um truque. Essas pessoas não têm vergonha."

Depois que Sufiya Zinobia se recuperou da catástrofe imunológica que se seguiu ao massacre dos perus, Raza Hyder descobriu que não conseguia mais vê-la através do véu de sua decepção com seu sexo. A lembrança da ternura com que ele a levantou da cena de sua violência sonambúlica se recusou a deixá-lo, assim como a compreensão de que enquanto ela estava doente ele fora tomado por emoções que só podiam ser descritas como o surgimento do amor paterno. Em resumo, Hyder tinha mudado de opinião sobre sua filha retardada e começara a brincar com ela, a sentir orgulho de seus minúsculos progressos. Junto com a aia Shahbanou, o grande herói de guerra brincava de ser um trem, ou rolo compressor, ou guindaste, e levantava a filha, atirava-a no ar como se ela realmente fosse ainda a menina pequena cujo cérebro era forçada a conservar. Esse novo padrão de comportamento deixou perplexa Bilquìs, cujas afeições continuavam concentradas na menina mais nova... de qualquer forma, o estado de Sufiya Zinobia havia melhorado. Ela crescera quase sete centímetros, ganhara algum peso e sua idade mental subira para cerca de seis anos e meio. Tinha dezenove anos e desenvolvera por seu pai recentemente amoroso uma versão infantil daquela mesma devoção que Arjumand Harappa sentia por seu pai, o presidente.

"Homens", Bilquìs disse a Rani ao telefone, "não se pode contar com eles."

Quanto a Omar Khayyam: a complexidade de seus motivos já foi discutida. Ele passara sete anos sem conseguir curar a si mesmo daquela obsessão que o aliviara dos ataques de vertigem, mas durante esses anos de luta deu um jeito também de examinar Sufiya Zinobia a intervalos regulares, e tinha caído nas graças do pai dela, uma vez que Raza sentia-se grato por ele ter salvado a vida da filha. Mas a proposta de casamento era coisa bem diferente, e assim que ele estava seguramente fora da casa, Raza Hyder começou a manifestar suas dúvidas.

"O homem é gordo", Raza raciocinou. "Feio também. E não podemos esquecer seu passado de devassidão."

"Uma vida de devassidão conduzida pelo filho de pessoas devassas", Dawood acrescentou, "e um irmão assassinado por questões políticas."

Mas Bilquìs não mencionou sua lembrança de Shakil bêbado em Mohenjo. Em vez disso, falou: "Onde vamos encontrar um pretendente melhor para a menina?".

Agora Raza entendia que sua esposa estava tão ansiosa para se livrar da menina problemática quanto ele de ver pelas costas a amada dela, Boa Nova. A compreensão de que havia uma espécie de simetria ali, uma espécie de troca justa, amoleceu sua determinação, de forma que Bilquìs detectou a incerteza na voz dele quando perguntou: "Mas uma menina com problemas... será que devemos procurar algum marido? Não deveríamos aceitar a responsabilidade, mulher? O que é esse casamento no que diz respeito a essa menina?".

"Ela não está tão idiota agora", Bilquìs argumentou, "consegue se vestir sozinha, vai ao banheiro e não molha a cama."

"Pelo amor de Deus", Raza gritou, "isso qualifica a menina a ser esposa?"

"Essa gosma de ovo de sapo", Dawood exclamou, "esse mensageiro de Shaitan. Ele veio aqui com a intenção de dividir esta santa casa."

"O vocabulário dela está melhorando", Bilquìs acrescentou, "ela se senta com Shahbanou e diz para a dhobi o que é preciso lavar. Consegue contar as peças de roupa e manejar dinheiro."

"Mas é uma criança", Raza disse, desesperançado.

Bilquìs ficava mais forte à medida que ele enfraquecia. "Num corpo de mulher", ela replicou, "não se vê criança em parte nenhuma. Uma mulher não tem de ser crânio. Na opinião de muita gente, cérebro é uma verdadeira desvantagem para a mulher no casamento. Ela gosta de ir à cozinha e ajudar no trabalho da khansama. No bazar, consegue separar os legumes bons dos ruins. Você mesmo elogia os chutneys que ela faz. Ela é capaz de dizer quando as criadas não lustraram os móveis direito. Ela usa sutiã e sob outros aspectos também o corpo dela virou o corpo de uma mulher adulta. E ela até não fica mais vermelha."

Era verdade. Os alarmantes enrubescimentos de Sufiya Zinobia pertenciam, aparentemente, ao passado; nem a violência do assassinato dos perus retornou. Era como se a menina tivesse se purificado em sua única, exterminadora explosão de vergonha.

"Talvez", Raza Hyder disse devagar, "eu esteja me preocupando demais."

"Além disso", disse Bilquìs com determinação, "ele é o médico dela, esse homem. Ele salvou a vida dela. Em que outras mãos poderíamos entregar a menina com mais segurança? Nas de ninguém, eu acho. Essa proposta nos veio de Deus."

"Dobre a língua", Dawood guinchou, "tobah, arrependa-se! Mas seu Deus é grande, grande em sua grandeza e pode perdoar essa blasfêmia."

Raza Hyder parecia velho e triste. "Temos de mandar Shahbanou com ela", insistiu. "Um casamento discreto. Ela pode se assustar com muita agitação."

"Só me deixe terminar com Boa Nova", Bilquìs disse, deliciada, "e vamos fazer um casamento tão discreto que só os pássaros vão cantar."

Maulana Dawood retirou-se do cenário de sua derrota. "Meninas casadas na ordem errada", disse ao partir. "O que começou com um colar de sapatos não pode acabar bem."

No dia do jogo de polo entre os times do Exército e da polícia, Bilquìs fez Boa Nova acordar cedo. A partida não estava marcada para começar antes das cinco da tarde, mas Bilquìs disse: "Onze horas se embonecando para conhecer seu futuro marido é como dinheiro no banco". Na hora em que mãe e filha chegaram ao campo de polo, Boa Nova estava num estado tão primoroso que as pessoas acharam que a noiva tinha deixado seu banquete de casamento para ir assistir à partida. Haroun Harappa encontrou-as junto à mesinha à qual se sentava o comentarista da partida, cercado de microfones, e conduziu-as às cadeiras que tinha reservado para elas; o espetáculo da toalete de Boa Nova foi tão poderoso que ele saiu com uma lembrança mais clara do desenho da joia de nariz dela do que dos lances do jogo. A intervalos, durante essa tarde, ele dava uma fugida e voltava trazendo pratos de papel com pilhas de samosas ou jalebis, com copos de refresco borbulhante equilibrados nos antebraços. Durante suas ausências, Bilquìs vigiava a filha como um gavião, para ter certeza de que ela não ia tentar nenhuma bobagem como atrair os olhares de outros rapazes; mas quando Haroun voltava, Bilquìs ficava inexplicavelmente absorta no jogo. A grande estrela do time da polícia era um certo capitão Talvar Ulhaq, e naquele momento de impopularidade do Exército ele ter aniquilado a equipe de polo deles naquela tarde o transformou em algo como um herói nacional, principalmente porque ele se enquadrava em todas as exigências heroicas usuais, sendo alto, elegante, de bigode, com uma minúscula cicatriz no pescoço que parecia exatamente uma mordida de amor. Esse capitão Talvar viria a ser a causa do escândalo matrimonial do qual, pode-se argumentar com certa plausibilidade, todo o futuro floresceu.

Pela conversa gaguejante e desajeitada que teve com Haroun nesse dia, Boa Nova descobriu, para sua consternação, que seu futuro marido tinha ambição nenhuma e um apetite minúsculo. Nem pressa de ter filhos. A confiança com que Navid Hyder havia declarado "Eu dou um jeito nele" se esvaziou na presença física daquele rapaz que parecia um pudim, de forma que foi talvez inevitável que seus olhos se pregassem na figura ereta, ativa, mitológica de Talvar Ulhaq em seu inquieto cavalo. E talvez fosse também inevitável que sua elegância excessiva atraísse o interesse do jovem capitão da polícia, famoso por ser o mais bem-sucedido garanhão da cidade — então talvez a coisa toda tenha sido culpa de Bilquìs por embelezar a filha. De qualquer forma, apesar de toda a vigilância de Bilquìs, ela perdeu o momento em que os olhos dos dois se encontraram. Boa Nova e Talvar se olharam através da poeira, dos cascos, dos bastões de polo, e naquele momento a garota sentiu uma pontada em suas entranhas. Ela conseguiu transformar o trêmulo gemido que escapou de seus lábios em um violento espirro e tosse antes que alguém notasse, e foi ajudada em seu subterfúgio pela comoção no campo de polo, onde o cavalo do capitão Talvar inexplicavelmente empinou e o jogou no chão para os perigos de cascos e bastões voando. "Eu simplesmente fiquei inteiro duro", Talvar contaria depois a Navid, "e o cavalo perdeu a paciência comigo."

O jogo terminou logo depois e Boa Nova foi para casa com Bilquìs, sabendo que nunca se casaria com Haroun Harappa, não, nem em um milhão de anos. Nessa noite, ela ouviu pedrinhas batendo na janela do quarto, fez uma corda com os lençóis e desceu para os braços do astro do polo, que a levou num carro de polícia a sua cabana na praia em Fisherman's Cove. Quando terminaram de fazer amor, ela fez a pergunta mais modesta de sua vida: "Não sou assim tão bonita", disse, "por que eu?". Talvar Ulhaq sentou-se na cama e pareceu sério como um menino de escola. "Pela fome do seu útero", ele disse a ela. "Você é o apetite e eu sou a comida." Então ela percebeu que Talvar tinha uma opinião bem alta de si mesmo e começou a se perguntar se não teria dado o passo maior que as pernas.

Acontece que Talvar Ulhaq tinha o dom da clarividência desde a infância, um talento que lhe era de grande ajuda em seu trabalho policial, porque ele era capaz de adivinhar onde os crimes iam ser cometidos antes de os ladrões saberem eles próprios, de forma que sua ficha de prisões era imbatível. Ele tinha previsto que Navid Hyder lhe daria os filhos que haviam sido sempre o seu maior sonho, a profusão de crianças que o faria se estufar de orgulho enquanto ela desintegrava sob o caos assombroso da quantidade deles. Essa visão dera-lhe a coragem de seguir o curso de ação extremamente perigoso com o qual estava agora comprometido, porque sabia que a filha de Raza Hyder era noiva e iria se casar com o sobrinho favorito do presidente Iskander Harappa, que os convites do casamento já tinham sido enviados e que sob todos os aspectos sua situação era desesperadora. "Nada é impossível", ele disse a Navid, vestiu-se e saiu para a noite salgada a fim de encontrar uma tartaruga marinha para montar. Navid saiu um pouco depois e encontrou-o pulando de prazer nas costas de uma tartaruga, e enquanto ela fruía aquele simples prazer dele os pescadores chegaram e sorriram para os dois. Mais tarde, Navid Hyder nunca teve certeza se isso fazia parte do plano de Talvar, se ele havia acenado para os pescadores das costas da tartaruga chorosa, ou se ele visitara a Cove antes para planejar tudo, porque afinal era bem sabido que os pescadores e a força policial eram grandes aliados, sempre coligados com propósitos de contrabando... Talvar, porém, nunca admitiu nenhuma responsabilidade sobre o que aconteceu.

O que aconteceu foi que o chefe dos pescadores, um patriarca de cara honesta e franca na qual um par de dentes brancos e perfeitos brilhava de um modo inacreditável ao luar, informou agradavelmente ao casal que ele e seus companheiros tencionavam chantageá-los. "Uma atitude tão ímpia", disse o velho pescador pesaroso, "é ruim para nossa paz de espírito. Alguma compensação, algum conforto tem de ser fornecido."

Talvar Ulhaq pagou sem discutir e levou Boa Nova para casa. Com a ajuda dele, ela conseguiu subir pela corda de lençóis sem ser descoberta. "Não vou ver você de novo", ele disse quando se separaram, "enquanto você não romper o noivado e permitir que o que tem de ser seja."

A segunda visão que ele teve o informou que ela faria como ele pedia, de forma que Talvar foi para casa preparar-se para o casamento e para a tempestade que sem dúvida irromperia.

Boa Nova (relembremos) era a filha favorita de sua mãe. O medo de comprometer essa posição lutou dentro dela com o medo igual e oposto de que os pescadores continuassem com a chantagem; o insano amor que concebera por Talvar Ulhaq lutava com seu dever para com o rapaz que seus pais tinham escolhido; a perda da virgindade a deixava louca de preocupação. Mas até a última noite antes de seu casamento ela permaneceu em silêncio. Talvar Ulhaq contou depois que a inação dela o levara perto da insanidade e que ele resolvera aparecer no casamento e dar um tiro em Haroun Harappa, independentemente das consequências, se ela decidisse continuar com a união. Mas na última hora Boa Nova disse a sua mãe: "Não vou me casar com essa batata idiota", e o inferno se abriu, porque o amor era a última coisa que qualquer um esperava que viesse atrapalhar os arranjos.

Ó a alegria das parentas em face do indisfarçável escândalo! Ó lágrimas de crocodilo e insincero bater no peito! Ó deliciado grito de triunfo de Duniyazad begum ao sapatear sobre o cadáver da honra de Bilquìs! E as viperinas ofertas de esperança: quem sabe, falando com ela, muitas meninas entram em pânico na noite do casamento, é, ela vai pensar melhor, tente ao menos, é hora de ser firme, hora de ser carinhosa, bata um pouco nela, dê-lhe um abraço amoroso, ó Deus, mas que terrível, como você vai cancelar os convites?

E quando fica claro que a garota não pode ser persuadida, quando o deliciado horror da coisa toda está devassado, quando Boa Nova admite que existe Outro — então Bariamma se agita em suas almofadas e a sala cai em silêncio para ouvir seu julgamento.

"Esse é o seu fracasso como mãe", Bariamma chia, "então agora deve-se chamar o pai. Vá agora e traga o meu Raza, vá correndo buscar."

* * *

Dois quadros. Na câmara nupcial, Navid Hyder sentada inabalável e obstinada enquanto a sua volta todas as mulheres congeladas como estátuas pelo prazer, mulheres segurando pentes, escovas, polidor de prata, antimônio, olhando para Navid, a fonte do desastre, com petrificada alegria. Os lábios de Bariamma são os únicos traços que se movem na cena. Palavras sagradas pelo tempo despejam-se deles: imoral, leviana, prostituta. E, no quarto de Raza, Bilquìs está agarrada às pernas do marido enquanto ele luta para vestir a calça.

Raza Hyder acordou para a catástrofe saído de um sonho em que se viu parado no campo de desfiles de seu fracasso diante de uma falange de recrutas, todos réplicas exatas dele mesmo, a não ser pelo fato de que eram incompetentes, não conseguiam acertar o passo de marcha, nem se alinhar, nem polir direito as fivelas dos cintos. Ele estava gritando seu desespero para essas sombras de sua própria inaptidão e a raiva do sonho contaminou seu humor ao despertar. Sua primeira reação à notícia que Bilquìs forçou a sair por entre lábios que não queriam se abrir foi que ele não tinha opção senão matar a menina. "Uma vergonha dessas", disse ele, "uma tal destruição dos planos dos pais." Ele resolveu dar um tiro na cabeça dela na frente dos membros da família. Bilquìs agarrou-se a suas coxas, escorregou quando ele começou a se mexer e foi arrastada pelo quarto, as unhas cravadas em seus tornozelos. O suor frio do medo fez a sobrancelha pintada a lápis escorrer pelo rosto. O fantasma de Sindbad Mengal não foi mencionado, mas ó, ele estava lá, sim. Revólver do Exército na mão, Raza Hyder entrou no quarto de Boa Nova; os gritos das mulheres saudaram sua entrada.

Mas essa não é a história da minha desprezada Anna M.; Raza levantou a arma, porém descobriu-se incapaz de usá-la. "Joguem essa aí na rua", ele disse, e saiu do quarto.

* * *

Agora a noite está cheia de negociações. Raza em seus aposentos olha o revólver não utilizado. São enviados representantes; ele permanece irredutível. Então a aia Shahbanou, esfregando o sono dos olhos contornados de negro, tão parecidos com os de Hyder, é despachada por Bilquìs para defender a causa de Boa Nova. "Ele gosta de você porque você é boa com Sufiya Zinobia. Ele vai ouvir você, mas não ouviria a mim." Bilquìs está despencando visivelmente, foi reduzida a implorar a criadas. Shahbanou tem o futuro de Boa Nova nas mãos — Boa Nova que chutou, ofendeu, bateu. "Eu vou, begum sahib", diz Shahbanou. Aia e pai conferenciam detrás de portas fechadas. "Desculpe eu dizer, sir, mas não aumente vergonha com vergonha."

Às três da manhã, Raza Hyder cede. Tem de haver um casamento, a menina tem de ser entregue a um marido, qualquer marido. Isso o livrará dela e causará menos agitação do que chutá-la para fora. "Uma prostituta com um lar", Raza chama Bilquìs para anunciar, "é melhor que uma prostituta na sarjeta." Navid conta o nome a sua mãe: não sem orgulho, ela diz claramente a todos e a cada um: "Tem de ser o capitão Talvar Ulhaq. Nenhum outro serve".

Telefonemas. Mir Harappa é acordado para ser informado da mudança de planos. "Essa família filha da puta. Que me fodam na boca se eu não me vingar." Iskander Harappa recebe a notícia com calma, passa a notícia a Arjumand que está de camisola ao lado do telefone. Alguma coisa brilha nos olhos dela.

É Iskander quem conta a Haroun.

E mais um telefonema, para um capitão de polícia que não dormiu um segundo, que assim como Raza passou parte da noite brincando com uma arma. "Não vou dizer o que penso de você", Raza Hyder ruge ao telefone, "mas traga o seu couro aqui amanhã e tire essa mulher que não presta das minhas mãos. Nem um *paisa* de dote, e mantenha ela longe dos meus olhos para todo o sempre."

"Ji, vou ficar honrado de casar com sua filha", Talvar responde educadamente. E na família Hyder, mulheres que mal podem acreditar na sorte começam de novo a fazer preparativos para o grande dia. Navid Hyder vai para a cama e cai num sono profundo com uma expressão inocente no rosto. A hena escura na sola de seus pés fica alaranjada enquanto ela descansa.

"Vergonha e escândalo na família", Shahbanou conta para Sufiya Zinobia de manhã. "Bibi, você não sabe o que perdeu."

Aconteceu mais alguma coisa essa noite. Nos campi universitários, nos bazares das cidades, sob a capa da escuridão, as pessoas se reuniam. Na hora que o sol subiu, ficou claro que o governo ia cair. Nessa manhã, as pessoas tomaram as ruas e tocaram fogo em automóveis, ônibus escolares, caminhões do Exército e nas bibliotecas do Conselho Britânico e do Serviço de Informação dos Estados Unidos para expressar sua insatisfação. O marechal de campo A. mandou tropas às ruas para restaurar a paz. Às onze e quinze ele recebeu a visita de um general conhecido por todo mundo pelo nome de "Cão Felpudo", um pretenso associado ao presidente Iskander. O general Cão Felpudo informou ao perturbado presidente que as Forças Armadas estavam se recusando a atirar em civis, que os soldados preferiam atirar em seus oficiais do que em seus compatriotas. Essa declaração convenceu o presidente A. de que seu tempo acabara e na hora do almoço ele havia sido substituído pelo general Felpudo, que pôs A. em prisão domiciliar e apareceu no novíssimo serviço de televisão para anunciar que seu único propósito ao assumir o poder era levar a nação de volta à democracia; as eleições ocorreriam dentro de dezoito meses. O povo passou a tarde em alegre comemoração; Datsuns, táxis, o prédio da Alliance Française e do Goethe Institut forneceram combustível para sua incandescente alegria.

Mir Harappa ouviu a notícia do golpe sem sangue do presidente Cão oito minutos depois da renúncia do marechal A. Esse segundo grande golpe a seu prestígio drenou todo poder de luta de dentro de Mirzinho. Ele deixou uma carta de renúncia em cima da mesa e fugiu para sua fazenda em Daro, sem se dar ao trabalho de esperar o desenvolvimento dos fatos, e lá emparedou-se num humor de tal desolação que os criados o ouviam resmungar baixinho que seus dias estavam contados. "Duas coisas aconteceram", ele diria, "mas a terceira ainda está por vir."

Iskander e Arjumand passaram o dia com Haroun em Karachi. Iskander ao telefone o dia inteiro, Arjumand tão excitada com as notícias que se esqueceu de se solidarizar com Haroun pelo casamento cancelado. "Pare de fazer essa cara de peixe morto", ela disse a ele, "o futuro começou." Rani Harappa chegou de trem de Mohenjo, pensando que ia passar um dia relaxado com a comemoração do nikah de Boa Nova, mas o motorista de Isky, Jokio, contou a ela na estação que o mundo tinha mudado. Ele a levou para a casa da cidade, onde Iskander abraçou-a calorosamente e disse: "Que bom que você veio. Agora temos de aparecer juntos diante do povo; chegou a nossa hora". Imediatamente Rani esqueceu tudo sobre casamentos e começou a parecer, aos quarenta anos, mais nova que sua única filha. "Eu sabia", ela exultou internamente. "O bom e velho Cão Felpudo."

Tão grande foi a excitação desse dia que a notícia dos acontecimentos da família Hyder foi inteiramente apagada, enquanto em qualquer outro dia o escândalo teria sido impossível de acobertar. O capitão Talvar Ulhaq foi sozinho ao casamento, tendo preferido não envolver nem amigos nem membros da família nas circunstâncias vergonhosas de suas núpcias. Teve de batalhar pelas ruas quentes com carros queimando, dirigindo um jipe da polícia que misericordiosamente escapou do tratamento da multidão e foi recebido por Raza Hyder com glacial formalidade e desprezo. "É o meu mais sincero desejo", Talvar disse a Raza, "ser o melhor genro que o senhor poderia desejar, para que com o tempo reconsidere sua decisão de cortar sua filha de sua vida." Raza deu a mais breve das respostas a esse corajoso discurso. "Não me interesso por jogadores de polo", disse.

Os convidados que conseguiram chegar à residência Hyder em meio à instável euforia das ruas tinham tomado a precaução de vestir suas roupas mais velhas, mais esfarrapadas; e de não usar nenhuma joia. Tinham vestido trapos não festivos para evitar atrair a atenção do povo, que costumava tolerar as pessoas ricas, mas que podia simplesmente, em sua animação, resolver acrescentar a elite da cidade a sua coleção de símbolos para queimar. O estado dilapidado dos convidados foi um dos aspectos mais estranhos daquele dia de estranhezas; Boa Nova Hyder, ungida henada enjoiada, parecia, em meio àquela reunião de assustados celebrantes, ainda mais deslocada do que parecera na partida de polo de seu destino inescapável. "É como casar em um palácio cheio de mendigos", ela sussurrou a Talvar, que sentou com um colar de flores ao lado dela no pequeno tablado debaixo da tenda cintilante, espelhada. Os doces e iguarias do orgulho materno de Bilquìs permaneceram intocados nas longas mesas de toalhas brancas na bizarra atmosfera daquele momento horrorizado e fora de lugar.

Porque os hóspedes se recusavam a comer: já desnorteados pelos perigos das ruas, tinham ficado bastante perturbados com a informação que lhes foi passada em pequenas folhas, como uma errata, que Bilquìs passara horas redigindo à mão, de que embora a noiva fosse de fato a esperada Boa Nova Hyder, tinha havido uma mudança de noivo na última hora. "Devido a circunstâncias fora de nosso controle", diziam os bilhetinhos brancos da humilhação, "o papel do noivo será assumido pelo capitão da polícia Talvar Ulhaq." Bilquìs teve de escrever essa frase quinhentas e cinquenta e cinco vezes e em cada sucessiva inscrição cravava mais fundo as unhas da vergonha em seu coração, de forma que quando os convidados chegaram e os criados entregaram os papeizinhos, ela estava tão rígida de desonra como se tivesse sido empalada numa árvore. Quando o choque do golpe foi substituído no rosto dos convidados pela consciência do tamanho da catástrofe que tinha se abatido sobre os Hyder, Raza também ficou todo amortecido, anestesiado por sua desgraça pública. A presença dos himalaias de comida não consumida fez baixar um frio de vergonha à alma de Shahbanou, a aia, que estava ao lado de Sufiya Zinobia, a qual, num estado de tamanho desalento, se esqueceu de cumprimentar Omar Khayyam Shakil. O médico tinha se deslocado com dificuldade por aquela reunião de milionários disfarçados de jardineiros; seus pensamentos estavam tão cheios das ambiguidades de seu próprio noivado com a idiota de sua obsessão que ele nem notou que tinha entrado em uma miragem do passado, uma imagem fantasmagórica da festa legendária dada pelas três irmãs Shakil em sua velha casa em Q. O bilhetinho da errata ficou sem ler em seu gordo punho cerrado até que, atrasado, o sentido da comida intocada baixou sobre ele.

    Não era uma réplica exata daquela festa de muito tempo atrás. Não comeram nada, mas um casamento ocorreu. Pode ter havido algum dia um nikah em que ninguém flertou com ninguém, em que os músicos contratados ficaram tão tomados pela ocasião que deixaram de tocar uma única nota? Certamente não poderia haver muitos banquetes nupciais em que o noivo de última hora só escapava mesmo era de ser assassinado em seu tablado pela cunhada recém-adquirida.

Ó, sim. Lamento informar que (selando, por assim dizer, o desastre perfeito daquele dia) o sonolento demônio da vergonha que possuíra Sufiya Zinobia no dia em que matara os perus emergiu uma vez mais debaixo da rebrilhante tenda shamiana da desgraça.

Um vidrar de seus olhos, que adquiriram a opacidade leitosa do sonambulismo. Um despejar em seu espírito hipersensível da grande abundância de vergonha naquela tenda atormentada. Um fogo por baixo da pele, de forma que ela começou a queimar toda, um brilho dourado que empalidecia o ruge de suas faces e a tinta de seus dedos e artelhos... Omar Khayyam Shakil percebeu o que estava acontecendo, mas tarde demais, de forma que quando ele gritou "Cuidado!" do outro lado daquela reunião catatônica, o demônio já havia atirado Sufiya Zinobia através do grupo, e antes que qualquer um se mexesse ela agarrou o capitão Talvar Ulhaq pela cabeça e começou a torcer, a torcer com tanta força que ele gritou no pico da voz, porque seu pescoço estava a ponto de quebrar como um graveto.

Boa Nova Hyder agarrou a irmã pelo cabelo e puxou com toda a força, sentindo o calor daquela paixão sobrenatural chamuscar seus dedos; então Omar Khayyam, Shahbanou, Raza Hyder e até mesmo Bilquìs se juntaram a ela, enquanto os convidados afundavam ainda mais em seu mudo estupor, consternados com essa última expressão da fantasia impossível daquele dia. Os esforços combinados de cinco pessoas desesperadas conseguiram soltar as mãos de Sufiya Zinobia antes que a cabeça de Talvar Ulhaq fosse arrancada como a de um peru; mas então ela enterrou os dentes no pescoço dele, dando-lhe uma segunda cicatriz para equilibrar aquela famosa mordida do amor e fazendo o sangue dele jorrar a longas distâncias no meio da multidão, de forma que toda sua família e muitos convidados camuflados começaram a parecer trabalhadores de um matadouro halal. Talvar guinchava como um porco e quando finalmente arrastaram Sufiya Zinobia para longe dele, ela estava com um pedaço da pele e da carne dele entre os dentes. Depois, quando ele se recuperou, nunca mais foi capaz de mexer a cabeça para a esquerda. Sufiya Zinobia Hyder, a encarnação da vergonha de sua família e também, uma vez mais, causa principal dela, caiu mole nos braços de seu noivo, e Omar Khayyam levou agressora e vítima imediatamente para o hospital, onde Talvar Ulhaq ficou na lista de estado crítico durante cento e uma horas, enquanto Sufiya Zinobia teve de ser tirada de seu transe autoinduzido pelo exercício da habilidade mais hipnótica que Omar jamais conseguira demonstrar. Boa Nova Hyder passou a noite de seu casamento chorando inconsolavelmente no ombro da mãe em uma sala de espera do hospital. "Essa monstra", ela soluçou amargamente, "a senhora devia ter afogado ela assim que nasceu."

Um breve inventário dos efeitos do escândalo do casamento: o pescoço duro de Talvar Ulhaq, que acabou com sua carreira de astro do polo; o nascimento de um espírito de perdão e reconciliação dentro de Raza Hyder, que achou difícil colocar no ostracismo um homem que sua filha quase matara, de forma que Talvar e Boa Nova não foram, afinal, expulsos do seio daquela amaldiçoada família; também a acelerada desintegração de Bilquìs Hyder, cujo colapso não podia mais ser ocultado, muito embora ela tenha se tornado, nos anos seguintes, pouco mais que um sussurro ou rumor, porque Raza Hyder a manteve afastada da sociedade, sob uma espécie de prisão domiciliar extraoficial.

O que mais? — Quando ficou claro que a Frente Popular de Iskander Harappa ia se dar extremamente bem nas eleições, Raza fez uma visita a Isky. Bilquìs ficou em casa com o cabelo solto, insultando o céu porque seu marido, seu Raza, tinha ido se rebaixar diante daquele beiçudo que sempre consegue tudo o que quer. Hyder tentou fazer um esforço para se desculpar pelo fiasco do casamento, mas Iskander disse alegremente: "Pelo amor de Deus, Raza, Haroun sabe se cuidar e quanto ao seu Talvar Ulhaq, fiquei muito impressionado com o golpe que esse sujeito maquinou. Vou te falar, ele é o homem para mim!". Não muito tempo depois dessa reunião, passada a insanidade da eleição e o presidente Cão Felpudo retirado à vida privada, o primeiro-ministro Iskander Harappa fez de Talvar Ulhaq o chefe de polícia mais jovem da história do país e também promoveu Raza Hyder à patente de general e colocou-o no comando do Exército. Os Hyder e os Harappa mudaram para o Norte, para a nova capital nas montanhas; Isky disse a Rani: "De agora em diante, Raza não tem escolha senão ser o meu homem. Com a quantidade de escândalo em cima da cabeça dele, ele sabe que só por sorte manteria seu posto, se eu não aparecesse".

Haroun Harappa, de coração partido por Boa Nova, lançou-se ao trabalho no partido que Iskander lhe deu, tornando-se uma figura importante da Frente Popular; e quando, um dia, Arjumand declarou seu amor, ele disse francamente a ela: "Não posso fazer nada. Resolvi não me casar nunca". A rejeição da virgem Calçadeferro pelo noivo descartado de Boa Nova gerou naquela formidável moça um ódio por todos os Hyder do qual ela nunca mais se livraria; ela pegou o amor que tencionava dar a Haroun e despejou como uma oferta votiva sobre seu pai. Presidente e filha, Iskander e Arjumand: "Às vezes", Rani pensou, "ela parece mais esposa dele do que eu". E uma outra tensão não expressa no campo Harappa era entre Haroun Harappa e Talvar Ulhaq, obrigados a trabalhar juntos, coisa que fizeram durante vários anos sem nunca achar necessário trocar uma única palavra.

O discreto casamento de Omar Khayyam Shakil e Sufiya Zinobia se deu, a propósito, sem maiores incidentes. Mas e Sufiya Zinobia? Deixe-me apenas dizer por ora que aquilo que despertara de novo nela nunca mais voltou a adormecer. Sua transformação de srta. Hyder em sra. Shakil não será (conforme veremos) a última transformação permanente...

E junto com Iskander, Rani, Arjumand, Haroun, Raza, Bilquìs, Dawood, Navid, Talvar, Shahbanou, Sufiya Zinobia e Omar Khayyam nossa história agora se muda para o Norte, para a nova capital e para as antigas montanhas em sua fase de clímax.

Era uma vez duas famílias, dois destinos inseparáveis mesmo na morte. Eu havia pensado, antes de começar, que o que eu tinha em mãos era uma história quase excessivamente masculina, uma saga de rivalidade sexual, ambição, poder, patronato, traição, morte, vingança. Mas as mulheres parecem ter assumido o controle; elas marcharam da periferia da história para exigir a inclusão de suas próprias tragédias, histórias e comédias, me obrigando a conduzir minha narrativa por todas as situações de complexidades sinuosas, a ver minha trama "masculina" refratada, por assim dizer, pelos prismas de seu lado reverso e "feminino". Ocorre-me que as mulheres sabiam precisamente aquilo que estavam planejando — que suas histórias explicam e até mesmo compreendem as dos homens. A repressão é uma roupa sem costuras; uma sociedade autoritária em seus códigos sociais e sexuais, que oprime suas mulheres sob fardos intoleráveis de honra e decoro, gera repressão de outros tipos também. Ao contrário: ditadores são sempre — ou pelo menos em público, em nome de outras pessoas — puritanos. Então resulta que as minhas tramas "masculina" e "feminina" são a mesma história afinal.

Espero não ser preciso dizer que todas as mulheres são oprimidas por qualquer sistema, independentemente do quanto seja opressivo. É comum e, acredito, exato o que dizem sobre o Paquistão, que suas mulheres são muito mais impressionantes que seus homens... suas correntes, porém, não são uma ficção. Elas existem. E estão ficando mais pesadas.

Se você reprime uma coisa, você reprime o que está ao lado.

No fim, porém, explode tudo na sua cara.

IV.
NO SÉCULO XV

9. Alexandre, o Grande

Iskander Harappa parado em primeiro plano, dedo apontando para o futuro, silhuetado contra o amanhecer. Acima de seu perfil aristocrático, a mensagem em curva; da esquerda para a direita, o fluxo de formas douradas. UM NOVO HOMEM PARA UM NOVO SÉCULO. O século XV (calendário da Hégira) espia pelo horizonte, estendendo longos dedos em raios pelo céu matinal. O sol se levanta depressa nos trópicos. E cintilando no dedo de Isky está um anel de poder, repercutindo o sol... o pôster é onipresente, exibido em paredes de mesquitas, cemitérios, prostíbulos, marcando a mente: Isky, o feiticeiro, conjurando o sol das negras profundezas do mar.

O que está nascendo? Uma lenda. Isky Harappa subindo, ao cair; Isky condenado à morte, o mundo horrorizado, seu carrasco afogado em telegramas, mas subindo acima deles, descartando-os, um enforcado compassivo, desesperado, temeroso. Então Isky morto e enterrado; homens cegos recuperam a visão ao lado do túmulo do mártir. E no deserto mil flores desabrocham. Seis anos no poder, dois na prisão, uma eternidade debaixo da terra... o sol se põe depressa também. Pode-se ficar nas praias e vê-lo mergulhar no mar.

O presidente Iskander Harappa, morto, despido de Pierre Cardin e da história, continua a lançar sua sombra. Sua voz murmura nos ouvidos secretos de seus inimigos, um monólogo melodioso, implacável, roendo-lhes o cérebro como um verme. Um dedo anular aponta além do túmulo, cintilando suas acusações. Iskander assombra os vivos; a bela voz dourada, uma voz com raios de amanhecer, continua sussurrando, impossível de silenciar, impossível de deter. Arjumand tem certeza disso. Depois, quando os pôsteres foram arrancados, depois do laço que, enrolado em torno dele como um cordão umbilical de bebê, manteve tamanho respeito por sua pessoa que não deixou marca em seu pescoço; quando ela, Arjumand, se vê trancada em Mohenjo, uma vez mais saqueada, com uma mãe que parece uma avó e que não aceitará a divindade do marido morto; então a filha se lembra, concentrando-se nos detalhes, dizendo a si mesma que virá o momento de Iskander ser devolvido à história. Sua lenda está aos cuidados dela. Arjumand ronda as passagens brutalizadas da casa, lê romances de amor baratos, come como um passarinho e toma laxativos, esvazia-se de tudo para abrir espaço para as lembranças. Elas a preenchem, suas entranhas, seus pulmões, suas narinas; ela é o epitáfio de seu pai e sabe disso.

Desde o começo, então. A eleição que levou Iskander Harappa ao poder não foi (é preciso que se diga) tão direta como fiz parecer. Como poderia ter sido, naquele país dividido em duas Asas com mil e seiscentos quilômetros de intervalo, esse lugar como um pássaro fantástico, duas Asas sem um corpo, dividido pela massa de terra de seu maior inimigo, juntada por nada além de Deus... ela se lembra daquele primeiro dia, as multidões ruidosas em torno dos postos de apuração. Ó confusão de gente que tinha vivido tempo demais sob o poder militar, que esquecera as coisas mais simples sobre a democracia! Grandes quantidades de homens e mulheres foram varridas pelos oceanos de perplexidade, incapazes de localizar as urnas ou mesmo as cédulas, e deixaram de dar seus votos. Outros, fortes nadadores naqueles mares, conseguiram expressar suas preferências doze ou treze vezes. Trabalhadores da Frente Popular, incomodados com a falta geral de decoro eleitoral, fizeram esforços heroicos para salvar o dia. Os poucos distritos urbanos com resultados incompatíveis com o padrão de apuração da Asa Oeste foram visitados à noite por grupos de entusiasmados membros do partido, que ajudaram os funcionários apuradores a fazer uma recontagem. As coisas foram muito esclarecidas dessa forma. Diante dos postos de apuração que erravam, juntaram-se grandes números de democratas, muitos levando tochas acima da cabeça na esperança de lançar nova luz à contagem. A luz do amanhecer incendiou as ruas, enquanto as multidões cantavam alto, ritmado, motivando os funcionários em seus trabalhos. E de manhã a vontade do povo tinha sido expressa e o presidente Isky vencera por uma imensa e absoluta maioria das cadeiras da Asa Oeste da nova Assembleia Nacional. *Justiça bruta*, Arjumand rememora, *mas justiça mesmo assim.*

    O verdadeiro problema, porém, começou na Asa Leste, aquele pântano infecto. Habitado por quem? Ó selvagens, se reproduzindo sem cessar, coelhos silvestres inúteis, mas que plantavam juta e arroz, se esfaqueavam uns aos outros, cultivavam traidores em seus canteiros alagados. Perfídia do Leste: comprovada pelo fracasso da Frente Popular em conquistar uma única cadeira ali, enquanto o rebotalho da Liga do Povo, um partido regional de burgueses insatisfeitos liderado pelo bem conhecido incompetente Sheikh Bismillah, conquistou uma vitória tão esmagadora que terminaram com mais cadeiras na Assembleia do que Harappa tinha obtido no Oeste. *Dê a democracia ao povo e veja o que ele faz com ela*. O Oeste em estado de choque, o som de uma Asa batendo, perseguida pela horrenda ideia de entregar o governo a um partido de aborígenes do pântano, pequenos homens escuros com sua língua impronunciável de vogais distorcidas e consoantes escorridas; talvez não estrangeiros exatamente, mas estranhos sem dúvida. O presidente Cão Felpudo, aborrecido, despachou um enorme Exército para recuperar o senso de proporção do Leste.

Seus pensamentos, os de Arjumand, não se detêm na guerra que se seguiu, a não ser para notar que evidentemente a nação idólatra posicionada entre as Asas apoiou os filhos da puta do Leste até o fim, por razões obviamente de dividir para governar. Uma guerra temível. No Oeste, refinarias de petróleo, aeroportos, as casas de civis tementes a Deus bombardeadas com explosivos pagãos. A derrota final das forças do Oeste, que levou à reconstituição da Asa Leste como uma nação autônoma (*essa é engraçada*) e como nulidade internacional, foi obviamente maquinada por gente de fora: os *stonewashers* e malditos ianques, sim. O presidente visitou os Estados Unidos e berrou com aqueles eunucos: "Vocês não vão nos destruir enquanto eu viver". Foi embora furioso da Assembleia Geral, bonito, imoderado, poderoso: "Meu país me escuta! Por que tenho de ficar neste harém de prostitutas travestidas?". E voltou para casa a fim de retomar as rédeas do governo no que restava da terra de Deus. Sheikh Bismillah, o arquiteto da divisão, tornou-se chefe dos janglis. Mais tarde, inevitavelmente, eles se enxamearam pelo castelo dele e o mataram, encheram de buracos a ele e sua família. O tipo de comportamento que se espera de gente assim.

A catástrofe: ao longo de toda a guerra boletins de rádio descreviam os gloriosos triunfos dos regimentos do Oeste no Leste. Naquele último dia, às onze da manhã, o rádio anunciou o último e mais espetacular desses feitos de armas; ao meio-dia, foi anunciado secamente ao público o impossível: rendição incondicional, humilhação, derrota. O tráfego parou nas ruas da cidade. O almoço da nação ficou sem cozinhar. Nas aldeias, o gado ficou sem alimento e as colheitas sem água apesar do calor. Ao se tornar primeiro-ministro, o presidente Iskander Harappa identificou corretamente a reação nacional à assombrosa capitulação como uma manifestação de justa raiva, alimentada pela vergonha. Que calamidade podia ter se abatido sobre um Exército tão rapidamente? Que adversidade poderia ter sido tão súbita e tão total a ponto de transformar a vitória em desastre em meros sessenta minutos? "A responsabilidade por essa hora fatal", Iskander declarou, "está, como tem de ser, no alto." Policiais, também cachorros, cercaram a casa do ex-presidente Felpudo quinze minutos depois desse decreto. Ele foi levado à prisão para ser julgado por crimes de guerra; mas então o presidente, refletindo, uma vez mais, o espírito de um povo doente de derrota e ansioso por reconciliação, por um fim das análises da vergonha, ofereceu a Felpudo um perdão em troca de sua aceitação de prisão domiciliar. "Você é nossa roupa suja", Iskander disse ao incompetente velho, "mas para sua sorte o povo não vê você sendo batido numa pedra de lavagem."*

    Houve gente cínica que zombou desse perdão; nem é preciso dizer, uma vez que todas as nações têm seus niilistas. Esses elementos apontaram que Iskander Harappa tinha sido o principal beneficiário da guerra civil que dividiu o país em dois; espalharam rumores de sua cumplicidade em todo o triste caso. "Cão Felpudo", murmuravam em seus pobres antros, "sempre foi o bicho de estimação de Harappa; comia na mão de Isky." Esses elementos negativistas são um fato repulsivo da vida. O presidente tratou-os com desprezo. Num comício a que comparece-

---

* Menção ao *stonewasher*, lavadores a pedra, do parágrafo anterior. (N. T.)

ram dois milhões de pessoas, Iskander Harappa desabotoou a camisa. "O que eu tenho a esconder?", gritou. "Dizem que eu me beneficiei; mas perdi toda uma metade do meu amado país. Então, me digam, isso é ganho? Isso é vantagem? Isso é sorte? Meu povo, seus corações estão marcados pela dor; olhem, meu coração tem as mesmas feridas que os seus." Iskander Harappa arrancou a camisa e rasgou ao meio; desnudou o peito sem pelos para a multidão que dava vivas, chorava. (O jovem Richard Burton uma vez fez a mesma coisa no filme *Alexandre, o Grande*. Os soldados adoravam Alexandre porque ele lhes mostrava suas cicatrizes de batalha.)

Alguns homens são tão grandes que só podem ser destruídos por si mesmos. O Exército derrotado precisava de nova liderança; Isky jogou a desacreditada velha guarda numa aposentadoria precoce e pôs Raza Hyder no comando. "Ele será o meu homem. E com um líder tão comprometido o Exército não consegue ficar muito forte." Esse único erro provou ser a destruição do estadista mais hábil que jamais governou aquele país que tinha sido tão tragicamente desafortunado, tão amaldiçoado, em seus chefes de Estado.

Nunca o perdoaram por sua capacidade de inspirar amor. Arjumand em Mohenjo, repleta de lembranças, permite a sua mente rememoradora transmudar os fragmentos preservados do passado no ouro do mito. Durante a campanha de eleição, tinha sido comum mulheres irem até ele, na frente de sua esposa e filha, para declarar seu amor. Avós em aldeias se penduravam em árvores e gritavam quando ele passava: "Ah, seu eu fosse trinta anos mais nova!". Homens não sentiam vergonha quando beijavam seus pés. Por que o amavam? "Eu sou a esperança", Iskander disse à filha... e o amor é uma emoção que se reconhece nos outros. As pessoas podiam vê-lo em Isky, ele estava claramente cheio disso, até a borda, derramava dele e lavava todo mundo. De onde vinha isso? Arjumand sabe; assim como a mãe dela. Era uma torrente desviada. Ele havia construído um dique entre o rio e seu destino. Entre ele e Pinkie Aurangzeb.

No começo, Arjumand contratara fotógrafos para registrar Pinkie secretamente, Pinkie no bazar com uma galinha depenada, Pinkie no jardim apoiada num bastão, Pinkie nua no chuveiro como uma tâmara seca. Ela deixava essas fotos para o presidente ver. "Olhe, Alá, ela está com cinquenta anos, parece cem, ou setenta pelo menos, o que é que ela tem?" Nas fotografias, o rosto estava inchado, as pernas riscadas por veias, o cabelo descuidado, ralo, branco. "Pare de me mostrar essas fotos", Iskander gritou para a filha (ela se lembra porque ele quase nunca perdia a paciência com ela), "acha que eu não sei o que fiz com ela?"

Se um grande homem nos toca, envelhecemos depressa demais, vivemos demais e nos esgotamos. Iskander Harappa possuía o poder de acelerar o processo de envelhecimento das mulheres de sua vida. Pinkie aos cinquenta estava além dos perus, além mesmo da lembrança de sua beleza. E Rani sofreu também, não tanto porque ela havia estado menos com ele. Ela tivera esperanças, claro, mas quando ficou evidente que ele só queria que ela se postasse a seu lado nos palanques dos comícios, que o seu tempo tinha passado e não voltaria, ela então voltou a Mohenjo sem nenhuma discussão, transformando-se outra vez na senhora de pavões, aves, concubinas a jogar badminton e camas vazias, não tanto uma pessoa como um aspecto do Estado, o benigno espírito familiar do local, rachada e com teias de aranha como a casa que envelhecia. E a própria Arjumand tinha sempre sido acelerada, amadurecera muito jovem, precocemente, rápida como um raio. "Seu amor é demais para nós", ela disse ao presidente, "vamos todos morrer antes de você. Você nos alimenta."

Mas todos sobreviveram a ele, afinal. Seu amor desviado (porque ele nunca mais viu Pinkie, nunca pegou um telefone nem escreveu uma carta, o nome dela jamais saiu de seus lábios; ele viu as fotografias e depois disso nada) se espalhava sobre as pessoas, até o dia em que Hyder estancou a fonte.

Espalhava-se também sobre Arjumand; para quem era mais que suficiente. Ela se mudou com ele para a residência do primeiro-ministro na nova capital do Norte e durante algum tempo Rani escrevia para ela sugerindo rapazes, até mandando fotografias; mas Arjumand devolvia as cartas e as fotografias para a mãe depois de rasgá-las em pedacinhos. Depois de vários anos rasgando possíveis maridos ao meio, a virgem Calçadeferro por fim destruiu as esperanças de Rani e foi-lhe permitido continuar pela estrada que escolhera. Tinha vinte e três anos quando Isky se tornou primeiro-ministro, parecia mais velha e, embora ainda fosse bonita demais, a passagem do tempo erodiu suas possibilidades e ela por fim ficou sem pretendentes. Entre Arjumand e Haroun nada foi dito. *Ele me rasgou ao meio há muito tempo.*

Arjumand formou-se em direito, envolveu-se ativamente na revolução verde, expulsou zamindares de seus palácios, abriu calabouços, liderou ataques a casas de estrelas do cinema e rasgou seus colchões com uma longa faca de lâmina dupla, riu do dinheiro negro que caía das molas arrancadas. No tribunal, ela processou os inimigos do Estado com uma escrupulosa ferocidade que deu a seu apelido um sentido novo e menos vulgar; uma vez, chegou a seus aposentos e descobriu que algum brincalhão tinha invadido a casa durante a noite e deixado, no meio do quarto, um presente de gozação: a parte inferior de uma antiga e enferrujada armadura, um par de satíricas pernas de metal em posição de atenção, os calcanhares juntos em cima do tapete. E arrumado direitinho na cintura vazia, um cinto metálico com cadeado. Arjumand Harappa, a virgem Calçadeferro.

Nessa noite ela chorou, sentada no chão do escritório de seu pai, a cabeça apoiada em seu joelho. "Me odeiam." Iskander agarrou-a e sacudiu-a até a perplexidade secar suas lágrimas. "Quem odeia você?", ele perguntou, "essa é a pergunta. São meus inimigos que são seus, e nossos inimigos são os inimigos do povo. Qual é a vergonha de ser odiado por esses filhos da puta?" Ela entendeu então como o amor engendra ódio. "Eu estou construindo este país", Iskander disse a ela, baixo, "construindo como um homem construiria um casamento. Com força e também com carinho. Não dá tempo para lágrimas, se você vai ajudar." Ela enxugou os olhos e sorriu. "Polígamo", ela deu um soco na perna dele, "que sujeito antiquado e retrógado lá no fundo! Só quer saber de casamentos e concubinas. Homem moderno uma ova."

"Senhor Harappa", o entrevistador de televisão angrez está perguntando, "muitos analistas diriam, é uma posição bastante frequente, alguns setores de opinião afirmam, seus oponentes alegam, o que o senhor diria à sugestão de que diante de certo padrões, sob certos pontos de vista, de certa forma, seu estilo de governo pode ser descrito como talvez, até certo ponto..."

"Pelo que vejo, agora estão mandando crianças para me entrevistar", Isky interrompeu. O entrevistador tinha começado a suar. Por trás das câmeras, mas Arjumand se lembra.

"... aristocrático", ele conclui, "autocrático, intolerante, repressivo?"

Iskander Harappa sorri, se recosta na cadeira Luís XV, dá um gole no copo de cristal lapidado de refrigerante Rooh Afza. "Talvez se possa dizer", ele responde, "que eu não fico muito feliz de tolerar tolos. Mas, como você pode ver, eu tolero, sim."

Arjumand em Mohenjo repassa os videoteipes do pai. Transmitida na sala onde foi feita, essa conversa a emociona, essa ressurreição por controle remoto. Sim, ele os tolerava. Seu nome ficou gravado na história em letras de ouro chamejantes; por que ele haveria de se contentar com tipos falsificados? Ali estão eles na fita, confie num jornalista ocidental e ele mergulha na fossa e volta à tona com um punhado de imundícies. Ele me torturou, choramingam, ele me despediu, me colocou na prisão, fugi para defender minha vida. Boa televisão: faz nossos líderes parecerem homens primitivos, selvagens, mesmo quando foram educados no exterior e usam ternos elegantes. Sim, sempre os descontentes, só por isso se interessam.

Ele jamais gostou de discussões. Faça o que ele ordenou e faça agora, *fut-a-fut*, ou vai ser levado pela orelha. Era assim que precisava ser. Olhe com o quê ele tinha de trabalhar — até ministros. Ele não confiava em nenhum desses personagens, então estabeleceu uma Força de Segurança Federal com Talvar Ulhaq à frente. "Informação é luz", o presidente Iskander Harappa dizia.

A clarividência de Talvar Ulhaq permitia que ele compilasse exaustivos dossiês sobre quem estava subornando quem, sobre conspirações, evasão de impostos, conversas perigosas em jantares, seitas estudantis, homossexualidade, as raízes da traição. Clarividência possibilitava que prendesse um futuro traidor antes de ele cometer seu ato de traição, e assim salvar a vida do sujeito. Os elementos negativistas atacavam a FSF, eles teriam apagado aquela grande lista de limpeza, então para a cadeia com eles, melhor lugar para descontentes. Não havia tempo para esses tipos durante um período de regeneração nacional. "Como nação temos positivamente um talento para a autodestruição", Iskander disse uma vez a Arjumand, "nós roemos a nós mesmos, devoramos nossos filhos, derrubamos qualquer um que suba. Mas eu insisto que vamos sobreviver."

"Ninguém consegue me derrubar", o fantasma de Isky diz à sombra eletrônica do jornalista angrez, "nem os ricos, nem os americanos, nem você. Quem sou eu? Eu sou a encarnação do amor do povo."

Massas versus classes, a milenar oposição. Quem o amava? "O povo", que não é nenhuma mera abstração romântica: que é sensível e esperto o suficiente para saber o que é melhor para ele. Quem o amava? Pinkie Aurangzeb, Rani Harappa, Arjumand, Talvar, Haroun. Quantas dissensões entre esse quinteto! Entre esposa e amante, mãe e filha, desdenhada Arjumand e desdenhador Haroun, desdenhado Haroun e usurpador Talvar... Talvez, Arjumand divaga, a queda dele tenha sido culpa nossa. Em nossas fileiras divididas eles infiltraram os regimentos da derrota dele.

Eles. Os ricos, contrabandistas, sacerdotes. *Socialites* urbanas que lembravam de sua juventude despreocupada e que não conseguiam tolerar a ideia de que um grande homem pudesse ter brotado de um casulo devasso. Industriais que nunca prestaram muita atenção ao sustento de seus operários, os quais se acabavam trabalhando em seus teares importados e a quem ele, o presidente, forçara a aceitar o impensável, isto é, a sindicalização. Usurários, caloteiros, bancos. O embaixador americano.

Embaixadores: nove passaram por ele em seus seis anos. Também cinco chefes de missão ingleses e três russos. Arjumand e Iskander apostavam para ver quanto cada recém-chegado sobreviveria; então, feliz como um menino com um novo arco e vara, ele passava a infernizá-los. Deixava-os semanas esperando audiências, interrompia suas frases na metade, negava-lhes licença de caça. Inventava banquetes para eles, em que servia sopa de ninhos de pássaros e pato de Pequim ao embaixador russo, enquanto o americano recebia borshch e blinis. Ele se recusava a flertar com as esposas deles. Com o embaixador britânico, fingiu ser um rústico saído das aldeias e falou apenas num obscuro dialeto regional; no caso dos Estados Unidos, porém, ele tomou o rumo oposto e dirigiu-se ao diplomata em um incompreensível e floreado francês. Embaixadas estavam sempre sujeitas a cortes de energia. Isky abria a correspondência diplomática e pessoalmente acrescentava observações ultrajantes aos relatórios dos embaixadores, a ponto de um russo ser convocado de volta para explicar certas teorias fora do comum dele sobre a paternidade de diversos chefes do Politburo; esse nunca voltou. A coluna de Jack Anderson nos Estados Unidos publicou um documento que vazou, no qual o delegado dos EUA na corte de Iskander aparentemente confessava sentir uma forte atração sexual pelo secretário Kissinger. Foi o fim do embaixador. "Levou tempo para eu pegar o jeito", Iskander admitiu a Arjumand, "mas, quando consegui, esses sujeitos nunca mais dormiram tranquilos."

Ele mandou instalar grampos de ida e volta nos telefones deles e depois disso o embaixador soviético foi infernizado com uma interminável gravação de *Hail to the chief** toda vez que pegava o telefone, enquanto o americano recebia os pensamentos completos do presidente Mao. Ele contrabandeou uma série de belos rapazes para a cama do embaixador britânico, para grande consternação, para não dizer deleite, de sua esposa, que desenvolveu então o hábito de se retirar para seu quarto muito cedo, só para prevenir. Ele expulsou *attachés* culturais e *attachés* agrícolas. Convocou os embaixadores ao seu escritório às três da manhã e gritou com eles até o alvorecer, acusando-os de conspirar com fanáticos religiosos e magnatas da indústria têxtil, seus desafetos. Ele bloqueou seus canos de esgoto e censurou a cor-

---

* Marcha tocada em todas as aparições públicas do presidente dos Estados Unidos. (N. T.)

respondência que recebiam, privando os ingleses de seus exemplares de assinantes de periódicos sobre corridas de cavalos, os russos da *Playboy* e os americanos de todo o resto. O último dos nove americanos durou apenas oito semanas e morreu de um ataque cardíaco dois dias antes do golpe que destronou Isky e acabou com o jogo. "Se eu durar o bastante", brincava o presidente, "talvez destrua toda a rede diplomática internacional. Vão ficar sem embaixadores antes de acabar meu gás."

No século XV, um grande homem subiu ao poder. Sim, ele parecia onipotente, podia brincar com os emissários dos poderosos, *olhem para mim*, dizia, *não conseguem me pegar*. Imortal, invulnerável Harappa. Ele dava orgulho às pessoas... o décimo embaixador americano chegou depois da prisão de Iskander, com uma expressão de abençoado alívio no rosto. Quando apresentou suas credenciais a Raza Hyder, murmurou baixinho: "Desculpe, sir, mas espero que o senhor não tenha o senso de humor de seu predecessor".

"A questão da estabilidade nacional", Hyder replicou, "não é nenhuma piada."

Uma vez, quando Arjumand foi visitar seu pai no inferno da prisão, Iskander, ferido, esgotado, doente e com disenteria, forçou um sorriso. "Esse décimo filho da puta parece uma boa merda", disse penosamente. "Eu queria ter conseguido chegar aos dois dígitos."

No século XV... mas o século, apesar dos cartazes, não virou no ano de sua ascensão. Isso aconteceu depois. Porém, tal foi o impacto de sua chegada que a mudança real, de mil e trezentos para mil e quatrocentos, deu a sensação de um anticlímax quando finalmente ocorreu. *Sua grandeza derrubada pelo próprio Tempo.* UM NOVO HOMEM PARA UM NOVO SÉCULO... sim, ele o prenunciou, adiante do Tempo. Mas o prejudicou. A vingança do Tempo: pendurou-o para secar.

* * *

Enforcaram-no no meio da noite, baixaram o corpo, embrulharam e entregaram para Talvar Ulhaq, que o colocou num avião e o levou para Mohenjo, onde duas mulheres esperavam, sob guarda. Quando o corpo foi descarregado, o piloto e a tripulação do Fokker Friendship se recusaram a deixar a aeronave. O avião esperou por Talvar no alto da pista de Mohenjo, soltando um vapor nervoso, como se não suportasse ficar naquele lugar um instante a mais que o necessário. Rani e Arjumand foram levadas em um carro oficial até Sikandra, aquela zona remota de Mohenjo onde os Harappa sempre foram enterrados. E viram em meio aos guarda-sóis dos túmulos de mármore uma cova nova, recente. Talvar Ulhaq em posição de atenção ao lado do corpo amortalhado de branco. Rani Harappa, agora de cabelo branco, como o fantasma de Pinkie Aurangzeb, se recusou a chorar. "Então é ele", ela disse. Talvar, de pescoço duro, inclinou-se desde a cintura. "Prove", disse Rani Harappa. "Me mostre o rosto de meu marido."

"A senhora devia se poupar", Talvar replicou. "Ele foi enforcado."

"Quieto", disse Rani. "Afaste o pano."

"Lamento muito", Talvar Ulhaq inclinou-se outra vez, "mas tenho ordens."

"Que ordens?" Rani não levantou a voz. "Quem pode me negar uma coisa dessas?" Mas Talvar repetiu: "Sinceramente. Eu lamento". E baixou seus olhos de traidor. Talvar e Raza, policial e soldado: homens de Isky.

"Então há algum problema com o corpo", disse Rani, diante do que Talvar enrijeceu. "Seu marido está morto", respondeu depressa, "que problema pode haver com ele agora?"

"Então deixe eu dar um beijo nele por cima do pano", Rani sussurrou, e curvou-se sobre a forma amortalhada. Talvar não tentou detê-la, até se dar conta do que ela ia fazer, e então suas unhas rasgaram um grande buraco e ali, encarando-a com os olhos abertos, estava o rosto cinzento de Iskander.

"Nem fecharam os olhos dele", Arjumand falou pela primeira vez. Mas sua mãe ficou em silêncio, olhando intensamente os lábios carnudos, o cabelo grisalho, até ser afastada... "Vá em frente", Rani disse, "enterre a prova de sua vergonha. Agora eu já vi." O sol saltou por cima do horizonte quando baixaram Iskander à terra.

"Quando se enforca um homem", Rani Harappa disse, distante, no carro de volta, "os olhos ficam saltados. O rosto azul. A língua sai para fora."

"Amma, pelo amor de Deus."

"As entranhas se abrem, mas eles devem ter limpado. Senti cheiro de desinfetante."

"Não vou ouvir isso."

"Talvez até o rosto, eles têm gente para arrumar essas coisas, para cortar a língua para poder fechar os lábios. Quem sabe usaram maquiadores."

Arjumand Harappa tapou as orelhas.

"Mas uma coisa não se explica. No pescoço do enforcado a corda deixa uma marca. O pescoço de Iskander não tinha marca."

"Isso é nojento", disse Arjumand, "vou vomitar."

"Não está entendendo?", Rani Harappa gritou para ela. "Se a corda não deixou marca, deve ser porque ele já estava morto. Você é burra demais para entender? *Enforcaram um cadáver.*"

As mãos de Arjumand caíram no colo. "Ah, meu Deus." Um pescoço sem marca: a ausência do cartão de visitas da morte. Tomada por uma súbita insensatez, Arjumand gritou: "Por que está falando tanto, Amma? O que a senhora sabe de enforcamento?".

"Você esqueceu", Rani disse mansamente, "eu vi Mirzinho."

Nesse dia, Rani Harappa tentou, pela última vez, telefonar para sua velha amiga Bilquìs Hyder.

"Desculpe", disse uma voz, "a begum Hyder não pode falar."

"Então é verdade", Rani pensou, "pobre Bilquìs. Ele calou sua boca também!"

Rani e Arjumand foram mantidas em prisão domiciliar durante seis anos exatamente, dois antes da execução de Iskander Harappa, quatro depois. Durante esse tempo, elas falharam completamente em se aproximar uma da outra, devido à incompatibilidade de suas lembranças. Mas a coisa que elas efetivamente tinham em comum era que nenhuma das duas jamais chorou a morte de Iskander. A presença em Mohenjo de uma pequena cordilheira de barracas de lona do Exército, que se erguera como se por um terremoto naquele mesmo pátio em que Raza Hyder havia se estaqueado ao chão, manteve secos os olhos delas. Quer dizer, viviam em solo usurpado, em território ocupado e estavam determinadas a não deixar os invasores verem suas lágrimas. O carcereiro-chefe, um certo capitão Ijazz, uma jovem barrica de homem com cabelo escovinha e um persistente buço no lábio superior que se recusava a se espessar num bigode, primeiro tentou levá-las a isso. "Só Deus sabe o que é uma mulher", ele disse dando de ombros. "Suas vacas ricas. Seu homem morreu e você não molha o túmulo dele." Rani Harappa não se deixou provocar. "Tem razão", respondeu, "só Deus sabe. E Ele também sabe o que são rapazes fardados. Botões de metal não conseguem esconder nada d'Ele."

Durante esses anos passados sob olhares desconfiados de soldados e nas brisas frias da solidão de sua filha, Rani Harappa continuou a bordar xales de lã. "No que me diz respeito, prisão domiciliar muda muito pouco", ela admitiu ao capitão Ijazz bem no comecinho. Quer dizer apenas que vai haver caras novas por aqui para trocar umas palavras de vez em quando."

"Não vá pensando que sou seu amigo", Ijazz gritou, suor brilhando na penugem sobre a boca. "Quando a gente matar o filho da puta, vamos confiscar essa casa. Todo esse ouro, prata, todas essas pinturas sujas de mulheres nuas e homens metade cavalo. Tudo isso tem de ir embora."

"Comece com os quadros do meu quarto", Rani aconselhou. "Eles é que valem mais dinheiro. E me informe se vai precisar de ajuda para separar a prata de verdade da folheada."

O capitão Ijazz tinha menos de dezenove anos quando foi para Mohenjo, e na confusão de sua juventude ele oscilava violentamente entre a bravata nascida de sua vergonha por ter de vigiar damas tão ilustres e a incompetência da timidez desajeitada de sua idade. Quando Rani Harappa se ofereceu para ajudá-lo no saque a Mohenjo, a faísca de sua vergonha acendeu a palha de seu orgulho e ele mandou seus homens fazerem uma pilha dos valores em frente à varanda onde ela ficava sentada, o rosto neutro e sereno, trabalhando em seu xale. Babar Shakil em sua breve juventude havia queimado uma pilha de relíquias; o capitão Ijazz, que nunca tinha ouvido falar do rapaz que virou anjo, reacendeu aquela fogueira em Mohenjo, a fogueira na qual os homens queimam o que os oprime do passado. E ao longo de todo aquele dia de fogo, Rani Harappa conduziu os soldados vândalos, cuidando para que as melhores peças de mobília e as melhores obras de arte encontrassem o rumo da fogueira.

Dois dias depois, Ijazz foi até Rani, que estava em sua cadeira de balanço, como sempre, e desajeitadamente pediu desculpas por seu feito destemperado. "Não, foi uma boa ideia", ela replicou, "eu não gostava mesmo daquelas coisas, mas Isky teria ficado louco se eu tentasse jogar aquilo fora." Depois do saque incendiário a Mohenjo, Ijazz começou a tratar Rani Harappa com respeito, e ao final dos seis anos tinha começado a pensar nela como uma mãe, porque havia crescido diante dos olhos dela. Privado de uma vida normal e da camaradagem do quartel, Ijazz passou a abrir seu coração para Rani, todos os seus semiformados sonhos de mulheres e de uma pequena fazenda no Norte.

"O meu destino", Rani pensou, "é ser tomada por mãe dos outros." Ela se lembrou que até mesmo Iskander tinha começado a cometer esse erro no final. A última vez que visitou Mohenjo ele se curvou e beijou seus pés.

Cada uma das duas mulheres vingou-se de seu captor. Rani o fez amá-la, levando-o, por consequência, a odiar a si mesmo; mas Arjumand começou a fazer o que nunca tinha feito na vida, ou seja, vestiu-se para matar. A virgem Calçadeferro rebolava os quadris, mexia o traseiro e fazia os olhos brilharem para os soldados, mas sobretudo para o rosto de pêssego do capitão Ijazz. O efeito de seu comportamento foi dramático. Explodiam brigas no pequeno himalaia de lona, dentes eram quebrados, soldados feriam a faca seus camaradas. O próprio Ijazz gritava por dentro, nas garras de uma luxúria tão feroz que ele pensava que ia explodir, como um balão cheio de água colorida. Ele um dia encurralou Arjumand quando sua mãe estava dormindo. "Não pense que eu não sei o que vocês estão pretendendo", alertou, "vocês, putas milionárias. Pensam que podem fazer tudo. Na minha aldeia, uma mulher seria apedrejada por agir como você age, com essa baixeza, sabe do que estou falando."

"Então me apedreje", Arjumand retorquiu, "eu desafio você."

Uma mês depois, Ijazz falou com ela de novo. "Os homens querem estuprar você", ele berrou, desamparado, "dá para ver isso na cara deles. Por que eu vou impedir? Eu devia permitir. Você está chamando a vergonha sobre as nossas cabeças."

"Eles que venham, por favor", Arjumand replicou, "mas você tem de ser o primeiro."

"Vagabunda", ele xingou em sua impotência, "não sabe que está em nosso poder? Ninguém liga a mínima para o que acontecer com você."

"Eu sei", ela disse.

Ao fim de seu período de prisão domiciliar, quando Arjumand mandou prender o capitão Ijazz e torturá-lo até a morte, ele tinha vinte e quatro anos; mas seu cabelo, assim como o do falecido Iskander Harappa, havia ficado prematuramente branco como neve. Quando o levaram para a câmara de tortura, ele disse apenas estas palavras antes de começar a gritar: "Então, o que é que há?".

Rani Harappa, balançando na varanda, completou em seis anos de bordado um total de dezoito xales, as peças mais refinadas que jamais criou; mas em vez de mostrar seu trabalho a sua filha ou aos soldados, ela colocou cada xale, quando pronto, num baú preto de metal cheio de bolas de naftalina e trancou. A chave desse baú foi a única que lhe foi permitido guardar. O capitão Ijazz conservava as restantes em um grande chaveiro pendurado no cinto, o que fazia Rani lembrar de Bilquìs Hyder, a Bilquìs que trancava portas compulsivamente sob a influência do vento da tarde. *Pobre Bilquìs*. Ela, Rani, sentia falta das conversas telefônicas. Os feitos dos homens haviam cortado aquele laço entre mulheres, aquele fio alimentador que havia, em momentos diferentes, levado mensagens de apoio primeiro para um lado, depois para o ouro, com suas vibrações invisíveis.

Não dá para fazer nada. Rani trabalhava fleumaticamente em seus xales perfeitos. De início, o capitão Ijazz tentou negar agulhas e linha, mas ela não demorou em deixá-lo envergonhado. "Não pense que vou me furar por sua causa, menino", ela disse a ele. "Ou você acha o quê? Que eu vá me enforcar, talvez, com um novelo de lã de bordar?" A serenidade da esposa de Iskander (isso foi antes da morte dele) acabou vencendo. Ijazz concordou até com a requisição ao intendente militar dos novelos da lã nas cores e espessuras especificadas; e então, uma vez mais, ela começou a trabalhar, a tecer os xales, aqueles campos macios, e depois a plantar nele as vivas e mágicas colheitas de sua arte feiticeira.

Dezoito xales trancados num baú: Rani também estava perpetuando memórias. Harappa, o mártir, o semideus, vivia nos pensamentos de sua filha; mas os dois conjuntos de lembranças nunca combinaram, nem mesmo quando o assunto era o mesmo... Rani nunca mostrou seu trabalho a ninguém até que, anos depois, mandou o baú de presente para Arjumand. Ninguém nunca espiou por cima de seu ombro enquanto ela trabalhava. Nem soldados nem filha estavam interessados no que a sra. Harappa fazia para passar a vida.

Um epitáfio de lã. Os dezoito xales da memória. Todo artista tem o direito de dar um nome a sua criação, e Rani colocou um pedaço de papel dentro do baú antes de mandar para sua agora poderosa filha. Nesse pedaço de papel escreveu o título escolhido: "A sem-vergonhice de Iskander, o Grande". E acrescentou uma assinatura surpreendente: *Rani Humayun.* Seu próprio nome, recuperado da naftalina do passado.

O que os dezoito xales mostravam?

Trancados em seu baú, falavam de coisas indizíveis que ninguém queria ouvir: o xale do badminton, no qual, contra um fundo verde-limão e dentro de uma delicada moldura de raquetes, petecas e calcinhas de renda sobrepostas, o grande homem deitado sem roupa, enquanto a toda volta dele concubinas de pele rosada cabriolavam, as roupas esportivas caindo ligeiramente de seus corpos; com que brilhantismo as dobras das roupas colhidas pelo vento eram retratadas, que sutis as venturas de luz e sombra! — as figuras femininas pareciam incapazes de suportar o confinamento das camisas, sutiãs, tênis bancos, despiam-nos, enquanto Isky, deitado sobre seu lado esquerdo, apoiado num cotovelo, recebia seus cuidados, *sim, eu sei, você fez dele um santo, minha filha, engoliu tudo o que ele ofereceu, sua abstinência, seu celibato de papa oriental, mas ele não conseguiu fazer isso durante muito tempo, esse homem do prazer mascarado de servo do Dever, esse aristocrata que insistia em seus direitos senhoriais, nenhum homem escondeu melhor seus pecados, mas eu o conhecia, de mim ele não escondia nada, eu via as moças brancas na aldeia incharem e estalarem, sabia dos pequenos mas regulares donativos que ele mandava para elas, filhos Harappa não podem passar fome, e depois que ele caiu elas vieram a mim;* e o xale da bofetada, Iskander mil vezes com a mão levantada, levantada contra ministros, embaixadores, santos questionadores, donos de moinhos, criados, amigos, parecia que cada tapa que ele jamais deu estava ali, *e quantas vezes ele bateu, Arjumand, não em você, em você ele não admitia, então você não vai acreditar, mas veja no rosto de seus contemporâneos as marcas roxas indeléveis produzidas pela palma da mão dele;* e o xale do chute, Iskander chutando traseiros e provocando em seus donos outros sentimentos que não amor; e o xale sibilante, Iskander sentado na sala de sua glória, seus detalhes precisos no mais mínimo grau, de forma que dava quase para sentir o cheiro daquela sala impressionante, daquele lugar de arcos de concreto pontudos com seus próprios pensamentos emoldurados na paredes, e as canetas Mont Blanc como alpes negros em seus suportes sobre a mesa, até mesmo as estrelas brancas tecidas pela agulha escrupulosa; nessa sala de sombras e de poder, na qual nenhuma sombra era vazia, olhos cintilavam em cada área de sombra, línguas vermelhas batiam, rumores em fios de prata sussurravam pelo pano: Iskander e seus espiões, o espião-chefe no centro daquela teia de ouvintes e sussurradores, ela havia bordado os fios de prata da teia, eles irradiavam do rosto dele, com fios de prata ela revelava os terrores aracnídeos daqueles dias, em que homens mentiam para seus filhos e bastava mulheres furiosas murmurarem na brisa para atrair temível vingança a seus amantes, *você nunca sentiu o medo, Arjumand, de imaginar o que ele sabia*; e o xale da tortura, no qual ela bordou a fétida violência das cadeias dele, prisioneiros de olhos vendados amarrados a cadeiras enquanto carcereiros jogavam baldes de água, ora fervendo (o vapor bordado subindo), ora gelada, até os corpos das vítimas ficarem confusos e a água gelada provocar queimaduras em sua pele: vergões de bordado vermelho corriam como cicatrizes pelo xale; e o xale branco, bordado em branco sobre branco, de forma que revelava seus segredos apenas àqueles olhos mais meticulosos e atentos: mostrava policiais, porque ele lhes tinha dado fardas novas, brancas dos pés à cabeça, capacetes brancos com pontas de pratas, coldres de couro branco, botas brancas até o joelho, policiais invadindo discotecas em que a bebida corria solta, garrafas brancas com rótulos brancos, pós brancos cheirados no dorso de luvas brancas, *ele fechava os olhos, entende, ele queria a polícia forte e o Exército fraco, ele estava ofuscado, filha, pela brancura*; e o xale do juramento, a boca de Iskander tão aberta como um abismo, baratas vermelho-alaranjadas, lagartos magenta, sanguessugas turquesa, escorpiões ocre, aranhas índigo, ratos albinos, *porque ele nunca controlou isso também, que seletivos, Arjumand, os seus ouvidos*; e os xales da vergonha internacional, Isky se prostrando diante de primorosos pés chineses. Isky conspirando com Pahlevi, abraçando Dada Amin; um escatológico Iskander montado numa bomba atômica; Harappa e Cão Felpudo como meninos cruéis cortando a garganta de uma galinha esmeralda e arrancando as penas de sua Asa Leste, uma a uma; e os xales das eleições, um para o dia da votação que deu início a seu reinado, um para o dia que levou a sua queda, xales com enxames de figuras, cada uma um retrato incrível e perfeito de um membro da Frente, figuras rompendo lacres, enchendo urnas, quebrando cabeças, figuras entrando em cabines de votação para vigiar os camponeses votando, figuras ondulantes portando rifles, incendiários, multidões, e no xale da segunda eleição havia três vezes mais figuras que no primeiro, mas apesar do campo cheio de sua arte nem uma única face era anônima, todo minúsculo ser tinha um nome, era um ato de acusação na escala mais grandiosa possível, *e é claro que ele teria ganho de qualquer maneira, filha, nem se questiona, uma vitória respeitável, mas ele queria mais, só a aniquilação servia para os seus oponentes, ele queria vê-los esmagados como baratas sob sua bota, sim, obliteração, que afinal veio para ele mesmo, não pense que ele não se surpreendeu, ele tinha esquecido que era apenas um homem;* e o xale alegórico, Iskander e a Morte da Democracia, as mãos dele em torno do pescoço dela, apertando a goela da Democracia, os olhos dela saltados, o rosto ficando azul, a língua para fora, ela cagou na roupa, suas mãos transformaram-se em ganchos que tentavam agarrar o vento, e Iskander com os olhos fechados apertou e apertou, enquanto no fundo os generais olhavam, o assassinato refletido pelo milagre da habilidade de uma bordadeira nos óculos espelhados que todos usavam, menos um, com círculos negros em volta dos olhos e lágrimas fáceis no rosto, e atrás dos generais outras figuras, espiando por cima dos ombros fardados, por entre dragonas, por baixo de axilas, cabelos de corte americano e russos em ternos largos e até mesmo o grande Zedong em pessoa, todos olhando, eles não tiveram de levantar um dedo, *não precisa olhar além de seu pai, Arjumand, não precisa caçar conspiradores, ele fez o trabalho por eles, eles não precisaram nem soltar um pum, eu sou a esperança, ele costumava dizer, e assim era, mas ele tirou esse manto e se transformou em alguma outra coisa,* Iskander o assassino da possibilidade, imortalizado num pano, no qual ela, a artista, tinha representado a vítima dele como uma moça, pequena, fisicamente frágil, internamente comprometida: ela tomara por modelo sua lembrança de uma filha idiota, e consequentemente inocente, Sufiya Zinobia Hyder (agora Shakil), sufocada e roxa no punho inabalável de Iskander; e o xale autobiográfico, o retrato da artista quando velha, aquele autorretrato em que Rani se representou como composta dos mesmos materiais da casa, madeira, tijolos, estanho, seu corpo se fundindo com a trama de Mohenjo, ela era a terra, as rachaduras, as aranhas, e uma fina névoa de esquecimento nublava a cena; esse era o décimo quarto xale e o décimo quinto era o xale do século XV, o famoso pôster recriado em fio, Iskander apontando o futuro, só que não havia nada no horizonte, nenhum dedo da aurora, apenas as ondas infinitas da noite; e então o xale de Pinkie, no qual ela cometia suicídio; e os últimos dois eram os piores: o xale do inferno, que, como Omar Khayyam Shakil descobrira em criança, ficava a Oeste do país, nos arredores de Q., onde o movimento separatista tinha crescido até ficar irreconhecível na trilha da secessão do Leste, proliferação de fodedores de ovelhas, mas Iskander acabou com eles, estava tudo ali em escarlate, escarlate e nada além de escarlate, o que ele fez em prol de não mais secessões, em nome de nunca mais uma Asa Leste, os corpos espalhados pelo xale, os homens sem genitais, as pernas quebradas, os intestinos no lugar dos rostos, a legião forasteira dos mortos apagando a memória do governo de Raza Hyder, ou mesmo dando àquele período, em retrospecto, um brilho ameno, tolerante, *porque não havia comparação, filha, seu homem do povo, seu mestre do toque comum, eu perdi a conta dos cadáveres no meu xale, vinte, cinquenta, cem mil mortos, quem sabe, e não há na terra fio escarlate que baste para mostrar o sangue*, as pessoas penduradas de cabeça para baixo com cachorros em suas entranhas abertas, as pessoas sorrindo sem vida com buracos de balas como uma segunda boca, as pessoas unidas no banquete dos vermes daquele xale de carne e morte; e Mirzinho Harappa no último de todos os xales, Mirzinho enterrado no fundo de um baú, mas é claro que se levantou para abraçar seu primo com seu toque fantasmal, para arrastar Iskander Harappa para o inferno... seu décimo oitavo xale e obra-prima suprema, uma paisagem panorâmica, a terra dura de seu exílio estendida no pano, desde Mohenjo até Daro, aldeões balançando baldes em traves sobre os ombros, cavalos correndo em liberdade, mulheres arando o solo, a luz do amanhecer acesa em milagres de bordado rosa e azul: Daro estava despertando, e de sua grande varanda, pelos degraus, alguma coisa longa e pesada dançava na brisa, uma única morte depois da carnificina do décimo sétimo xale, Mirzinho Harappa pendurado pelo pescoço debaixo dos beirais de sua casa familiar, morto nos primeiros meses do reinado do presidente, seus olhos cegos fixando o mesmo ponto onde, um dia, o cadáver de um cachorro não amado foi deixado a se decompor, sim, ela havia delineado seu corpo com uma precisão que fazia parar o coração, sem esquecer de nada, nem do estripamento, nem do talho na axila através do qual o próprio coração de Mir havia sido removido, e havia um aldeão parado ao lado do corpo, com sua perplexa observação bordada em negro sobre sua cabeça: "Parece que", disse o sujeito, "o corpo dele foi saqueado igual à casa".

* * *

Evidentemente, foi por sua pretensa cumplicidade no assassinato de Mirzinho Harappa que Iskander foi julgado e condenado à morte. Também indiciado, pela efetiva perpretação do crime, foi o filho do morto, Haroun. Ele, porém, foi processado *in absentia*, tendo fugido do país, pensava-se, embora fosse possível ele simplesmente ter desaparecido, virado pó.

Nenhum assassino era mostrado no décimo oitavo xale de Rani... mas agora que todos os dezoito foram abertos e admirados, é hora de virar as costas aos Harappa, a Rani e Arjumand sequestradas naquela casa cuja decadência chegara a tal ponto que a água saía vermelha como sangue das torneiras enferrujadas. Hora de voltar para trás o relógio, de forma que Iskander se erga do túmulo, mas recue também para o pano de fundo da história. Outras pessoas estavam vivendo enquanto os Harappa subiam e caíam.

10. A mulher de véu

Era uma vez uma moça, Sufiya Zinobia, também conhecida como "Vergonha". Era de constituição franzina, tinha um fraco por pinhões e seus braços e pernas tinham uma coordenação imperfeita quando ela caminhava. Apesar da estranheza deambulatória, porém, ela não chamaria a atenção de um estranho como particularmente anormal, tendo adquirido nos primeiros vinte e um anos de vida o complemento usual de atributos físicos, inclusive um pequeno rosto severo que a fazia parecer excepcionalmente madura, disfarçando o fato de que ela só conseguia dominar o equivalente a sete anos de cérebro. Tinha até um marido, Sufiya Zinobia Shakil, e nunca reclamou de seus pais terem escolhido para ela um noivo mais velho trinta e um anos completos, quer dizer, velho o bastante para ser seu pai. Porém, apesar das aparências, essa Sufiya Zinobia revelou-se um daqueles seres sobrenaturais, aqueles anjos vingadores ou exterminadores, ou lobisomens, ou vampiros, cujas histórias gostamos de ler, suspirando agradecidos ou mesmo um pouco presunçosos porque, embora nos matem de susto, tudo bem que não sejam mais que abstrações ou invenções; porque sabemos (mas não dizemos) que a mera possibilidade de sua existência subverteria inteiramente as leis pelas quais vivemos, os processos pelos quais entendemos o mundo.

Escondida dentro de Sufiya Zinobia Shakil havia uma Fera. Já vimos alguma coisa sobre o crescimento desse monstro indizível; vimos como, alimentando-se de certas emoções, ele toma posse da garota de tempos em tempos. Em duas ocasiões ela caiu seriamente doente e quase morreu; e talvez ambas as doenças, encefalite e colapso imunológico, tenham sido tentativas de seu eu comum, da sufiyazinobice dela, de derrotar a Fera, mesmo às custas da própria vida. Mas a Fera não foi destruída. E talvez alguém pudesse adivinhar, depois do ataque a seu cunhado, que qualquer parte não Fera dela que restasse estava aos poucos perdendo a capacidade de resistir à criatura sanguinária lá dentro. Mas quando a voz sussurrante de Omar Khayyam finalmente encontrou um caminho para desarmar o transe, ela acordou refeita e relaxada, parecendo não ter consciência de haver encerrado a carreira de jogador de polo de Talvar. A Fera tinha aparecido de novo, mas as grades de sua jaula haviam se rompido. Mesmo assim, houve alívio geral. "Pobre menina ficou tão perturbada que enlouqueceu, só isso", Shahbanou, a aia, disse a Omar Khayyam, "mas ela está boa agora, graças a Deus."

Raza Hyder chamou Shakil para uma reunião e honradamente ofereceu-lhe a oportunidade de retirar a proposta de casamento. Ao ouvir isso, o antigo santo Maulana Dawood, que também estava presente, se recusou a manter silêncio. Sua oposição original às núpcias perdida nos enevoados labirintos de sua grande idade, o velho guinchou como uma bala maldosa. "Essa diaba e esse filho de diabas", gritou, "deixe que eles façam juntos o seu inferno em algum outro lugar." Omar Khayyam replicou com dignidade: "Sir, eu sou um homem de ciência; para o diabo com essa história de diabos. Não vou desprezar uma pessoa amada porque ela adoeceu; é, mais, o meu dever fazer com que fique bem. E isso está sendo feito".

Não estou menos decepcionado do que já estava com meu herói; não sendo do tipo obsessivo, acho difícil entender a obsessão dele. Mas devo admitir que seu amor pela menina retardada está começando a parecer que pode ser genuíno... o que não invalida minhas críticas ao sujeito. Seres humanos têm uma notável capacidade de se persuadir da autenticidade e nobreza de aspectos de si mesmos que são de fato expedientes, espúrios, baixos. De qualquer forma: Omar Khayyam insistiu em manter o compromisso.

Bilquìs Hyder, os sentidos distraídos com os acontecimentos do dia do casamento de Boa Nova, mostrou-se incapaz de entrar no espírito de um segundo casamento. Quando Sufiya Zinobia saiu do hospital, a mãe se recusou a falar com ela; mas na noite do casamento ela foi até onde Shahbanou estava passando óleo e trançando seu cabelo, e falou tão ponderadamente que ficava claro que cada palavra era um grande peso que ela puxava do fundo do poço de seu dever. "Você deve se ver como um oceano", disse a Sufiya Zinobia. "É, e ele, o homem, imagine o homem como uma criatura marinha, porque é assim que os homens são, para viver eles têm de mergulhar em você, nas ondas da sua carne secreta." Os olhos dela passearam frouxamente pelo rosto da filha. Sufiya Zinobia fez uma careta a essas incompreensíveis abstrações maternas e respondeu obstinadamente com sua voz de menina de sete anos que era também a assustadora voz disfarçada de um monstro latente: "Eu detesto peixe".

Qual é o mais poderoso impulso dos seres humanos em face da noite, do perigo, do desconhecido? É fugir; desviar os olhos e fugir; fingir que a ameaça não está correndo atrás deles com botas de sete léguas. É o desejo de ignorância, a férrea loucura com que extirpamos de nossa consciência tudo o que a consciência não consegue suportar. Não é preciso invocar o avestruz para dar a esse impulso uma forma simbólica; a humanidade é mais voluntariamente cega do que qualquer ave que não voa.

No casamento de Sufiya Zinobia (um evento privado; sem convidados, sem barraca, as três mães de Q. ficaram ausentes, Dawood ausentou-se também, deixando apenas os Hyder e advogados, e Shakil), Raza Hyder obrigou Omar Khayyam a concordar com a inserção no contrato nikah de uma cláusula proibindo a ele, Omar, de retirar a noiva da casa dos pais sem prévia permissão. "Um pai", Raza explicou, "não pode ficar sem as peças preciosas de seu coração", pelo que se pode ver que o amor novo por Sufiya estava queimando mais brilhante do que nunca, e cego pelo brilho dessa chama ele se recusava a ver a verdade dela. Nos anos seguintes, ele persuadiu a si mesmo de que trancando sua mulher, velando-a atrás de paredes e janelas fechadas, ele podia salvar sua família do maligno legado de seu sangue, de sua paixão e seus tormentos (porque se a alma de Sufiya Zinobia estava em agonia, ela era também filha de uma mulher fora de si, e isso, do mesmo modo, podia servir como uma espécie de explicação).

Omar Khayyam também se recusava a ver. Cego pela ciência, casou-se com a filha de Hyder. Sufiya Zinobia sorriu e comeu um prato de laddus decorados com papel prateado. Shahbanou, a aia, agitava-se em torno dela como uma mãe.

Repito: não há lugar para monstros na sociedade civilizada. Se essas criaturas vagam pela terra, elas o fazem em suas bordas mais extremas, limitadas a periferias pelas convenções da descrença... mas muito de vez em quando alguma coisa dá errado. Uma Fera nasce, um "milagre errado", dentro das cidadelas da decência e do decoro. Esse era o perigo de Sufiya Zinobia: que ela tenha existido não nos ermos de basiliscos e demônios, mas no coração do mundo respeitável. E, como resultado, esse mundo fez um imenso esforço para ignorar a realidade dela, para evitar levar as coisas ao ponto em que ela, avatar da desordem, pudesse ser tratada, expelida — porque sua expulsão teria devassado o que de maneira nenhuma poderia ser sabido, especificamente a impossível verdade de que o barbarismo pode crescer em solo cultivado, que a selvageria pode jazer escondida debaixo da camisa bem passada da decência. Que ela era, como sua mãe tinha dito, a encarnação da vergonha deles. Compreender Sufiya Zinobia seria abalar, como se fosse de cristal, o senso de si mesmo das pessoas; e então, evidentemente não fariam isso, não fizeram, durante anos. Quanto mais poderosa ficava a Fera, maiores eram os esforços para negar o seu ser... Sufiya Zinobia sobreviveu à maioria dos membros de sua família. Houve aqueles que morreram por ela.

Não mais sonhos de fracasso, não mais treinos duros no pátio com recrutas verdes; Raza Hyder obteve sua promoção de Iskander Harappa, e Sufiya Zinobia Shakil concordou em se mudar para o Norte junto com todo mundo. Sua alta reputação médica e a renomada influência de Hyder garantiram a Omar o posto de consultor sênior no hospital Mount Hira da nova capital, e então estavam prontos para ir, colchões enrolados, aias e tudo, e logo voavam sobre o vasto platô norte que fica entre dois grandes rios, o platô Potwar, o palco onde grandes cenas seriam representadas, a mil e setecentos pés acima do nível do mar.

Solo fino sobre aglomerado poroso... mas apesar da finura do solo, o platô produzia improváveis quantidades de colheitas alimentadas pela chuva; era um terreno de uma fertilidade tão improvável que conseguira fazer surgir uma cidade inteiramente nova como uma bolha ao lado de uma cidade velha. *Islamabad* (você poderia dizer) da costela de *Rawalpindi*.

Maulana Dawood, olhando lá de cima do céu, ao ver o platô Potwar com suas cidades cintilando à distância, bateu na janela da cabine com um baboso deleite semissenil. "Arafat", ele gritou no pico da voz, alarmando a aeromoça, "chegamos a Arafat", e ninguém, nem Raza, seu amigo, nem Bilquìs, sua inimiga, teve coragem de corrigi-lo, porque se o velho havia escolhido acreditar que estavam para aterrissar no solo sagrado da planície de Arafat diante de Mecca Sharif. Bom, isso também era uma espécie de cegueira, uma fantasia perdoável nos velhos.

O general Raza Hyder herdou de seu predecessor um lúgubre *aide-de-camp* de dois metros de altura, o major Shuja, e também um Exército tão desanimado com sua derrota na antiga Asa Leste que não conseguia mais vencer nem uma partida de futebol. Como compreendia a íntima relação entre esporte e guerra, o novo comandante em chefe assumiu o compromisso de comparecer a todas as competições esportivas possíveis que envolvessem seus rapazes, na esperança de inspirar os times com sua presença. Então aconteceu que durante os primeiros meses de sua chefia Raza Hyder esteve presente à mais notável série de humilhações nos anais do esporte do Exército, a começar pelo legendário jogo de críquete entre serviços em que o Exército XI perdeu todos os dez primeiros *wickets* sem marcar uma única corrida de rebate. Os oponentes da Força Aérea acumularam uma formidável resposta, porque a guerra tinha sido em grande parte um desastre do Exército, e então os pilotos continuavam, em sua maioria, incólumes à desgraça. Os criqueteiros do Exército finalmente perderam o jogo por uma entrada e 420 corridas; teriam sido 419 se não fosse uma segunda entrada do Exército que nunca foi completada, porque o jogador em questão pareceu perder a coragem no meio da corrida, parou, coçou a cabeça e ficou olhando em torno distraído, nem percebeu que passaram à sua frente... Hyder testemunhou também a partida de hóquei em que os meninos da Marinha marcaram quarenta vezes em oitenta minutos enquanto os soldados olhavam sombriamente seus bastões curvos como se fossem rifles, iguais aos entregues no dia do acerto de contas com o Leste; e na nova Piscinas Nacionais ele viu com os próprios olhos uma dupla tragédia, um dos mergulhadores do Exército não voltou à superfície depois de errar um salto tão completamente que preferiu se afogar a emergir da água para a sua vergonha, enquanto outro viu-se enleado em uma confusão ainda pior, ao saltar do trampolim mais alto e cair de barriga com um barulho de tiro, explodindo como um balão de tinta e forçando as autoridades a esvaziar a piscina para conseguir recolher suas vísceras. Depois disso, a lamentosa figura do major Shuja se apresentou ao general em sua sala e sugeriu que talvez fosse melhor, sir, o senhor desculpe, que o sahib Comandante em Chefe não comparecesse a esses eventos, uma vez que sua presença estava intensificando a vergonha dos jawans e deixando as coisas piores do que nunca.

"Puta que o pariu", Raza gritou, "como pode um Exército inteiro virar um bando de mulheres envergonhadas da noite para o dia?"

"A guerra, sir", replicou Shuja, do fundo do poço de uma desolação tão profunda que ele nem se importava mais com as perspectivas de sua carreira, "e, se me perdoa, general, o senhor não estava envolvido na briga deles."

Então Raza entendeu que suas tropas mostravam-se coesas na mais terrível solidariedade de sua humilhação comum e adivinhou enfim por que nenhum dos oficiais seus companheiros jamais lhe ofereceu um refresco no restaurante dos oficiais. "Achei que era por ciúme", ele ralhou consigo mesmo, e disse a Shuja que estava esperando tristemente em posição de atenção pelo rebaixamento que sua insolência merecia: "Tudo bem, major. Qual a sua solução?".

O inesperado da pergunta assustou Shuja e o levou a ser sincero. "Permissão para falar com franqueza, sir?" Hyder assentiu com a cabeça: "De homem para homem. Eu, você e a porta".

"Então, se me perdoa, sir, mas a volta do Exército ao poder. Dê um golpe, sir."

Hyder ficou perplexo. "As pessoas falam sempre de traição nesta cidade?"

A melancolia em torno do *aide-de-camp* se tornou mais densa. "O general sahib perguntou, sir, e eu apenas respondi. Os oficiais mais jovens estão inquietos, sir, esta é uma cidade do Exército, o Exército está acostumado ao poder, e, sir, todo mundo sabe como são esses políticos, não prestam, sir, são inadequados, os oficiais se lembram quando eles eram respeitados, mas agora estão tão deprimidos, sir, parece que qualquer um pode chutar o Exército hoje em dia. Se me perdoa, sir."

"Ao diabo com seu golpe", Hyder respondeu, feroz. "Do jeito que as coisas estão agora, meia dúzia de ex-amantes de Isky Harappa são capazes de acabar com o Exército inteiro."

"Sim, senhor", Shuja disse, e surpreendentemente explodiu em lágrimas. O general Hyder lembrou-se que o jovem gigante não tinha muito mais que dezoito anos; e como seus próprios dutos lacrimais notoriamente hiperativos começaram a funcionar em solidariedade, então disse depressa: "Pelo amor de Deus, homem. Ninguém vai mandar você para a corte marcial. Só estabeleça direito suas prioridades. Vamos ganhar umas partidas de polo antes de pensar em tomar o poder no país".

"Muito bem, sir", Shuja se controlou, "transmitirei a posição do general ao time de polo, sir."

"Que vida", Raza Hyder disse em voz alta quando se viu sozinho. "Quanto mais alto se sobe, mas funda a maldita lama." Era uma sorte para o país, pensou ele, que o Velho Arrasa Tripas estivesse acostumado a ficar em cima dos próprios pés.

A restauração do moral do Exército, seria justo dizer, foi a gloriosa coroação da carreira de Raza Hyder — era um trabalho mais duro, em minha opinião, do que qualquer coisa que ele empreendeu quando presidente. Como ele fez isso? Ele perdeu disputas de luta livre.

Na manhã seguinte à sua conversa com o major Shuja, ele mandou o *aide-de-camp* selecionar oponentes para ele, principalmente entre os soldados comuns, mas também de uma amostragem de oficiais. "Gosto de luta livre", mentiu, "e está na hora de eu saber do que são feitos os *phaelwans* do nosso Exército."

O general Raza Hyder lutou com cento e onze soldados e foi derrotado por todos. Não fez nenhuma tentativa de ganhar, concentrando-se, ao contrário, no negócio muito mais difícil de perder contra oponentes que tinham esquecido que era possível vencer; de perder, além disso, dando a impressão de que lutava pela vitória com toda a força. "Está vendo o bem que está fazendo?", ele disse a Omar Khayyam Shakil, que atuava como médico particular do general antes e depois de cada luta, e que ficou alarmado com a fenomenal agressão que estava sendo feita àquele corpo de quarenta e nove anos. "Estou", Omar Khayyam respondeu, cuidando dos ossos doloridos e dos hematomas coloridos, "qualquer idiota vê isso." Raza Hyder chorava abertamente quando estava nas mãos investigativas de Shakil, mas chamava aquilo de lágrimas de alegria.

A estratégia de luta de Raza Hyder o fez conquistar uma dupla vitória. Ajudou o Exército a aceitar sua liderança, porque agora ele estava ligado a seus homens naquela macabra camaradagem de vergonha. Enquanto o Velho Arrasa Tripas levava um chute aéreo no queixo, afundava na lona com os tornozelos enrolados no pescoço, sufocava no braço dobrado de um homem da infantaria; enquanto suas costelas estalavam e seus braços se deslocavam dos ombros, a velha popularidade do herói de Aansu renascia; lavada da poeira e do anonimato de seus anos na Academia Militar, ela brilhava outra vez, como nova. Sim, Arrasa Tripas estava de volta, maior do que nunca... mas Raza queria mais que aquilo, e seu segundo propósito também foi alcançado, porque, à medida que os soldados de campo após campo participavam ou assistiam, em torno de ringues ruidosos, à pulverização do único herói genuíno que sobrava no Exército, eles começaram a reconquistar a confiança em si mesmos, começaram a acreditar que se eram bons o bastante para fazer o general beijar a lona, não seriam tão patéticos lutando com homens, como tinham chegado a imaginar. Depois de um ano de luta, Raza Hyder deu uma parada. Perdera os dois incisivos superiores e exibia inúmeros outros ferimentos. "Não preciso mais aguentar isso", ele disse a Shuja, cujo ar de permanente desânimo (embora um pouco menor) então se revelava como uma falha de personalidade e não simplesmente o produto da guerra perdida e agora quase esquecida.

"Diga para esses filhos da puta", Raza ordenou, "que espero que o pessoal vença todas as competições em que entrar de agora em diante, senão..." Seguiu-se uma eletrizante melhora nos resultados esportivos do Exército.

Demorei-me nessa questão do moral do Exército para mostrar por que durante esses anos como comandante em chefe Raza Hyder não teve tempo nem energia mental para prestar atenção suficiente ao que sua filha Sufiya Zinobia aprontava durante as noites.

* * *

Os políticos e diplomatas estavam no comando da cidade nova, mas o Exército dominava a cidade velha. A nova capital era composta de numerosos edifícios de concreto que exsudavam um ar de grosseira transitoriedade. O domo geodésico da Mesquita Sexta-feira já tinha começado a rachar e a toda volta dela os novos prédios oficiais se empertigavam e iam caindo aos pedaços também. O ar-condicionado quebrava, havia curtos-circuitos, a água da descarga ficava borbulhando nas privadas para consternação dos encanadores... Ó mais vil das cidades! Aqueles prédios representavam o triunfo final de um modernismo que era realmente uma espécie de nostalgia protendida, forma sem função, prédios que continham mais arcos mughais do que os Mughal jamais teriam imaginado, arcos reduzidos pelo concreto protendido a meros buracos pontudos nas paredes. A nova capital era na realidade a maior coleção de terminais de aeroporto da terra, um depósito de salas de embarque e salões alfandegários e talvez isso fosse apropriado porque a democracia nunca havia sido mais do que um pássaro migrante por aqueles lados, afinal.. a cidade velha possuía, por contraste, a confiante provincialidade de seus anos. Velha, ampla, ruas arborizadas, bazares caóticos, favelas, as mansões solidamente grandes demais dos governantes angrez que foram embora. A residência oficial do comandante em chefe era um palácio neoclássico de pórticos de pedra com maciças colunas aflautadas sustentando frontões com frisos imitando os gregos, e havia pequenas pilhas de balas de canhão ladeando a escadaria grandiosa da entrada principal; um canhão com rodas batizado apocrifamente de "Pequena Zamzama" guardava o gramado verde-vivo. O lugar era tão espaçoso que a família inteira para lá se mudou sem discussão, de forma que Boa Nova e Shahbanu, a aia, assim como Raza e Bilquìs, cumpriram seus diversos destinos debaixo daquele amplo teto, enquanto os deuses estrangeiros da Grécia e Roma, posando pétreos contra o alto céu azul, olhavam para eles lá embaixo com expressões altivas nos rostos.

As coisas não foram bem.

"Como se não bastasse esse exército maluco", Raza disse para si mesmo naqueles primeiros dias nortistas, "minha própria casa está cheia de malucos", e parecia que os ocupantes daquele palácio anacrônico tinham se posto em ação para transformar seu zangado exagero em uma verdade literal.

Quando Maulana Dawood apareceu certa manhã usando a roupa tradicional de um peregrino na Hajj, com dois panos brancos, um enrolado na cintura e o outro jogado negligentemente cruzado no peito, o general Raza Hyder foi forçado a considerar a possibilidade de aquele santo fossilizado ter enfim sucumbido à onda de senilidade que tinha começado a se abater sobre ele durante o voo para o Norte. De início, tentou tratar gentilmente seu velho aliado. "Maulanaji", disse, "se quer fazer a peregrinação, basta dizer, eu preparo tudo, passagem de avião para a Arábia, tudo." Mas Dawood respondeu apenas: "Por que preciso de avião se já estou pisando este solo sagrado?". Depois disso, Maulana deu de cambalear pela cidade com as mãos abertas diante de si como um livro, entoando versículos do Alcorão em árabe que a perda da razão levava a adulterar com outros dialetos, mais rústicos; e nas garras dessa senilidade que o fazia imaginar que via os picos dos distantes Abu Qubais, Thabir e Hira atrás da cidade, e que o levava a tomar erroneamente a fábrica de bicicletas pelo cemitério em que a esposa do Profeta estava enterrada, ele começou a ofender os cidadãos por suas blasfêmias ímpias, porque é claro que os homens estavam vestidos indevidamente e as mulheres eram uma desgraça, riam na cara dele quando ele as chamava de prostitutas. Ele era um velho louco indagando o caminho para a Caaba, um idiota barbudo em sua segunda infância que se prostrava diante das peixarias como se fossem locais sagrados de Meca e gritava "Ya Alá!". Por fim, seu corpo foi trazido à residência Hyder num carro de burro, cujo dono, intrigado, disse que o velho expirara com as palavras: "Lá está! E estão cobrindo de merda!". Ele tinha seguido sem rumo até os limites da cidade velha, até o local onde os novos tanques de tratamento de água haviam acabado de ser cheios com barro ativado, e Raza Hyder fez um esforço para fingir que essa era a razão óbvia e banal para as últimas palavras do Maulana; mas na realidade estava profundamente perturbado, porque sendo homem religioso nunca tinha sido capaz de descartar as bobagens de Maulana Dawood como mera senilidade; a ferida *gatta* na testa de Raza doeu e sugeriu que talvez o velho Maulana realmente tivesse tido uma visão de Meca, uma revelação do sagrado em meio àquela cidade ímpia, de forma que suas últimas palavras podiam conter um horrível e críptico alerta. "A Caaba", a voz do próprio Raza sussurrou trêmula em seu ouvido, "deve ter sido, ele deve ter visto a Caaba afinal e estavam despejando excremento em cima dela." Mais tarde, quando presidente, não conseguiria tirar essa visão da cabeça.

Ao fim do primeiro ano de domínio civil, o general Raza Hyder tornou-se avô. Boa Nova deu à luz belos e saudáveis filhos gêmeos, e o general ficou tão satisfeito que esqueceu tudo acerca de Sindbad Mengal. Exatamente um ano depois, Boa Nova foi mãe de novo; dessa vez, produziu trigêmeos. Raza Hyder ficou um pouco alarmado e brincou, nervoso, com Talvar Ulhaq: "Você disse que seria um genro perfeito, mas, baba, cinco netos já bastam, talvez esteja exagerando em seu dever". Precisamente doze meses depois, Boa Nova deu à luz um lindo quarteto de meninas, que Hyder adorou tanto que resolveu não expressar nenhuma preocupação quanto ao crescente número de berços, mantas, varais e chocalhos atravancando a casa. Mais cinco netas surgiram um ano depois, no mesmo dia exato, e então Hyder teve de dizer alguma coisa. "Catorze filhos com o mesmo aniversário", disse ao casal, o mais severamente possível, "o que vocês pensam que estão fazendo? Não ouviram falar do problema populacional? Talvez devessem tomar alguma providência." Mas diante disso Talvar Ulhaq empertigou-se todo até seu corpo inteiro ficar tão duro como o pescoço e replicou: "Sir, nunca pensei que fosse ouvir o senhor dizer uma coisa dessas. Achei que era um homem devoto. A alma de Maulana Dawood ficaria vermelha de vergonha se ouvisse o general Hyder recomendar uma atitude tão pouco piedosa". Então Hyder sentiu vergonha e fechou a boca, e no quinto ano o útero de Boa Nova produziu mais seis vidas, três homens, três mulheres, porque Talvar Ulhaq, orgulhoso de sua virilidade, tinha resolvido ignorar a observação de Hyder sobre o excesso de netos; e no ano da queda de Iskander Harappa, o número cresceu para vinte e sete filhos no total, e nesse momento todo mundo havia perdido a conta de quantos meninos, quantas meninas.

A begum Navid Talvar, ex-Boa Nova Hyder, provou ser absolutamente incapaz de lidar com a corrente interminável de humanidade a fluir de entre suas coxas. Mas o marido era inflexível, insaciável, seu sonho de filhos expandira-se até tomar o lugar antes ocupado pelo polo em sua vida, e devido a seus talentos de clarividência, ele sempre sabia quais noites eram melhores para a concepção. Vinha a ela uma vez por ano e ordenava que se preparasse, porque era hora de ele plantar a semente, até que ela se sentiu como um canteiro de horta cujo solo naturalmente fértil estava sendo esgotado por um hortelão superzeloso e entendeu que as mulheres não tinham vez neste mundo, porque, fosse respeitável ou não, os homens sempre pegavam você, por mais que você tentasse ser a mais correta das damas, os homens vinham e recheavam você com vida estranha e indesejada. Sua velha personalidade esmagava-se sob a pressão dos filhos tão numerosos que ela esquecia seus nomes, contratara um exército de aias e abandonava seus rebentos à própria sorte, e então desistiu de tentar. Nunca mais tentara sentar no cabelo: a determinação absoluta de ser bonita, que primeiro fascinara Haroun Harappa e depois o capitão Talvar, desapareceu de suas feições, e ela se revelou como a simples matrona, sem nada de especial, que sempre tinha sido. Arjumand Harappa, cujo ódio por Boa Nova não diminuíra com os anos, mantinha-se informada do declínio da inimiga. Um fotógrafo que um dia fizera fotos de Pinkie Aurangzeb foi contratado para tirar fotos de Boa Nova; Arjumand mostrou esses slides a Haroun Harappa, displicentemente, como se não fossem importantes. "Pobre rapaz solteirão", ela caçoou dele, "pensar que você podia ter passado a vida inteira com essa linda vagabunda se ela não tivesse encontrado alguém melhor."

O Lu não sopra no Norte, mas mesmo assim, em algumas tardes, Bilquìs segurava a mobília para que não fosse levada embora pelo vento. Ela perambulava pelos corredores de sua nova casa palaciana, resmungando inaudivelmente baixinho, até que um dia levantou a voz o suficiente para Raza Hyder ouvir. "Como um foguete sobe até as estrelas?", ela perguntou, vagamente, porque de fato estava falando consigo mesma. "Nunca é fácil deixar a terra. Quando a máquina sobe, ela perde partes, que se soltam e caem, até que por fim o nariz, só o nariz, se liberta da força da terra." Raza Hyder franziu a testa e disse: "Só Deus sabe o que você está resmungando, mulher", mas apesar dessa observação e de seu subsequente comentário com Omar Khayyam de que a mente de Bilquìs tinha começado a perambular igual a seus pés, ele sabia o que ela queria dizer: era que apesar de ele ter subido, exatamente como ela profetizara, ao pico mesmo de sua profissão, as pessoas estavam se desprendendo dele enquanto subia; outros seres humanos eram os estágios queimados de seu voo para as estrelas. Dawood, Boa Nova, a própria Bilquìs: "Por que eu deveria sentir vergonha?", ele perguntava a si mesmo. "Não fiz nada para elas."

As coisas vinham se fragmentando em Bilquìs havia anos, ventos de fogo, cavaleiros com estandartes acenando, gerentes de cinema assassinados, não ter filhos, perder o amor do marido, encefalite, perus, folhas de errata, mas o pior de tudo era estar ali, naquele palácio, naquela residência de rainha com a qual tinha sonhado, e descobrir que também não adiantava nada, que nada funcionava, tudo se transformava em cinzas. Arruinada pelo vazio de sua glória, ela se alquebrara finalmente com o declínio de sua favorita Boa Nova, que sufocava debaixo da suave avalanche de filhos e não se consolava... uma manhã todos viram Bilquìs vestindo a burca negra, pegando o véu, ou purdah, embora estivesse dentro de casa e na presença apenas de membros da família e criados. Raza Hyder perguntou o que ela achava que estava fazendo, mas ela limitou-se a dar de ombros e respondeu: "Estava ficando muito quente, então pensei em puxar as cortinas", porque agora ela quase não conseguia mais falar senão por metáforas. Seus resmungos eram cheios de cortinas, oceanos e foguetes, e logo todo mundo se acostumou com isso e com o véu de seu solipsismo, porque cada um tinha os seus problemas. Bilquìs Hyder se tornou, nesses anos, quase invisível, uma sombra caçando nos corredores alguma coisa que tinha perdido, o corpo, talvez, do qual se descolara. Raza Hyder providenciou para que ela ficasse dentro de casa... e a casa administrava-se sozinha, havia criados para tudo, e a senhora da residência do comandante em chefe tornou-se menos que um personagem, uma miragem quase, um sussurro nos cantos do palácio, um rumor em um véu.

Rani Harappa telefonava de vez em quando, Bilquìs às vezes atendia o telefone, às vezes não; quando ela efetivamente falava, era baixinho e em tons tão arrastados que Rani achava difícil entender o que ela dizia, discernindo apenas uma profunda amargura, como se Bilquìs tivesse começado a se ressentir com sua amiga, como se a esposa quase descartada de Hyder ainda tivesse orgulho suficiente para desgostar do modo como Iskander escolhera seu marido e o fizera grande. "Seu marido, Rani", ela disse uma vez, em alto e bom som, "ele não vai ficar contente enquanto Raza não se abaixar e lamber suas botas."

O general Hyder iria lembrar até o dia de sua morte a visita que fizera a Iskander Harappa para discutir o orçamento de defesa e fora esbofeteado por seu esforço. "A verba para despesas está chegando a níveis abaixo do aceitável, Isky", ele informou ao primeiro-ministro, e, para seu assombro, Harappa deu um murro na mesa tão feroz que as canetas Mont Blanc pularam nos suportes e as sombras pelos cantos ciciaram alarmadas. "Aceitável para quem?", Iskander Harappa gritou. "O Exército não dá mais as ordens, não, senhor. Não mais. Ponha isso na cabeça. Se nós destinarmos a você cinquenta paisa por ano, é com isso que você tem de se virar. Entenda bem e dê o fora."

"Iskander", disse Raza, sem levantar a voz, "não esqueça dos seus amigos."

"Um homem na minha posição não tem amigos", Harappa respondeu. "Existem só alianças temporárias baseadas em interesse mútuo."

"Então você não é mais um ser humano", Raza disse e acrescentou, pensativo: "Um homem que acredita em Deus tem de acreditar também nos homens". Iskander Harappa teve um acesso de raiva ainda mais furioso. "Cuidado, general", guinchou, "porque posso te jogar de volta na lata de lixo onde te encontrei." Ele saíra de trás de sua mesa e gritava bem na cara de Raza, depositando saliva nas faces do general. "Deus te perdoe, Isky", Raza murmurou, "você esqueceu que não somos seus criados." Foi nesse momento que Iskander Harappa bateu numa face molhada de cuspe. Ele não revidou a bofetada, mas observou suavemente: "O rubor provocado por esse golpe não se apaga com facilidade". Anos depois, Rani Harappa comprovaria esse momento, imortalizando esses rubores num xale.

E anos depois, quando Iskander Harappa estava seguramente debaixo da terra e sua filha dura feito aço trancada com sua mãe, Raza Hyder se viu sonhando com essa bofetada e com todos os anos em que Isky Harappa o tratara como lixo. E Arjumand tinha sido ainda pior, ela olhara para ele com um ódio tão franco que ele acreditou que ela fosse capaz de qualquer coisa. Uma vez, Isky a mandara em seu lugar ao desfile anual do Exército, só para humilhar os soldados fazendo com que saudassem uma mulher, e uma mulher, além do mais, que não tinha *status* oficial no governo; e Raza cometera o erro de mencionar suas preocupações à virgem Calçadeferro. "Talvez a história tenha se colocado entre nossas casas", disse ele, "e as coisas tenham dado errado, mas lembre-se que não somos estranhos, Arjumand, temos um longo passado em comum."

"Eu sei", ela disse, secando, "minha mãe é sua prima, eu acho."

* * *

E Sufiya Zinobia?

Ela era e não era esposa dele. Em Karachi, na noite de núpcias, Omar Khayyam fora impedido por uma cláusula contratual de levar sua noiva para casa; em vez disso, foi conduzido a um quarto contendo uma cama de solteiro e nenhuma Sufiya Zinobia em parte alguma. Shahbanou, a aia, o fez entrar e ficou obstinadamente na porta, os músculos tensos. "Doutor sahib", disse, afinal, "o senhor tem de me dizer quais são suas intenções." A feroz preocupação com Sufiya Zinobia, que levara Shahbanou a cometer tão ultrajante ruptura na lei social no tocante à relação senhor-criado, também impediu que Omar Khayyam se zangasse. "Não se preocupe", ele tranquilizou a aia, "sei que a moça é simples. Não tenho nenhum desejo de me impor, de forçar meu contato com ela, de exigir meus direitos matrimoniais", diante do que Shahbanou assentiu com a cabeça e disse: "Tudo bem por enquanto, sahib, mas quanto tempo o senhor vai esperar? Homens não passam de homens".

"Espero até quando minha esposa estiver concorde", Omar Khayyam replicou zangado, "não sou nenhum selvagem." (Mas uma vez — nós lembramos — ele chamou a si mesmo de menino-lobo.)

Shahbanou virou-se para ir. "Se ficar impaciente", ela disse a ele, direta, "lembre-se que vou estar esperando para matar o senhor se tentar."

No momento da mudança para o Norte, era claro que Omar Khayyam tinha mudado seus modos. Assim como Iskander Harappa, mas por razões diferentes, desistira do velho deboche: Raza Hyder não aceitaria nada menos. A nova versão nortista de

Omar Khayyam Shakil vivia com simplicidade e trabalhava duro: catorze horas por dia no Hospital Mount Hira, exceto naquelas ocasiões em que ficava no canto do ringue do general durante os surtos de luta livre. Voltava à residência do comandante em chefe apenas para comer e dormir, mas, apesar de todas as provas de reforma, abstinência e dedicação, Shahbanou continuava a vigiá-lo como uma águia, até porque sua figura já ampla tornara-se ainda mais corpulenta naqueles dias, de forma que quando ele brincou com a aia: "Bom, Banou, estou sendo um bom menino ou não?", ela respondeu séria: "Omar sahib, vejo o senhor inchando sabe Deus com o quê, e está comendo tão pouco que não pode ser comida, então no meu entender é só uma questão de tempo até o senhor perder o controle ou explodir. Como é difícil ser homem", disse ela com uma austera compaixão nos olhos.

Nessa noite, ele reconheceu a batida de Shahbanou na porta de seu quarto. Saiu da cama e chegou à porta bufando e dando palmadinhas no coração, para encontrar a aia do lado de fora, segurando uma vela, o cabelo solto, o corpo ossudo de pássaro tyliar meio visível na roupa de algodão. "O que você está pensando?", Omar Khayyam perguntou, surpreso, mas ela passou por ele e sentou solenemente na cama.

"Não quero matar ninguém", explicou em tom neutro, "então pensei: melhor eu fazer isso então."

"Como você ama essa moça", Omar Khayyam deslumbrou-se. "Mais que você", ela respondeu sem crítica, e depressa removeu a roupa.

"Sou um velho", ele disse a ela depois, "então três vezes é no mínimo duas além da conta. Talvez você queira me matar, sim, e este é o método mais simples."

"Não é simples, Omar sahib", ela replicou, "e o senhor não é essa ruína que diz ser."

Depois disso, ela veio a ele todas as noites, menos no seu período do mês e nos dias de fertilidade, e nessas sete ou oito noites ele ficava nas garras de sua insônia involuntária, imaginando o corpo dela como um arame ao lado dele na cama, e imaginando o estranho destino que o levara a se casar com uma esposa e adquirir outra bem diferente. Depois de algum tempo, deu-se conta de que tinha começado a perder peso. Os quilos estavam começando a sumir dele, e no momento em que Harappa caiu, ele havia ficado não exatamente magro, porque isso ele nunca seria, mas encolhera a ponto de não caber em nenhum de seus ternos (nisso se vê que a vida dele e a de Isky ainda estavam ligadas, porque Isky também tinha perdido peso... porém, uma vez mais, por razões diferentes. Por razões diferentes); sob o encanto da aia parse ele havia diminuído a dimensões notavelmente normais. "Posso não ser nenhum astro de cinema", ele disse ao espelho, "mas também deixei de parecer um desenho animado." Omar Khayyam e Shahbanou: nosso herói periférico tinha adquirido uma esposa sombra e, como resultado, sua própria sombra havia podido ficar menor.

E Sufiya Zinobia?

... deitada na cama, ela aperta as pálpebras fechadas com os dedos à espera do sono que, sabe, nunca virá. Sente na pele das pálpebras o pinicar dos olhos de Shahbanou. A aia na esteira, observando, esperando. Então ela, Sufiya Zinobia, resolve que dormir é impossível, relaxa completamente, solta as mãos, finge. Ela descobriu que essa micagem, esse simulacro de sono, deixa os outros felizes. Ela o faz automaticamente agora, tem muita prática, a respiração entra em um certo ritmo, há um certo jeito de mexer o corpo a certos intervalos intuídos, um certo padrão de comportamento dos globos oculares debaixo das pálpebras. Depois de algum tempo, ela escuta Shahbanou levantar da esteira, deslizar para fora do quarto, seguir alguns passos pelo corredor, bater. A insônia afia o ouvido. Há uma coisa que as pessoas fazem à noite. Sua mãe lhe falou de oceanos e peixes. Por trás das pálpebras, ela vê a aia parse se metamorfoseando, tornando-se líquida, fluindo para fora até encher o quarto. Shahbanou derretida, salgada, imensa e um transmutado Omar criando escamas, barbatanas, guelras, nadando naquele mar. Ela se pergunta como será depois, quando eles mudam de volta, como arrumar a confusão, como tudo seca. (Uma manhã, ela se esgueirou no quarto do marido quando ele foi para o hospital e Shahbanou foi fazer o rol da roupa suja com a dhobi. Tocou os lençóis com as mãos, encontrou trechos úmidos. Mas um oceano tinha de deixar sua marca: examinou o chão em busca de estrelas do mar, algas, conchas. E não encontrou nada: um mistério.)

Agora ela gosta que às vezes a deixem sozinha e as coisas podem acontecer em sua cabeça, as coisas favoritas que ela guarda ali dentro, trancadas; quando as pessoas estão presentes, ela nunca ousa tirar essas coisas e brincar com elas, no caso de elas serem levadas embora ou quebradas por engano. Gente grande e desajeitada à volta, não têm a intenção de quebrar as coisas, mas quebram. Dentro de sua cabeça, os preciosos brinquedos frágeis. Uma das melhores coisas de dentro é quando seu pai a carrega. Abraça, sorri, chora por ela. Diz coisas que ela não entende de fato, mas que soam bem. Ela o tira da cabeça e o faz repetir e repetir, tudo, como se contasse uma história para dormir seis vezes em seguida. Não se pode fazer isso com as coisas fora da cabeça. Às vezes, elas só acontecem uma vez e você tem de ser rápido e agarrá-las, escondê-las em seu lugar secreto. Às vezes, elas não acontecem por nada. Uma coisa que ela tem dentro nunca aconteceu em nenhum outro lugar: a mãe pula com ela. Bilquìs segura a corda de pular e as duas pulam juntas, mais depressa mais depressa, até que pulam tão depressa que não dá mais para ver quem é quem, as duas podiam ser uma só pessoa presa dentro do círculo da corda. Ela se cansa de brincar com esse brinquedo, não por pular, mas pela dificuldade de fazer as coisas dentro que não foram parar lá vindas de fora. Por que existem coisas só de dentro tão mais difíceis de fazer? E quase impossível de repetirrepetir.

Uma professora especial vem quase todo dia e ela gosta disso. Ela, a professora, traz coisas novas e Sufiya Zinobia coloca algumas dessas coisas dentro de sua cabeça também. Tem uma coisa chamada o mundo que faz um barulho oco quando você bate com os nós dos dedos ou às vezes é plano e dividido em livros. Ela sabe que na verdade é uma imagem de um lugar muito maior chamado todaparte, mas não é uma boa imagem porque ela não pode se ver ali, nem com uma lupa. Ela põe um mundo muito melhor dentro de sua cabeça, pode ver todo mundo que quer ali. Omar Shahbanou Bilquìs Raza miudinhos na latinha. Ela acena, e a família de formiguinhas acena de volta. Escrevendo ela também pode fazer isso. Em seu lugar secreto suas letras favoritas, o acidentado *sìn*, o bastão de hóquei *làm*, *mìm* com seu peito estufado como um peru, se escrevendo sem parar.

Ela enche a cabeça de coisas boas para não haver espaço para outras coisas, as coisas que ela odeia.

Um retrato dela com aves mortas. Quem pôs aquilo ali? E um outro: ela mordendo alguém, forte. Às vezes, essas ruindades começam a se repetir como um disco riscado e não é fácil afastá-las e pegar o sorriso de seu pai ou a corda de pular no lugar delas. Ela sabe que esteve doente e talvez esses brinquedos ruins tenham sobrado daquela época.

E tem outras coisas que não parecem ser de lugar nenhum. Elas vêm quase sempre durante as noites sem sono, formas que a fazem sentir vontade de chorar ou lugares com pessoas penduradas no teto de cabeça para baixo. Ela sente que coisas que entram dentro dela devem ser por sua própria culpa. Se fosse boa, as coisas ruins iriam para outro lugar, então isso quer dizer que ela não é boa. Por que ela é tão ruim? O que a torna odiosa, má? Ela se vira na cama. E vertem de dentro as assustadoras formas estranhas.

Muitas vezes ela pensa sobre *marido*. Ela sabe o que é um *marido*. O pai dela é um *marido*, Talvar Ulhaq também e agora ela também tem um. O que quer dizer isto, *ter um marido*? Para que eles servem? Ela pode fazer quase tudo sozinha e Shahbanou ajuda com o resto. Mas ela *tem* um *marido*. É outro mistério.

Antes do casamento ela perguntou sobre isso a Shahbanou e pôs Shahbanou respondendo dentro da cabeça. Ela tira a aia e ouve ela dizer e repetirrepetir: "Servem para dar dinheiro e bebês. Mas não se preocupe, bibi, dinheiro não é problema e bebês não são para você". Ela não consegue entender isso, por mais que a imagem se repita. Se dinheiro não é problema, não seria preciso um marido. *E bebês não são para você.* Por quê? "Porque sim, estou dizendo." Mas por quê? "Ah, shh. Porque porque porque você vai embora voando." Sempre termina assim, sem explicar nada. Mas essa história de marido é importante. Ela *tem* um. Todo mundo deve saber, mas ela não sabe. Mais uma vez a culpa é sua.

A melhor coisa que aconteceu recentemente são os bebês, os bebês de sua irmã. Ela, Sufiya, brinca com eles sempre que pode. Ela gosta de vê-los engatinhar, cair, fazer barulhos engraçados, gosta de saber mais do que eles. Pula corda para eles: ah, o deslumbramento nos olhos deles. Ela os põe dentro da cabeça e os tira quando o sono não vem. Boa Nova nunca brinca com os bebês. Por quê? Não adianta perguntar. "Por que por que bolo e glacê." Em sua cabeça os bebês riem.

Depois as formas ruins outra vez, porque se ela tem um marido, e um marido é para bebês, mas bebês não são para você, então alguma coisa deve estar errada. Isso lhe provoca uma sensação. Como um rubor, no corpo todo, quente quente. Mas embora sua pele pinique e seu rosto queime, só está acontecendo por dentro; ninguém nota esses rubores internos. Isso também é estranho. Piora a sensação. Às vezes ela pensa: "Estou virando uma coisa", mas quando essas palavras vêm à sua cabeça, ela não sabe o que querem dizer. Como você se transforma numa coisa? As palavras ruins, erradas e a sensação mais dura e mais dolorosa. Vá embora vá embora vá embora. Vá embora.

Tem uma coisa que mulheres fazem à noite com maridos. Ela não faz isso, Shahbanou faz para ela. *Detesto peixe.* O marido não vem para ela à noite. Duas coisas que ela não gosta: que ele não venha, essa é uma e a coisa em si é a segunda, parece horrível, deve ser, os guinchos e gemidos, os lençóis molhados, cheirando. *Chhi chhi.* Nojento. Mas ela *é uma esposa*. Ela *tem um marido*. Não consegue resolver a coisa. A coisa horrível e a coisa horrível de não fazer a coisa. Aperta as pálpebras bem fechadas com os dedos e faz os bebês brincarem. Não tem oceano, mas tem uma sensação de afundar. Que a deixa enjoada.

Tem um oceano. Ela sente sua maré. E em algum lugar nas profundezas uma fera, se mexendo.

O negócio das crianças desaparecidas vinha acontecendo nas aldeias e favelas havia muitos anos. Eram várias as teorias sobre esses desaparecimentos. Foi sugerido que as crianças eram abduzidas para o Golfo para servir como mão de obra barata ou ser exploradas por príncipes árabes das piores, inomináveis maneiras. Algumas pessoas afirmavam que os pais eram os culpados, que eles é que se livravam dos membros indesejados de suas famílias imensas. O mistério nunca fora resolvido. Nenhuma prisão foi feita, nenhuma conspiração de tráfico de escravos revelada. Passou a ser um fato da vida: crianças simplesmente desapareciam, em plena luz do dia, no nada. Puf!

Então, encontraram os corpos sem cabeça.

Foi no ano da eleição geral. Depois de seis anos no poder, Iskander Harappa e a Frente Popular estavam numa dura campanha. A oposição era feroz: os rivais de Isky tinham se unido para lutarem arduamente contra ele. Fizeram críticas econômicas e também sugestões de impiedade, instigações de arrogância, insinuações de corrupção. O que se pensava em geral era que a Frente ia perder em todos os distritos eleitorais de fronteira, tanto no noroeste como em torno de Q. Também em muitos pontos nas cidades. Em resumo, as pessoas estavam com a cabeça muito ocupada para se preocupar com uns pobres mortos.

Os quatro corpos eram todos adolescentes, masculinos, comoventes. As cabeças haviam sido torcidas nos pescoços por alguma força colossal e literalmente arrancadas dos ombros. Traços de sêmen foram encontrados nas calças esfarrapadas. Eles foram achados num depósito de lixo perto de uma favela. Parecia que os quatro tinham morrido mais ou menos ao mesmo tempo. As cabeças nunca foram encontradas.

A campanha eleitoral estava febril. Os assassinatos mal apareceram nos jornais; não foram noticiados no rádio. Havia rumores, alguma fofoca, mas as pessoas logo se entediaram. Todo tipo de Deus sabe o que pode acontecer nessas favelas.

Foi isso que aconteceu.

A mulher de véu: uma história de horror.

Talvar Ulhaq estava no avião indo de Q. para a capital quando teve a visão. Naqueles dias, o chefe da Força de Segurança Federal era um homem ocupado, que pouco dormia, correndo pelo país. Era tempo de eleição e Talvar era membro do círculo de confiança mais íntimo de Iskander Harappa, seu ato de traição ainda estava no futuro. Então ele se achava absolutamente ocupado, porque Isky confiava na FSF para mantê-lo um passo à frente de seus opositores, para descobrir os planos deles, infiltrar quinta-colunas em seus quartéis generais e subverter suas organizações, encontrar motivos para prender seus líderes. Ele estava ocupado com essas questões naquele avião, de forma que quando os ligamentos danificados de seu pescoço começaram a brincar como um diabinho, ele rilhou os dentes e ignorou-os, porque estava passando os olhos cuidadosamente por certas fotografias de políticos separatistas da Frente na cama com atraentes rapazes que eram, na verdade, leais funcionários da FSF, trabalhando corajosa e altruisticamente por seu país. Mas quando a visão veio e Talvar teve de levantar os olhos do trabalho, porque lhe pareceu que a cabine tremulou e se dissolveu, ele então estava parado como uma sombra no corredor da residência Hyder, à noite, observando o vulto de Bilquìs Hyder, velada como sempre dos pés à cabeça por uma burca negra, vindo de encontro a ele por um corredor escuro. Quando ela passou por Talvar sem olhar em sua direção, ele se horrorizou ao perceber que a burca estava encharcada e pingando alguma coisa grossa demais para ser água. O sangue, negro no corredor sem iluminação, deixava uma trilha no caminho atrás dela.

A visão se apagou. Quando Talvar chegou em casa, verificou as coisas e descobriu que nada parecia fora do lugar na casa Hyder, Bilquìs não tinha saído de seus aposentos, e estavam todos bem, então deixou o assunto de lado e prosseguiu com seu trabalho. Mais tarde, confessou ao general Raza Hyder: "Erro meu. Eu devia ter visto imediatamente que alguma coisa estava acontecendo; mas meu pensamento estava em outras coisas".

No dia seguinte à sua volta de Q., Talvar Ulhaq ouviu falar dos quatro corpos sem cabeça por puro acaso: dois de seus homens faziam piada com os assassinatos na cantina da FSF, se perguntando se poderiam atribuir os crimes a bem conhecidos chefões da oposição. Talvar ficou gelado e amaldiçoou a si mesmo. "Seu idiota", pensou, "não é de admirar que seu pescoço esteja doendo."

Foi imediatamente para o Quartel General do Exército e pediu que Raza o acompanhasse até o jardim, para ter certeza de que não seriam ouvidos. Hyder, um tanto confuso, fez o que seu genro pedia.

Assim que saíram para o calor da tarde, Talvar relatou sua visão e admitiu abertamente que devia ter se dado conta de que o vulto que vira era pequeno demais para ser Bilquìs Hyder. Parecia-lhe também que, pensando bem, havia alguma coisa um pouco solta e sem coordenação no passo do vulto... "Desculpe", disse, "mas acho que Sufiya Zinobia teve outra crise de sonambulismo." Era tal o respeito que havia por seus poderes de clarividência que Raza Hyder ouviu, tonto, mas sem interrupção, enquanto Talvar prosseguia, expressando a opinião de que se Sufiya Zinobia fosse submetida a um exame médico, descobririam que ela não era *virgo intacta*, o que seria altamente suspeito, uma vez que todo mundo sabia que o marido não partilhava seu leito. "Desculpe a minha franqueza, sir, mas acredito que ela teve relações com os quatro rapazes gundas antes de arrancar a cabeça deles."

A imagem de sua filha perturbada da cabeça submetendo-se àquele múltiplo defloramento e depois se erguendo em vingança para estraçalhar seus amantes fez Raza Hyder sentir-se fisicamente mal... "Por favor, entenda, sir", Talvar dizia, respeitosamente, "que não quero dar prosseguimento a esse assunto, a não ser com suas instruções precisas. É um assunto de família."

"Como eu podia saber?", disse Raza Hyder, a voz chegando quase inaudível de uma grande distância. "Umas aves, um ataque de raiva num casamento, depois nada durante anos. Eu sempre pensando: qual o problema? Vai passar, passou. Nos enganamos. Tolos." E permaneceu em silêncio vários minutos. "Pode ser o meu fim", acrescentou afinal, "*funtush, kaput*, boa noite."

"Não se pode aceitar isso, sir", Talvar protestou. "O Exército precisa do senhor."

"Bondade sua, Talvar", Raza sussurrou e entrou em divagação até o genro tossir e perguntar: "Então, como fazemos, sir?".

O general Hyder voltou a si num estalo. "Como assim?", perguntou. "Como fazemos com o quê? Que prova existe disso? Só teoria e misticismo. Não quero ouvir falar disso. Como você ousa fazer afirmações com base nisso? Para o inferno com essa idiotice. Não me faça perder tempo."

"Não, sir." Talvar Ulhaq pôs-se em posição de sentido. O general tinha lágrimas nos olhos quando passou o braço sobre o ombro engalanado do rapaz.

"Entendeu o recado, certo, Talvar, meu rapaz? *Shhh*: calar é a palavra."

Nas profundezas do oceano, a Fera do mar se agita. Inchando devagar, alimentando-se de inadequação, culpa, vergonha, subindo à superfície. A Fera tem olhos como faróis, capaz de se apossar de insones e transformá-los em sonâmbulos. Insônia em sonambulismo, moça em demônio. O tempo corre diferente para a Fera. Os anos voam como pássaros. E enquanto a menina cresce, enquanto cresce seu entendimento, a Fera tem mais para comer... A idade mental de Sufiya Zinobia aos vinte e oito progrediu para aproximadamente nove e meio, de forma que quando Shahbanou, a aia, ficou grávida naquele ano e foi despedida do serviço por imoralidade, Sufiya sabia o que tinha acontecido, ouvira os barulhos noturnos, os gemidos, os gritos como de pássaro. Apesar de suas precauções, a aia concebera uma criança, porque é fácil errar no cálculo de datas, e ela partiu sem uma palavra, sem tentar atribuir culpas. Omar Khayyam manteve-se em contato com ela, pagou o aborto e garantiu que ela não morresse de fome depois, mas isso não resolveu nada; o dano estava feito.

Sufiya Zinobia dura como uma tábua na cama. Tentando tirar as coisas boas da cabeça, bebês, o sorriso de seu pai. Mas em vez disso existe apenas a coisa dentro de Shahbanou, a coisa que maridos fazem, como ele não me deu o bebê, ela o pôs dentro dela em vez disso. Ela, Sufiya, possuída pelo erro e pela vergonha. Aquela mulher que me amava. E meu marido, quem pode censurar, ele nunca teve esposa. Sempressempre em seu quarto vazio, ela é uma maré que vira enchente, sente alguma coisa chegando, rugindo, sente tomar conta dela, a coisa, a enchente ou talvez a coisa na enchente, a Fera explodindo para semear o caos no mundo e depois disso ela não sabe mais nada, não lembra mais nada, porque ela, a coisa, está solta.

Insônia em sonambulismo. O monstro levanta-se da cama, avatar da vergonha, deixa aquele quarto sem aia. A burca vem de algum lugar, qualquer lugar, nunca foi uma roupa difícil de encontrar naquela casa triste, e então a caminhada. Numa repetição do desastre dos perus, ela enfeitiça os guardas noturnos, os olhos da Fera brilham nos dela e transformam os sentinelas em pedra, quem sabe como, mas depois, quando despertam, eles não têm consciência de ter dormido.

A vergonha anda pelas ruas de noite. Nas favelas, quatro jovens ficam paralisados por aqueles olhos assustadores, cujo mortal fogo amarelo sopra como um vento da rede do véu. Eles a seguem até o depósito de lixo da perdição, ratos atrás do flautista, autômatos dançando à luz que tudo consome daqueles olhos atrás do véu negro. Ela se deita; e o que Shahbanou tomou para si é finalmente feito a Sufiya. Quatro maridos vêm e vão. Quatro entram e saem, e então as mãos dela pegam o pescoço do primeiro rapaz. Os outros ficam parados imóveis esperando a vez. As cabeças são jogadas para o alto, mergulham nas nuvens esparsas; ninguém as viu cair. Ela se levanta, vai para casa. E dorme; a Fera cede.

O general Raza Hyder revistou pessoalmente o quarto da filha. Quando encontrou a burca, ela estava quebradiça, engomada com o sangue seco. Embrulhou-a em jornal e queimou até virar cinza. Depois jogou as cinzas pela janela de um carro em movimento.
Era o dia da eleição e havia muitas fogueiras.

11. Monólogo de um enforcado

O primeiro-ministro Iskander Harappa teve dor de dente trinta segundos antes de os jipes cercarem sua casa na capital de terminais aéreos indesejados. Sua filha Arjumand tinha acabado de dizer alguma coisa que desafiava o destino, e sempre que alguém fazia isso levava os dentes de Iskander, enegrecidos pelo bétel, a uivar de supersticiosa angústia, principalmente depois da meia-noite, quando essas coisas eram ainda mais perigosas do que pareciam à luz do dia. "A oposição está sem gás", Arjumand havia sugerido, para grande alarme de seu pai. Ele divagava à maneira satisfeita de depois do jantar sobre o rumor de uma pantera albina que havia escapado das florestas das montanhas de Bagheeragali a uns sessenta quilômetros; com um esforço mental para sair daquelas florestas assombradas, repreendeu a filha: "Deus sabe como eliminar esse seu otimismo; vou ter de deixar você de molho no reservatório atrás do Dique da Barragem". Então os dentes começaram a infernizá-lo, de um jeito ainda pior que antes, e em sua surpresa ele disse o que tinha pensado de repente: "Estou fumando o penúltimo charuto da minha vida". Assim que a profecia saiu de sua boca, juntou-se a eles um hóspede não convidado, um oficial do Exército com a cara mais triste do mundo, o coronel Shuja, há seis anos *aide-de-camp* do general Raza Hyder. O coronel bateu continência e informou do golpe o primeiro-ministro. "Peço que me perdoe, sir, mas tem de me acompanhar imediatamente à casa de repouso Bagheeragali". Iskander Harappa compreendeu que havia falhado em captar o sentido de sua divagação, e sorriu da própria tolice. "Está vendo, Arjumand", disse, "querem me dar para a pantera comer, não é?" Depois virou-se para Shuja e perguntou quem tinha dado tal ordem. "O administrador-chefe da lei marcial, sir", respondeu o coronel. "General Hyder, sir, por favor me desculpe."

"Olhe nas minhas costas", Iskander disse à filha, "e vai ver a faca de um covarde."

Trinta minutos depois, o general Salmàn Tughlak, chefe-adjunto de pessoal, foi lançado em um ruidoso pesadelo, em que o fiasco da guerra da Asa Leste repassava em câmera lenta, pela insistência do toque do telefone. O general Tughlak era o único membro do alto comando do presidente Cão Felpudo a escapar da limpeza feita por Harappa nos altos escalões do sistema de Defesa, e por um momento o pesadelo se recusou a abandoná-lo, de forma que ele gritou perturbado ao telefone: "O que aconteceu? Nós nos rendemos?".

"Fizemos isso", a voz de Raza Hyder disse com alguma confusão.

O general Tughalk ficou igualmente intrigado: "Fizemos o quê, pelo amor de Deus?".

"Ya Alá", Raza Hyder disse, em pânico, "ninguém contou para você?" Ele então começou a gaguejar, porque é claro que o chefe-adjunto era seu superior e se o chefe se recusasse a levar a Marinha e a Força Aérea a apoiarem a iniciativa do Exército, as coisas iam ficar muito pretas. Graças ao indecifrável gaguejar de seu medo e à insistente névoa de sono que envolvia o general Tughlak, Raza Hyder demorou mais de cinco minutos para fazer o chefe-adjunto entender o que tinha acontecido naquela noite.

"E então?", Tughlak perguntou afinal. "E agora?"

O gaguejar de Hyder melhorou; mas ele continuou cauteloso. "Com licença, general", ele lançou mão de táticas de retardamento, "o que o senhor quer dizer, sir?"

"Que droga, homem", Tughlak explodiu, "que ordens o senhor vai dar?"

Houve um silêncio, durante o qual Raza Hyder entendeu que ia ficar tudo bem; depois disse mansamente: "Thughlakji, sabe, com sua experiência prévia em lei marcial e tudo...".

"Diga de uma vez", Tughlak ordenou.

"... francamente, sir, esperávamos que pudesse nos ajudar com isso."

"Amadores filhos da puta", resmungou, feliz, o velho Tughlak, "tomam um governo e não sabem distinguir cacete de cassetete."

A oposição não aceitou o resultado da eleição. Turbas nas cidades gritavam contra a corrupção; houve incêndios, tumultos, greves. O Exército foi mandado para atirar em civis. Jawans e jovens oficiais murmuraram sílabas de motim, que foram logo sufocadas por tiros de rifle. E Arjumand Harappa desafiou o destino.

Diz-se que o general Hyder de início relutou em agir, e só o fez quando seus colegas lhe deram a opção de depor Harappa ou cair com ele. Mas o presidente Hyder negou isso: "Sou do tipo", disse, "que vê uma bagunça e não consegue deixar de arrumar".

Na manhã seguinte ao golpe, Raza Hyder apareceu na televisão em rede nacional. Estava ajoelhado num tapete de oração, segurando as orelhas, recitando versos do Alcorão; depois levantou-se de suas devoções para se dirigir à nação. Foi esse o discurso em que se ouviu pela primeira vez o famoso termo "Operação Árbitro". "Entendam", disse Raza, enérgico, "o Exército não quer ser mais que um juiz ou árbitro honesto."

Onde estava a mão direita de Raza quando ele falou? Quando prometeu novas eleições dentro de noventa dias, onde estavam pousados seus dedos? Calçado de couro e vestido de seda, o que emprestava credibilidade a seu juramento de que todos os partidos políticos, inclusive a Frente Popular "desse valente guerreiro e grande político" Iskander Harappa, poderiam concorrer à nova eleição? "Eu sou um simples soldado", Raza Hyder declarou, "mas escândalo é escândalo, e precisamos desescandalizar." A câmera de televisão desceu de seu rosto com a ferida *gatta*, por seu braço direito, até a nação ver onde estava pousada sua mão direita: no Livro Sagrado.

Raza Hyder, protegido de Harappa, transformou-se em seu carrasco; mas ele também quebrou seu juramento sagrado, e ele era um homem religioso. O que fez depois pode muito bem ter sido resultado de seu desejo de limpar seu nome conspurcado aos olhos de Deus.

Foi assim que começou. Arjumand Harappa foi despachada para Rani em Mohenjo; mas Haroun Harappa não foi pego. Tinha fugido do país ou ido para a clandestinidade... fosse o que fosse, naqueles dias, parecia uma reação consideravelmente exagerada. Raza Hyder brincou com o general Tughlak: "Esse rapaz é danado de burro. Será que acha que vou cortar o negócio dele porque não foi capaz de casar com a minha filha?".

O primeiro-ministro Harappa ficou detido com certo conforto na casa de repouso do governo em Bagheeragali, onde é claro que não foi devorado por uma pantera. Ele até manteve o direito de usar o telefone, apenas para receber chamadas; os jornais ocidentais descobriram o número e Iskander deu longas e eloquentes entrevistas a muitos jornalistas de além-mar. Nessas entrevistas, fez acusações detalhadas, lançando numerosas dúvidas à boa-fé, à fibra moral, à potência sexual e à legitimidade de nascimento de Raza Hyder. Mesmo assim, Raza continuou tolerante. "Esse Isky", confidenciou ao coronel Shuja, "sujeito muito nervoso. Sempre foi. E é natural que esteja zangado; eu também estaria no lugar dele. Além disso, não se pode acreditar em tudo que se lê na imprensa cristã."

"Suponhamos que o senhor faça eleição e ele ganhe, sir", aventurou o coronel Shuja com o rosto assumindo a expressão mais dolorosa que Raza já havia visto naquela cara infeliz, "se me perdoa, mas o que ele faria com o senhor?"

Raza Hyder pareceu surpreso. "*Faria* como?", gritou. "Comigo? Seu velho camarada, parente por casamento? Eu o torturei por acaso? Mandei prender na cadeia pública? Então o que ele *faria*?"

"Família de gângsteres, sir", disse Shuja, "esses Harappa, todo mundo sabe. Vinganças criminosas e sabe-se lá o quê mais, está no sangue deles, se me perdoa, general."

A partir desse momento, a testa marcada de Raza Hyder adquiriu profundas rugas de preocupação e dois dias depois ele anunciou a seu *aide-de-camp*: "Vamos ver logo esse sujeito e acertar as coisas".

Depois, o coronel Shuja juraria que, até a reunião de Raza com Iskander, o general não tinha pensado em assumir a presidência. "Esse homem idiota", ele sempre dizia quando perguntavam, "chamou o castigo sobre a própria cabeça." Shuja foi de carro com o general Hyder até Bagheeragali, e quando o carro oficial subiu as estradas da montanha, as narinas deles foram atacadas pelos doces aromas dos pinheiros e da beleza, esses perfumes que têm o poder de elevar até o mais pesado coração e fazer pensar que nada é insolúvel. E no bangalô Bagheeragali o *aide-de-camp* esperou na antecâmara enquanto tinha lugar a fatídica conversa.

A premonição de Iskander Harappa sobre os charutos tornara-se realidade, porque apesar de todos os aparelhos de ar-condicionado e cálices de cristal lapidado, tapetes de Shiraz e outros confortos no resto da casa, ele não conseguiu localizar um único cinzeiro; e quando pediu que os guardas mandassem buscar uma caixa de seus Havanas favoritos em sua casa, eles polidamente lhe disseram que era impossível. A proibição de fumar tomou conta dos pensamentos de Isky, eliminando seu reconhecimento pela cama confortável e pelas boas refeições, porque era óbvio que alguém havia ordenado aos guardas que lhe negassem seus charutos, então estavam lhe dizendo algo — *cuidado* — e ele não gostava disso, não, senhor. A falta da fumaça do charuto deixava um gosto rançoso em sua boca. Ele começou a mascar noz de bétel sem parar, deliberadamente cuspindo o suco nos tapetes preciosos, porque sua raiva tinha começado a superar a meticulosa elegância de sua verdadeira natureza. Os paans faziam seus dentes doerem ainda mais, de forma que com tudo o que havia dado errado dentro de sua boca não era de surpreender que as palavras também ficassem ruins... Raza Hyder não podia estar esperando a recepção que teve, porque entrou no quarto de Iskander com um sorriso conciliatório no rosto; mas no momento em que fechou a porta, o xingamento começou e o coronel Shuja jurou que viu espirais de fumaça saírem pelo buraco da fechadura, como se houvesse um incêndio lá dentro ou quatrocentos e vinte charutos Havana, todos fumados ao mesmo tempo.

Sedutor da vira-lata da cadela da sua avó, vendedor das próprias filhas a preço de banana para os filhos da puta dos cafetões, infiel com diarreia que caga em cima do Alcorão — Isky Harappa xingou Raza durante uma hora e meia sem permitir nenhuma interrupção. Suco de bétel e falta de tabaco acrescentaram a seu já imenso vocabulário de imprecações um rancor mortal que não possuíra nem nos dias de sua juventude farrista. Quando terminou, as paredes daquela sala tinham recebido cusparadas de suco de bétel de alto a baixo, as cortinas estavam estragadas, parecia que um rebanho de animais fora sacrificado ali, como se perus ou cabras tivessem lutado loucamente em espasmos mortais, correndo pela sala com sangue a jorrar dos sorrisos vermelhos das gargantas. Raza Hyder saiu com suco de paan pingando da roupa, o bigode cheio dele e as mãos tremiam quando o fluido vermelho escorria por seus dedos, como se tivesse lavado as mãos numa bacia com o líquido vital de Iskander. Seu rosto estava branco como papel.

O general Hyder não falou até o carro estacionar diante da residência do comandante em chefe. Então disse ao coronel Shuja, em tom casual: "Andei ouvindo algumas coisas terríveis sobre o período do senhor Harappa no posto. Esse homem não merece ser libertado. É uma ameaça ao país".

Dois dias depois, Talvar Ulhaq deu uma declaração em que, sob juramento, acusava Iskander Harappa de planejar a morte de seu primo, Mirzinho. Quando o coronel Shuja leu esse documento, pensou, preocupado: "Veja só onde se acaba por causa da boca suja".

Nessa época, a casa do administrador-chefe da lei marcial tinha começado a parecer mais um orfanato do que uma instalação do governo devido à inabilidade de Boa Nova controlar a inundação anual de crianças que brotavam de suas entranhas. Vinte e sete crianças com idade entre um e seis anos vomitavam, babavam, engatinhavam, desenhavam com creiom nas paredes, brincavam com tijolos, gritavam, derramavam suco, adormeciam, rolavam escada abaixo, quebravam vasos, ululavam, riam, cantavam, dançavam, pulavam, faziam xixi na calça, exigiam atenção, ensaiavam palavrões, chutavam suas aias, se recusavam a escovar os dentes, puxavam a barba do professor de religião contratado para ensinar-lhes a escrever e a ler o Alcorão, rasgavam cortinas, manchavam sofás, se perdiam, se cortavam, esperneavam contra as agulhas de vacinação e as injeções antitetânicas, imploravam por bichos de estimação, depois perdiam o interesse por eles, roubavam rádios e irrompiam em reuniões de alto nível como numa casa de loucos. Nesse meio-tempo, Boa Nova expandiu-se de novo e estava tão grande que parecia ter engolido uma baleia. Todo mundo sabia com uma terrível certeza que a progressão ia continuar, que dessa vez nada menos que oito bebês seriam produzidos, e no ano seguinte seriam nove, e depois dez, e assim por diante, de forma que ao completar trinta anos ela teria dado à luz a não menos que setenta e sete filhos; o pior ainda estava por vir. É possível que se Raza e Talvar não estivessem pensando em outras coisas, eles pudessem ter adivinhado o que ela ia fazer; mas talvez ninguém conseguisse detê-la de qualquer forma, porque a opressão dos filhos começara a perturbar todo mundo que vivia em meio ao troar de seus números.

Ah, esse Talvar Ulhaq: quanta inquietude, quanta ambiguidade pendia em torno desse chefe da Força de Segurança Federal com seu pescoço duro! O genro de Hyder, braço direito de Harappa... depois da queda de Iskander Harappa, Raza Hyder sofreu considerável pressão para fazer alguma coisa sobre o marido de sua filha. A FSF não era uma organização popular; Raza não tinha opção senão desbaratá-la. Mas ainda havia gritos pedindo a cabeça de Talvar. Então foi muito bom o ex-astro do polo escolher esse momento para provar que era absolutamente sincero em seu voto de lealdade de ser o genro perfeito. Ele entregou a Raza Hyder seu dossiê secreto, detalhado, sobre o assassinato de Mir Harappa, no qual ficava claro que Haroun Harappa havia cometido o assassinato, movido por seu antigo ódio pelo pai; e que o gênio do mal por trás desse caso infeliz era ninguém menos que o presidente da Frente Popular, que um dia havia murmurado, pacientemente: "A vida é longa".

"Há provas de que ele malversou dinheiro público desenvolvendo o turismo, para benefício próprio, em Aansu", Raza Hyder informou o general Tughlak, "mas isto é muito melhor. Isso vai acabar com ele de uma vez."

O ato de traição leal cometido por Talvar Ulhaq mudou tudo. A Frente Popular foi banida da eleição; depois a eleição foi adiada; depois foi adiada de novo; depois engavetada; depois cancelada. Foi nesse período que as iniciais ACLM, indicando Administrador-Chefe da Lei Marcial, adquiriram novo significado. As pessoas começaram a dizer que indicava na verdade *Cancele Minha Última Determinação*.*

E a lembrança de uma mão direita sobre o Livro recusava a se apagar.

O presidente Iskander Harappa foi levado da casa de repouso em Bagheeragali para a prisão Kot Lakhpat, em Lahore. Lá foi mantido em confinamento solitário. Sofreu de malária e infecção do cólon. Houve crises de gripe severa. Seus dentes começaram a cair; e ele perdeu peso de outras formas também. (Já mencionamos que Omar Khayyam Shakil, seu velho companheiro de diabruras, também estava emagrecendo nesse período, sob a influência benigna de uma aia parse.)

---

* Em português, as iniciais do posto e da frase não correspondem como no original inglês: Administrador-Chefe da Lei Marcial é *Chief Martial Law Administrator*, CMLA, iniciais também de *Cancel My Last Annoucement* — Cancele Minha Última Determinação. (N. T.)

O julgamento teve lugar na Alta Corte de Lahore, diante de cinco juízes punjabi. Lembre-se que Harappa era originário do estado de Mohenjo, em Sind. O testemunho do ex-chefe Talvar Ulhaq foi vital para a acusação. Iskander Harappa apresentou provas em defesa própria, acusando Talvar de fabricar provas para salvar a própria pele. A certo ponto, Iskander usou a expressão "Maldição" e foi repreendido por usar linguagem inadequada na corte. Ele se desculpou: "Meu estado de espírito não está muito bom". O juiz principal replicou: "Não importa". Isso fez Iskander perder a paciência. "Já basta", gritou, "de insultos e humilhações." O juiz principal deu ordem aos policiais: "Levem embora esse homem até que recobre o juízo". Outro juiz acrescentou a seguinte observação: "Não podemos tolerar isso. Ele acha que é o ex-primeiro-ministro, mas isso não nos interessa". Ficou tudo registrado.

Ao fim de seis meses de julgamento, Iskander Harappa e também o ausente sr. Haroun Harappa foram condenados a pender pelo pescoço até a morte. Iskander foi imediatamente transferido para uma cela da morte na prisão de Kot Lakhpat. Deram-lhe apenas sete dias, ao contrário dos trinta usuais, para apresentar um recurso.

Iskander declarou: "Onde não há justiça, não há por que procurá-la. Não vou recorrer".

Nessa noite, a begum Talvar Ulhaq, ex-Boa Nova Hyder, foi encontrada em seu quarto na residência Hyder, pendurada pelo pescoço, morta. No chão, debaixo de seus pés pendentes, a corda arrebentada da primeira tentativa, rompida pelo enorme peso de sua gravidez. Mas ela não recuara. Havia jasmins em seu cabelo, ela enchera o quarto com a fragrância Joy, de Jean Patou, o perfume mais caro do mundo, importado da França, para encobrir o cheiro de suas entranhas se abrindo na morte. A nota de suicídio estava presa à obscena globularidade de sua cintura com um alfinete de segurança de bebê. Referia-se a seu terror da progressão aritmética de bebês que saíam de seu útero. Não mencionava o que pensava do marido, Talvar Ulhaq, que nunca seria julgado por nenhuma acusação.

No funeral de Navid Talvar, Raza Hyder ficou olhando a críptica e alheia figura de sua esposa Bilquìs na burca negra; ele se lembrou de repente como a tinha encontrado a primeira vez na distante fortaleza cheia de refugiados, ela tão nua então como vestida agora; ele viu a história dela como um lento recuar da nudez primeira para o segredo do véu.

"Ai, Bilquìs", ele murmurou, "o que aconteceu com nossas vidas?"

"Quer se sentir mal?", ela respondeu, alto demais. "Então sinta-se mal pela vida que se perdeu. Para mim a culpa disto é sua. Vergonha, vergonha, vergonha de matar."

Ele entendeu que ela não era mais a garota luminosa por quem tinha se apaixonado em um universo diferente; ela havia perdido a razão, e então ele fez o coronel Shuja escoltá-la para casa antes que os ritos do funeral terminassem.

Às vezes, ele acha que as paredes estão pulsando, como se o concreto manchado pela água tivesse desenvolvido um tique, e então ele se permite fechar as pálpebras pesadas como escudos de ferro, de forma que pode dizer a si mesmo quem ele é. Na armadura de sua cegueira, ele recita: Eu, Iskander Harappa, primeiro-ministro, presidente da Frente Popular, marido de Rani, pai de Arjumand, antigamente dedicado amante de... Ele esqueceu o nome dela e faz força para abrir as pálpebras, tem de usar os dedos para puxá-las para cima, e as paredes ainda estão pulsando. Baratas deslocadas pelo movimento caem em cima de sua cabeça; têm mais de sete centímetros de comprimento e quando as joga ao chão tem de pisar em cima delas com o calcanhar descalço; elas estalam como casca de pinhão no cimento. Há um tambor em seus ouvidos.

Qual é a forma da morte? A cela da morte tem três metros de comprimento, dois e pouco de largura, dois e quarenta de altura, quarenta e sete vírgula cinco metros cúbicos de finalização, além dos quais há à espera um certo pátio, um último charuto, silêncio. *Vou insistir num Romeo y Julieta. Essa história também termina em morte...* Chamam aquilo de confinamento solitário, mas ele não está sozinho, há moscas fornicando nas unhas de seus pés e mosquitos bebendo nas poças de seus pulsos, fazendo uso do sangue antes que seja todo desperdiçado. Quatro guardas no corredor também: em resumo, muita companhia. E às vezes deixam seus advogados fazerem uma visita.

Pela porta das barras de ferro vem o fedor da latrina. No inverno, ele treme, mas a temperatura baixa tira a força daquele cheiro marrom e fétido. Na estação quente eles desligam o ventilador de teto e o odor borbulha e incha, enfiando seus dedos pútridos no nariz dele, fazendo seus olhos saltarem mesmo que os dutos lacrimais estejam secos. Ele faz greve de fome e quando está quase fraco demais para se mexer, penduram um lençol na porta da latrina e ligam o ventilador. Mas quando ele pede para beber água, a trazem fervendo e ele tem de esperar muitas horas para esfriar.

Dores no peito. Ele vomita sangue. Há sangramentos nasais também.

Dois anos da queda ao enforcamento e quase o tempo todo passado no espaço fechado da morte. Primeiro em Kot Lakhpat, depois na Prisão Distrital, de onde, se houvesse uma janela, ele poderia ver o palácio de sua glória anterior. Quando o transferiram da primeira cela da morte para a segunda, ele teve a insensata convicção de que não tinha havido mudança nenhuma, que, embora tivesse sentido o saco na cabeça, os sacolejos, as sensações de viagem, do voo, tinham feito isso apenas para desorientá-lo, trazendo-o de volta ao ponto de partida. Ou ponto de chegada. As duas celas eram tão parecidas que ele não conseguia acreditar que havia sido transferido para a capital até seus advogados lhe dizerem isso.

Mantém-no algemado o tempo todo. Quando ele se vira muito de repente no sono, as algemas de metal mordem seus tornozelos. Durante uma hora por dia retiram as correntes; ele caga, anda. E é acorrentado outra vez. "Meu moral está alto", ele diz aos advogados, "porque eu não sou feito de madeira que queima fácil."

A cela da morte, suas proporções, seu conteúdo. Ele foca a mente no que é concreto, tangível, aqui. Essas moscas, mosquitos e baratas são seus amigos, ele os conta, podem ser tocados, ou esmagados ou suportados. Essas barras de ferro que o prendem, de uma a seis. Esse colchão que é um saco de pulgas, fornecido depois que ele armou uma confusão diária durante cinco meses, é uma vitória, talvez sua última. Essas correntes, essa caneca cheia de água quente demais para tocar. Querem dizer alguma coisa ali, tencionam alguma coisa. A cela da morte tem a chave do mistério de morrer. Mas ninguém arranhou um código em nenhuma parede.

Se aquilo é um sonho, e às vezes no calor de seus dias ele acha que é, então (ele sabe também) o sonhador é outro. Ele está dentro do sonho, ou não conseguiria tocar os insetos-sonho; a água-sonho não o queimaria... alguém o está sonhando. Deus, então? Não, Deus não. Ele batalha para lembrar a cara de Raza Hyder.

O entendimento vem antes do fim. Ele, Harappa, levou o general do sertão para o mundo. O general de quem aquela cela era um pequeno aspecto, que é geral, onipresente, onívaro: é uma cela dentro da cabeça dele. A morte e o general: Iskander não vê diferença entre os termos. *Do escuro para a luz, do nada para o algo. Eu o fiz, fui seu pai, ele é minha semente. E agora eu sou menos que ele. Acusam Haroun de ter matado o pai porque isso é o que Hyder está fazendo comigo.*

Depois um outro passo, que o leva além dessas dolorosas simplicidades. O pai deve ser superior e o filho inferior. *Mas agora eu estou embaixo e ele no alto.* Uma inversão: o pai se torna o filho. *Ele está me transformando em filho dele.*

Filho dele. Que emerge morto do útero com uma corda no pescoço. *Essa corda sela o meu destino.* Porque agora ele entende a cela, as paredes que pulsam, o cheiro de excremento, o bater de um vil coração invisível: a barriga da morte, um útero invertido, espelho escuro de local de nascimento, seu propósito sugá-lo para dentro, levá-lo de volta pelo tempo abaixo, até ele pender fetal em suas próprias águas, com o cordão umbilical pendurado fatalmente em torno do pescoço. Ele deixará este lugar apenas quando seus mecanismos tiverem funcionado, bebê da morte, descendo pelo canal da morte e o laço apertará.

Um homem esperará a vida inteira pela vingança. A morte de Iskander Harappa vinga o filho natimorto. *Sim: estou sendo desfeito.*

Iskander Harappa foi convencido por seus advogados a recorrer da sentença de pena de morte da Alta Corte. O recurso foi ouvido por uma banca de sete juízes instalados na Suprema Corte da nova capital. Quando a audiência da Suprema Corte terminou, ele estava em cativeiro havia um ano e meio; e passou-se mais meio ano até o corpo do ex-primeiro-ministro chegar a Mohenjo ao encargo de Talvar Ulhaq, que tinha então voltado ao serviço ativo da polícia.

Não houve eleição. Raza Hyder tornou-se presidente. Tudo isso é bem conhecido.

E Sufiya Zinobia?

O relógio volta para trás outra vez. Era dia de eleição e havia muitas fogueiras. Raza Hyder despeja cinzas da janela de um carro em movimento. Isky Harappa não tem consciência das celas da morte do futuro. E Omar Khayyam Shakil em uma depressão nervosa.

Depois da demissão de Shahbanou, a aia parse, Omar Khayyam ficou com medo, porque viu as formas de sua vida pregressa subindo para assombrar sua vida adulta. Mais uma vez uma moça parse ficou grávida; mais uma vez houve uma mãe com um filho sem pai. A ideia de que não havia escapatória enrolou-se em torno da cabeça dele como uma toalha quente e dificultava a respiração; e ainda por cima ele estava extremamente nervoso pelo que o general Hyder podia fazer agora que a aia tinha sido demitida pelo crime de gravidez e não era mais possível manter o segredo, e quem Shahbanou andara visitando toda noite.

O que foi revelado: a mais grave das faltas, a infidelidade de um marido debaixo do teto do pai de sua mulher. Uma quebra de confiança.

Mas Raza Hyder estava tão agitado quanto Omar Khayyam e não pensava em quebra. Depois de queimar o véu duro de sangue, fora assaltado pela ideia de que talvez Talvar Ulhaq fosse um pouco bom demais para ser verdadeiro em sua pose de genro ideal. O pescoço de quem fora mordido? A carreira de quem no polo fora vampirescamente encerrada? Quem podia, muito plausivelmente, ter tido calma e esperado a vingança? "Que idiota eu sou", Raza amaldiçoou-se, "devia ter mandado analisar o sangue. Talvez fosse só de um cabrito, mas agora sumiu tudo em fumaça".

Ó relutância de um pai em aceitar a ferocidade de uma filha! Em fumaça: certeza, obrigação, responsabilidade. Raza Hyder considerou a opção de esquecer a coisa toda... essa noite, porém, teve um sonho com Maulana Dawood e o santo morto gritou com ele que já estava na hora de acreditar que um diabo havia entrado em sua filha, porque a coisa toda era um teste à sua fé inventado por Deus, e era melhor ele escolher o que realmente lhe importava, a vida de sua filha ou o eterno amor da Divindade. Maulana Dawood, que tinha aparentemente continuado a envelhecer depois da morte e estava mais decrépito que nunca, acrescentou sem gentileza que, se ajudava alguma coisa, podia garantir a Hyder que as loucuras de Sufiya Zinobia iam piorar e não melhorar, e que no fim acabariam por encerrar a carreira de Raza. Raza Hyder acordou e caiu em prantos, porque o sonho lhe mostrara sua verdadeira natureza, a natureza de um homem preparado para sacrificar tudo, até sua filha, a Deus. "Lembre de Abraão", ele disse a si mesmo, enxugando os olhos.

Então Hyder e Shakil achavam-se ambos perturbados, nessa manhã, pela sensação de estar sem o controle de suas vidas — pela presença sufocante do Destino... Raza se deu conta de que não lhe restava opção senão falar com o marido de Sufiya Zinobia. Não importava aquela bobagem com a aia; isto era sério e o sujeito tinha o direito de saber.

Quando o *aide-de-camp* do general apresentou-se a Omar Khayyam Shakil e disse com ar triste e com certa perplexidade que o comandante em chefe solicitava a presença do médico em uma excursão de pesca, Omar começou a tremer nas bases. O que podia ser tão importante a ponto de fazer Hyder passar o dia com ele enquanto a cidade explodia nos fogos de artifício pós-eleição? "É isso", pensou, "aquela aia acabou comigo." Na viagem para as montanhas Bagheeragali, ele estava com medo demais para abrir a boca.

Raza Hyder lhe disse que iam a um riacho famoso tanto pela beleza da floresta das encostas em torno, como pela lenda de que suas águas eram assombradas por um fantasma que detestava peixe com tal ferocidade que muitas das trutas gordas mahaseer que passavam por lá prefeririam pular nos anzóis de qualquer pescador que estivesse por ali, por mais incompetente que fosse. Nesse dia, porém, nem Raza nem Omar Khayyam conseguiram pegar um único peixe.

A rejeição da truta mahaseer: por que os peixes não mordem? O que tornou os dois distintos cavalheiros menos atraentes do que o fantasma do peixe? Não sendo capaz de penetrar na imaginação de uma truta, ofereço minha própria explicação (uma história de pescador). Um peixe procura, num anzol de pesca, uma certa confiança, o anzol comunica sua inevitabilidade aos lábios do peixe. Pescar com vara é um batalha de espertezas; os pensamentos do pescador passam pela vara e pela linha e são captados pelas criaturas de nadadeiras. Que, nessa ocasião, acharam as águas assombradas mais fáceis de engolir do que os feios pensamentos que desciam... bem, aceite ou não aceite, fatos são fatos. Um dia com botas de borracha e cestos vazios ao final dele. O peixe passou seu veredicto aos homens.

Dois homens na água discutindo coisas impossíveis. Enquanto em volta deles cucos, pinheiros, borboletas acrescentam uma fantástica improbabilidade a suas palavras... Raza Hyder, incapaz de tirar as tramas de vingança da cabeça, se viu pensando que estava colocando seu destino nas mãos de um homem cujo irmão ele havia exterminado. Ó, suspeito genro! Dúvida e escuridão pairam acima da cabeça de Hyder e espantam os peixes.

Mas muito embora Iskander Harappa em sua cela de morte acredite que os homens esperam uma vida inteira pela vingança, muito embora eu tenha de reabrir essa possibilidade arruinada, porque Hyder a enfiou na cabeça, eu simplesmente não posso me forçar a ver nosso herói como uma ameaça tristonha à espreita, saída de uma tragédia de vingança. Concordei que sua obsessão por Sufiya Zinobia possa ter sido genuína; além disso, ou mesmo por causa disso, me aferro à minha posição. Muito tempo passou sem nenhum sinal de Omar Khayyam de que algum terrível ato de vingança estivesse a caminho; me parece que ele fez sua escolha, escolheu os Hyder, rejeitou sua família; esse Omar, o marido, Omar, o genro, há muito se livrou da sombra de Omar, o irmão, em luto pelo irmão que não conheceu, a zebra do concurso, à espera de sua chance. É cansativo quando o caráter de uma pessoa enxerga menos que a própria pessoa; mas tenho as três mães dele do meu lado. E Raza não pode ter levado suas preocupações muito a sério, porque acabou contando tudo a Omar Khayyam, dos rapazes sem cabeça, dos traços de sêmen, do véu. E se ele não contasse, bem, então nós também não contaríamos.

Dois homens num riacho de correnteza rápida e acima da cabeça deles nuvens de trovão, invisíveis a olhos humanos, mas alarmantes para olhos písceos. Omar Khayyam começou a sentir a bexiga doer de medo, o medo de Sufiya Zinobia substituindo seu medo por Raza Hyder, agora que se dava conta de que Raza estava fechando os olhos para o caso com Shahbanou; e um terceiro medo também, o medo de que Raza Hyder estivesse fazendo uma proposta.

O sacrifício de Abraão foi mencionado. A injeção indolor, fatal. Lágrimas rolaram dos olhos de Hyder, caíram na água, o sal desencorajando ainda mais os peixes desdenhosos. "Você é médico", disse Hyder, "e marido. Deixo em suas mãos."

A ação da mente sobre a matéria. Num transe hipnótico o sujeito pode adquirir o que parece força sobre-humana. Não sente dor, os braços ficam fortes como barras de ferro, os pés correm como o vento. Coisas extraordinárias. Sufiya Zinobia era capaz de entrar nesse estado, ao que parece, sem ajuda externa. Talvez sob hipnose se pudesse obter uma cura? As fontes da raiva localizadas, queimadas, drenadas... a fonte da raiva dela descoberta e aplacada. Lembremos que Omar Khayyam Shakil era um médico ilustre, e a excitação profissional o levara a Sufiya Zinobia anos antes. Esse velho desafio tinha se renovado. Raza e Omar Khayyam: ambos os homens sentiam-se testados, um por Deus, o outro pela ciência. E é comum que os machos da espécie sejam incapazes de resistir à ideia de um teste... "Vou examinar Sufiya de perto", disse Omar Khayyam. "Existe um tratamento possível."

Ninguém faz nada por uma única razão. Não é possível que Omar Khayyam, durante tanto tempo sem vergonha, tenha se tornado valente por uma pontada de vergonha? Que a sua culpa na história de Shahbanou o fizesse dizer: "Existe um tratamento", e assim enfrentar o maior perigo de sua vida? Mas o que é inegável, o que não tento negar, é que foi demonstrada coragem. E coragem é uma coisa mais rara que o mal, enfim. É forçoso admitir.

Mas que confusão se abateu sobre Raza Hyder! Um homem que tinha resolvido livrar-se da filha por razões religiosas não gosta que lhe digam que foi precipitado.

"Você é um idiota", o general Hyder disse ao genro. "Se o diabo aparecer de novo, ela vai arrancar é a sua cabeça cretina."

Para se chegar a alguma coisa: durante alguns dias Omar Khayyam observou Sufiya em casa, brincando com inúmeras crianças, batendo corda para elas e descascando pinhões, e percebeu que ela estava piorando, porque era a primeira vez que a violência que explodira dela não deixara efeitos posteriores, nenhuma perturbação imunológica, nem transe comatoso; ela estava se habituando àquilo, ele pensou, apavorado, podia acontecer de novo a qualquer momento, com as crianças. Sim, ele viu o perigo, agora que estava procurando ele viu as faíscas nos olhos dela, o ir e vir de pequenos pontos de luz amarela. Ele a observava com cuidado, de forma que viu o que um olhar casual teria deixado passar: que os contornos de Sufiya Zinobia começavam a ficar difusos, como se houvesse dois seres ocupando aquele espaço, competindo por ele, duas entidades de idêntica forma, mas naturezas tragicamente opostas. Dos pontos de luz piscando, ele começou a entender que a ciência não era suficiente, que mesmo que ele rejeitasse a possessão por demônios como forma de negar a responsabilidade humana por ações humanas, mesmo que Deus nunca tivesse significado muito para ele, sua razão não conseguia apagar a prova daqueles olhos, não conseguia deixá-lo cego àquele fulgor não terreno, ao fogo brando da Fera. E em torno de Sufiya Zinobia seus sobrinhos e sobrinhas brincavam.

"É agora ou nunca", ele pensou e falou com ela à maneira de um marido antiquado: "Mulher, por favor me acompanhe aos meus aposentos". Ela se levantou e acompanhou-o sem uma palavra, porque a Fera não estava no comando; mas assim que chegaram ele cometeu o erro de mandar que ela deitasse na cama, sem explicar que ele não tinha a intenção de forçá-la, de solicitar seu direito matrimonial, de forma que ela, é claro, entendeu errado o propósito dele e imediatamente a coisa começou, o fogo amarelo queimando nos olhos dela e ela saltou da cama e foi para cima dele com as mãos estendidas como ganchos.

Ele abriu a boca para gritar, mas a visão dela sugou o ar de seus pulmões; ele ficou olhando aqueles olhos do inferno com a boca aberta como um peixe asfixiando. Então ela caiu no chão e começou a se retorcer e a resmungar, bolhas roxas se formaram em sua língua projetada para fora. Era impossível não acreditar que um combate estava ocorrendo, Sufiya Zinobia contra a Fera, que o que restava daquela pobre menina havia se lançado contra a criatura, que a esposa estava protegendo seu marido contra si mesma. Foi assim que se ficou sabendo que Omar Khayyam Shakil olhou nos olhos da Fera da vergonha e sobreviveu, porque embora tivesse ficado paralisado por aquela chama de basilisco, ela a havia sufocado tempo suficiente para quebrar o encanto, e ele conseguiu livrar-se de seu poder. Ela se jogava pelo chão com tamanha violência que lascou o pé da cama dele quando se chocou com ela e enquanto se debatia ele conseguiu pegar a mala de remédios, com os dedos alcançou a seringa e o sedativo e no último instante da luta de Sufiya Zinobia, quando por uma fração de segundo ela adquiriu o ar sereno de uma criança adormecida, imediatamente antes do ataque final da Fera, que teria destruído Sufiya Zinobia Shakil para sempre, Omar Khayyam, sem o benefício de uma anestesia local, espetou fundo a agulha em sua nádega, apertou o êmbolo e ela rendeu-se à inconsciência com um suspiro.

Havia um quarto no sótão. (Era uma casa projetada por arquitetos angrez.) À noite, quando os criados estavam dormindo, Raza Hyder e Omar Khayyam carregaram o corpo drogado de Sufiya Zinobia pela escada do sótão. É até mesmo possível (difícil ver no escuro) que a tenham enrolado num tapete.

Omar Khayyam se recusara a administrar a injeção final, indolor. *Não vou matá-la, porque ela salvou minha vida. E porque, uma vez, eu salvei a dela.* Porém não acreditava mais que fosse possível tratamento; tinha visto os olhos dourados do mesmerismo mais poderoso da terra. Nem matar nem curar... Hyder e Shakil concordaram que Sufiya Zinobia devia ser mantida inconsciente até nova ordem. Devia entrar em um estado de animação suspensa. Hyder trouxe longas correntes e eles a acorrentaram às vigas do sótão; nas noites seguintes, emparedaram a janela do sótão e pregaram imensas trancas na porta; e duas vezes a cada vinte e quatro horas, Omar Khayyam entrava sem ser visto naquele quarto escuro, aquele eco de outras celas da morte, para injetar naquele pequeno corpo deitado em seu tapete fino os fluídos de alimentação e de inconsciência, para administrar as drogas que a transportavam de um conto de fadas para outro, para a bela adormecida em vez de a bela e a fera. "Fazer o quê mais?", Hyder perguntava, desamparado. "Porque não posso matar Sufiya também, não percebe?"

A família precisava ser informada; ninguém tinha as mãos limpas. Eram todos cúmplices na questão de Sufiya Zinobia e o segredo foi mantido. O "milagre errado"... ela sumiu de vista. Puf! Assim.

Quando foi anunciado que a Suprema Corte havia suspendido a sentença de morte por uma decisão parcial, quatro a três, os advogados de Iskander Harappa disseram a ele que o perdão estava garantido. "Impossível enforcar um homem com essa divisão", afirmaram. "Relaxe." Um dos juízes que tinha votado pela absolvição dissera: "Tudo está bem quando acaba bem". Disseram a Iskander que o precedente legal obrigava o chefe de Estado a oferecer clemência depois de uma votação desse tipo. Iskander Harappa disse a seus advogados: "Veremos". Seis meses depois ele ainda estava na cela da morte quando recebeu a visita do coronel Shuja com sua imutável cara amarrada. "Trouxe um charuto", disse o *aide-de-camp*, "Romeo y Julieta, seu favorito, acho." Ao acendê-lo, Iskander Harappa adivinhou que ia morrer, e começou a fazer suas preces em bela língua árabe; mas Shuja interrompeu: "Algum engano, peço que me perdoe, sir". Ele insistiu que tinha vindo por razão muito diferente, que exigiam que Harappa assinasse uma confissão completa, e depois disso a questão da clemência receberia consideração favorável. Ao ouvir isso, Isky Harappa reuniu o que lhe restava de forças e começou a xingar o lamentoso oficial pathan. Era uma espécie de suicídio. Suas palavras nunca foram mais duras. A obscenidade da linguagem infligia golpes dolorosos, Shuja sentia-os penetrar sua pele e entendeu o que Raza Hyder havia sofrido em Bagheeragali dois anos antes; sentiu a raiva crescer dentro de si e foi incapaz de se submeter a tal humilhação sem dar vazão a seu sentimento, e quando Iskander berrou: "Me foda na boca, cafetão, vá chupar o pau do seu neto", foi a conta, não importava que Shuja não tivesse idade para ter um neto, ele se levantou muito devagar e deu um tiro no coração do ex-primeiro-ministro.

A Fera tem muitas faces. Algumas são sempre tristes.

Um enforcamento no pátio da Prisão Distrital na calada da noite. Prisioneiros uivando, batendo canecas, cantaram o réquiem de Isky. E o carrasco nunca mais foi visto. Não me pergunte o que aconteceu com ele; não posso saber tudo. Ele desapareceu: puf! E depois que baixaram o corpo, o voo para Mohenjo, Rani rasgando a mortalha para ver o rosto. Mas ela nunca viu o peito. E então cegos enxergaram, mancos andaram, leprosos se curaram ao tocar a tumba do mártir. Dizem também que tocar a tumba era um remédio particularmente eficaz para problemas com os dentes.

E o suicídio de Pinkie; não é preciso entrar nisso tudo outra vez. Ela continuou morta; nunca assombrou ninguém.

O presidente Raza Hyder num pátio de prisão com um corpo pendurado lembrou o que Bilquìs tinha dito. "Eles estão caindo", pensou, "como estágios de foguetes." Dawood foi para Mecca, Bilquìs e Sufiya por trás de véus diferentes, Boa Nova e agora Isky girando na corda deles. Desconfiado de seus genros, mas preso a eles por necessidade, Raza sentiu fechar-se em torno de si o vazio do nada. Foi nesse momento, quando Harappa estava pendurado em uma forca com um saco na cabeça, que Raza Hyder ouviu a voz de Iskander: "Nunca tema, meu velho, é bem difícil se livrar de mim. Posso ser um filho da puta teimoso quando quero".

A voz dourada, clara como um sino. E Raza Hyder gritou em choque: "O filho da puta não morreu!". A obscenidade de sua boca assombrou o ainda não desaparecido carrasco, e imediatamente em seu ouvido a voz risonha de Isky: "Não seja bobo, yaar. Você sabe o que está acontecendo aqui".

Ó, incessante monólogo de um enforcado! Porque ela nunca o deixou, desde o dia da morte de Iskander até a manhã da sua própria morte, aquela voz, cadenciada sardônica seca, ora aconselhando-o a não despedir seu *aide-de-camp* porque isso faria a verdade aparecer com certeza, ora provocando-o, presidente sahib, tem de aprender a comandar o show; palavras que pingavam em seus tímpanos como torturas chinesas mesmo durante o sono; às vezes anedóticas, relembrando os tilyares e o prender-se à estaca, outras insultando, quanto tempo acha que vai durar, Raz, um ano, dois?

A voz de Iskander também não era a única. Já vimos a primeira aparição do espectro de Maulana Dawood; ele voltou a se empoleirar, invisível, no ombro direito do presidente, sussurrando em seu ouvido. Deus no ombro direito, o diabo no esquerdo; essa era a verdade invisível sobre a presidência do Velho Arrasa Tripas, esses dois solilóquios conflitantes dentro de sua cabeça, marchando direitesquerda direitesquerda direitesquerda pelos anos.

De O *suicídio*, uma peça do escritor russo Nikolai Erdman: "Só os mortos conseguem dizer o que os vivos estão pensando".

Reaparições dos mortos devem compensar o desaparecimento dos vivos. Um enforcado: puf! E Pinkie Aurangzeb. E guardei o pior por último: na noite do enforcamento de Harappa, Omar Khayyam Shakil descobriu que Sufiya Zinobia, sua esposa, filha de Hyder, tinha escapado.
Um sótão vazio. Correntes quebradas, vigas rachadas. Havia um buraco na janela emparedada. Tinha cabeça, braços, pernas.
"Valha-nos Deus", disse Omar Khayyam, apesar de sua origem não circuncidada, não barbeada, não orientada por sussurros. Era como se ele tivesse adivinhado que era hora de o Todo-Poderoso dar um passo à frente e encarregar-se dos acontecimentos.

12. Estabilidade

O grande herói revolucionário francês Danton, que irá perder a cabeça durante o "Terror", fez uma observação melancólica. "... Mas Robespierre e o povo", ele observa, "são virtuosos." Danton está num palco londrino, não um Danton de verdade, e sim um ator falando as frases de Georg Büchner em tradução inglesa; e a época não é aquela, mas agora. Não sei se a ideia teve origem em francês, alemão ou inglês, contudo o que sei de fato é que parece assombrosamente desoladora, porque o sentido, evidentemente, é que *o povo é igual a Robespierre*. Danton pode ser um herói da revolução, mas ele gosta também de vinho, boas roupas, prostitutas; fraquezas que (a plateia vê de imediato) permitirão que Robespierre, um bom ator com um casaco verde, corte fora sua cabeça. Quando Danton é mandado em visita à viúva, a velha madame Guillotine com o seu cesto de cabeças, sabemos que não é de fato por causa de nenhum dos seus crimes políticos reais ou forjados. O corte (miraculosamente encenado) é por ele gostar demais de prazer. Epicurismo é subversivo. O povo é como Robespierre. Desconfia da diversão.

Essa oposição — o epicurista contra o puritano — é, diz-nos a peça, a verdadeira dialética da história. Esqueça esquerda-direita, capitalismo-socialismo, preto-branco. Virtude versus vício, ascetismo versus deboche, Deus contra o Diabo: esse é o jogo. *Messieurs, mesdames: faîtes vos jeux.*

Assisti à peça num teatro grande que estava dois terços vazio. A política esvazia teatros na velha Londres. Depois, a plateia fazia observações negativas ao sair. O problema com a peça, aparentemente, era que tinha muito do fanfarrão Danton e não o suficiente do sinistro Robespierre. Os clientes reclamaram do desequilíbrio. "Gostei do ruim", disse alguém. Os que estavam com ela concordaram.

Eu estava com três visitantes do Paquistão. Todos adoraram a peça. "Que sorte a sua", eles me invejaram, "morar onde encenam essas coisas." Contaram-me a história de uma tentativa recente de encenar *Júlio César* na Universidade de P. Parece que as autoridades ficaram muito agitadas quando ouviram dizer que o roteiro pedia o assassinato de um chefe de Estado. E mais, que a produção era em roupas atuais: o general César estaria com farda de gala quando as facas entrassem em ação. Exerceram uma extrema pressão sobre a universidade para impedir a produção. Os acadêmicos, honrosamente resistiram, defendendo um antigo escritor com um nome bastante marcial contra esse ataque dos generais. A certa altura, os censores militares sugeriram uma concessão: a universidade não concordaria em montar toda a produção, tal como estava escrita, com a única exceção desse intragável assassinato? Decerto aquela cena não era tão necessária.

Por fim, o produtor encontrou uma solução brilhante, decididamente salomônica. Convidou um importante diplomata britânico para fazer César, vestido com as insígnias imperiais (britânicas). O Exército sossegou; a peça estreou; e quando a cortina da primeira noite baixou, a luz da plateia subiu e revelou uma primeira fila cheia de generais aplaudindo loucamente, para demonstrar sua satisfação com essa obra patriótica que mostrava a derrubada do imperialismo pelo movimento pela liberdade de Roma.

Insisto: não inventei isso... e me lembro da esposa do diplomata que mencionei antes: "Por que o povo de Roma", ela poderia ter perguntado, "não se livra do general César pelas vias normais, sabe?".

Mas eu estava falando de Büchner. Meus amigos e eu gostamos de A morte de Danton; na era de Khomeini etc. parecia muito apropriada. Mas a visão que Danton (ou Büchner?) tinha do "povo" nos incomodou. Se o povo era igual a Robespierre, como Danton chegou a ser herói? Por que recebia vivas na corte?

"A questão", um dos meus amigos colocou, "é que essa oposição existe mesmo; mas é uma dialética interna." Isso fazia sentido. O povo não é apenas como Robespierre. É, nós somos Danton também. Somos Robeston e Danpierre. A contradição não importa; eu próprio sou capaz de sustentar vários pontos de vista inconciliáveis ao mesmo tempo sem a menor dificuldade. Não acho que outros sejam menos versáteis.

Iskander Harappa não era apenas Danton; Raza Hyder não era um Robespierre puro e simples. Isky sem dúvida aproveitava, talvez fosse às vezes um epicurista, mas ele acreditava também que estava sempre indiscutivelmente certo. E dezoito xales nos mostraram que ele também não era avesso ao Terror. O que sucedeu com ele em sua cela de morte sucedeu também com outros por causa dele. Isso é importante. (Mas se os outros nos importam, infelizmente, também Iskander tem de importar.) E Raza Hyder? É possível acreditar que ele não sentiu nenhum prazer no que fez, que o princípio do prazer não estava em ação, mesmo ele afirmando que agiu em nome de Deus? Não creio.

Isky e Raza. Eles também eram Danpierre e Robeston. O que pode ser uma explicação; mas não pode, claro, ser uma desculpa.

Quando Omar Khayyam Shakil viu o buraco em forma de Sufiya Zinobia aberto na janela emparedada, a ideia que lhe veio foi que sua esposa estava morta. O que não quer dizer que ele esperasse encontrar seu corpo sem vida no gramado abaixo da janela, mas o que ele adivinhou foi que a criatura dentro dela, a coisa quente, o fogo amarelo, a tinha agora consumido absolutamente, como um incêndio arrasa uma casa, de forma que a moça cujo destino a impedira de vir a ser completa tivesse finalmente diminuído a ponto de desaparecer. O que havia escapado, o que agora rondava, livre no ar despreparado, não era Sufiya Zinobia Shakil absolutamente, mas alguma coisa mais como um princípio, a encarnação da violência, a pura força malévola da Fera.

"Droga", ele disse a si mesmo, "o mundo está ficando louco."

Era uma vez uma esposa cujo marido injetava nela drogas para apagar duas vezes ao dia. Durante dois anos, ela ficou deitada num tapete, como uma moça numa fantasia que só podia acordar com o beijo de sangue azul de um príncipe; mas beijos não eram seu destino. Ela parecia estar encantada pela bruxaria da droga, só que o monstro dentro dela nunca dormia, a violência que havia nascido da vergonha, mas que agora vivia sua própria vida sob a sua pele; ela combatia os fluidos narcolépticos, não tinha pressa, espalhando-se aos poucos através do corpo dela até ocupar cada célula, até ela se transformar na violência, que não precisava mais de nada para disparar, porque uma vez tendo o carnívoro provado sangue, não se consegue mais enganá-lo com vegetais. E no fim a Fera derrotou a droga, levantou seu corpo e quebrou as correntes que o prendiam.

Pandora, possuída pelo conteúdo da caixa liberado.

Fogo amarelo por trás das pálpebras fechadas, fogo sob as unhas e debaixo da raiz dos cabelos. Sim, ela estava morta, sim, tenho certeza disso, nada mais de Sufiya Zinobiedade, tudo se queimara no Inferno. Jogue um corpo na pira funerária e ele se contorce, fica de joelhos, senta-se, dança, sorri; o fogo repuxa os cordões nervosos do cadáver, que se transforma numa marionete do fogo, dando uma horrenda ilusão de vida entre as chamas...

Existiu um dia uma Fera. Quando ela teve certeza de sua força, escolheu o seu momento e saltou através de uma parede de tijolos.

Durante os quatro anos seguintes, quer dizer, no período de presidência de Raza Hyder, Omar Khayyam Shakil envelheceu. De início, ninguém notou, porque ele estava grisalho havia anos; mas assim que completou sessenta anos, seus pés, que tinham sido obrigados durante a maior parte de sua vida a sustentar o peso impossível de sua obesidade, armaram uma revolta, porque depois da partida de Shahbanou, a aia, quando se viu privado dos chás de menta e do alimento noturno da lealdade dela, ele começou a ganhar peso de novo. Botões saltavam do cós das calças e seus pés entraram em greve. Os passos de Omar Khayyam viraram agonias, mesmo quando ele se apoiava na bengala que escondia uma espada que usava há anos, desde o tempo de sua aliança lasciva com Iskander Harappa. Ele deu de passar horas sem fim sentado em sua poltrona de vime no que havia sido um dia a cela de prisão de Sufiya Zinobia, olhando pela janela que guardava, numa fantástica silhueta, a pós-imagem em tijolo vermelho de sua mulher desaparecida.

Ele se aposentou do Mount Hira Hospital e mandava quase todo o dinheiro da aposentadoria para uma velha casa em Q.

onde moravam três velhas que se recusavam a morrer, ao contrário de Bariamma, que há muito tinha feito o que era decente e expirado, acomodada em almofadas, de forma que se passou quase um dia inteiro antes que alguém notasse o que havia acontecido... mais dinheiro era enviado para uma aia parse, e Omar Khayyam vivia sossegado debaixo do teto de Raza Hyder, descascando pinhões enquanto seus olhos, vagando pela janela do sótão, pareciam seguir alguém, embora não houvesse ninguém ali.

Como estava informado da teoria de que a suscetibilidade à hipnose era sinal de uma faculdade imaginativa altamente desenvolvida — que o transe hipnótico é uma forma de criatividade interna, durante o qual o sujeito refaz a si mesmo e ao mundo do jeito que escolhe —, ele às vezes pensava que a metamorfose de Sufiya Zinobia devia ter sido voluntária, porque mesmo um auto-hipnotizador não consegue pedir a si mesmo que faça algo que não queira fazer. Então ela havia escolhido, ela havia criado a Fera... e sendo assim, ele ruminou numa cadeira de vime com a boca cheia de pinhão, o caso dela é uma lição objetiva. Demonstra o perigo de permitir que a imaginação tenha rédea livre. As turbulências de Sufiya Zinobia eram resultado de um capricho que enlouqueceu.

"Eu devia ter vergonha", ele informou ao cuco encarapitado na janela, "fico aqui sentado fazendo aquilo que critico, pensando Deus sabe o quê, vivendo demais na cabeça."

Raza Hyder também pensava: "Eu devia me envergonhar". Agora que Sufiya Zinobia havia ido embora, seus pensamentos eram assolados por ela. Aquele algo solto demais em seus músculos, aquele algo semicoordenado em seu passo o impediram de amá-la durante algum tempo. *Ela quase teve de morrer antes de mim. E claro que não era suficiente.* Sua cabeça explodia de vozes: Isky Dawood Isky Dawood. Difícil pensar direito... e agora ela ia se vingar. De algum jeito, em algum momento, ela iria arrastá-lo para baixo. A menos que a encontrasse primeiro. Mas quem mandar, a quem contar? "Minha filha, a idiota com encefalite, se transformou numa guilhotina humana e começou a arrancar cabeças de homens. Esta é a foto dela, procurada viva ou morta, boa recompensa." Impossível. Não se pode.

Ó impotência do poder. O presidente se convencendo a não ser idiota, ela não vai sobreviver, não sobreviveu, não se soube de nada já há algum tempo, falta de notícia é boa notícia. Ou ela vai aparecer em algum lugar e depois nós abafamos. Mas em seus pensamentos ainda brotava a imagem de uma menina pequena com um rosto de clássica severidade; era uma acusação... a pulsar em suas têmporas, Isky e Dawood sussurravam e discutiam, direitesquerda. Mas não se pode ser assombrado pelo vivos e também pelos mortos. Um ar enlouquecido apareceu em seus olhos.

Assim como Omar Khayyam Shakil, o presidente Raza Hyder começou a descascar e a comer grande quantidade de pinhões, petisco favorito de Sufiya Zinobia, que ela passara longas e felizes horas tirando de dentro das cascas com louca dedicação, porque descascar pinhões é uma forma de loucura, você gasta mais energia para tirar os danados da casca do que se ganha comendo-os.

"General Hyder", perguntou a Raza o entrevistador de televisão angrez, "algumas fontes são de opinião, observadores afirmam, muitos de nossos comentaristas no Ocidente dizem, como o senhor refutaria o argumento, o senhor tem uma opinião formada a respeito das alegações de que as punições islâmicas que o senhor instituiu, como o açoitamento e a amputação das mãos, podem ser consideradas por certos setores como, segundo certas definições, discutíveis, por assim dizer, bárbaras?"

Raza Hyder sorri para a câmera, um sorriso cortês, o sorriso de um homem de reais boas maneiras e não pequeno decoro. "Não são bárbaras", ele responde. "Por quê? Por três razões." Levanta um dedo para cada razão e as conta. "Número um", explica ele, "é que, entenda, por favor, uma lei em si não é nem bárbara nem não bárbara. O que importa é o homem que aplica essa lei. E neste caso sou eu, Raza Hyder, que estou aplicando, de forma que não será, evidentemente, bárbara."

"Número dois, me permita dizer, sir, que não somos selvagens que acabamos de descer das árvores, sabe? Não vamos simplesmente ordenar que as pessoas estendam as mãos assim e fataakh! cortamos com uma faca de açougueiro. Não, senhor. Será tudo feito nas condições mais higiênicas, com supervisão médica adequada, uso de anestesia etc."

"Mas a terceira razão é que essas leis, meu caro, não foram colhidas ao vento. São as palavras sagradas de Deus, reveladas nos textos sacros. Ora, se são palavras sagradas de Deus, não podem ser ao mesmo tempo bárbaras. Não é possível. Devem ser alguma outra coisa."

Ele havia escolhido não se mudar para a casa presidencial na nova capital, sentindo-se mais à vontade na residência do comandante em chefe, apesar das barulhentas hordas de crianças sem mãe desafiando aias pelos corredores. No começo, teve vontade de passar algumas de suas noites debaixo do teto presidencial, por exemplo, no momento da conferência pan-islâmica em que vieram chefes de Estado do mundo todo, e todos trouxeram com eles suas mães, de forma que se abriu a porta do inferno, porque as mães na ala da zenana embarcaram de imediato em uma batalha de unhas e dentes pelos privilégios a que tinham direito as mais velhas e ficavam mandando recados urgentes a seus filhos, interrompendo as sessões plenipotenciárias da conferência para reclamar dos insultos mortais recebidos e das manchas à honra, o que levou os líderes mundiais perto de trocarem socos ou mesmo iniciarem guerras. Raza Hyer não tinha mãe para jogá-lo da frigideira ao fogo, mas tinha suas próprias preocupações, porque havia descoberto na primeira noite da conferência que enquanto estava naquele palácio que era um aeroporto, a voz de Iskander Harappa soava tão forte em seu ouvido que mal conseguia escutar qualquer outra coisa. O monólogo do enforcado zunia em seu crânio e parecia que Isky havia decidido dar a seu sucessor algumas dicas úteis, porque a voz desencarnada tinha começado a citar liberalmente e num ritmo irritantemente cantarolado o que Raza levou um longo tempo para entender que eram os escritos daquele estrangeiro e notório infiel Niccolò Machiavelli. Raza ficou acordado aquela noite toda com o zunido espectral na cabeça. "Ao tomar um Estado", Iskander dizia, "o conquistador deve cuidar de cometer todas as suas crueldades de imediato, porque os danos devem ser causados todos juntos, para que, menos saboreados, ofendam menos." Raza Hyder foi incapaz de impedir que uma exclamação — "Ya Allah, cale-se, cale-se!" — saísse da boca presidencial e imediatamente os guardas foram correndo a seu quarto, temendo pelo pior, ou seja, uma invasão das mães eternamente reclamantes dos líderes mundiais; Raza foi obrigado a dizer, envergonhado: "Nada, nada. Um pesadelo, um sonho mau, nada com que se preocupar".

"Desculpe, Raza", Iskander sussurrou, "só estou tentando ajudar."

O momento da conferência passou e as mães tinham sido apartadas, então Raza correu de volta para sua outra casa, onde podia relaxar, porque lá a voz de Maulana Dawood no ouvido direito era mais forte que a de Isky no esquerdo. Ele aprendeu a concentrar a atenção no lado direito e o resultado foi que passou a ser possível conviver com o fantasma de Iskander Harappa, mesmo que Isky continuasse tentando impor seus argumentos.

No século XV, o general Raza Hyder tornou-se presidente do país e tudo começou a mudar. O efeito do monólogo incessante de Iskander Harappa iria levar Raza aos braços ectoplásmicos de seu velho parceiro Maulana Dawood. Em torno de cujo pescoço havia sido colocado por engano um colar de sapatos. Raza Hyder com sua ferida *gatta* era, como se lembram, o tipo de *mohajir* que tinha chegado com Deus em todos os bolsos, e quanto mais Iskander sussurrava, mais Raza sentia que Deus era sua única esperança. Então quando Dawood gemeu: "Aqui na sagrada Meca muito mal se pode ver; os lugares sagrados precisam ser purificados, esse é o seu primeiro e único dever", Hyder prestou atenção, muito embora estivesse claro que a morte não havia conseguido afastar o sacerdote da ideia de que eles tinham chegado ao coração sagrado da fé, Mecca Sharif, a cidade da grande Pedra Negra.

O que Raza fez: proibiu a bebida. Fechou a antiga e famosa cervejaria em Bagheera, de forma que a cerveja Panther Lager transformou-se em uma lembrança querida em vez de uma bebida refrescante. Ele alterou os horários de televisão tão drasticamente que as pessoas começaram a chamar técnicos para consertar os aparelhos, porque não conseguiam entender por que de repente as tevês se recusavam a mostrar qualquer coisa que não fossem palestras teológicas e se perguntavam como aqueles mulás tinham ido parar dentro da tela. No aniversário do Profeta, Raza determinou que todas as mesquitas do país soassem uma sirene às nove da manhã e que qualquer pessoa que se esquecesse de parar e rezar ao ouvir a sirene seria instantaneamente levada para a cadeia. Os mendigos da capital e também os de todas as outras cidades lembraram que o Alcorão obrigava os fiéis a dar esmolas, de forma que aproveitaram a chegada de Deus ao posto presidencial para realizar uma série de imensas marchas exigindo o estabelecimento por lei de uma doação mínima de cinco rupias. Tinham, porém, subestimado Deus; no primeiro ano de seu governo Raza Hyder encarcerou cem mil mendigos e, já que estava com a mão na massa, mais dois mil e quinhentos membros da agora ilegal Frente Popular, que não eram muito melhores que mendigos afinal. Ele anunciou que Deus e o socialismo eram incompatíveis, de forma que a doutrina do socialismo islâmico em que a Frente Popular baseava seu apelo era o pior tipo imaginável de blasfêmia. "Iskander Harappa nunca acreditou em Deus", ele declarou publicamente, "então estava destruindo o país enquanto fingia mantê-lo uno." A doutrina de incompatibilidade tornou Raza muito popular com os americanos, que eram da mesma opinião, embora o Deus em questão fosse diferente.

"'Daqueles que obtiveram a posição de príncipe por vilania'", sussurrou a voz de Iskander em seu ouvido, "*Il principe*, capítulo oito. Você tem de ler; é bem curto", mas então Raza havia achado um jeito de ignorar seu anjo morto, sinistro ou da esquerda. Ele apagou a ação perversa de Isky e em vez de estudar os precedentes históricos oferecidos pelas histórias de Agathocles, O Siciliano, e Oliverotto da Fermo, ouviu Maulana Dawood. Iskander recusou-se a desistir, alegando que seus motivos eram altruístas, tentando lembrar Raza da diferença entre crueldades bem e mal cometidas, e da necessidade de a crueldade diminuir com o tempo e os benefícios serem dados pouco a pouco para ser mais bem avaliados. Mas então o fantasma de Dawood estava por cima; tinha crescido em segurança, devido ao tratamento preferencial do presidente, e ordenou que Raza proibisse filmes, ou pelo menos os importados para começar; objetou contra mulheres sem véu andando na rua; exigiu medidas firmes e uma mão de ferro. É dado confirmado que naqueles dias estudantes religiosos começaram a portar armas e de vez em quando atiravam em professores insuficientemente devotos; que homens cuspiam em mulheres na rua se elas cuidavam de seus afazeres com a cintura aparecendo; e que uma pessoa podia ser estrangulada por fumar um cigarro durante o mês de jejum. O sistema legal foi desmantelado, porque os advogados tinham demonstrado a natureza fundamentalmente profana de sua profissão ao objetar contra diversas atividades do Estado; foi substituído por cortes religiosas, presididas por sacerdotes que Raza nomeou com o pretexto sentimental de que suas barbas o lembravam de seu falecido conselheiro. Deus estava no comando e se por acaso alguém duvidasse, Ele dava pequenas demonstrações de Seu poder: fez vários elementos antifé desaparecerem como crianças de favela. Sim, os filhos da puta eram simplesmente apagados pelo Todo-Poderoso, desapareciam, puf, assim.

Raza Hyder era um homem ocupado nessa época, com pouco tempo para o que restava de sua vida familiar. Ele ignorava seus vinte e sete netos, deixando-os ao pai e às aias; mas sua devoção ao conceito de família era bem conhecido, ele o valorizava muito e era por isso que via Bilquìs regularmente, uma vez por semana. Ele a levava aos estúdios de televisão no momento de suas transmissões à nação. Elas sempre começavam com uma sessão de preces, enquanto por trás dele Bilquìs rezava também, como uma boa esposa, sob um foco suave e coberta pelo véu dos pés à cabeça. Ele se sentava com ela por alguns momentos antes de irem para o ar e notava que ela sempre trazia alguma costura. Bilquìs não era Rani; ela não bordava xale nenhum. Suas atividades eram ao mesmo mais simples e mais misteriosas, consistiam em costurar grandes pedaços de pano preto em formas impossíveis de decifrar. Durante um longo tempo, a estranheza entre eles impediu Raza de perguntar que diabo ela estava aprontando, mas por fim a curiosidade dele foi mais forte e quando teve a certeza de não haver ninguém ouvindo, o presidente perguntou a sua mulher: "Então o que é toda essa costura? O que está fazendo com tanta pressa que mal pode esperar voltar para casa?".

"Mortalhas", ela respondeu, séria, e ele sentiu um frio na espinha.

Dois anos depois da morte de Iskander Harappa, as mulheres do país começaram a marchar contra Deus. Essas procissões eram coisas complicadas, Raza concluiu, precisavam ser tratadas com cuidado. Então pisou com cautela, embora Maulana Dawood gritasse em seu ouvido que ele era um fraco, que devia arrancar a roupa das prostitutas e pendurá-las em todas as árvores disponíveis. Mas Raza era circunspecto; ele disse à polícia para evitar bater nos seios das damas quando dispersassem as manifestações. Deus afinal recompensou sua virtuosa repressão. Seus investigadores ficaram sabendo que as marchas eram organizadas por uma certa Nur begum, que visitava os pardieiros e as aldeias e instigava sentimentos antirreligiosos. Mesmo assim Raza relutou em pedir a Deus que fizesse a vagabunda desaparecer, porque afinal não se pode pedir que o Todo-Poderoso faça tudo; então ele se sentiu profundamente justificado quando teve provas de que essa Nur begum era uma personagem notória por exportar mulheres e crianças para os haréns de príncipes árabes. Só então mandou seus homens procurá-la, porque ninguém poderia protestar contra essa prisão, e até mesmo Iskander Harappa o cumprimentou: "Você aprende depressa, Raza, talvez todos nós subestimemos suas habilidades".

Este era o mote de Raza Hyder: "Estabilidade, em nome de Deus". E depois da história de Nur begum ele acrescentou uma segunda máxima à primeira: "Deus ajuda quem se ajuda". Para obter estabilidade em nome de Deus, ele colocou oficiais do Exército na diretoria de todas as grandes empresas industriais do país; pôs generais em toda parte, de forma que o Exército metia a mão nas coisas mais fundo do que nunca. Raza entendeu que sua política tinha sido bem-sucedida quando os generais Raddi, Bekar e Phisaddi, os membros mais jovens e mais aptos de seu *staff*, foram a ele com provas concretas e seguras de que o general Salmàn Tughlak, associado ao chefe de polícia Talvar Ulhaq, o próprio genro de Raza Hyder, e o coronel Shuja, seu *aide-de-camp* há tanto tempo, planejavam um golpe. "Burros idiotas", Raza Hyder murmurou, lamentando. "Viciados em uísque, sabe? Eles querem as suas doses e por isso estão prontos a destruir tudo o que conseguimos." Armou uma expressão lacrimosa, tão trágica quanto qualquer expressão de Shuja; mas no fundo estava se deliciando, porque ele sempre se sentira embaraçado pela lembrança de seu inepto telefonema noturno ao general Tughlak; e vinha procurando encontrar uma razão para se livrar de seu *aide-de-camp* desde a história da cela da morte na Prisão Distrital; e Talvar Ulhaq tinha deixado de ser confiável anos antes. "Um homem que se volta contra um chefe", Raza disse aos jovens Raddi, Bekar e Phisaddi, "vira-se contra dois", mas o que ele queria realmente dizer é que a clarividência de Talvar o deixava morto de medo e de qualquer forma o sujeito sabia tudo a respeito de Sufiya Zinobia e isso queria dizer que sabia demais... Raza deu tapas nas costas dos jovens generais: "Bom, bom, agora está tudo nas mãos de Deus", e na manhã seguinte os três conspiradores tinham desaparecido sem deixar nem um minúsculo traço de fumaça. Os vinte e sete órfãos de Talvar Ulhaq encheram a residência do comandante em chefe com um curioso grito harmonizado, todos guinchando exatamente no mesmo tom e parando para respirar ao mesmo tempo, de forma que todo mundo teve de usar tampões de ouvidos durante quarenta dias; então se deram conta de que seu pai não ia voltar e calaram-se inteiramente, de forma que seu avô nunca mais os notou até a última noite de seu reinado.

A lealdade dos generais juniores mostrou a Raza Hyder que o Exército estava muito satisfeito para querer sacudir o barco. "Uma situação estável", ele se congratulou, "tudo em cima."

Foi a essa altura que sua filha Sufiya Zinobia reentrou em sua vida.

Posso intercalar aqui algumas palavras a respeito da revivescência islâmica? Não vai demorar muito.

O Paquistão não é o Irã. Isso pode soar como uma coisa estranha para se dizer sobre um país que era, até Khomeini, uma das duas únicas teocracias do mundo (Israel é a outra), mas na minha opinião o Paquistão nunca foi uma sociedade dominada por mulás. Os extremistas religiosos do partido Jamaat nunca tiveram partidários entre os estudantes universitários e tal, mas eram relativamente poucas as pessoas que já haviam votado no Jamaat numa eleição. O próprio Jinnah, o fundador ou Quaid-i-Azam, não me parece um tipo especialmente voltado para Deus. O islã e o Estado muçulmano eram, para ele, ideias política e cultural; a teologia não era o que interessava.

O que estou dizendo vai provavelmente ser anatematizado pelo atual regime naquele mal fadado país. Pena. O que quero dizer é que o islã podia muito bem ter se mostrado uma força unificadora efetiva no pós Bangladesh-Paquistão, se as pessoas não tivessem tentado transformá-lo numa coisa tão todo-poderosa. Talvez os sindhis, baluchis, punjabis e pathans, sem falar dos imigrantes, tivessem sepultado suas diferenças em prol de uma fé comum.

Porém poucas mitologias sobrevivem a um exame minucioso. E elas podem se tornar realmente muito populares se forem socadas garganta abaixo das pessoas.

O que acontece se alguém é alimentado à força com refeições excessivas, indigestas? Fica doente. Rejeita a nutrição. Leitor: vomita-se.

O que se chama de "fundamentalismo" islâmico no Paquistão não brota do povo. É imposto ao povo de cima para baixo. Regimes autocráticos acham útil esposar a retórica da fé porque o povo respeita essa linguagem, reluta em se opor a ela. É assim que as religiões dão força a ditadores; cercando-os com palavras de força, palavras que o povo reluta em ver desacreditadas, privadas de direitos, caçoadas.

Mas a questão de socar garganta abaixo permanece. No fim, você se enjoa, perde a fé na fé, senão *enquanto* fé, certamente como base para um Estado. E então o ditador cai, e descobre-se que ele derrubou Deus com ele, que o mito que justificava a nação se desfez. Isso deixa apenas duas opções: desintegração ou uma nova ditadura... não, existe uma terceira, e não serei tão pessimista a ponto de negar essa possibilidade. A terceira opção é a substituição de um mito novo por um velho. Eis três mitos desses, todos disponíveis a curto prazo: liberdade; igualdade; fraternidade.

Recomendo fortemente os três.

Depois, durante sua fuga aterrorizada da capital, Raza Hyder lembraria da história da pantera branca que estava em circulação na época da prisão de Iskander Harappa, e estremeceria com reconhecimento e medo. O rumor havia morrido bem depressa, porque ninguém nunca afirmou ter avistado realmente o animal fabuloso, exceto um menino de aldeia bem pouco confiável, chamado Ghaffar e sua descrição era tão estrábica que as pessoas concluíram que a pantera havia brotado de dentro da cabeça sabidamente mentirosa de Ghaffar. A fera improvável da imaginação do menino era, disse ele, "não branca inteira, a cabeça era preta e não tinha nenhum cabelo em nenhuma outra parte do corpo, como se tivesse ficado careca; também andava esquisito". Os jornais publicaram essas declarações com humor, sabendo que seus leitores tinham um tolerante carinho por histórias de monstros; mas o general Hyder, ao lembrar da história, foi tomado pela ideia assustadora de que a pantera branca de Bagheeragali tinha sido um milagre proléptico, uma profecia ameaçadora, fantasma do Tempo, o futuro rondando as florestas do passado. "Ele viu mesmo", Raza pensou amargamente, "e ninguém acreditou."

Ela reapareceu assim:

Uma manhã, Omar Khayyam Shakil estava sentado olhando pela janela do sótão como sempre quando Asgari, a varredora, que estava ficando louca com aquele hábito dele, que a obrigava a subir e varrer o chão daquele quarto abandonado, e também por sua maneira distraída de derrubar cascas de pinhão no chão enquanto ela trabalhava, resmungando com seu hálito de velha desdentada que cheirava fortemente ao desinfetante *fenil*: "Aquela fera devia aparecer aqui e acabar com gente sem consideração que não deixa uma mulher honesta terminar seu trabalho". A palavra "fera" penetrou nas brumas da divagação de Omar Khayyam e ele alarmou a velha ao perguntar em voz alta: "O que quer dizer isso?". Quando se convenceu de que ele não ia mandá-la embora como Shahbanou, que ele não pensava que o azedume inofensivo dela era uma maldição, relaxou e ralhou com ele à maneira dos criados velhos, por levar as coisas muito a sério. "Essas histórias apareceram de novo, só isso", disse ela. "Língua parada precisa de exercício. Não precisa o grande sahib ficar tão ansioso."

Durante o resto daquele dia, Omar Khayyam viu-se assolado por uma tormenta interior cuja causa não ousava nomear nem para si mesmo, mas à noite, durante suas cochiladas, veio-lhe um sonho com Sufiya Zinobia. Ela estava de quatro e nua como sua mãe no lendário vento de fogo de sua juventude — não, mais nua, porque não havia nada pendurado em seus ombros, nenhuma dupatta da modéstia e da vergonha. Ele acordou, mas o sonho recusou-se a deixá-lo. Pairava diante de seus olhos, aquele espectro de sua mulher na mata, caçando presas humanas e animais.

Nas semanas seguintes, ele sacudiu a letargia dos seus mais de sessenta anos. Apesar dos pés ruins, passou a ser uma figura conhecida e excêntrica no terminal de ônibus, onde abordava, mancando, os tipos de fronteira e oferecia-lhes dinheiro em troca de certas informações. Ele esperava perto dos abatedouros halal, apoiado em sua bengala, nos dias em que os camponeses traziam animais de seus distritos distantes. Frequentava bazares e cafés decadentes, uma figura incongruente num terno cinzento, apoiado na bengalespada, fazendo perguntas, escutando, escutando.

Aos poucos foi ficando claro para ele que histórias da pantera branca estavam circulando de novo; mas o mais notável é que elas começaram a chegar de todo o país, nas trouxas em cima dos ônibus dos trabalhadores dos campos de gás que voltavam de Needle e nas cartucheiras dos tribais portadores de rifles do Norte. Era um país grande, mesmo sem a Asa Leste, uma terra de sertões e deltas pantanosos pontilhados de árvores de mangue, solidez de montanha e vazios; e de todo canto remoto da nação, parecia, a história da pantera viajava para a capital. Cabeça negra, corpo pálido sem pelos, passo estranho. A ridicularizada descrição de Ghaffar foi repetida a Omar Khayyam insistentemente, por viajantes iletrados, todos acreditando que o rumor era único de sua parte do mundo. Ele não desmentia essa convicção.

Assassinatos de animais e homens, aldeias atacadas no escuro, crianças mortas, rebanhos abatidos, uivos de gelar o sangue: era o comedor de gente celebrado pelo tempo, mas com um novo e aterrorizador traço: "Que bicho", um homem da fronteira com seu metro e oitenta de altura perguntou a Omar Khayyam com o assombro inocente de uma criança, "consegue arrancar dos ombros a cabeça de um homem e arrancar suas tripas pelo buraco para comer?".

Ele ouviu falar de aldeias que tinham formado grupos de vigilantes, de tribais da montanha que haviam colocado sentinelas de vigia a noite inteira. Histórias de avistamentos vinham acompanhadas de bravatas de ter alvejado o monstro, ou histórias ainda menos convincentes, o senhor não vai acreditar, sahib, acertei bem no meio dos olhos dele com um rifle shikar, mas a coisa é um demônio, ela só se virou assim e sumiu no ar, não dá para matar uma criatura dessas, valha-nos Deus... então parecia que a pantera branca já estava sendo mitologizada. Havia os que diziam que ela podia voar, ou se desmaterializar, ou crescer até ficar maior do que uma árvore.

Ela cresceu também na imaginação de Omar Khayyam Shakil. Durante muito tempo, ele não contou a ninguém suas suspeitas, mas elas fervilhavam em torno de sua forma noturna insone, cercavam a poltrona dos seus dias de descascar pinhões. Ele a imaginava, ela, a Fera, resolvendo, na astúcia de seu espírito, distanciar-se das cidades, sabendo, talvez, que apesar de sua força colossal, era vulnerável, que nas cidades havia balas, gases, tanques. E como ficara rápida, quanto chão percorrera, espalhando-se tão vastamente pela periferia da terra que anos se passaram antes de suas várias lendas conseguirem se encontrar, para se juntar nos pensamentos dele, formando um padrão que desvendava sua forma obscura da noite. "Sufiya Zinobia", ele disse para a janela aberta, "posso ver você agora."

De quatro, os calos grossos na sola das mãos e dos pés. O cabelo negro, um dia tosado por Bilquìs Hyder, compridos agora e emaranhados em torno de seu rosto, fechando-o como pelagem; a pele clara de sua origem *mohajir* queimada e endurecida pelo sol, mostrando como cicatrizes de batalha as lacerações de arbustos, de animais e de suas próprias unhas ao coçar. Olhos fogosos e o fedor de excremento e morte. "Pela primeira vez em sua vida" — ele ficou chocado consigo mesmo pela compaixão do pensamento — "essa menina está livre." Imaginou-a orgulhosa; orgulhosa de sua força, orgulhosa da violência que a estava transformando em uma lenda, que impedia todo mundo de dizer a ela o que fazer, ou quem ser, ou o que devia ter sido e não era; sim, ela se erguera acima de tudo o que não queria ouvir. Será possível, ele se perguntou, que seres humanos sejam capazes de descobrir sua nobreza na selvageria? Então zangou-se consigo mesmo ao lembrar que ela não era mais Sufiya Zinobia, que nada restava nela que pudesse ser reconhecido como a filha de Bilquìs Hyder, que a Fera de dentro a havia transformado para todo o sempre. "Eu devia parar de usar o nome dela", pensou; mas descobriu que não conseguia. *A filha de Hyder. Minha esposa. Sufiya Zinobia Shakil.*

Quando concluiu que não podia mais manter seu segredo e foi informar Raza Hyder das atividades de sua filha, encontrou os três generais, Raddi, Bekar e Phisaddi, saindo do gabinete do presidente com expressões idênticas de uma beatitude ligeiramente aturdida. Eles andavam nas nuvens desde que Hyder os promovera para o gabinete central depois do golpe de Tughlak, mas nessa ocasião estavam intoxicados por um excesso de oração. Haviam acabado de contar a Raza que os russos tinham enviado um exército de A. através da fronteira noroeste, e para a surpresa deles o presidente saltara da cadeira, desenrolara quatro tapetes de oração no chão e insistira que todos dessem graças, pronto, *fut-a-fut*, por aquela bênção com que Deus os brindara. Estavam levantando e abaixando havia uma hora e meia, e desenvolvido na testa os primeiros traços da marca que Raza exibia com orgulho, quando ele parou e explicou que o ataque russo era o passo final na estratégia de Deus, porque agora a estabilidade de seu governo teria de ser garantida pelos grandes poderes. O general Raddi replicou um pouco amargo demais que a política dos americanos estava centrada em encetar um dramático contragolpe aos Jogos Olímpicos, mas antes que Raza perdesse a calma, Phisaddi e Bekar, os amigos de Raddi, começaram a se apertar as mãos e a se congratular ruidosamente. "Aquele ianque bunda-mole", Phisaddi gritou, referindo-se ao embaixador americano, "agora vai ter de soltar a grana", e Bekar começou a fantasiar sobre os cinco bilhões de dólares de equipamento militar novo, os mais modernos, enfim, mísseis capazes de voar de lado sem esgotar seus motores a oxigênio e sistemas de rastreamento capazes de detectar um mosquito anófele a quinze mil quilômetros de distância. Ficaram tão tomados que convenientemente esqueceram de contar ao presidente o resto da notícia; mas Raddi lembrou e despejou antes que alguém o detivesse a revelação de que o sr. Haroun Harappa havia se mudado para um bloco de apartamentos de elite situado no centro de Cabul, capital de A. Seus colegas, alarmados pelo segundo erro de avaliação do humor do presidente que Raddi cometia, tentaram acobertá-lo de novo, garantindo a Raza que a notícia não fora confirmada, todo tipo de desinformação vinha brotando de Cabul na esteira da ocupação russa; tentaram distraí-lo com a questão dos refugiados, mas o presidente apenas sorria e sorria. "Podem nos mandar dez milhões de refugiados", gritou, "porque recebendo esse aí, eles completaram meu *royal flush*."

Então os três generais ficaram confusos; os três sentiram-se obrigados a explicar que sua melhor informação era que Haroun Harappa estava recebendo pleno e ativo suporte do novo regime apoiado pelos russos do outro lado da fronteira, que ele estava reunindo um grupo terrorista que recebia armas soviéticas e treinamento palestino, e que ele chamara de Al-Iskander em memória de seu amado tio. "Excelente", Hyder sorriu, "agora finalmente podemos mostrar ao povo que a Frente Popular não é nada mais que um bando de assassinos e bandidos", e fez os três generais se ajoelharem e dar graças a Deus tudo de novo.

Foi então que Raza Hyder acompanhou seus colegas até a porta do gabinete com verdadeira felicidade no coração, e enquanto o entontecido triunvirato saía cambaleante, o presidente saudou Omar Khayyam Shakil com genuíno afeto: "Bom, seu cachorrão, o que traz você aqui?".

O espantoso bom humor de Raza Hyder despertou curiosas emoções em Omar Khayyam, de forma que foi quase com prazer que respondeu: "Um assunto muito delicado e confidencial", e por trás das portas fechadas do gabinete do presidente um clima de severo contentamento baixou sobre ele enquanto informava a Raza de suas especulações e pesquisas e via a boa notícia sumir da cara do presidente, para ser substituída pela palidez cinzenta do medo.

"Então, então", disse Raza Hyder, "eu tinha quase me iludido que ela estava morta."

"Eu a compararia a um rio impetuoso", Iskander Harappa sussurrou em seu ouvido, "que, quando turbulento, inunda as planícies, derruba árvores e prédios; todos fogem diante dele e tudo cede à sua fúria sem ser capaz de se opor a ela. Assim é com a Fortuna, que exibe seu poder onde não se tomou nenhuma medida para resistir a ela e dirige sua fúria para onde sabe que nenhum dique nem barreira se levantou para detê-la."

"Que barreiras?", Raza Hyder gritou em voz alta, convencendo Omar Khayyam de que o presidente estava pirando por causa do estresse. "Que paredes eu posso erguer contra minha filha?" Mas Maulana Dawood, seu anjo da direita, não disse nada.

Como cai um ditador? Um velho provérbio diz, com absurdo otimismo, que é da natureza das tiranias terminar. Além disso, pode-se dizer que é também de sua natureza começar, continuar, se entrincheirar e, muitas vezes, ser preservada por poderes maiores que os seus.

Bem, bem, não devo me esquecer que estou contando uma história de fadas. Meu ditador será derrubado por meio de duendes e fadas. "Facilita bem para você", é a crítica usual; e eu concordo, concordo. Mas acrescento, mesmo que soe um pouco rabugento: "Tente *você* se livrar de um ditador um dia".

Quando fazia quase quatro anos que Raza Hyder era presidente, a pantera branca começou a se aproximar da capital. Quer dizer, os assassinatos e abates de animais foram se juntando, os avistamentos ficaram mais frequentes, as histórias se ligaram para formar um anel em torno da cidade. O general Raddi contou a Raza Hyder que estava claro para ele que esses atos de terrorismo eram obra do grupo Al-Iskander comandado por Haroun Harappa; diante do quê, para sua grande surpresa, o presidente bateu-lhe com força nas costas. "Muito bem, Raddi", Hyder rugiu, "você não é tão idiota como eu pensava." Raza convocou uma entrevista coletiva, na qual atribuiu a culpa dos chamados "crimes de decapitação" àqueles infames bandidos dacoit e gângsteres apoiados pelos russos, que agiam sob as ordens do arquibandido Haroun e cujo propósito era minar a fibra moral da nação, "enfraquecer nossa sagrada determinação", disse Raza; "desestabilizar é a intenção deles, mas saibam que nunca conseguirão".

Secretamente, porém, ele ficou incomodado com essa última prova de sua incapacidade de resistir à filha. Mais uma vez, parecia-lhe que os anos de sua grandeza e da construção do grande edifício da estabilidade nacional tinham sido nada mais que mentiras autoilusórias, que sua nêmesis o vigiava o tempo todo, permitindo que ele subisse cada vez mais para que sua queda fosse maior; sua própria carne se voltara contra ele, e nenhum homem tem defesa contra uma traição dessas. Cedendo a uma fatalista melancolia nascida da certeza de que seu fim estava chegando, ele deixou o dia a dia do governo nas mãos de seus três generais promovidos, sabendo que se Sufiya Zinobia fosse morta pelos grandes grupos de busca que agora varriam o campo em busca de terroristas, ela seria também identificada e a vergonha dessa identificação o derrubaria; mas se ela escapasse de seus perseguidores, isso também não ajudaria, porque ele via que o que ela estava fazendo era chegar devagarinho, numa espiral inexorável para o centro, para a própria sala em que ele andava para lá e para cá, esmagando a cada passo o tapete de cascas de pinhão que cobria o chão, enquanto Omar Khayyam Shakil, igualmente insone, olhava pela janela do sótão a noite ameaçadora.

Silêncio em seu ouvido direito. Maulana Dawood havia desaparecido, para nunca mais falar com ele outra vez. Aborrecido com esse silêncio, agora tão opressivo quanto as cada vez mais exultantes sibilâncias de Iskander Harappa em seu lado esquerdo, Raza Hyder mergulhou cada vez mais fundo na areia movediça de seu desespero, ao compreender que Deus o havia abandonado à própria sorte.

* * *

Não mudei de opinião acerca do sr. Haroun Harappa: o sujeito era um bufão. Porém o tempo impõe estranhas ironias a suas vítimas, e Haroun, que um dia pronunciara insinceros lemas revolucionários e contara piadas sobre coquetéis Molotov encarapitado nas costas de uma tartaruga marinha, era agora a encarnação daquilo que ele um dia desprezara, um notório chefe de gangue com um bando de malfeitores para comandar.

Tanto Rani como Arjumand Harappa receberam licença das autoridades para emitir declarações públicas de Mohenjo deplorando a atividade terrorista. Mas Haroun havia desenvolvido a inevitável teimosia de um homem genuinamente burro; e a morte de Isky Harappa por fim o curara de sua obsessão pela lembrança de Boa Nova Hyder. Não é comum que um amor morto nasça como seu oposto e hoje em dia o nome "Hyder" fazia Haroun ver nada além de vermelho. Mais irônico ainda, portanto, que seu sequestro de um avião civil no asfalto do aeroporto de Q. tenha servido apenas para distrair a atenção, por poucos momentos, do escândalo dos assassinatos da pantera branca e da crise do regime Hyder.

Quando o general Raddi foi alertado do sequestro do avião em Q., deu início a um plano notável, instruindo as autoridades policiais locais a bajular os homens de Harappa o mais efusivamente possível. "Digam que há um golpe de Estado em andamento", Raddi sugeriu, divertindo-se com a ideia inspirada, "que Hyder foi preso e que as mulheres de Mohenjo logo serão libertadas." Haroun Harappa caiu, o idiota, e manteve a aeronave no chão, com o conjunto completo de passageiros, e esperou o chamado ao poder.

O dia ficou mais quente. No teto da cabine de passageiros formou-se uma condensação que caía sobre os ocupantes como chuva. Os suprimentos de comida e bebida do avião estavam diminuindo, e Haroun, na impaciência de sua ingenuidade, passou um rádio para a torre de controle pedindo que mandassem uma refeição. Seu pedido foi saudado com grande polidez; disseram que nada era bom demais para o futuro líder do povo e logo um banquete de luxuosas proporções foi mandado para aeronave, enquanto a torre de controle implorava a Haroun que comesse e bebesse tudo o que quisesse, garantindo que seria informado assim que fosse seguro ele sair. Os terroristas se ingurgitaram com aquela comida de sonho, com as almôndegas da esperança além da esperança e as bebidas borbulhantes da desilusão, e uma hora depois de terminarem tinham adormecido no calor, com o botão de cima das calças aberto. A polícia entrou no avião e algemou a todos sem disparar um único tiro.

O general Raddi procurou Hyder na residência do comandante em chefe e encontrou-o no sótão de seu desespero. Ele entrou e descobriu Raza e Omar Khayyam perdidos em silêncios. "Ótimas notícias, sir", anunciou, mas quando completou seu relatório, se deu conta de imediato de que mais uma vez conseguira meter os pés pelas mãos, porque o presidente virou-se para ele e rugiu: "Então prendeu Harappa, hein? Então quem você pretende culpar pelas matanças da pantera agora?". O general Raddi ficou vermelho como uma noiva e começou a se desculpar, mas sua perplexidade levou a melhor e ele deixou escapar: "Mas, sir, com certeza a eliminação da ameaça do Al-Iskander significa que os crimes de decapitação vão cessar?".

"Vá, vá, saia daqui sem mim", Raza murmurou, e Raddi viu que a raiva do presidente era abafada, distante, como se ele tivesse aceitado algum destino secreto. Cascas de pinhão estalaram sob as botas de Raddi ao partir.

* * *

Os assassinatos continuaram: fazendeiros, cachorros párias, cabras. Os assassinatos formaram um anel da morte em torno da casa; tinham chegado aos arredores das duas cidades, a nova capital e a cidade velha. Assassinatos sem pé nem cabeça, cometidos, aparentemente, pelo amor à morte, ou para satisfazer alguma necessidade horrenda. A eliminação de Haroun Harappa removia a explicação racional; o pânico começou a crescer. Os grupos de busca foram redobrados, depois redobrados de novo; mesmo assim o lento padrão circular de sangue continuou. A ideia do monstro começou a ser tratada com incrível seriedade nos jornais. "É como se essa fera conseguisse enfeitiçar suas vítimas", dizia um artigo. "Nunca nenhum sinal de luta." Um cartunista fez um desenho de uma cobra gigante hipnotizando hordas de mangustos pesadamente armados mas impotentes.

"Não falta muito agora", Raza Hyder disse no sótão em voz alta. "Este é o último ato." Omar Khayyam concordou. Parecia-lhe que Sufiya Zinobia estava experimentando suas forças, testando os poderes daqueles olhos hipnóticos sobre grupos cada vez maiores, petrificando seus adversários, que ficavam incapazes de se defender quando as mãos dela se fechavam em seus pescoços. "Deus sabe quantos ela é capaz de eliminar", ele pensou, "talvez agora um regimento, todo o Exército, o mundo inteiro."

Vamos revelar abertamente que Omar Khayyam estava com medo. Raza estava fatalisticamente convencido de que sua filha vinha à sua procura, mas ela podia também vir buscar o marido que a drogara e acorrentara. Ou a mão que lhe dera o nome de Vergonha. "Temos de correr", ele disse a Raza, mas Hyder parecia não temer; a surdez da aceitação, de silêncio no ouvido direito e Isky no esquerdo tapara seus ouvidos. Um homem abandonado por seu Deus pode escolher a morte.

Quando caiu a capa do segredo deles, Omar Khayyam começou a achar que parecia um milagre a verdade ter sido mantida oculta por tanto tempo. Asgari, a varredora, desaparecera sem deixar notícia, incapaz, talvez, de dar conta da proliferação de cascas de pinhão; ou quem sabe ela tenha sido apenas a primeira das criadas a fugir do terror, a primeira a adivinhar o que poderia acontecer a qualquer pessoa que permanecesse na casa... parece provável, de qualquer forma, que tenha sido Asgari quem deu com a língua nos dentes. Era um sinal do declínio do poder de Raza que dois jornais se sentissem livres para publicar matérias sugerindo que a filha do presidente era uma louca perigosa que seu pai deixara escapar de sua residência considerável tempo antes, "sem nem se dar ao trabalho de comunicar às devidas autoridades", disse um jornal, descaradamente. Nenhum jornal, nem rádio, chegou a ponto de ligar o desaparecimento de Sufiya Zinobia aos "crimes de decapitação", mas isso estava no ar, e nos bazares, nos pontos de ônibus e nas mesas dos cafés o monstro começou a ser chamado por seu verdadeiro nome.

Raza convocou seu triunvirato de generais. Raddi, Bekar e Phisaddi chegaram e ouviram Hyder recolher, pela última vez, uns poucos cacos de sua velha autoridade. "Prendam esses subversivos!", ordenou, sacudindo jornais para os generais. "Quero todos na cadeia mais escura, quero todos acabados, defuntos, kaput!" Os três oficiais esperaram até ele terminar e então o general Raddi disse com o prazer absoluto de alguém que há muito esperava esse momento: "Senhor presidente, não acreditamos que essa ação seja aconselhável".

* * *

"A prisão domiciliar deve vir dentro de um ou dois dias", disse Hyder a Omar Khayyam, "depois que eles prepararem o terreno. Eu falei para você: a cortina final. Esse Raddi, eu devia saber, estou perdendo o pulso. Quando um general sonha com um golpe neste maldito país, pode apostar que ele vai levar isso a cabo, mesmo que no começo fosse apenas alguma piada ou brincadeira."

Como cai um ditador? Raddi Bekar Phisaddi retiram certos embargos jornalísticos. Certas ligações fatais são insinuadas na imprensa: os perus mortos de Pinkie Aurangzeb, o fiasco do dia do casamento de Boa Nova Hyder e o pescoço duro de Talvar Ulhaq, teorias sobre os meninos mortos na favela chegam afinal à imprensa. "As pessoas gostam de sangue seco", diz Raza Hyder. "Essas fagulhas vão começar um incêndio."

Então chega a última noite.

Durante todo o dia, uma multidão foi se reunindo em torno dos muros do complexo, ficando mais raivosa à medida que aumentava. Agora é noite e eles escutam a multidão em movimento: cantos, gritos, risos. E sons mais distantes como assobios, a incandescência de fogueiras, berros. Onde está ela, Shakil se pergunta, será que vem agora, ou quando? Como vai terminar, divaga: com a turba invadindo o palácio, linchamentos, saques, chamas — ou de um outro jeito, mais estranho, as pessoas abrindo alas como águas mitológicas, desviando os olhos, permitindo a passagem dela, sua paladina, para fazer seu trabalho sujo: sua Fera com olhos de fogo? Claro, ele pensa, insano, claro que não mandaram soldados para nos guardar, que soldado pisaria nesta casa da morte iminente... e então ele ouve nos corredores abaixo sons macios como de rato, os sussurros dos criados fugindo da casa, as esteiras enroladas sobre a cabeça: portadores e carregadores, meninos varredores, jardineiros e biscateiros, aias e criadas. Alguns acompanhados pelos filhos, que podiam, à luz do dia, parecer bem alimentados demais pelas roupas esfarrapadas, mas que na noite passarão por filhos de pobres. Vinte e sete crianças; quando as ouve ir embora ele conta, em sua imaginação, seus passos abafados. E sente na turba noturna invisível uma expectativa que enche o ar.

"Por piedade", ele implora a Raza, "vamos tentar ir embora." Mas Hyder é um vulto arrasado, incapaz, pela primeira vez na vida, de produzir umidade nos olhos. "Impossível", ele dá de ombros, "as turbas. E além delas haverá tropas."

A porta range; os pés de uma mulher esmagam cascas espalhadas. Chegando em meio às cascas de pinhão vem... vem a figura esquecida de Bilquìs Hyder. Que traz uma pilha de roupas disformes, uma seleção de seu trabalho nos anos de isolamento. Burcas, Omar Khayyam percebe, e a esperança explode dentro dele: mantos de invisibilidade da cabeça aos pés, véus. *Os vivos usam mortalhas assim como os mortos.* Bilquìs Hyder diz simplesmente: "Vistam isto". Shakil pega, se apressa a colocar seu disfarce de mulher; Bilquìs puxa o tecido negro pela cabeça do marido, que não resiste. "Seu filho virou uma filha", diz ela, "então você agora precisa mudar de forma também. Eu sabia que estava fazendo isto aqui por alguma razão." O presidente fica passivo, permite ser conduzido. Fugitivas veladas de negro misturam-se aos criados que escapam pelos corredores escuros da casa.

Como Raza Hyder caiu: em improbabilidade; em caos; com roupa de mulher; de preto.

Ninguém questiona mulheres que usam véus. Eles passam pela multidão e pelo anel de soldados, jipes, caminhões. Por fim, Raza diz: "E agora? Para onde vamos daqui?".

E como Omar Khayyam está tomado pela sensação de ter saído do meio de um sonho, ele se ouve respondendo: "Acho que sei de um lugar".

E Sufiya Zinobia?

Ela não atacou o palácio vazio. Não foi capturada, nem morta, nem vista nunca mais naquela parte do país. Era como se sua fome se tivesse satisfeito; como se nunca tivesse sido mais que um rumor, uma quimera, a fantasia coletiva de um povo sufocado, um sonho nascido da raiva do povo; ou mesmo como se, sentindo uma mudança na ordem do mundo, ela tivesse se retirado, e estivesse pronta para esperar um pouco mais, no século XV, pelo seu momento.

V.
DIA DO JUÍZO

Está quase acabado.
Velados, sacudindo em ônibus, se escondendo nas sombras de terminais de ônibus, seguiram para o Sul e para Oeste. Sempre em rotas de trajeto curto, nos ônibus que vão parando, evitando os expressos do correio pela Rodovia Tronco. Saem do platô Potwar, descem para as planícies ribeirinhas, os rostos voltados para além da fronteira de Q. Só têm o dinheiro que encontraram nos bolsos, então comem pouco, bebem o máximo possível: cordiais verde-lívido, chá rosado servido com concha de grandes caldeirões de alumínio, água puxada de lagos amarelos em que se espreguiçam búfalos aquáticos. Durante vários dias eles mal falam e fazem força para permanecer impassíveis quando policiais passam espreitando as filas de viajantes que esperam em pequenos terminais de cidades pequenas, batendo os lathis contra as coxas vestidas de calças curtas. Para Shakil e Hyder, a humilhação das latrinas femininas. Não existe país mais pobre que Fugir.
Eles não são pegos; ninguém espera encontrar um presidente fugitivo vestindo roupa de mulher em um ônibus de terceira

classe escangalhado. Mas há dias e noites sem dormir; há medo e desespero. Uma fuga por uma terra explosiva. Na lassidão do calor das áreas rurais, os rádios dos ônibus interrompem o desfalecimento das agonias dos cantores para falar de tumultos e tiros. Em duas ocasiões, eles ficam sentados em ônibus cercados por manifestantes e se perguntam se vão morrer numa anônima cidade arenosa, envoltos em fogo de gasolina. Mas os ônibus têm permissão para passar e lentamente a fronteira se aproxima. E além da fronteira, a possibilidade de esperança: sim, pode haver um santuário além da fronteira, naquele país vizinho de reis sacerdotes, homens santos que sem dúvida dariam abrigo a um líder caído com uma ferida na testa. E então eles podiam até estar bem distante *dela*, a nêmesis feral, da vingança da carne contra a carne. Raza Hyder, desvirilizado pelos véus costurados pela esposa, apega-se a esses fios de otimismo.

A fronteira é impossível de policiar. Postes de concreto marcham através da desolação. Omar Khayyam se lembra das histórias de gente atravessando à vontade, do velho Zoroastro empobrecido por aquela fronteira aberta, privado pela terra estéril de todos os suplementos a seus ganhos. A lembrança de Farah Rodrigues detonada por essa recordação quase o sufoca, mistura-se em suas entranhas com a história da aia Shahbanou; então começa a tontura. Quando ele se lembra da nuvem que baixou sobre a fronteira e o assustou a tal ponto que desmaiou nos braços de Farah, dá-se conta de que sua velha vertigem está voltando a atormentá-lo, vem como uma onda sobre ele sentado num ônibus sacolejante com galinhas a bicar seu pescoço e camponeses com enjoo de viagem nos corredores, vomitando a seus pés. A vertigem o leva de volta à infância e mostra-lhe uma vez mais o pior de todos os seus pesadelos, a boca aberta do vazio. As partes mais profundas de Omar Khayyam agitam-se uma vez mais, a tontura as agita, elas o alertam que digam o que disserem a fronteira é o limite de seu mundo, a borda das coisas, e que os sonhos reais são aquelas ideias audaciosas de atravessar aquela fronteira natural para alguma louca alucinação de uma terra prometida. Voltar a Nishapur, sussurram as vozes interiores, porque é para lá que você estava indo, toda a sua vida, desde o dia que partiu.

O medo combate a vertigem; dá-lhe forças para não desmaiar.

O pior momento vem quase no fim. Estão subindo a bordo do último ônibus de sua fuga, o ônibus que os levará ao terminal de Q., quando escutam uma piada terrível. "Olhe aonde nós chegamos neste país", caçoa o motorista do ônibus, enorme, com braços de tronco de árvore e uma cara igual a uma almofada de crina, "até os travestis escolhem a purdah agora." Imediatamente a lotação de mineiros de gás e mineradores de bauxita começa uma bateria de uivos de lobo, risadas sórdidas, obscenidades, vaias, cantos; mãos se estendem para beliscar o traseiro das *hijra*. "Pronto", pensa Omar Khayyam, "estamos mortos, sem saída, *funtush*", porque tem certeza de que alguém vai rasgar o véu deles, e o rosto de Hyder é conhecido, afinal. Mas nesse momento Bilquìs Hyder fala e silencia os passageiros completamente. "Deviam ter vergonha", ela grita com sua voz inquestionavelmente feminina, "será que os homens desta região desceram tão baixo que as mulheres são tratadas como prostitutas?" Uma onda de embaraço no ônibus. O motorista enrubesce, ordena que três camponeses deixem vagos seus lugares bem na frente do veículo, "para ter certeza, beguns, que não vão ser mais molestadas; é, é uma questão de honra para mim, a dignidade do meu ônibus ficou comprometida".

Então: num ônibus silencioso e pesaroso e depois de sobreviver a um susto bem feio, Omar Khayyam Shakil e seus dois companheiros chegaram, logo depois da meia-noite, ao terminal rodoviário nos arredores de Q. Pisando em pés ruins, sem o apoio da bengala que foi obrigado a deixar para trás, exausto, ele os conduz por ruas sem iluminação até um grande prédio entre o Acantonamento e o bazar, onde ele tira o véu e emite um certo assobio, repetindo-o até ver o movimento em uma janela superior; e então a máquina de Mistri Yakub Balloch começa sua descida e são içados a Nishapur, sua terra natal, seu lar, como baldes içados de um poço.

Quando as três mães de Omar Khayyam entenderam quem havia sido trazido à sua presença, emitiram pequenos suspiros, como se depois de tantos anos se vissem aliviadas de alguma roupa particularmente apertada e, acomodando-se confortavelmente lado a lado no velho e rangente sofá de balanço, elas começaram a sorrir. O sorriso era beatífico, inocente, mas de alguma forma sua replicação em três bocas igualmente antigas lhes dava uma qualidade de nítida, embora indefinível, ameaça. Estavam no meio da noite, mas uma das três velhas senhoras, que Omar Khayyam na exaustão de suas viagens mal reconhecera como Chhanne-mã, mandou que fosse imediatamente para a cozinha fazer chá, como se ele tivesse acabado de entrar depois de sair por alguns minutos. "Nenhum criado mais", Chhanne Shakil desculpou-se gentilmente com Raza Hyder, que tinha tirado sua burca e despencado numa poltrona numa condição de torpor para a qual a fadiga era uma explicação apenas parcial, "mas nossas primeiras visitas em mais de cinquenta anos precisam tomar uma xícara de boas-vindas." Omar Khayyam moveu-se pesadamente, voltou com uma bandeja e foi afetuosamente repreendido por uma segunda mãe, uma remanescente murcha de Manni, a do meio: "Não tem jeito mesmo. Que bule você trouxe, menino? Vá até o almirah e pegue o nosso melhor bule". Ele seguiu o dedo que apontava para um grande armário de teca, onde encontrou, para sua grande surpresa, o serviço de porcelana de mil peças havia muito perdido da fábrica Gardner na Rússia czarista, cujos milagres na arte da confecção de porcelanas tinham se dissolvido em mera lenda já na sua distante infância. Os pratos e travessas produziram uma onda de calor em seu rosto, preenchendo seus pensamentos agitados com um terror nostálgico, inspirando nele a passageira mas assustadora ideia de que tinha voltado a uma casa povoada apenas por fantasmas. Porém as xícaras azuis e rosa e os pires e pratinhos eram bem sólidos; ele os arrumou em sua bandeja com um tremor de descrença.

"Agora vá depressa até a lata de Peek Frean e traga bolo", ordenou sua mãe mais jovem, Banny, a voz octogenária tremendo com um prazer que ela não fez nenhum esforço para explicar; Omar Khayyam resmungou alguma coisa perplexa e inaudível e foi mancando em busca do *gâteau* de chocolate amanhecido que acrescentava o toque de improbabilidade àquele chá que era um pesadelo assolado por *takallouf*. "Assim está melhor", Chhanne aprovou, e cortou e passou fatias do bolo ressecado. "É assim que se faz com hóspedes tão ilustres."

Omar Khayyam observou que enquanto estivera fora da sala buscando bolo, suas mães haviam obrigado Bilquìs Hyder, com a inexorável força de seu encanto cortês, a remover sua burca. O rosto dela, sem sobrancelhas, pálido como pó, morto de sono, era uma máscara mortuária, com apenas os pontos altos de cor vermelha nos malares para mostrar que estava viva; isso piorou ainda mais os maus sentimentos que Omar Khayyam vinha tendo. A xícara de chá chocalhou no pires enquanto seu coração se apertava com um medo renovado pela críptica atmosfera do lar de sua infância, que podia transformar pessoas vivas em espelhos de seus fantasmas; então Bilquìs falou e ele foi arrancado dessas fantasias exaustas quando ela expressou uma ideia absolutamente peculiar.

"Um dia existiram gigantes", Bilquìs Hyder pronunciou, meditativa, cautelosa.

Pela lei de *takallouf*, era forçada a conversar, mas fazia muito tempo que Bilquìs não se permitia bater papo; tinha perdido todo o jeito para a coisa, e havia a tensão e a debilitação da longa fuga a se levar em conta também, para não mencionar a excentricidade de seus últimos anos. Tomando chá enquanto falava, com um sorriso brilhante em resposta ao triplo sorriso de suas anfitriãs, ela parecia imaginar-se contando alguma pequena anedota divertida, ou discorrendo vivamente sobre alguma sofisticada questão de moda. "Um dia, gigantes pisaram a terra", ela repetiu, enfática. "É, titãs mesmo, é fato."

As três mães rangeram e balançaram com expressões de fascinada concentração em seus rostos sorridentes; mas Raza Hyder não ligou para nada, fechou os olhos, gemendo de quando em quando. "Agora, porém, os pigmeus tomaram o poder", Bilquìs confidenciou. "Minúsculos personagens. Formigas. Um dia, ele foi um gigante", acenou com o polegar na direção de seu marido sonolento, "não se acredita ao olhar, mas foi. As ruas por onde ele passava tremiam de medo e de respeito, mesmo aqui, nesta cidade. Mas, sabe, até mesmo um gigante pode ser pigmeificado e ele agora encolheu, está menor que um inseto. Pigmeus pigmeiam por toda parte, insetos e formigas também — vergonha para os gigantes, não é? Vergonha eles encolherem. Essa é a minha opinião." Três velhas damas assentiram gravemente enquanto Bilquìs fazia seu lamento; depois, apressaram-se em concordar com ela. "Tem razão", Chhanne pronunciou educadamente, e Manni acrescentou: "Gigantes, é verdade, devem ter existido", e então Banny Shakil concluiu: "Porque, afinal de contas, existem anjos também, eles ainda andam por aí, ah, sim, nós temos certeza disso".

Um colorido antinatural espalhou-se pelo rosto de Bilquìs enquanto tomava chá, aniquilando a imagem da máscara mortuária; aparentemente, ela estava decidida a encontrar consolação naquela cena apavorante, a convencer-se de que estava em segurança, forjando uma desesperada e super-rápida intimidade entre ela e aquelas três antiguidades rangentes... mas Omar Khayyam tinha parado de perceber as coisas, porque no momento em que sua mãe mais nova mencionou anjos ele entendeu a estranha animação das irmãs Shakil. Suas três mães estavam improvisando aquele momento de teatro demente para evitar mencionar um certo jovem morto; havia um buraco no coração de sua sorridente hospitalidade e elas estavam rodeando o buraco, rodeando o vazio como aquele que criaturas em fuga fazem em janelas emparedadas, aquela ausência de forma do inominável Babar Shakil. Sim, era isso, elas estavam em estado de júbilo porque tinham Raza Hyder em suas garras afinal, e não viam nenhuma razão, exceto uma, para Omar Khayyam ter trazido ali aquele sujeito; então, tentavam não estragar as coisas, procurando embalar suas vítimas numa sensação de falsa segurança, não queriam que os Hyder se preocupassem e tentassem fugir. E, ao mesmo tempo, suspiravam contentes, convencidas de que finalmente ia acontecer, a vingança, bem debaixo de seus narizes. A cabeça de Omar Khayyam Shakil flutuava, sabendo que as três o forçariam a fazer aquilo — impiedosamente e a sangue-frio levar Raza Hyder à morte debaixo do teto de suas mães.

Na manhã seguinte, ele acordou ao som de Bilquìs Hyder batendo janelas. Omar Khayyam arrastou-se para fora de uma cama inexplicavelmente encharcada de transpiração, as pernas mais fracas, os pés mais dolorosos que o usual, e saiu capengando para ver o que estava acontecendo. Encontrou suas três mães assistindo Bilquìs circular pela casa, fechando janelas ferozmente, como se estivesse zangada com alguma coisa; ela fechava as venezianas e baixava persianas. Pela primeira vez, Omar Khayyam se deu conta de como suas mães eram altas, como braços estendidos para o céu. Estavam em pé, em atitude de mútua solicitude, uma apoiando o cotovelo da outra, sem nenhuma tentativa de interferir no frenesi de fechar janelas de Bilquìs. Omar Khayyam queria detê-la, porque quando as janelas se fechavam o ar dentro da casa ia ficando mais grosso e encaroçado, até que sentiu como se estivesse inalando sopa de curry, mas suas três mães acenaram para que ficasse quieto. "Ela é nossa hóspede", sussurrou Chhanne-mã, "então pode ficar aqui para sempre se quiser", porque a velha tinha adivinhado que o comportamento de Bilquìs era o de uma mulher que já havia ido muito longe, longe demais, uma mulher que deixara de acreditar em fronteiras e em qualquer coisa que houvesse além delas. Bilquìs estava se barricando contra o mundo exterior na esperança de que ele pudesse ir embora, e essa era uma atividade que as irmãs Shakil eram capazes de entender sem que uma palavra fosse dita. "Ela sofreu", Manni Shakil afirmou com um sorriso misterioso, "mas é bem-vinda aqui."

Omar Khayyam sentiu o ar coagular numa sopa, e os germes da claustrofobia começaram a se multiplicar. Mas outros germes também estavam no ar e quando Bilquìs despencou num ardente estupor, Omar Khayyam adivinhou o sentido de sua fraqueza matinal, o calor, as pernas fracas. "Malária", ele fez um esforço para dizer, e então a vertigem o fez girar e ele caiu ao lado de Bilquìs Hyder, gelado e queimando de quente.

Naquele mesmo instante, Raza Hyder despertou de um sonho doente em que diversos pedaços do falecido Sindbad Mengal lhe apareceram, combinados de jeito errado, de forma que a cabeça do morto ficava no meio da barriga, os pés voltados para fora, as solas para cima, como orelhas de burro em seu pescoço. Mengal não recriminara nada, mas alertara Raza que pela marcha dos acontecimentos o general sahib seria ele próprio despedaçado dentro de poucos dias. O Velho Arrasa Tripas, ainda meio adormecido, levantou-se da cama gritando perigo, mas a doença começara a queimar dentro dele também e ele caiu na cama, respirando com dificuldade e tremendo como se fosse inverno. As irmãs Shakil vieram, pararam ao lado da cama e ficaram assistindo enquanto ele tremia.

"Que bom", Banny Shakil disse acolhedoramente, "o general não parece estar com pressa de ir embora."

A febre era um fogo que deixava frio. Queimava as barreiras entre consciência e sono, de forma que Omar Khayyam nunca sabia se as coisas estavam realmente acontecendo ou não. A certo ponto, deitado em um quarto escuro, ele pensou ouvir Bilquìs gritando alguma coisa sobre encefalite, sobre visitações e julgamentos, a doença que aleijara sua filha baixando sobre seus pais na cidade de sua vergonha. Ele pensou também ouvir Raza gritar pedindo pinhões. E ao mesmo tempo tinha certeza de que a figura esquecida do mestre-escola Eduardo Rodrigues estava parada, acusadoramente, ao lado de sua cama, segurando um bebê morto nos braços — mas isso não podia ser verdade, devia ser um delírio. Havia momentos que ele sentia como lucidez, durante os quais chamava suas mães e ditava nomes de remédios. Tinha lembrança de ter recebido medicação, lembrava-se de braços levantando sua cabeça e colocando comprimidos brancos em sua boca, mas quando mordeu um por engano, tinha gosto de cálcio, portanto nasceu em sua mente febril a suspeita de que suas mães não haviam mandado buscar remédio nenhum. Seus pensamentos se inflamaram até o ponto em que ele foi capaz de imaginar a doentia possibilidade de que as irmãs Shakil estavam contentes de deixar a malária fazer seu serviço sujo por elas, que estavam dispostas a sacrificar seu filho que sobrevivera se ele levasse os Hyder com ele. Ou elas estão loucas ou eu, ele pensou, e então a febre o dominou de novo e impossibilitou qualquer pensamento.

Às vezes, ele acreditava recobrar a consciência e ouvia pelas janelas fechadas e trancadas retalhos de vozes raivosas lá embaixo, e também tiros, explosões, vidro quebrado, e a menos que isso também fizesse parte do delírio, queria dizer que haviam irrompido problemas na cidade, sim, ele lembrava claramente de certos gritos, por exemplo *O hotel está pegando fogo*. Estava ou não estava? Lembranças lhe voltavam através dos pântanos da doença, ele tinha quase certeza agora de que ouvira o hotel queimando, o fragor da cúpula dourada ruindo, os últimos guinchos sufocados da orquestra esmagados debaixo da alvenaria a despencar. Houve uma manhã em que a nuvem de cinza do hotel morto conseguiu entrar em Nishapur, apesar das venezianas e vidraças ela havia se insinuado dentro do quarto, cobrindo tudo com o pó cinza da morte do hotel e reforçando sua sensação de estar dominado em uma casa de fantasmas. Mas quando perguntou a uma — qual? — de suas três mães sobre o incêndio do hotel, ela — quem? — respondera: "Feche os olhos e não se preocupe. Cinza por todo lado, que ideia".

Ele persistiu em sua convicção de que o mundo estava mudando lá fora, velhas ordens estavam sendo superadas, grandes estruturas derrubadas enquanto outras se erguiam em seu lugar. O mundo era um terremoto, abismos se abriam, templos de sonho subiam e desciam, a lógica das Montanhas Impossíveis tinha descido para infectar a planície. Em seu delírio porém, nas garras ardentes da doença e na atmosfera fétida da casa, só finais pareciam possíveis. Ele podia sentir as coisas afundando dentro dele, deslizamentos de terra, deslocamentos, o tamborilar de alvenaria caindo em seu peito, engrenagens se quebrando, uma nota falsa no zunir de um motor. "Este motor", disse alto em algum momento daquele tempo suspenso, "não vai mais funcionar."

As três mães rangiam em seu sofá de balanço ao lado de sua cama. Não, como tinham transportado aquilo, o que aquilo estava fazendo ali, era um fantasma, uma miragem, ele se recusava a acreditar naquilo, fechou os olhos, apertou com força, abriu de novo um minuto ou uma semana depois, e elas ainda estavam ali no sofá, então ficou claro que a doença era pior, que as alucinações adquiriam segurança. As irmãs explicavam tristemente que a casa não era mais tão grande como tinha sido. "Estamos sempre perdendo quartos", lamentou o espectro de Banny, "hoje perdemos o estúdio de seu avô. Você sabe onde ficava, mas agora quando se passa por aquela porta, chega-se à sala de jantar, o que é impossível porque a sala de jantar devia estar do outro lado do corredor." E Chhanne-mã assentia com a cabeça: "É tão triste, filho, ver como a vida trata os velhos, você se acostuma com um certo quarto e de repente, um dia, puf, ele desaparece, a escada desaparece, o que fazer". "O lugar está encolhendo", Manni do meio bufou. "Sinceramente, não é nada bom, como uma camisa barata. A gente devia ter mandado sanforizar. Logo a casa inteira vai estar menor que uma caixa de fósforos e nós vamos para a rua." E Chhanne-mã teve a última palavra. "Naquele sol, sem paredes", profetizou o fantasma da mãe mais velha, "não vamos conseguir sobreviver. Vamos virar poeira e ser sopradas pelo vento."

Ele então caiu inconsciente outra vez. Quando voltou não havia sofá de balanço, não havia mães, estava sozinho em sua cama de quatro postes com serpentes enroladas nas colunas e o Paraíso bordado no dossel. O leito de morte de seu avô. Ele se deu conta de que se sentia forte como um cavalo. Hora de levantar. Saltou da cama e tinha saído do quarto descalço e de pijamas quando lhe ocorreu que essa era apenas mais uma ilusão, mas então não conseguiu parar, seus pés que não doíam mais o levaram pelos corredores atravancados, cheios de porta-chapéus, peixes empalhados em caixas de vidro, relógios de ouropel quebrados, e ele viu que longe de ter encolhido a casa havia realmente se expandido, tinha ficado tão vasta que guardava dentro de suas paredes cada lugar em que ele estivera antes. A soma de todas as possibilidades: ele abriu uma porta cheia de teias de aranha e recuou diante do pequeno grupo fortemente iluminado de figuras de máscaras brancas curvadas sobre um corpo. Era a sala de operações do Mount Hira Hospital. As figuras estavam chamando por ele de um jeito amigável, queriam que ele ajudasse na operação, mas ele teve medo de olhar o rosto do paciente. Virou-se abruptamente e sentiu as cascas de pinhão crepitando sob os calcanhares, e as salas da residência oficial do comandante em chefe começaram a se formar em torno dele. Em algum ponto, começou a correr, tentando encontrar o caminho de volta para a cama, mas os corredores sempre viravam becos sem aviso, e ele chegou ofegante a uma tenda em que se realizava um banquete de casamento, viu o rosto da noiva num espelho fragmentado, ela usava uma forca no pescoço e ele gritou: "Você devia ter continuado morta", fazendo todos os convidados olharem para ele. Todos estavam vestidos de trapos por causa dos perigos de andar bem-vestidos na turbulência das ruas e cantavam em uníssono vergonha, vergonha, vergonha de matar, teu nome as moças todas vão chamar. Então estava correndo de novo, mas foi perdendo velocidade, estava ficando mais pesado, os queixos batiam suarentos abaixo do queixo até tocarem os mamilos, os rolos de sua obesidade pendurados sobre os joelhos, até não poder mais se mover, por mais que tentasse, e estava suando como um porco, o calor o frio, sem escapatória, pensou, e caiu para trás enquanto uma mortalha baixava de mansinho sobre ele, branca, encharcada e se deu conta de que estava na cama.

Ouviu uma voz que identificou, depois de algum esforço, como a voz de Hashmat Bibi. Ela falava de dentro de uma nuvem: "Filho único. Sempre eles vivem demais em suas pobres cabeças". Mas ele não tinha sido um filho único.

Queimando, queimando naquele fogo frio. Encefalite. Bilquìs Hyder ao lado de sua cama apontava raivosamente para a lata de Peek Frean. "Veneno", ela acusou, "germe venenoso no bolo. Mas nós estávamos com fome, não pudemos resistir e comemos." Incomodado com esse insulto ao nome de sua família, ele começou a defender a hospitalidade de suas mães, não, não o bolo, estava passado, mas não seja ridícula, pense na viagem de ônibus, veja o que nós bebemos, verde rosa amarelo, nossas defesas estavam baixas. Bilquìs deu de ombros e foi até um armário, tirou todas as peças da coleção de porcelana chinesa Gardner, uma por uma, e estilhaçou tudo até virar uma poeira rosa e azul no chão. Ele fechou os olhos, mas suas pálpebras não eram mais defesa, eram apenas portas para outros lugares, e lá estava Raza Hyder fardado com um macaco em cada ombro. O macaco da direita tinha a cara de Maulana Dawood e as mãos em cima da boca; no ombro esquerdo estava sentado Iskander Harappa coçando sua axila de langur. Hyder levou as mãos aos ouvidos, as de Isky, depois que se coçou, cobriram seus olhos, mas ele espiava por entre os dedos. "Fim de histórias, fim dos mundos", Isky, o macaco, dizia, "depois é o dia do juízo." Fogo e morte, subindo, dançando nas chamas.

Quando a febre baixava, ele se lembrava de sonhar coisas que não podia saber se eram verdadeiras, visões do futuro, do que aconteceria depois do fim. Brigas entre os três generais. Contínuas perturbações públicas. Grandes poderes mudando de lugar, decidindo que o Exército se tornara instável. E, por fim, Arjumand e Haroun foram libertados, renascidos para o poder, a virgem Calçadeferro e seu único amor assumindo o poder. A queda de Deus e em seu lugar o mito do mártir Iskander. E depois disso as prisões, as vinganças, os julgamentos, os enforcamentos, sangue, um novo ciclo de falta de vergonha e vergonha. Enquanto em Mohenjo rachaduras aparecem na terra.

Um sonho de Rani Harappa: que escolhe permanecer em Mohenjo e manda para Arjumand, um dia, um presente de dezoito xales excepcionais. Esses xales garantem que ela nunca deixará a propriedade de novo: Arjumand tem sua própria mãe colocada sob guarda. As pessoas que se ocupam de inventar novos mitos não têm tempo de bordar críticas. Rani permanece naquela casa de beirais pesados onde a água corre vermelha como sangue; ela inclina a cabeça na direção de Omar Khayyam Shakil. "Parece que o mundo pode não ser um lugar seguro", ela pronuncia seu epitáfio, "se Rani Harappa estiver à solta."

Fim de histórias, fim de mundos; e então é o dia do juízo.

Sua mãe Chhanne diz: "Você precisa saber de uma coisa".

Ele está deitado, impotente, entre serpentes de madeira, queimando, gelando, olhos vermelhos pairando sobre sua cabeça. Ele engole ar; a sensação é um tanto felpuda, como se estivesse enterrado pela justiça divina debaixo de uma gigantesca montanha de lã. Ele está na praia, ofegando, uma baleia bicada por pássaros. Mas dessa vez as três realmente estão ali, não é alucinação, ele tem certeza disso, sentadas em sua cama com um segredo a revelar. A cabeça dele flutua; ele fecha os olhos.

E ouve, pela primeira vez na vida, o último segredo de família, a pior lenda da história. A história de seu bisavô e o irmão, Hafizullah e Rumi Shakil. Cada um deles casou com uma mulher que o outro achava inadequada e quando Hafiz espalhou pela cidade que sua cunhada era uma mulher tão solta como um pijama folgado que Rumi tinha encontrado no famoso bairro da luz vermelha Hiramandi, o rompimento entre os irmãos foi completo. Então a esposa de Rumi se vingou. Ela convenceu o marido que a causa da censura santarrona de Hafiz era que ele queria ir para a cama com ela, depois do casamento, e que ela o recusara. Rumi Shakil ficou frio como gelo e foi imediatamente à sua escrivaninha, onde compôs uma carta anônima venenosa para o irmão, em que acusava a esposa de Hafiz de relações extraconjugais com um famoso citarista da época, acusação letal porque verdadeira. Hafiz Shakil sempre confiara cegamente em sua mulher, de forma que ficou pálido ao ler a carta, que reconheceu instantaneamente como escrita na caligrafia de seu irmão. Quando questionou a esposa, ela confessou de imediato. Disse que sempre amara o citarista e que teria fugido com ele se seus pais não a tivessem casado com Hafiz. O bisavô de Omar Khayyam caiu de cama e quando sua esposa foi vê-lo, com o filho deles nos braços, ele pôs a mão direita no peito e dirigiu suas últimas palavras ao bebê.

"Este motor", disse tristemente, "não vai mais funcionar."

Morreu naquela noite.

"Você disse a mesma coisa", Manni Shakil contou a Omar Khayyam, "em sua febre, quando não sabia o que estava dizendo. A mesma coisa com as mesmas palavras. Agora você sabe por que contamos a história."

"Agora você sabe de tudo", Chhanne-mã continua. "Sabe que nesta família irmãos fazem as piores coisas a irmãos, e talvez você até saiba que você é igual."

"Você também teve um irmão", diz Banny, "e tratou a memória dele como lama."

Uma vez, antes de sair para o mundo, elas o tinham proibido de sentir vergonha; agora estavam virando essa emoção contra ele, atacando-o com essa espada. "O pai de seu irmão era um arcanjo", Chhanne Shakil sussurrou ao lado de sua cama, "de forma que o menino era bom demais para este mundo. Mas você, quem fez você foi um diabo do inferno." Ele estava mergulhando de novo nos charcos da febre, porém essa observação atingiu o alvo, porque nenhuma de suas mães havia antes levantado espontaneamente o assunto dos pais. Ficou evidente para ele que suas mães o odiavam, e para sua surpresa descobriu que a ideia daquele ódio era terrível demais para ser suportada.

A doença pesava em suas pálpebras agora, oferecendo o esquecimento. Ele lutou contra ela, um homem de sessenta e cinco anos esmagado pela aversão materna. Ele via aquilo como uma coisa viva, imensa e suja. Elas alimentavam aquilo havia anos, servindo bocados uma à outra, estendendo pedaços de suas lembranças de Babar morto a seu detestável bicho de estimação. Que os engolia, pegando-os avidamente dos dedos ossudos das irmãs.

O Babar morto delas, que durante sua curta vida nunca tivera a chance de esquecer sua inferioridade diante do irmão mais velho, o grande homem, o sucesso, o homem que permitiu que elas enxotassem o homem da casa de penhores, para evitar que seu passado terminasse nas estantes de Chalaak sahib. O irmão que ele, Omar Khayyam, jamais conhecera. Mães usam seus filhos como bastões — cada irmão uma vara para castigar o outro. Asfixiado pelo vento quente da adoração de suas mães por Omar Khayyam, Babar fugira para as montanhas; agora as mães tinham mudado de lado, e o rapaz morto era sua arma contra o vivo. *Você casou na família do assassino. Você lambeu as botas dos grandes.* Por trás das pálpebras, Omar Khayyam viu suas mães colocarem em torno de seu pescoço o colar de seu ódio. Dessa vez não houve erro; sua barba encharcada de suor roçava contra cadarços desfiados, as línguas de couro raspado do colar de sapatos velhos.

A Fera tem muitas caras. Assume qualquer forma que escolher. Ele a sentiu engatinhar para dentro de sua barriga e começar a comer.

O general Raza Hyder acordou uma manhã ao clarear do dia com os ouvidos cheios do som tilintante, estilhaçante, de milhares de janelas quebrando, e se deu conta de que era o ruído da doença se partindo. Respirou fundo e sentou-se ereto na cama. "Febre", disse, contente, "venci você. O Velho Arrasa Tripas ainda não está acabado." O barulho cessou e ele teve a sensação de flutuar num lago de silêncio porque a voz de Iskander Harappa havia silenciado pela primeira vez em quatro longos anos. Ouviu pássaros lá fora; eram apenas corvos, mas soavam doces como rouxinóis bulbul. "As coisas estão indo para o lugar", Raza Hyder pensou. Então, notou em que estado estava. Tinham-no deixado para apodrecer no charco de seus próprios humores. Era óbvio que ninguém o visitava fazia dias. Estava deitado na papa pestilenta dos próprios excrementos, em lençóis amarelos de transpiração e urina. Os lençóis tinham começado a embolorar e havia fungos verdes também em seu corpo. "Então é isso que elas pensam de mim", ele exclamou para o quarto vazio, "essas bruxas; vou dar a elas o que pensar." Apesar da hedionda condição de seu leito de doente, sua nova disposição otimista recusava-se a se esvaziar. Levantou-se sobre pernas que estavam apenas ligeiramente instáveis e despiu a roupa fétida de sua doença; então, com grande delicadeza e repulsa, enrolou numa trouxa o lençol supurado e jogou pela janela. "Bruxas", riu consigo mesmo, "elas que peguem sua roupa suja na rua, vão aprender direitinho." Nu agora, foi ao banheiro e tomou um banho. Enquanto ensaboava o fedor da febre, um sonho de olhos abertos de retomar o poder passou por sua cabeça. "Claro", disse a si mesmo, "vou conseguir, por que não? Antes que as pessoas se deem conta." Sentiu uma grande onda de ternura por sua esposa que o tinha resgatado das garras dos inimigos e encheu-se de desejo de consertar as coisas entre eles. "Tratei mal dela", acusou-se, culpado, "mas ela se revelou melhor que o esperado." A lembrança de Sufiya Zinobia se tornara pouco mais que um pesadelo; ele não estava certo de que tinha base em fatos, meio acreditando que era apenas uma das muitas alucinações que a doença enviara para atormentá-lo. Saiu do chuveiro, enrolou uma toalha no corpo e partiu em busca de roupas. "Se Bilquìs ainda não se recuperou", prometeu, "vou cuidar dela dia e noite. Não vou deixar que fique à mercê desses três abutres malucos."

Não havia roupas em parte alguma. "Maldição", Raza xingou, "elas não podiam ter me deixado um shalwar e uma camisa?"

Abriu a porta do quarto e chamou: "Tem alguém aí?". Mas não houve resposta. O lago de silêncio encheu a casa. "Tudo bem", pensou Raza Hyder, "então simplesmente vão ter de me aceitar como me encontrarem." Enrolou a toalha com firmeza em torno da cintura e partiu em busca de sua esposa.

Três quartos vazios, escuros e depois um quarto que ele sabia ser o lugar certo pelo cheiro. "Filhas da puta!", berrou selvagemente na casa cheia de ecos. "Não têm vergonha?" E entrou.

O fedor era ainda pior do que tinha sido em seu quarto e Bilquìs Hyder jazia ainda na obscenidade de sua merda. "Não se preocupe, Billu", sussurrou para ela, "Raz está aqui. Vou limpar você direitinho e aí você vai ver. Essas mulheres animais, vou fazer elas pegarem a bosta com os cílios e enfiar dentro do nariz."

Bilquìs não respondeu e Raza levou alguns momentos para farejar a razão de seu silêncio. Então notou o outro cheiro por baixo dos odores pútridos de excrementos e sentiu como se o laço do enforcado o tivesse colhido pela nuca. Sentou-se no chão e começou a tamborilar com os dedos na pedra. Quando falou, saiu tudo errado, ele não queria soar mal-humorado, mas o que saiu foi isto: "Pelo amor de Deus, Billu, o que você está aprontando? Espero que não esteja fingindo nem nada assim. O que significa isso, você não pode morrer". Mas Bilquìs tinha atravessado a sua fronteira.

Depois que suas palavras queixosas saíram para envergonhá-lo, ele levantou os olhos e viu as irmãs Shakil paradas na sua frente com lenços perfumados no nariz. Chhanne-mã trazia também, na outra mão, um antigo bacamarte que pertencera a seu avô Hafizullah Shakil. Apontava para o peito de Raza, mas ele estava se movimentando tanto que a chance de atingi-lo era remota, e de qualquer forma uma arma tão impossivelmente velha era provável que explodisse na cara dela, se puxasse o gatilho. Porém, infelizmente para as chances de Raza, as irmãs também achavam-se armadas. Os lenços estavam na mão esquerda, mas na direita de Manni havia uma cimitarra de aspecto feroz com um punho de pedras preciosas, enquanto a mão de Banny fechava-se em torno da haste de uma lança com uma cabeça muito enferrujada, mas inegavelmente pontuda. O otimismo abandonou Raza Hyder sem se dar ao trabalho de se despedir.

"Você devia estar morto no lugar dela", declarou Chhanne Shakil.

A raiva tinha ido embora junto com o otimismo. "Vá em frente", ele estimulou as irmãs. "Deus nos julgará a todos."

"Ele fez bem em trazer você aqui", Banny refletiu, "nosso filho. Ele fez bem de esperar a sua queda. Não há vergonha em matar você agora, porque você já é mesmo um homem morto. É apenas a execução de um cadáver."

"Além disso", Manni Shakil falou, "não existe Deus."

Chhanne sacudiu o bacamarte na direção de Bilquìs. "Pegue ela", ordenou. "Pegue do jeito que ela está. Pegue e traga depressa." Ele se pôs de pé; a toalha escorregou; ele foi pegá-la, errou e ficou nu diante das velhas, que tiveram a decência de suspirar... recém-banhado e inteiramente despido, o general Raza Hyder carregou o corpo fétido, incrustado de mofo, de sua esposa pelos corredores de Nishapur, enquanto as três irmãs pairavam sobre ele como corvos na carniça. "Entre aí", disse Chhanne, empurrando as costas dele com o cano do bacamarte, e ele entrou no último quarto de todos os quartos de sua vida, e reconheceu o volume escuro do monta-cargas do lado de fora da janela, tapando quase toda a luz. Tinha resolvido ficar calado independentemente do que acontecesse, mas sua surpresa o fez falar: "O que é isto?", perguntou. "Vão nos botar para fora?"

"Como o general deve ser bem conhecido em nossa cidade", cismou Manni. "Tantos amigos loucos para encontrar o senhor de novo, não acha? Que recepção vão preparar quando descobrirem quem está aqui."

Raza Hyder nu no monta-cargas ao lado do cadáver de Bilquìs. As três irmãs foram para um painel da parede: botões interruptores alavancas. "Esta máquina foi construída por um mestre artesão", Chhanne explicou, "antigamente, quando nada era impossível de se fazer. Um certo Mistri Balloch. E a nosso pedido, que foi levado a ele por nossa querida Hashmat Bibi, já falecida, ele incluiu no aparelho alguns recursos extras que nos propomos a usar agora pela primeira e última vez."

"Me deixem ir embora", Raza Hyder gritou, sem entender nada. "Por que estão perdendo tempo?"

Foram suas últimas palavras. "Nós pedimos esses arranjos", Manni Shakil disse enquanto as três irmãs colocavam a mão em uma das alavancas, "pensando que autodefesa não é ofensa. Mas também, o senhor deve concordar, a vingança é doce." A imagem de Sindbad Mengal passou como um relâmpago pela cabeça de Raza quando as três irmãs baixaram a alavanca, em perfeito uníssono, de forma que era impossível dizer quem apertou primeiro ou com mais força, e o antigo molejo de Yakub Balloch funcionou com perfeição, os painéis secretos recuaram e as lâminas mortais de quarenta e cinco centímetros penetraram no corpo de Raza e o cortaram em pedaços, as pontas vermelhas emergindo entre outros lugares através das órbitas dos olhos, do pomo de adão, do umbigo, virilha e boca. A língua, cortada de um só golpe por uma faca lateral, caiu em seu colo. Ele fez estranhos ruídos estalados; estremeceu; imobilizou-se.

"Deixem ele aí", Chhanne instruiu as irmãs. "Não vamos mais precisar desse aparelho."

As contrações vinham com regularidade, comprimindo suas têmporas, como se alguma coisa estivesse tentando nascer. A cela estava infestada de mosquitos anófeles portadores de malária, mas por alguma razão eles pareciam não picar a figura de pescoço duro do interrogador, que usava um capacete branco e um chicote de montaria na mão. "Papel e caneta estão na sua frente", disse o interrogador. "Nenhum perdão pode ser considerado enquanto não for feita uma confissão completa."

"Onde estão minhas mães?", Omar Khayyam perguntou queixosamente, numa voz que estava a ponto de se quebrar. Soava aguda e baixava, grave; ele estava envergonhado pelos caprichos dela.

"Sessenta e cinco anos", o outro zombou, "e agindo como um bebê. Vamos logo, não tenho o dia inteiro. Sou esperado no campo de polo dentro de pouco tempo."

"É mesmo possível um perdão?", Omar Khayyam perguntou. O interrogador deu de ombros de um jeito entediado. "Qualquer coisa é possível", respondeu. "Deus é grande, como o senhor sem dúvida deve saber."

"O que devo escrever?", Omar Khayyam se perguntou ao pegar a caneta, "posso confessar muitas coisas. Fugir das raízes, obesidade, bebedeira, hipnose. Deixar mulheres atrapalharem a família, não ir para a cama com minha esposa, comer pinhões demais, espiar pelas frestas quando menino. Obsessão sexual por menina retardada menor de idade, resultante fracasso em vingar a morte de meu irmão. Eu não conheci meu irmão. É difícil cometer esses atos em nome de estranhos. Confesso tomar estranhos como parentes."

"Isso não ajuda", interrompeu o interrogador. "Que tipo de homem você é? Que tipo de salafrário vai escapulir da culpa e deixar as mães levarem o castigo?"

"Eu sou um homem periférico", Omar Khayyam respondeu. "Outras pessoas foram os atores principais na história da minha vida. Hyder e Harappa, meus atores principais. Imigrante e nativo, religioso e profano, militar e civil. E muitas damas principais. Eu assisti das coxias, sem saber representar. Confesso o alpinismo social, e só cumpri com meu dever, ser o *cornerman* de muitas partidas de boxe dos outros. Confesso ter medo de dormir."

"Não estamos chegando a lugar nenhum." O interrogador soava zangado. "As provas são indiscutíveis. Sua bengalespada, presente de Iskander Harappa, arqui-inimigo da vítima. Motivo e oportunidade, fartura de ambas as coisas. Por que sustentar essa mentira? O senhor não teve pressa, durante anos viveu uma falsa vida, conquistou a confiança deles, por fim os atraiu para a cena da morte. Prometendo atravessar a fronteira para seduzi-los. Isca muito eficiente. Então atacou, apunhalou, apunhalou, apunhalou, vezes e vezes. Isso é tudo muito óbvio de se ver. Agora pare de bobagem e escreva."

"Eu não sou culpado", Omar Khayyam começou, "deixei a bengalespada na casa do comandante em chefe", mas então começou a sentir os bolsos muito pesados, e o interrogador estendeu as mãos para pegar o que pesava nos bolsos. Quando Omar Khayyam viu que Talvar Ulhaq estendia para ele uma palma acusadora, sua voz caiu para falsete. "Minhas mães devem ter posto isto aqui", guinchou, mas não havia por que continuar, porque olhando para ele na mão do inquisidor estavam as provas terríveis, pedaços de Raza Hyder, muito bem cortados, seu bigode, seus globos oculares, dentes.

"É a sua danação", disse Talvar Ulhaq e, levantando o revólver, deu um tiro no coração de Omar Khayyam Shakil. A cela tinha começado a pegar fogo. Omar Khayyam viu o abismo se abrir debaixo de seus pés, sentiu a vertigem vir à medida que o mundo dissolvia. "Eu confesso", gritou, mas era tarde demais. Ele despencou para o fogo negro e queimou.

Como haviam se acostumado a ignorar a casa, só nessa noite foi que alguém notou uma mudança e gritou que as grandes portas da frente da mansão Shakil estavam abertas pela primeira vez desde que alguém podia lembrar; mas então entenderam de imediato que alguma coisa importante tinha acontecido, de forma que não foi uma grande surpresa encontrarem uma piscina de sangue coagulado debaixo do monta-cargas de Mistri Balloch. Durante um longo tempo ficaram paralisados pelas portas abertas, incapazes de entrar, mesmo para espiar, apesar da curiosidade; então, de repente, correram para dentro, como se alguma voz invisível tivesse dado permissão: sapateiros, mendigos, mineiros de gás, policiais, leiteiros, bancários, mulheres montadas em burros, crianças com aros de metal e bastão, vendedores de gram, acrobatas, ferreiros, esposas, mães, todo mundo.

Encontraram o abatido palácio do orgulho altivo das irmãs sem defesa, à mercê deles, e ficaram assombrados consigo mesmos, por seu ódio ao lugar, um ódio que vertia de poços esquecidos de sessenta e cinco anos; fizeram a casa em pedaços enquanto caçavam as velhas. Eram como gafanhotos. Puxaram as tapeçarias das paredes e o tecido virou pó em suas mãos, arrombaram caixas de dinheiro que estavam cheias de notas e moedas retiradas de circulação, abriram portas que rangiam e caíam das dobradiças, viraram camas de pernas para o ar e saquearam caixas de faqueiros de prata, soltaram banheiras de suas instalações para pegar os pés dourados e arrancaram o estofamento de sofás em busca de tesouros escondidos, jogaram o inútil e velho sofá de balanço pela janela mais próxima. Era como se um encanto tivesse se quebrado, como se um velho e enfurecedor truque de mágica finalmente fosse explicado. Depois, eles olhariam uns para os outros com descrença nos olhos, meio orgulhosos, meio envergonhados e perguntariam: nós realmente fizemos isso? Mas nós somos gente comum...

Escureceu. Eles não encontraram as irmãs.

Encontraram os corpos no monta-cargas, mas as irmãs Shakil haviam desaparecido e ninguém nunca mais as viu, nem em Nishapur nem em nenhum outro lugar da terra. Elas tinham abandonado sua casa, mas mantiveram seus votos de retiro, desfazendo-se em pó, talvez, sob a luz do sol, ou desenvolvendo asas e voando para as Montanhas Impossíveis no Ocidente. Mulheres tão extraordinárias como as três irmãs Shakil nunca fazem menos do que pretendem.

Noite. Num quarto perto do alto da casa, encontraram um velho de testa franzida numa cama de quatro postes com serpentes de madeira subindo pelas colunas. O barulho o acordou; ele estava sentado ereto e resmungando: "Então, ainda estou vivo". Era todo cinzento, dos pés à cabeça, e tão corroído pela doença que não se podia dizer quem era; e como tinha o ar de um espírito que voltou dos mortos, afastaram-se dele. "Estou com fome", ele disse, parecendo surpreso, e depois olhou para as lanternas baratas e tochas fumarentas dos invasores e quis saber o que estavam fazendo em seus aposentos; diante disso, eles se viraram e fugiram, gritando aos policiais que havia alguém ali em cima, talvez vivo, talvez morto, mas de qualquer forma alguém naquela casa da morte, sentado na cama e se fazendo de esperto. Os policiais estavam subindo quando escutaram um pânico começando na rua e saíram correndo para investigar, soprando seus apitos, deixando que o velho se levantasse, vestisse o roupão de seda cinzento que as mães tinham deixado bem dobradinho aos pés da cama, bebesse bastante da jarra de suco de limão que ali estava havia tanto tempo que os cubos de gelo tinham derretido. Então ele também ouviu os gritos.

Eram gritos estranhos. Ele ouviu subirem a um pico e morrerem com uma misteriosa brusquidão, e então entendeu o que vinha entrando na casa, alguma coisa que podia congelar um grito ao meio, algo petrificante. Algo que dessa vez não se saciaria enquanto não o alcançasse, ou o enganasse, ou dele escapasse; aquilo tinha entrado nas ruas noturnas da cidade e não podia ser negado. Algo vinha subindo a escada: ele ouviu seu rugido.
Parou ao lado da cama e esperou por ela como um noivo na noite de núpcias, enquanto ela subia para ele, rugindo, como um fogo alimentado pelo vento. A porta se abriu com violência. E ele na escuridão, ereto, observou o fulgor que se aproximava e então ali estava ela, de quatro, nua, coberta de lama, sangue e merda, com gravetos espetados nas costas e besouros no cabelo. Ela o viu e estremeceu; depois levantou-se nas patas traseiras com as patas da frente estendidas e ele teve tempo de dizer apenas: "Bom, mulher, então aí está você afinal", antes que os olhos dela o forçassem a olhar.

Ele lutou contra seu poder hipnótico, seu campo gravitacional, mas não adiantou, seus olhos subiram até encararem o fogoso coração amarelo dela, e ali viu, por um instante apenas, um tremular, uma turvação da chama em dúvida, como se ela nutrisse por aquele minúsculo fragmento de tempo a louca fantasia de que era de fato uma noiva entrando na câmara de seu amado; mas a fornalha queimou as dúvidas e com ele parado na frente dela, sem poder se mexer, as mãos dela se estenderam para ele e se fecharam.

O corpo dele se afastava dela, um bêbado sem cabeça, e depois disso a Fera desapareceu dentro dela outra vez, ela ficou ali piscando idiotamente, instável nas pernas, como se não soubesse que todas as histórias tinham de terminar juntas, que o fogo estava apenas ganhando força, que no dia do juízo os juízes não são dispensados do julgamento e que o poder da Fera da vergonha não pode ser mantido por muito tempo dentro do corpo de carne e sangue de alguém, porque ele cresce, se alimenta e incha até o recipiente estourar.

E então vem a explosão, a onda de choque que põe abaixo a casa e em seguida a bola de fogo dela queimando, rolando para fora até o horizonte como o mar e por último a nuvem, que sobe, se espalha e paira sobre o nada da cena, até eu não poder mais ver o que não está mais lá; a nuvem silenciosa, na forma de um homem gigante, cinzento e sem cabeça, uma figura de sonhos, um fantasma com um braço levantado num gesto de adeus.

Agradecimentos

Este livro foi escrito com o apoio financeiro do Conselho de Artes da Grã-Bretanha. Devo muito também à ajuda inteiramente não financeira de muitos outros, aos quais minha gratidão será mais bem expressa se não os nomear. A citação não identificada das páginas 157-8 foi tirada de *The Life Science*, de P. B. e J. S. Medawar (Wildwood House, 1977). A linha em itálicos da página 224 é de *As aventuras de Augie March*, de Saul Bellow (Weidenfeld and Nicolson, 1954). Citei também *O livro do riso e do esquecimento*, de Milan Kundera, traduzido para o inglês por Michael Henry Heim (Faber and Faber, 1982); a tradução para o inglês de Muir para *O processo*, de Franz Kafka (Victor Gollancz, 1935); *O príncipe*, de Nicolau Maquiavel, na tradução para o inglês de Luigi Ricci, editada por E. R. P. Vincent para a World's Classic, Oxford University Press (1935); a tradução para o inglês de N. J. Dawood para *O alcorão* (Penguin Classics, 1956); e as peças *O suicídio*, de Nikolai Erdman, traduzida para o inglês por P. Tegel (Pluto Press, 1979); e *A morte de Danton*, de Georg Büchner, na versão de Howard Brenton para a tradução ao inglês de Jane Fry (Methuen, 1982). Meus agradecimentos a todos os envolvidos; e aos muitos jornalistas e escritores, tanto no Ocidente como no Oriente, a quem muito devo.

Minha gratidão também a Walter, por deixar rolar, e, como sempre a Clarissa, por tudo.

ESTA OBRA FOI COMPOSTA EM ELECTRA PELO ACQUA ESTÚDIO E IMPRESSA
EM OFSETE PELA RR DONNELLEY SOBRE PAPEL PÓLEN SOFT DA SUZANO
PAPEL E CELULOSE PARA A EDITORA SCHWARCZ EM OUTUBRO DE 2010